Marie-Claude Jouvet

Des ravioli aux escalopes à la crème en passant par le couscous

Éditions Dédicaces

Dépôt légal :
Bibliothèque et Archives Canada
Bibliothèque et Archives nationales du Québec

Un exemplaire de cet ouvrage a été remis
à la Bibliothèque d'Alexandrie, en Egypte

ÉDITIONS DÉDICACES INC

www.dedicaces.ca | www.dedicaces.info
Courriel : info@dedicaces.ca

Marie-Claude Jouvet

Des ravioli aux escalopes à la crème en passant par le couscous

Je dédie ce livre à mes enfants Marc-Vincent et Gwendolyne et surtout à mes petits enfants, Tristan, Florence, Charles-Olivier, Jacob, Jiali et la petite Anne-Lou bientôt parmi nous. L'histoire de ces personnages, c'est aussi leur histoire, elle leur appartient.

Remerciements

Un grand merci tout d'abord à mon merveilleux mari, Raymond Bergeron, qui m'encourage depuis très longtemps à écrire cet ouvrage, me répétant que je devais ces témoignages à mes enfants et petits enfants. Tu as été mon premier lecteur et dès les premières pages, tu t'es montré emballé. Quelle belle façon de m'aider! Dans les derniers mois, tu as été un « veuf » très patient, victime de mon écriture et je t'en suis très reconnaissante.

Je remercie mes deux sœurs, Christine et Myriam dont la mémoire m'a été précieuse. Ce livre est devenu, au fil des pages, une thérapie familiale qui, pour un temps, nous a beaucoup rapprochées.

Un grand merci à Véronique Bergeron et Nathalie Parent qui ont accepté d'être mes lectrices. Vous m'avez convaincue que ce « roman » pouvait être d'un intérêt réel, même si on n'était pas un membre de la famille. Sans vous, je n'aurais probablement pas essayé de publier.

Merci à mon fils, Marc-Vincent qui a accepté d'écrire la préface de cet ouvrage. En tant qu'aîné de la nouvelle génération, c'est à toi, maintenant, qu'incombe la responsabilité de transmettre!

Un autre merci très spécial à Frédéric Brisard. Tu m'as aidée à comprendre et à lire entre les lignes. J'ai apprécié grandement ta délicatesse et ta façon de dire les choses. Je suis fière de notre amitié.

La vie met des personnes sur notre chemin et parfois, on découvre avec bonheur qu'elles nous ont permis de faire des pas dans la bonne direction. C'est ce qui est arrivé avec mes amis André Letowsky et Patrice Gosselin. Merci André de ta franchise, de ton ouverture d'esprit qui ont été très précieuses dans ma quête de vérité. Merci aussi Patrice, toi qui m'a ouvert les yeux et m'a permis de donner une explication à plusieurs points d'interrogation.

Un immense merci à Johanne Perron, dans le bureau de qui j'aimais me réfugier autrefois, quand plus rien n'allait au travail et qui a accepté de faire une dernière lecture du manuscrit dans un délai que nous n'aurions accepté d'aucun patron. Merci Jo, pour ta compétence et ta fidèle amitié.

Finalement, merci à tous ceux qui ont cru en cet ouvrage et qui m'ont encouragée.

Préface

Mon enfance est remplie de différents souvenirs parmi lesquels, bien en haut de la liste, trône celui de ma mère qui s'exclamait, aussitôt qu'elle le pouvait, « ma grand-mère t'aurait dit… ». Que ce soit parce que je sautais un petit déjeuner où cette grand-mère aurait dit « le matin, il faut toujours manger parce qu'un sac vide ne tient pas debout » ou que ce soit parce que je devais rebrousser chemin en raison d'un oubli et que la réplique de cette même grand-mère aurait été « quand on n'a pas de tête, il faut avoir des jambes », il reste qu'elle a toujours fait partie de ma vie, bien que je l'aie peu connue.

Ces phrases, qui revenaient à chaque fois que l'occasion s'y prêtait et qui m'apparaissaient alors comme le discours usuel d'une mère, ont pris, au fil du temps, un tout autre sens pour moi. En fait, j'ai fini par comprendre qu'elles sont l'héritage d'une famille ayant une histoire et un vécu peu communs. Et cette grand-mère qui était ramenée sans cesse dans les discussions familiales, mon arrière grand-mère, a été la première à transporter cet héritage et à vouloir, à sa façon, le transmettre à ses descendants. Cette femme, une véritable « mamma » italienne, née de parents venant de la région de Salerne, a été élevée en Algérie et a vécu sa vie adulte en Normandie. Elle a su insuffler ce désir de perpétuer une tradition familiale riche à ma mère, Marie-Claude Jouvet, l'auteure de cet ouvrage.

À travers son œuvre, l'auteure devient à son tour la porteuse de cet héritage familial. À partir d'entrevues avec les membres de sa famille et les souvenirs qu'elle a accumulés, elle nous fait traverser un siècle d'histoire qui prend son essor dans le nord de l'Italie et nous fait voyager en Afrique du Nord, puis en France. Elle relate le vécu d'une famille simple d'ouvriers et de commerçants qui, au fil du temps et des changements de pays, a amassé différents éléments de culture qui lui confèrent aujourd'hui son caractère bien à elle. À travers plusieurs anecdotes et éléments de la vie courante, elle nous fait comprendre ce qu'ont vécu les Européens qui ont émigré vers l'Algérie au début du vingtième siècle afin d'y trouver du travail de même que la réalité de ceux qui ont survécu aux deux grandes guerres mondiales.

Cette histoire que l'auteure nous raconte, c'est celle de sa famille, mais aussi celle de ma famille et je sais maintenant que je devrai à mon tour continuer de la faire vivre afin que mes enfants n'oublient jamais ce chemin parcouru par leurs ancêtres et qui fait d'eux ce qu'ils sont.

MARC-VINCENT BOBÉE
Fils de l'auteure

Note de l'auteure

Il y a plus de quarante ans que je souhaite écrire ces pages. Les vingt-et-une premières années de ma vie se sont déroulées en France, et plus exactement à Rouen, en Normandie. Puis les hasards de la vie et les décisions prises en 1968 m'ont amenée au Québec, où finalement je me suis établie.

Dès la naissance de mon fils, en 1969, j'ai pris conscience qu'un jour je devrais raconter, expliquer, faire le lien entre le passé de ma famille et cette nouvelle vie. Il fallait que mes enfants sachent et après eux, mes petits enfants. Il fallait qu'ils connaissent cette famille qui a permis que nous soyons ce que nous sommes. Cette envie de transmettre a été d'autant plus forte que je sentais mes enfants très loin de ces préoccupations pour ne pas dire, presque en opposition. Dans leur soif d'être intégrés au peuple québécois, ils semblaient occulter purement et simplement leur histoire. Au fil des années, j'ai donc accumulé de l'information, des photographies et de la documentation de toute sorte.

Lorsque ma grand-mère maternelle a finalement accepté de prendre l'avion et est venue nous rendre visite à Québec à l'âge de 80 ans, j'ai décidé de l'enregistrer. Comme elle était une formidable conteuse, elle a coopéré avec plaisir. Sa famille, ses amours… Oh! bien sûr, ces histoires, je les connaissais déjà par cœur! Elle ne s'était jamais privée de les raconter encore et encore. La différence était qu'à partir de cet enregistrement aux accents du sud, je pouvais les écouter à ma guise, même au-delà de sa vie.

Lorsqu'en 1990, Maman est tombée malade et que j'ai appris avec désespoir qu'elle était condamnée, je lui ai demandé la même chose. Raconte-moi! Dis-moi comment tu as connu Papa, raconte-moi la guerre, ton vécu… Là non plus, rien de bien nouveau pour moi. Mais simplement ce besoin de garder sa voix et de l'entendre dire les choses dans ses mots, ma mère si disciplinée dans ses propos, si merveilleusement articulée, si académique.

Et puis ce fut le tour de Papa! Lors de vacances en Ontario, c'est quatre cassettes qu'il m'a livrées. Quelle belle idée puisque quelques années plus tard, on lui apprenait qu'il souffrait de la maladie d'Alzheimer. Ses souvenirs se sont évanouis peu à peu pour s'éteindre complètement. Ces cassettes sont alors devenues infiniment précieuses puisque c'est tout ce qu'il me restait de ses impressions, de ses réflexions, de sa façon si particulière de s'exprimer, chaque propos poussé par le suivant sans même avoir pu être formulé jusqu'au bout. Mon père si volubile dans le temps et qui ne parlait plus, mon père si actif et qui ne marchait plus, mon père si indépendant et qui ne décidait plus. La mort l'a enfin libéré en 2010 de cette horrible prison qu'est la maladie d'Alzheimer.

Enfin, il y a eu cette lettre de mon grand-père paternel, lettre exceptionnelle qu'il a écrite à sa femme Germaine, alors qu'elle était décédée depuis déjà trois ans… Il y relatait tous ses souvenirs avec une précision de dates et de lieux très surprenante, revivant en particulier les deux guerres, journée après journée. Il a remis cette lettre à mon père avant de mourir. Quel merveilleux document!

En plus de toute cette information, il y a les faits historiques, ceux qui font partie de notre mémoire collective, avec leurs documents, leurs preuves et il est parfois bien difficile d'y rattacher l'histoire familiale. C'est pourquoi je n'ai aucune prétention à ce sujet et je tiens à préciser que ce livre ne se veut absolument pas un roman historique!

Finalement, il y a mon propre bagage, tout ce qui m'habite et dont j'ai envie de parler, mais à travers mon vécu, à travers mes souvenirs, mes perceptions et l'analyse que j'en ai faite. Pour rendre ce récit plus vivant, j'ai animé tous ces personnages en les replaçant dans leur contexte, dans leur réalité. Est-ce la vérité, toute la vérité et rien que la vérité? Allez savoir! Il a fallu parfois interpréter des données ou imaginer des fils conducteurs inconnus. Tout cela n'est pas réellement important, c'est mon livre et je le traite à ma façon. C'est ainsi que je perçois ma famille, c'est ainsi que je vois les liens qui en ont uni tous les membres, c'est ma vérité. Je vous la livre et je l'assume.

MARIE-CLAUDE JOUVET

Première partie

Les Di Crescenzo et les Duhamel

Hélène (alias Madeleine) ou Madeleine (alias Hélène)

> À ma formidable grand-mère maternelle, celle qui nous a aimées, dorlotées, celle à qui nous pouvions tout confier, même si cela nous attirait ses foudres... à l'italienne. Tout au long de ce livre, elle viendra ponctuer le texte de ses commentaires, en italique.

Prologue

La petite se mit à hurler:

— Non, non, je ne veux pas!

Elle se débattait, griffant son grand-père et essayant de lui échapper.

— Madeleine, sois raisonnable, tu dois dire un dernier adieu à ta mère, déclara ce dernier dans un français aux fortes intonations italiennes.

Malgré les protestations de Madeleine, le grand-père l'obligea à se pencher vers le cercueil ouvert. L'enfant eut un haut-le-cœur. Comment son Grand-papa qu'elle adorait pouvait-il exiger une chose pareille? Elle entendit un de ses oncles crier:

— Non Papa, ne fais pas ça! Ne l'oblige pas!

— Si! Je veux qu'elle ait le souvenir de sa mère!

Son grand-père ne relâcha pas la pression. La petite hurla de plus belle, horrifiée, paniquée. Ce n'était pas sa mère, ce crâne sans chair, ces deux gros trous noirs à la place des yeux. Sa mamma à elle, elle était morte déjà depuis deux ans. Elle s'en souvenait bien. C'était juste après ses cinq ans. Sa maman était très malade et le docteur n'avait pas pu la sauver. Son grand-père lui avait expliqué que sa maman était partie au ciel retrouver le petit Jésus, qu'il ne fallait pas pleurer parce que Maman était très heureuse maintenant, elle n'aurait plus jamais bobo…

* * * * *

Ils étaient partis d'Algérie la veille et à leur arrivée à Naples, sa grande sœur Marie l'avait avertie:

— Tu sais, on va déterrer le cercueil de *Mamma* pour la mettre au columbarium[1]

Madeleine n'avait pas bien compris comment on pourrait faire pour mettre le grand cercueil de Maman dans une des petites cases du columbarium, mais c'était déjà bien assez compliqué comme ça. Tout ce qu'elle avait retenu, c'est que son oncle Michel lui avait dit qu'elle pourrait revoir sa maman et lui donner un dernier petit baiser, car

---

[1] Tombeau situé probablement dans le vieux cimetière de Naples.

après, elle ne la reverrait plus jamais. Elle avait donc attendu avec beaucoup d'impatience qu'on ouvre le cercueil. La veille, elle était restée très longtemps éveillée en souhaitant que le matin vienne très vite:

— *Mamma* !, je vais revoir ma *Mamma*.

Et voilà qu'on lui montrait un cadavre informe, des ossements effrayants… Et puis tout à coup, dans le clair obscur de cette pièce sinistre, elle reconnut les cheveux, les magnifiques cheveux roux de sa mère, ces cheveux qu'elle avait tellement aimé caresser et dans lesquels elle cachait son petit visage les jours de gros chagrin. Ils encadraient le crâne comme un soleil. Elle arrêta de se débattre et finit par céder à la pression de son grand-père. Elle déposa ses lèvres sur la chevelure encore rutilante, seul vestige du visage adoré. Un frisson glacial la traversa, mais l'image s'imprima, se fixa et effaça toutes les autres. Jamais elle n'oublierait. C'est ce dernier souvenir de sa mère qui se graverait dans sa mémoire pour le restant de ses jours!

La vieille Mamé resta songeuse. Non, elle n'avait jamais oublié. À quatre-vingt-sept ans, l'image était encore toute fraîche. « Ma mère avait de si beaux cheveux… », nous a-t-elle répété très souvent, à nous, ses petites-filles. En fait, la disparition de sa mère resterait le premier grand drame de toute sa vie.

Pour faciliter la lecture et mieux situer les personnages,
vous référer aux arbres généalogiques

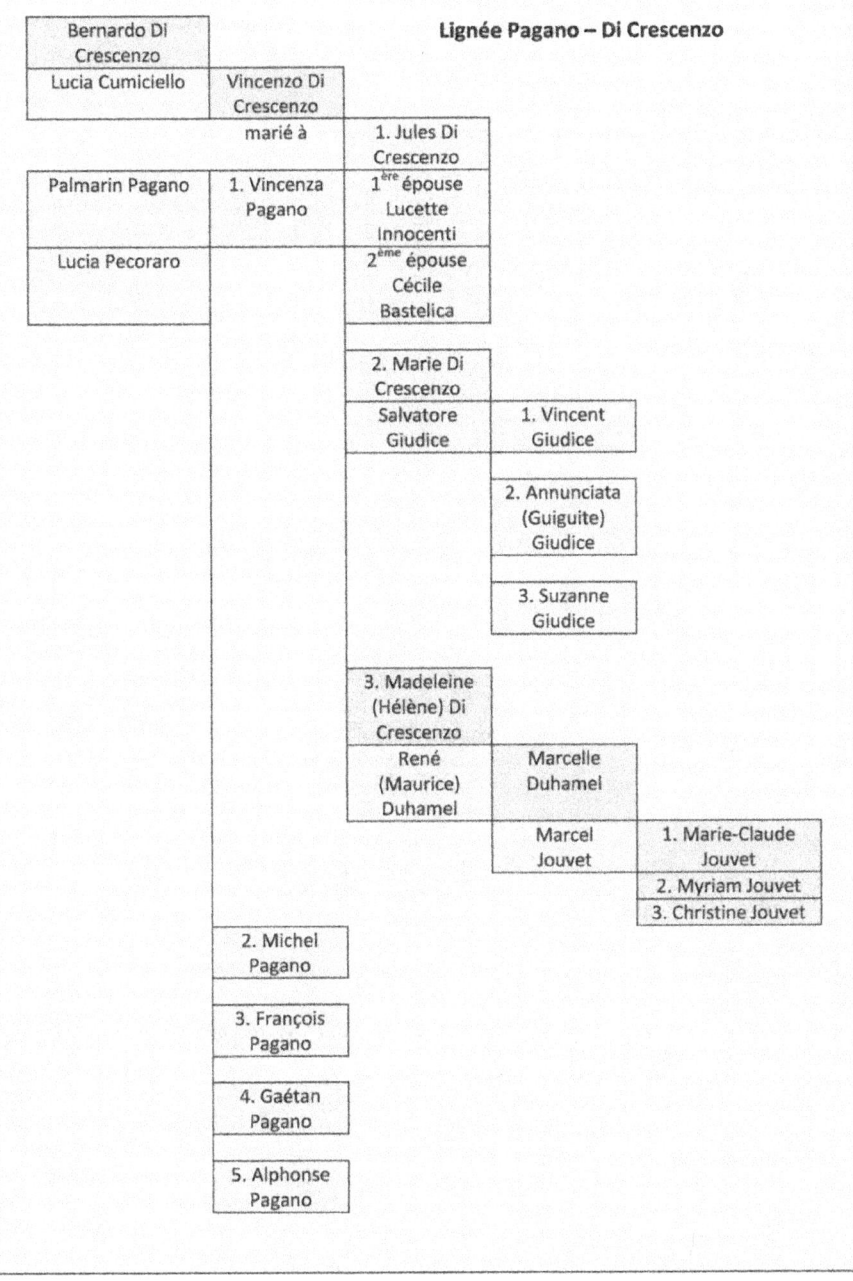

Lignée Pagano – Di Crescenzo

Bernardo Di Crescenzo		
Lucia Cumiciello	Vincenzo Di Crescenzo	
	marié à	1. Jules Di Crescenzo
Palmarin Pagano	1. Vincenza Pagano	1ère épouse Lucette Innocenti
Lucia Pecoraro		2ème épouse Cécile Bastelica
		2. Marie Di Crescenzo
		Salvatore Giudice
		3. Madeleine (Hélène) Di Crescenzo
		René (Maurice) Duhamel
	2. Michel Pagano	
	3. François Pagano	
	4. Gaétan Pagano	
	5. Alphonse Pagano	

1. Vincent Giudice
2. Annunciata (Guiguite) Giudice
3. Suzanne Giudice

Marcelle Duhamel

Marcel Jouvet
1. Marie-Claude Jouvet
2. Myriam Jouvet
3. Christine Jouvet

Lignée Duhamel - Gilet

Jean-Baptiste Duhamel				
Flore Leblond	Jean-Baptiste Duhamel			
	Angélina Gilet	1. Auguste Duhamel		
Louis Gilet				
Augustine Nasse		2. Olympe Duhamel		
		3. Jules Duhamel		
		4. René (Maurice) Duhamel		
		Madeleine (Hélène) Di Crescenzo	Marcelle Duhamel	
			Marcel Jouvet	1. Marie-Claude Jouvet
				2. Myriam Jouvet
				3. Christine Jouvet
		5. Madeleine Duhamel		
		Yves Legall		
		6. Marcel Duhamel		
		Yvonne Derouet		

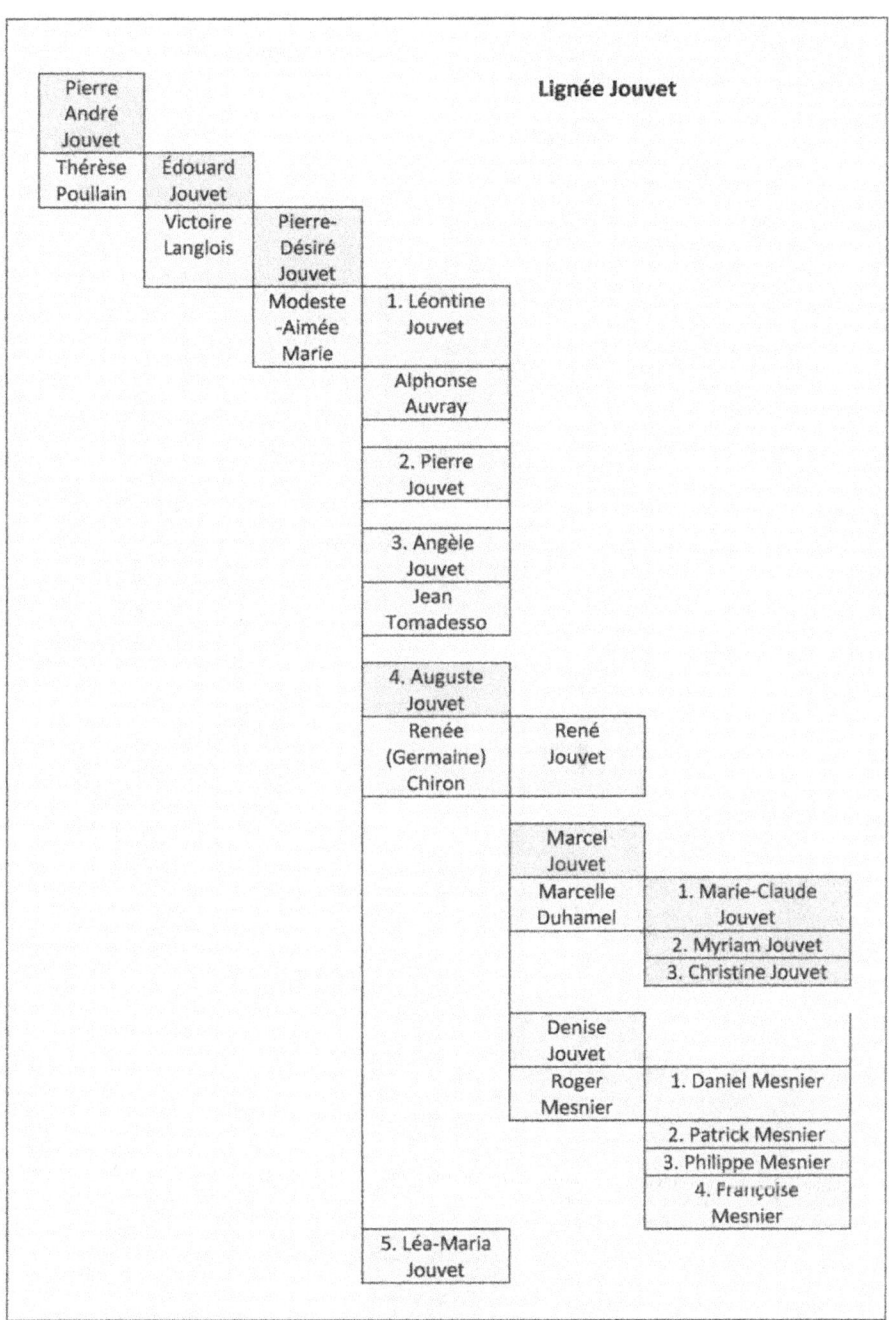

Lignée Jouvet

Pierre André Jouvet					
Thérèse Poullain	Édouard Jouvet				
	Victoire Langlois	Pierre-Désiré Jouvet			
		Modeste-Aimée Marie	1. Léontine Jouvet		
			Alphonse Auvray		
			2. Pierre Jouvet		
			3. Angèle Jouvet		
			Jean Tomadesso		
			4. Auguste Jouvet		
			Renée (Germaine) Chiron	René Jouvet	
				Marcel Jouvet	
				Marcelle Duhamel	1. Marie-Claude Jouvet
					2. Myriam Jouvet
					3. Christine Jouvet
				Denise Jouvet	
				Roger Mesnier	1. Daniel Mesnier
					2. Patrick Mesnier
					3. Philippe Mesnier
					4. Françoise Mesnier
			5. Léa-Maria Jouvet		

19

Lignée Fleury – Chiron

Paul Fleury				
Françoise	1. Gustave Fleury			
	2. Pauline Fleury			
	René Chiron	1. Alphonse Chiron		
		2. Pierre Chiron		
		3. Renée (Germaine) Chiron		
		Auguste Jouvet	1. René Jouvet	
			2. Marcel Jouvet	1. M--Claude Jouvet
			Marcelle Duhamel	2. Myriam Jouvet
				3. Christine Jouvet
			3. Denise Jouvet	
			Roger Mesnier	1. Daniel Mesnier
				2. Patrick Mesnier
		4. Julien Chiron		3. Philippe Mesnier
				4. Françoise Mesnier
		5. Gaston Chiron		
		6. Maurice Chiron		
		7. Henri Chiron (ami d'Auguste Jouvet)		
		8. Paul Chiron		
		9. René Chiron		
	3. Marie Fleury			
	4. Virginie Fleury			
	5. Louis Fleury			

Chapitre 1

Vincenza Pagano était née en 1866 à Rocapiemonte, petite ville près de Naples dans la province de Salerne, dans le sud de l'Italie. Son père Palmarin Pagano et sa mère Lucia Pecoraro étaient issus tous les deux de familles catholiques très ferventes et ses tantes Pagano avaient même fondé un couvent. Palmarin était ébéniste, comme son père avant lui et le père de son père... Sa famille avait connu la prospérité dans le travail du bois jusqu'au milieu du XIXe siècle. On retrouve même une rue portant leur nom, la Via Pagano à Rocapiemonte, ce qui démontre la notoriété dont certains membres de la famille jouissaient. À la fin du siècle, le contexte économique se détériora et les clients se firent rares pour toutes les entreprises de la région. Toute l'Italie du Sud tomba en crise et l'exode des populations commença.

Dans le même temps, l'Algérie, devenue une colonie française en 1848, était en pleine expansion et ouvrait largement ses portes aux immigrants.

Un bon matin, Palmarin aborda le sujet avec sa femme:

— Lucia, j'ai rencontré Giuseppe, tu sais celui de la Via Medina, celui qui fait des vitraux, ils partent pour l'Algérie. C'est décidé. Il paraît qu'ils acceptent tous les artisans. Qu'est-ce que tu en penses? Si on partait nous aussi?

— Oh *Santa Madre*, il y a longtemps que je prie notre Sainte Mère pour que tu prennes cette décision. Tu sais bien qu'il n'y a rien de bon à rester ici. Moi aussi j'y pense. Il paraît qu'on vit beaucoup mieux là-bas. Tout y est à construire. Tu auras sûrement plus de travail qu'ici! Cette semaine, je voulais acheter des chaussures à la petite... tu sais elle va bientôt marcher... et je n'ai pas l'argent!

Le temps de remplir les papiers nécessaires et la petite famille partit. C'est ainsi que Palmarin Pagano s'installa à Bône, en Algérie, avec sa femme Lucia et leur fille Vincenza âgée seulement de quelques mois. Palmarin y ouvrit rapidement une entreprise de menuiserie et l'argent ne tarda pas à entrer de nouveau. Devenus français comme immigrants dans une colonie française, Lucia et Palmarin décidèrent que leurs enfants nés en Algérie porteraient des prénoms français, ce qui les aiderait probablement à s'intégrer dans leur nouvelle patrie. C'est ainsi que naquirent successivement Michel, François, Gaétan, et Alphonse Pagano.

* * * * *

Pour Bernardo Di Crescenzo et sa femme Lucia Cucimiello, la vie n'avait pas été facile non plus. Ils étaient partis de leur Calabre natale pour s'installer dans la province de Salerne, à Cetara. Ils avaient alors eu leur fils, Vincenzo en 1860. Le bébé n'était âgé que de quelques mois quand finalement, ils prirent eux aussi la décision de quitter définitivement l'Italie pour aller s'installer à Bône, en Algérie.

* * * * *

En 1887, les routes de Vincenza Pagano et Vincenzo Di Crescenzo se croisèrent et comme dans tout beau roman d'amour, ils tombèrent follement amoureux l'un de l'autre. Mais Vincenzo était un joyeux coureur de jupons et n'avait nulle envie de se mettre la corde au cou. À chaque rencontre, et plus particulièrement celle de ce fameux dimanche, Vincenza se fit plus insistante.

— Rien ne presse Vincenza, nous sommes encore jeunes!

— *Ti amo*, Vincenzo. Nous sommes faits l'un pour l'autre… Écoute le destin! Il nous parle! Vincenzo et Vincenza! Tu entends comme c'est beau?

— Je t'aime aussi, Vincenza et tu es si belle!, dit-il en la serrant contre lui. Ta peau blanche, tes yeux si verts et toutes ces petites taches de rousseur…

Les lèvres de Vincenzo couraient sur le visage de son aimée. Son étreinte se fit plus insistante tandis qu'il détachait le lourd chignon. Les cheveux se répandirent en cascades dorées sur les épaules de la jeune fille. Il y plongea ses doigts, caressant les lourdes boucles :

— Et tes merveilleux cheveux couleur du soleil couchant!

Vincenza cambra les reins sous la caresse :

— *Il mio amore,* j'ai hâte d'être à toi! murmura-t-elle. Mais, tu le sais, ça passe par la bague au doigt, ajouta-t-elle en le repoussant avec une douce fermeté.

Elle finit par avoir le dernier mot et ils se marièrent. Elle le trouvait tellement beau et séduisant! Il savait la faire vibrer et beaucoup de jeunes filles de Bône l'avaient enviée. Vincenzo lui fit découvrir l'amour, mais en même temps la jalousie et les doutes... Dès la première année, elle eut des soupçons quant à sa fidélité.

Elle tomba enceinte quelques mois seulement après leur mariage et le seize juillet 1888, elle mit au monde un beau garçon qu'ils appelèrent Jules. Il ressemblait à son père et Vincenza avait vite reconnu en lui l'allure des Italiens du sud, petit, trapu, solide, l'œil coquin et déjà charmeur.

Vincenza était heureuse d'être mère. Elle aimait le contact de ce petit poupon tout rond et potelé au creux de son bras et jouer avec son enfant devint son passe-temps favori.

— Regarde, Vincenzo, comme il est beau notre fils! Oh, as-tu vu? Il vient de sourire.

— Bien oui, c'est un bébé! Je ne vois pas ce qu'il a de si exceptionnel! Tu sais, moi et les petits... Bon, je sors!

— Tu reviens à quelle heure?

— Après mon boulot, à moins que j'aille prendre un verre avec les copains...

Dès la naissance de son fils, Vincenzo reprit ses mauvaises habitudes et recommença à fréquenter les bars douteux de la place. Avant la naissance de Jules, Vincenza allait souvent le chercher à la sortie du travail et ils aimaient se promener tendrement enlacés. L'arrivée de Jules modifia leurs relations. Pour Vincenza, ce furent les désillusions et la découverte de la dure réalité des femmes de l'époque. Les grossesses se succédèrent et dès 1889, elle accouchait de la petite Marie, tout petit bébé aux yeux pétillants et rieurs.

Encore une fois, Vincenza fut ravie de cette naissance. Deux enfants et de sexe différent! Elle était une maman comblée. Malheureusement, son mari ne voyait pas les choses du même œil. Il s'absenta de plus en plus souvent, fuyant les pleurs des bébés. Il ne la regardait plus avec ce regard séducteur qu'elle lui connaissait si bien. Il voyait trop la mère et de moins en moins la femme.

Quand elle retomba enceinte pour la troisième fois, alors que Marie n'avait que deux mois, elle se confia à une de ses amies :

— Zoé, je t'envie! Tu n'as que deux enfants et ton deuxième a déjà cinq ans! Moi, il suffit que Vincenzo enlève ses pantalons et ça y est, c'est reparti! Je ne veux pas de cet enfant.

— Mais Vincenza, je suis comme toi! Si je laissais faire la nature, j'en aurais douze! Si tu sais être discrète, je te dirai mon secret...

— Ton secret? Allez Zoé, parle! Tu connais un moyen pour empêcher les grossesses?

— Pas pour empêcher, pour les arrêter! Mais surtout, tu ne dois en parler à personne! C'est puni par l'église!

— Je m'en fiche! C'est pas le curé qui va l'élever ce bambino! C'est pas lui non plus qui va perdre son mari!

— Alors, attends, je t'écris l'adresse… Tiens, voilà… Mais tu ne tardes pas, tu y vas dès aujourd'hui! Plus c'est fait tôt, mieux ça se passe.

— Et ça fait mal?

— C'est certain que c'est pas le grand confort, mais c'est supportable et c'est de toutes les façons moins douloureux que d'accoucher!

— Merci, Zoé.

C'est ainsi qu'avec l'aide de matrones plus âgées, des faiseuses d'anges expérimentées, elle apprit comment provoquer les fausses couches. Il avait suffi d'installer une petite sonde dans le col utérin et d'attendre. Après quelque vingt-quatre heures et plusieurs bonnes crampes, la fausse couche s'était déclenchée.

Vincenza était ravie. Elle put reprendre ses activités quoti-diennes rapidement. Malheureusement, la maternité ne s'arrêta pas pour autant. Dans les quatre années qui suivirent, elle connut encore six ou sept débuts de grossesse qu'elle réussit chaque fois à éliminer sans trop de difficultés.

Elle retomba enceinte à la fin de 1893, mais malgré la sonde, rien! Impossible de faire "passer" ce bébé-là. Elle devint énorme et au septième mois, elle avait déjà beaucoup de difficultés à mettre un pied devant l'autre. Vincenzo rentrait de plus en plus tard à la maison et l'état de sa femme l'exaspérait plus qu'il ne l'émouvait.

Le quatre juin 1894, Vincenza mit au monde des jumelles. Malheureusement, ou heureusement…. une seule survécut. Elle l'appela Madeleine, Madeleine Di Crescenzo. Elle aima tout de suite cette petite fille dodue et potelée, aux très jolis yeux verts.

Mais s'occuper d'un bébé demande du temps et Vincenza était de plus en plus obsédée par les escapades de son mari. Elle était jalouse et épiait ses moindres faits et gestes. À plusieurs reprises, elle s'était déguisée en moukère, voilant son visage du *niqab* et courant les tripots pour le surprendre et l'obliger à revenir à la maison. Le bébé la gênait. Elle la plaça en nourrice chez de braves gens dont le mari travaillait pour les Ponts et Chaussées, près de Bône, sur une petite île qu'on ne pouvait rejoindre qu'en barque.

* * * * *

24

Les années passèrent et Madeleine devint une belle petite fille. Elle attendait avec beaucoup d'impatience les fins de semaine et les vacances, périodes où elle retrouvait sa mère et son père. Elle adorait se faire cajoler et se pelotonner dans les bras de sa maman. Elle lui enlevait alors ses épingles à chignon, libérant l'épaisse toison rousse, et jouait à la coiffeuse ou encore elle enfilait les bracelets en or rose et les nombreux colliers dont Vincenza aimait se parer et qu'elle portait en longs sautoirs.

Quant à Vincenzo, il ne connaissait que trop bien tous les établissements à lanterne rouge de Bône et y passait la plupart de ses soirées. Vincenza souffrait de cette situation certes, mais quoi faire? Divorcer? Jamais. Elle serait devenue la honte de sa famille et aurait été rejetée. Elle aurait été mise au ban de toute la société bônoise pour le restant de ses jours. Et puis, elle aimait son mari, tout coureur qu'il était, elle l'aimait tant!

Elle connut encore quelques grossesses qu'elle réussit systéma-tiquement à éliminer. Puis, un de ces avortements tourna mal. Quel-ques heures après avoir expulsé le fœtus, Vincenza s'était pliée soudain de douleur, brûlante de fièvre. Son mari ayant déserté une fois de plus le foyer familial et devant l'urgence, elle s'était décidée à en parler à ses parents. Furieux après leur gendre, ils s'informèrent auprès du médecin que Vincenza avait consulté et découvrirent la véritable raison de cette infection.

La décision fut rapidement prise. Ils partiraient rejoindre leur famille à Naples avec leur fille. Pas question de l'hospitaliser en Algérie où, disaient-ils, ils n'avaient aucune confiance dans les installations hospitalières. Mais surtout, les commérages étant ce qu'ils sont, tout le monde aurait été à même de connaître la véritable raison de cette soudaine fièvre! Et ça, il n'en était pas question. Il fallait tout tenter pour éviter le « qu'en-dira-t-on ».

Le voyage était bien périlleux avec une grande malade. Il fallait prendre un bateau pour Nice puis Nice-Naples, tout un périple! Que n'auraient-ils pas fait pour sauver l'honneur? Vincenza fut donc hospitalisée en Italie où elle décéda quelques jours plus tard. Elle n'avait que trente-trois ans et avait subi pas moins de treize grossesses. La raison officielle de son décès? Une infection mal soignée. Elle fut inhumée dans le cimetière de Naples. Ses enfants, Jules, Marie et Madeleine avaient respectivement onze, dix, et cinq ans.

Palmarin et Lucia revinrent à Bône, tristes et blessés, pleurant leur seule fille. Lucia était incapable d'en faire le deuil et tomba finalement malade, si malade qu'elle décéda trente-trois jours très exactement après Vincenza.

En moins de deux mois, Palmarin avait perdu sa fille unique et sa femme. Comme beaucoup d'hommes, il tenta d'oublier son chagrin en redoublant d'ardeur au travail et fit prospérer son entreprise de menuiserie plus que jamais. Il continua d'habiter à la Colonne, un des quartiers de Bône et resta seul. Sans sa femme, la maison qu'il s'y était fait construire lui semblait bien grande maintenant.

La mort de Vincenza ne changea pas grand-chose à la vie du jeune veuf. Pour Vincenzo, s'occuper de trois enfants n'était ni dans son champ de compétence, ni surtout dans ses priorités de vie. Il n'avait pas non plus les moyens de prendre du personnel. Il décida donc que seul son fils Jules allait vivre avec lui et il se désintéressa plus ou moins de Marie et de Madeleine qu'il plaça en orphelinat.

Le grand-père Pagano, attristé par cette situation, se rapprocha des petites filles auxquelles il rendait visite chaque fin de semaine, souvent accompagné d'un de ses fils.

Marie s'adapta très bien à sa nouvelle vie. Elle trouva même un réconfort auprès des religieuses qui tenaient l'orphelinat. C'était une enfant très gaie, aux petits yeux espiègles, mais en même temps très sérieuse et facile à discipliner. Elle apprit la langue de Molière, mais refusa d'oublier sa langue maternelle. Malgré les remontrances, elle s'entêtait à s'exprimer dans le dialecte du village de sa mère. Elle adorait travailler de ses mains et devint experte dans les travaux de broderie et de couture que les sœurs lui confiaient. La mort de sa mère l'avait fait vieillir un peu trop vite et elle prenait à cœur son nouveau rôle de petite maman vis-à-vis de Madeleine, la protégeant et la maternant. Elle essayait de raisonner sa petite sœur, mais y parvenait mal.

Madeleine n'acceptait absolument pas ses nouvelles conditions. À chaque visite, son grand-père avait droit à une véritable crise de nerfs. Après seulement trois semaines de séjour à l'orphelinat, Madeleine décida que c'était assez, elle ne resterait pas un jour de plus entre ces murs. Quand son grand-père arriva le dimanche suivant avec son oncle Michel, elle s'accrocha à ce dernier :

— Mon oncle, je ne veux plus rester ici, je veux que tu m'emmènes, hurla-t-elle tout en sanglotant.

— Madeleine, arrête tout de suite ce cirque! Les religieuses sont très gentilles avec toi.

— Non, elles ne sont pas gentilles du tout. Elles me punissent tout le temps!

— Oh, quel mensonge éhonté, protesta la sœur Gabrielle, les mains sur les hanches et la bouche pincée.

— Je veux partir, tout de suite! reprit Madeleine, criant de plus belle.

Michel essaya de la calmer, mais rien n'y fit. Elle s'agrippa à ses vêtements, arrachant la poche de sa veste et déchirant la manche de sa chemise... Sœur Gabrielle se pencha vers l'enfant et l'attrapa par le bras :

— Ça suffit, jeune fille, votre comportement est inac...Oh! Petite peste!, cria soudain la religieuse en giflant Madeleine qui venait de s'emparer de sa cornette et l'avait lancée dans les buissons avoisinants.

Palmarin s'interposa et serra sa petite fille contre lui :

— C'est bon, Madeleine, je vais en parler à ton Papa et s'il est d'accord, je reviens te chercher la semaine prochaine, déclara le grand-père.

— Pas la semaine prochaine, tout de suite!, tempêta Madeleine en tapant du pied.

— Je ne peux pas, *piccola mia*, c'est seulement ton père qui peut décider. Mais c'est promis, je vais lui parler et dimanche prochain, je vais venir.

— Méfie-toi, Papa, protesta Michel, si Vincenzo n'est pas d'accord, tu fais une vilaine promesse...

— Ne t'inquiète pas, si je prends la petite avec moi, il va être d'accord. Tout ce qu'il veut, c'est ne pas l'avoir sur les bras!

Palmarin avait vu juste et Vincenzo ne s'opposa en rien à cette nouvelle situation. Le séjour de Madeleine à l'orphelinat n'avait pas duré un mois!

Une fois Madeleine installée chez son grand-père, la vie lui sourit enfin. C'est aussi à ce moment qu'elle changea de prénom. Pour quelle raison? Et qui prit la décision? Nul n'a jamais su, pas même elle-même. Mais c'est à partir de cette époque que l'officiel Madeleine devint l'officieux Hélène, sauf pour son oncle François qui l'appellera Madeleine jusqu'à la fin de sa vie.

Pour Hélène donc, cette période fut une des plus merveilleuses. Palmarin vivait à l'aise et deux bonnes s'occupaient pratiquement à plein temps de la petite fille. Elle grandit, entourée et aimée de son grand-père et de ses quatre oncles, particulièrement son oncle François. De temps en temps, elle allait jouer dans l'atelier de Palmarin où le bruit des grosses machines à vapeur qui travaillaient sans relâche était assourdissant. Il la houspillait gentiment :

— Ne reste pas là, Hélène, c'est dangereux pour une petite fille. *Presto*, va rejoindre la fatma!

Le dimanche, ils rendaient visite à Marie, restée à l'orphelinat. Palmarin avait voulu la faire sortir en même temps qu'Hélène, mais en vain. Elle se plaisait auprès des religieuses et souhaitait y rester. Par contre, les contacts avec leur frère Jules étaient rares. Le grand-père avait beaucoup de mal à pardonner à Vincenzo. Il lui en voulait de la vie de misère qu'il avait donnée à sa fille, de la fin tragique de cette dernière qui aurait sûrement pu être évitée si elle avait eu des relations maritales plus harmonieuses. Même si la contraception était encore mal connue, beaucoup de couples savaient bien éviter les grossesses à répétition. Il lui en voulait aussi du quasi-abandon des deux petites filles. Aussi les deux hommes se côtoyaient-ils le moins souvent possible et du coup, Hélène ne voyait-elle son père et son frère que très occasionnellement.

*   *   *   *   *

Les années s'écoulaient heureuses pour Hélène. S'il n'y avait pas eu l'épisode en Italie où elle avait été contrainte d'embrasser les restes de sa mère, tout aurait été parfait. Palmarin était un grand-père chaleureux et enveloppant. Il était surtout très indulgent et passait beaucoup de caprices à la petite fille. Mais ses oncles se montraient plus sévères et disciplinaient davantage. François plus particulièrement veillait beaucoup à son éducation. À l'école, Hélène était très bonne en français, mais les mathématiques… c'était sa bête noire! Quelle horreur quand François lui faisait réciter ses tables de multiplication.

Que veux-tu, ça ne rentrait pas!!

Et c'était la punition garantie! Elle ne lui en voulait pas. Elle estimait les punitions méritées. Il était rigoureux, mais juste. Ce n'était pas comme Michel! Hélène le soupçonnait d'être un peu jaloux de l'attention que Palmarin lui portait. En fait, Michel avait surtout une peur bleue que son père ne modifiât son testament en faveur d'Hélène.

Mais Hélène restait indifférente à ces manigances et vivait sa vie de fillette en toute sérénité. Elle venait d'avoir treize ans et elle respirait le bonheur et la joie de vivre. Elle était franchement et simplement heureuse et cela paraissait au quotidien. La moindre anecdote déclenchait des fous rires inexpliqués qui se communiquaient à tous ceux qui l'entouraient. Elle était le rayon de soleil de son grand-père.

Un jour, il lui confia un grand secret. Il faut dire que Palmarin était fidèle à ses origines italiennes, respectant les traditions et surtout les rites religieux de son pays. L'Italie du Sud était réputée pour son catholicisme presque fétichiste. On priait beaucoup la vierge pour obtenir des faveurs et chaque famille en possédait, à coup sûr, au moins une statuette. On priait Saint-Antoine qui n'avait pas son pareil pour retrouver les objets égarés pourvu qu'on lui fasse brûler quelques cierges, Saint-Christophe pour qu'il bénisse un voyage et chasse les accidents et même Saint-Roch pour qu'il protège les animaux de la famille. La mort, cette ultime étape de la vie, était elle aussi entourée de rites ancestraux incontournables et pour Palmarin, son grand âge justifiait qu'il s'en préoccupât de façon particulière:

— Viens voir, Hélène, regarde ce que j'ai fabriqué…

C'était un grand coffre de bois, entièrement sculpté à la main, une splendeur!

— Mais voyons, Grand-père, c'est un cercueil!

— Oui, c'est pour moi.

— Mais pourquoi? Tu n'es pas malade?

— Bien non, *piccola signorina*, on ne prépare pas son départ quand on est malade. Il faut faire ça quand on en a encore les capacités. Tu sais, je le voulais très beau, ce cercueil, avec mes saints préférés sculptés dessus. Ils veilleront sur moi et sur vous. Je veux qu'après mon départ, les gens se souviennent que Palmarin Pagano était avant tout un bon ébéniste et un fidèle de Notre Seigneur!

— Et bien c'est réussi. Il est magnifique. Mais qu'est-ce que tu vas en faire? Tu ne mourras pas avant des années!

— Je vais le cacher dans ce bâtiment et tu es la seule à le savoir. Quand viendra le temps, c'est toi qui révéleras la cachette à mes fils. Dis-le à François, car tu sais, je n'ai pas une grande confiance en Michel… Ah celui-là, il serait capable de m'enterrer dans une boîte de carton s'il pouvait.

— Ne t'inquiète pas, Grand-père, je ferai comme tu as dit. Je parlerai à mon oncle François.

Palmarin avait une bonne santé, mais avait déjà reçu quelques avertissements et ressenti quelques malaises. Il était donc bien décidé à mettre toutes ses affaires en ordre. Le cercueil était une chose réglée et il pouvait compter sur Hélène pour transmettre l'information au reste de la famille. Maintenant, il fallait s'occuper des papiers. On lui avait conseillé un excellent notaire en Tunisie et il lui avait écrit pour prendre rendez-vous.

La semaine suivante, il prit le train pour Tunis. Michel avait insisté pour accompagner son père et Palmarin n'avait pas décliné son offre. Après tout, c'était son fils aîné et la coutume lui donnait raison.

Comment les choses s'étaient-elles déroulées avec le notaire? Palmarin avait-il été contrarié ou contraint par ce fils envieux et rapace? Personne ne le saura jamais. Toujours est-il que Palmarin fit une attaque fulgurante dans le train, en revenant de Tunis et n'arriva jamais à destination. Il décéda sur le chemin du retour. Hélène n'avait pas atteint ses quatorze ans.

C'était un deuxième deuil immense pour la très jeune fille qu'elle était devenue et une seconde fois, son monde s'écroula. Palmarin était toute sa vie! Il était plus que son père, et avait même réussi à bien faire vivre à la fillette le deuil de sa mère. Elle ne voyait que par lui… et il n'était plus. Non, le testament de Palmarin n'était pas en sa faveur, ni d'ailleurs en faveur de sa sœur ou de son frère. Elle ne sut jamais dans quelles proportions la fortune de son grand-père avait été divisée entre ses oncles, mais soupçonna Michel d'avoir largement manigancé pour obtenir plus que les autres. Quant à elle, elle ne reçut absolument rien en héritage, même pas un objet personnel de celui qu'elle avait vénéré durant toutes ces années. Il en avait déjà été de même au décès de sa mère quand elle et Marie avaient constaté que tous les colliers, bracelets et autres nombreux bijoux en or de leur mère avaient mystérieusement disparu. Les deux sœurs ne surent jamais ce qu'il en était advenu.

Après la mort de Palmarin, Michel et sa femme prirent la décision de poursuivre l'éducation d'Hélène et l'installèrent dans leur demeure. Hélène fut déçue. Elle détestait sa tante et n'avait aucune confiance en Michel. Elle aurait préféré vivre avec son oncle François, mais ce dernier n'était pas marié et il n'était pas convenable qu'une très jeune fille vive avec un célibataire. Et puis Michel était l'aîné des garçons et c'était donc lui qui décidait, lui qui avait tous les pouvoirs, lui qui avait même peut-être négocié un montant d'argent auprès du grand-père pour s'occuper de sa nièce. La vie d'Hélène changea et ne fut plus jamais la même. Elle allait à l'école française, bien sûr, et perdit peu à peu sa langue maternelle.

Chapitre 2

Hélène devenait une vraie jeune fille et son corps commença à se transformer. Elle essayait bien de se bander les seins, car elle trouvait qu'ils grossissaient trop vite, mais peine perdue, ils étaient bien présents et prenaient une belle expansion. Et puis, ses règles arrivèrent. Un an ou deux auparavant, lors d'une de ses visites à l'orphelinat, elle avait eu des confidences de Marie. Cette dernière lui avait expliqué ce qui allait se passer et quoi faire.

— Quand ça t'arrivera, ça veut dire que tu seras devenue une femme. Tu n'as pas à avoir peur.

— Mais alors, le sang nous coule sur les jambes.

— C'est sûr, ça coule un peu, mais ce n'est pas compliqué Hélène, ça dure seulement trois ou quatre jours. Il suffit de se laver très souvent.

Hélène ne fut donc pas très surprise. Elle fut bien obligée d'en parler à sa tante, mais celle-ci n'avait jamais eu de fille et n'avait aucune idée de la façon d'aider sa nièce autrement qu'en lui fournissant les linges nécessaires à sa toilette. Il est clair que la chaleur humaine et la compréhension n'étaient pas au rendez-vous et les livres de psychologie de l'enfant ne firent leur apparition que près d'un demi-siècle plus tard.

C'est aussi à cette période que Riccardo[2] entra dans la vie d'Hélène. Il était le fils d'un de leurs voisins et presque chaque jour, il l'accompagnait sur le chemin de l'école. Lui entrait du côté des garçons et elle, du côté des filles. Les écoles mixtes n'étaient pas alors à la mode. Les formes de plus en plus généreuses d'Hélène avaient éveillé les sens du jeune Riccardo et l'amitié devint rapidement de l'amour. Chaque jour, il y avait une petite surprise pour elle: un bouquet de violettes ou une rose, parfois même un court poème. Dès son arrivée à l'école, elle se dépêchait de les cacher dans son pupitre et durant les longues journées de classe, il lui suffisait d'entrevoir un de ses trésors

---

[2] Le prénom de Riccardo sort directement de mon imagination, car même en fouillant aux tréfonds de ma mémoire, je n'ai pu retrouver l'idendité de cet amoureux transi que ma grand-mère a tant aimé.

pour que son esprit s'évade et qu'elle se mette à rêver. Un jour, ils auraient une maison, elle la voyait déjà, baignant dans le soleil algérien... ils auraient des enfants... peut-être... mais pas trop, car elle sortirait beaucoup, seule avec Riccardo. Ils iraient au spectacle et surtout ils iraient danser... danser des nuits entières... dans les petits bals du bord de mer.

Entre-temps, Vincenzo, le papa volage, s'était remarié avec Cécile Bastelica, une Corse. Elle semblait un choix curieux pour un coureur invétéré comme Vincenzo. Cécile était une femme austère, froide et distante, à l'éducation stricte, voire rigide. Aucune chaleur humaine sous les vêtements éternellement sombres qui composaient sa garde-robe. Une chose sûre, Vincenzo ne pouvait plus courir par monts et par vaux comme auparavant. Cécile y voyait et l'avait rapidement mis au pas. La plus grande qualité de cette personne était certainement la propreté. Elle lavait minutieusement les œufs avant de les casser. Faire la vaisselle était un véritable art pratiqué trois fois par jour : elle commençait par remplir sa cuvette d'eau claire et y rinçait la vaisselle sale. Puis elle vidait sa cuvette, la lavait soigneusement avant de la remplir à nouveau d'eau savonneuse. Elle repassait la vaisselle dans cette nouvelle eau en brossant chaque assiette, chaque fourchette, scrutant la moindre ternissure. Elle vidait à nouveau sa cuvette, la lavait et la remplissait encore une fois, cette fois-ci pour rincer la vaisselle. À une époque où l'eau chaude ne sortait pas des robinets, ce simple exercice occupait une bonne partie de la journée. Tout le linge de maison était impeccablement amidonné, repassé, plié et rangé dans ses armoires en piles très ordonnées. Elle avait l'esprit militaire et était aussi exigeante pour les autres que pour elle-même.

Autre nouvelle, Marie était sortie de l'orphelinat. Vincenzo, qui allait la voir de temps en temps, réalisa un bon matin que sa fille risquait de devenir religieuse. En fait, elle en prenait directement le chemin. Elle adorait la compagnie des sœurs, suivait tous les rites du couvent et à une réflexion de la supérieure, il comprit que pour elle, ce n'était qu'une question de mois.

— Il semble bien que votre fille soit appelée, Monsieur Di Crescenzo, avait dit la sœur, et nous l'accueillerons avec plaisir!

Mais pour Vincenzo, il n'était pas question que sa fille devienne « bonne sœur ». Il avait beau respecter les religieuses, l'idée qu'il s'en faisait était très péjorative et imaginer sa Marie... Jamais! Malgré les protestations de la jeune fille, il décida de la sortir de l'orphelinat. Encore une fois, Marie s'acclimata vite à sa nouvelle vie auprès de son père et composa bien avec Cécile, devenue sa belle-mère. Elle devint plus ou moins la bonne à tout faire de la maison. Les sœurs l'avaient bien façonnée, pliée à la discipline.

Rapidement et peut-être avec un petit coup de pouce de Vincenzo, elle avait fait la connaissance de Salvatore Giudice, un jeune homme sicilien. Elle avait tout de suite aimé sa voix chaude et feutrée, ses yeux bleus si tendres et son regard si doux, elle avait apprécié sa bonté et sa générosité envers tous ceux qui l'entouraient. Un atout majeur : avec Salvatore, elle pouvait s'exprimer en italien et elle retrouvait avec plaisir les intonations de son enfance. Ils se comprenaient bien.

Et lui, il était carrément tombé amoureux de cette jeune fille si enjouée et aux yeux si malicieux. Tout était rapidité chez Marie, à commencer par sa démarche aux petits pas pressés, sa façon unique de faire les choses avec les gestes prompts et précis, son verbiage continuel où les mots sortaient en cascades ponctuées de rires. Elle n'était que vivacité alors qu'il n'était que calme et pondération. La décision fut prise : dès que Salvatore serait libéré de son service militaire, ils se marieraient.

De son côté, Jules, le frère de Marie et d'Hélène, avait commencé sa vie d'homme. Et il avait été à bonne école avec son père. Il était devenu la coqueluche de Joannonville où Vincenzo s'était installé quelques années auparavant dans la banlieue sud de Bône. Les filles se relayaient dans son lit et la liste commençait à être impressionnante. Il travaillait dans… personne ne savait trop quoi, ni où. Il faisait des « affaires », des affaires qui le poussaient à voyager très régulièrement entre Marseille et Alger.

Chapitre 3

Et les années passèrent... Hélène atteint ses dix-huit ans. L'entente avec son oncle Michel ne s'était pas améliorée. Il était d'une sévérité qu'elle supportait de moins en moins. Une journée, il l'avait surprise en train d'embrasser Riccardo, derrière la maison. Son oncle avait vu rouge et la correction avait été terrible. Elle en avait porté les bleus pendant plusieurs semaines. Quant à sa tante, Hélène ne la supportait plus du tout. En vieillissant, la jeune fille savait de plus en plus ce qu'elle voulait et lui tenait tête effrontément, ou tout au moins ce qu'on appelait « effrontément » dans ces années-là. Lors d'une visite chez son père, elle en parla avec Marie qui était devenue une belle jeune fille de vingt-trois ans.

— Viens vivre avec nous, suggéra Marie, moi, je me plais bien ici.

— Tu parles, tu n'es pas libre du tout! La belle-mère, elle n'a pas l'air plus facile!

— Oh, n'exagère pas! Je m'en accommode très bien. Bon, c'est vrai que moi, j'ai Salvatore... Au fait, tu sais que nous avons fixé la date de notre mariage... enfin... dès qu'il sera libéré du service militaire.

— Ah bien, c'est pas pour demain!! Ça fait déjà cinq ans que tu l'attends! Mais tu as raison, je pense que je vais demander à Papa pour venir vivre ici, avec vous. Et au moins, je t'aurai, toi! Ce sera toujours mieux qu'avec la tante.

Chose dite, chose faite. Elle s'installa dans la maison de Vincenzo et Cécile vers la fin de 1912. Son père avait vite réalisé qu'accueillir sa seconde fille pouvait n'être que bénéfique. Après tout, elle était en âge de travailler, ce qui ne pourrait qu'améliorer leur sort. Effectivement, Hélène se trouva une place de vendeuse dans une mercerie. On y faisait le commerce de tous les articles de couture, mais aussi du tissu et quelques menus articles tels que chaussettes, bas, jarretières et jarretelles. Elle aimait beaucoup ce travail. Ce n'était certes pas pour le salaire puisqu'elle devait le donner intégralement à son père. Mais cet emploi lui permettait de sortir de la maison et d'être le moins souvent possible en compagnie de sa belle-mère. Sa patronne et ses sœurs étaient très gentilles et au fil du temps, elles devinrent tout naturellement ses amies. Elles aimaient la compagnie les unes des autres et les fous rires étaient souvent au rendez-vous.

Les deux sœurs, Marie et Hélène, étaient très heureuses d'être réunies et devinrent très complices. Le soir, elles bavardaient jusque tard dans la nuit, faisant mille projets d'avenir. Elles se marieraient, l'une avec Salvatore et l'autre avec Riccardo, s'installeraient dans des maisons voisines, ce qui leur permettrait d'élever leurs enfants ensemble. Bien sûr, leurs maris seraient les meilleurs amis du monde!

Deux à trois fois par mois, elles se rendaient ensemble au bain turc où une fatma leur frottait le dos et les massait. C'était un autre bon prétexte à des babillages sans fin.

Éloignée de l'emprise des religieuses, Marie commença à s'affirmer davantage. Même chez son père, elle avait pris le contrôle de la cuisine et du ménage et il était clair pour tous qu'elle en était devenue la patronne. Elle n'était pas très corpulente, mais plutôt une petite bonne femme tout en rondeurs, trottinant du matin au soir dans la maison qu'elle ne quittait guère. Elle exécutait ses tâches avec rapidité et efficacité, sans jamais se plaindre. Elle était gaie comme un pinson, fredonnant sans arrêt et se moquant éperdument de son apparence vestimentaire. Pour elle, la vie était simple et peu importaient les événements qui la ponctuaient, le ciel était toujours bleu et le soleil omniprésent. Quand parfois la révolte grondait dans la tête d'Hélène, Marie avait toujours le bon mot pour l'apaiser:

— T'en fais pas, Hélène, demain, ta colère sera derrière toi. Laisse courir!

— Marie, j'aimerais tant que les années passent vite. J'ai hâte que Riccardo me demande en mariage. Je me languis de lui.

— *Piano, piano*, Hélène! *Chi va piano va sano et qui va sano va lontano*… Ton temps arrivera bien un jour.

Toutes les occasions de rejoindre Riccardo étaient bonnes et Marie jouait parfois les entremetteuses. Hélène lui demandait :

— Dis Marie, tu n'aurais pas une course à faire, tu n'as pas besoin de légumes au marché?"

— Ah! Je te vois venir toi, tu veux voir ton Riccardo… Allez, va me chercher des melons, mais attention, ne me rapporte pas de la *koukouz*[3]! Et ne prends pas toute la journée!

Hélène savait où retrouver Riccardo et même si les minutes étaient comptées, c'était des moments de délice pour les deux amoureux,

---

[3] J'ignore l'orthographe de ce mot, mais le ton utilisé par les deux sœurs donnait une bonne idée de sa signification… les fruits et légumes ainsi baptisés étaient jetés aux poules!

toujours bien chastement évidemment. Ils échangeaient des petits baisers furtifs et cela leur suffisait. Riccardo pensait bien au mariage, mais n'était pas très pressé, sachant bien qu'après, il faudrait être sage. Et lui aussi avait le sang chaud des Méditerranéens... Plusieurs fois, Hélène l'avait surpris en ville, une fille accrochée à son bras.

— Pourquoi, Riccardo? Je ne te suffis pas?

— Tu ne comprends pas, Hélène... les autres, c'est pour m'amuser, toi, c'est différent, c'est pour le mariage.

Hélène avait bien du mal à comprendre ce genre de raisonnement, mais en même temps, elle avait entendu dire que les hommes avaient des besoins spéciaux que les femmes n'avaient pas. Et ces besoins, elle savait qu'elle ne pourrait les combler que lorsqu'ils seraient mariés. Alors, elle endurait la situation.

Parfois, ils parlaient d'avenir ensemble, et Hélène était sûre des sentiments de Riccardo. Mais en même temps, elle était inquiète. Elle avait effleuré le sujet à plusieurs reprises avec son père. Ce dernier se montrait toujours fuyant et évasif:

— Papa, j'ai dix-huit ans et bien des filles sont déjà mariées à cet âge.

— Rien ne presse, tu es encore bien jeune et tu as la vie devant toi. Regarde Marie, elle a vingt-trois ans et n'est toujours pas mariée.

— C'est vrai, mais elle est fiancée. C'est déjà ça.

— Hélène, tu dois comprendre deux choses: je ne suis pas riche et les parents de Riccardo possèdent un café qui marche très fort. Ils ont une situation nettement au-dessus de la mienne. Ma fille, on ne mélange pas les torchons avec les serviettes, tu le sais bien! Et puis, je le trouve bien volage ton Riccardo, on le rencontre souvent accompagné de jeunes filles chaque fois différentes.

Et pour ce dernier commentaire, on pouvait faire confiance à Vincenzo. Quand il prononçait le mot « volage », il savait bien de quoi il parlait! Hélène devait continuer de voir son amoureux en cachette. Mais elle faisait confiance à l'avenir. Elle finirait bien par convaincre son père.

* * * * *

Même si les trois enfants de Vincenzo vivaient maintenant sous son toit, Jules continuait d'être très absent de la vie des deux sœurs. Ses affaires l'occupaient beaucoup et il disparaissait fréquemment pour plusieurs jours. Quelques informations le concernant filtraient parfois. Ses sœurs apprenaient qu'il était allé à Marseille… pour y faire quoi? Mystère. Et il semblait bien que les aventures amoureuses se multipliaient.

Quand de temps en temps il passait quelques jours à Joannonville, il emmenait ses sœurs dans les petits bals du bord de mer. Hélène adorait danser et trouvait que son frère était un excellent valseur. Il la guidait au son de la musique en rondes étourdissantes et ces rapprochements, même rares, la comblaient. Elle était fière d'être vue auprès de cet homme toujours distingué, arborant les costumes « à la mode » et ses petits pieds toujours élégamment chaussés dépassant à peine du bord du pantalon. En fait, elle n'aurait pas détesté que son amoureux lui ressemble.

En 1913, Salvatore Giudice rentra enfin au bercail après un service militaire qui avait duré sept ans, sept années durant lesquelles sa douce Marie l'avait attendu avec patience et résignation. Étant donné la situation financière très modeste de Vincenzo, les noces furent simples, mais très joyeuses. Des tables furent dressées à l'extérieur et c'est sous les arbres que le repas eut lieu. Salvatore n'avait d'yeux que pour sa petite femme tant désirée. Le grand chien blanc de Vincenzo, baptisé Stop, avait adoré la fête, profitant de ce grand événement pour se sauver, encore une fois. Les invités de la noce passèrent une partie de la journée à courir derrière lui.

Dès le lendemain, les jeunes mariés partirent pour Guelma où Salvatore avait acquis une petite maison. Ils s'y installèrent avec bonheur, et Hélène avait bien hâte d'avoir quelques journées de congé pour aller rendre visite à sa "grande" sœur, qui en fait faisait une demi-tête de moins qu'elle.

Dix mois après le mariage de Marie, une carte arriva de Guelma annonçant la naissance de son premier bébé, un fils prénommé Vincent[4]. Le jeune couple semblait très heureux de cette naissance. Quand le bébé eut un mois, ils vinrent présenter son premier petit-fils à Vincenzo. Quel beau bébé, tout rond, sans un cheveu sur la tête. Il fut surnommé Coco.

* * * * *

La guerre de 14-18 éclata. Cette guerre ne toucha pas seulement l'Europe, mais toucha aussi l'Afrique. C'est début 1915 que fut déclenchée la fameuse bataille des Dardanelles. Riccardo et Jules furent appelés sous les drapeaux. Partis tous les deux de Joannonville, la vie devint bien triste

---

[4] Une tradition venait de naître. Le premier né de chaque génération, fille ou garçon, porterait désormais le prénom de Vincent, en souvenir des deux ancêtres, Vincenzo et Vincenza.

dans la maison paternelle. Tous ressentaient bien sûr l'inquiétude quant à l'issue de cette bataille. Hélène s'ennuyait, seule enfant à la maison. Elle devint le souffre-douleur de sa belle-mère qui ne se privait pas pour harceler la jeune femme, jamais contente de son travail, et surtout excessivement sévère sur ses heures d'entrée et de sortie.

En cette année, 1915, Hélène avait eu ses vingt-deux ans et était donc majeure depuis presque un an. Pourtant rien de changé. Elle devait rapporter ses faits et gestes à sa belle-mère ou à son père et le moindre pas jugé de travers était sanctionné. La rigueur était de mise et les filles jouissaient de très peu de liberté. Hélène se révoltait souvent intérieurement, mais n'osait pas se rebeller ouvertement. Pourtant, elle avait un caractère bien trempé. Durant toutes les années passées auprès de son grand-père, peu de choses lui avaient été interdites et elle pouvait même jouer les enfants gâtés. Mais les règles s'étaient durcies avec Vincenzo et elle souffrait en silence. Sa seule consolation: préparer des colis pour les deux militaires. Son père avait accepté qu'elle fasse parvenir des gâteries à Riccardo et c'est avec beaucoup d'émotion que chaque mois elle préparait cet envoi. Elle osait y glisser des petits mots doux et même si les courriers de son amoureux étaient rares, elle se nourrissait d'espoir.

En attendant le moment béni du retour de son grand amour, elle continuait de travailler à la mercerie et prenait un réel plaisir à son travail. Elle y rencontrait une clientèle très variée et aimait bavarder avec tout un chacun. De temps en temps, un bateau français accostait et des groupes de marins au béret à pompon rouge si caractéristique déferlaient dans les rues. Hélène les trouvait sympathiques et il y en avait toujours un pour siffler sur son passage. Elle faisait semblant d'être offusquée, mais au fond d'elle-même, elle était plutôt flattée. Dans la boutique, il s'en racontait des blagues sur les petits marins! Il arrivait même que l'un d'entre eux s'aventure dans le magasin, souhaitant acheter une pièce de tissu à rapporter à sa dulcinée restée en France. Il était alors de mise de lui demander la permission de toucher le pompon de son béret… et de faire un vœu…Avec un peu de chance, ce dernier serait exaucé.

* * * * *

Un an et demi plus tard, le jour tant attendu du retour des deux militaires arriva enfin. Hélène et Riccardo renouèrent avec les rendez-vous secrets et les baisers à la sauvette. Quant à Jules, il ne semblait pas avoir pris de maturité pour autant, durant cette année de guerre. Il reprit ses mauvaises habitudes et recommença à disparaître par intermittence. Pourtant, vers 1917, le frère d'Hélène sembla acheter une conduite qui, à défaut d'être bonne, semblait lui faire prendre le chemin d'homme « rangé ». Après avoir connu de multiples relations amoureuses plus tumultueuses les unes que les autres, il fit la connaissance de la jeune Lucie Innocenti qui réussit à marquer quelques points dans le cœur du séducteur. Il avait près de trente ans et elle n'en avait que quinze. Mais quel tempérament elle avait cette petite Lucie, Lucette comme tout le monde l'appelait! Et combien elle était amoureuse et fougueuse! Elle l'aurait suivi au bout du monde, son beau Jules et c'est ce qu'elle fit. Étant donné son très jeune âge et le refus de consentement de ses parents, Jules l'enleva littéralement. Il la fit passer par une fenêtre de la maison paternelle durant la nuit et prit la poudre d'escampette avec elle. Pour sauver l'honneur, les parents de Lucette plièrent et accordèrent leur bénédiction. Le jeune couple se maria et s'installa à Tunis dans une jolie maisonnette.

Début 1918, Riccardo se décida enfin. Il avait bien réfléchi et pour lui, le temps était venu de commencer sa véritable vie d'homme et d'épouser celle qui l'attendait depuis si longtemps. Il lui fit la grande demande et les yeux brillants, Hélène lui donna son assentiment. Elle rayonnait. Le soir même, elle aborda son père :

— Papa, je dois te dire quelque chose. Riccardo m'a demandée en mariage.

Vincenzo prit un air contrarié et c'est d'un ton bourru qu'il déclara :

— Ah, tu ne remets pas encore ça sur le tapis... tu n'es pas bien ici, avec Cécile et moi?

— Là n'est pas la question, Papa, je veux me marier. J'ai dit oui à Riccardo.

— Et bien moi, je dis non, répondit-il d'une voix très calme, mais ferme.

Le sang se glaça dans les veines d'Hélène. Elle savait bien que son père était sérieux. Le ton était éloquent et elle ne le connaissait que trop. Elle savait aussi que le faire changer d'avis serait excessivement difficile. Un « non » paternel et italien de surcroît était sans appel, aussi fort qu'un jugement de cour et malgré ses vingt-trois ans bien sonnés, elle ne pourrait passer par-dessus. Elle tenta malgré tout d'argumenter :

— Mais Papa, je ne comprends pas. Pendant qu'il était aux Dardanelles, tu m'as laissée lui envoyer des colis, tu étais d'accord et aujourd'hui, tu me dis non? Ce n'est pas logique. Pourquoi?

— Ce gars n'est pas sérieux, Hélène et tu cours à ton propre malheur. Il couche avec les premières venues... Voyons! Et en plus, je n'ai pas du tout les moyens de te payer le mariage que tu mérites. Ses parents sont beaucoup trop riches pour moi. Bon, basta, la conversation est terminée!

C'était sans appel. Mais, l'amour d'Hélène était trop fort pour qu'elle accepte le verdict. Malgré son éducation, malgré les risques énormes qu'elle encourait, malgré la peur qui lui sciait les jambes et qui faisait battre son cœur à tout rompre, elle lui tint tête :

— Je suis désolée, Papa, mais je veux me marier quand même avec Riccardo.

Toujours aussi posément, Vincenzo se retourna et regarda sa fille droit dans les yeux :

— Écoute moi bien, je ne te le refuse pas, tu feras comme tu voudras! Mais une fois que tu seras sortie de la mairie et de l'église, tu ne refranchiras jamais le seuil de ma porte. C'est tout!

Hélène était dévastée. Elle ne comprenait pas du tout la position de son père. Elle lui avait fait face, espérant qu'il réaliserait l'ampleur de ses sentiments envers Riccardo et que cet amour si fort le ferait fléchir. Mais non, elle savait maintenant qu'il ne plierait pas. Toute son éducation italienne la rattrapait. Elle ne pouvait à la fois passer outre à la décision de son père et l'accepter. Dans un cas, elle faisait la croix sur toute sa famille et de l'autre, elle la faisait sur le seul homme qu'elle ait jamais aimé et qu'elle attendait depuis l'âge de treize ans.

—Tant pis Papa, pourvu que j'épouse celui que j'aime!

Elle s'était entendue répondre et était encore sidérée du culot dont elle avait fait preuve.

Dès le lendemain, elle parla à Riccardo et lui expliqua la position de son père.

—Eh bien, ce n'est pas compliqué. J'ai bien réfléchi, moi aussi! Tu t'en fous de ton père et tu me suis. On n'en a rien à faire du mariage. On s'en passera! On part ensemble et on fait notre vie! Parce que pour tout te dire, mes parents non plus ne sont pas chauds pour qu'on se marie. Ils ont en vue un meilleur parti pour moi et me l'ont clairement fait comprendre.

Elle n'était pas sûre d'avoir bien compris… Une nouvelle douche glacée s'abattit sur Hélène. Il osait… Il lui proposait ni plus ni moins un enlèvement, une vie clandestine en marge des deux familles, une vie sans mariage, comme si elle était une vulgaire traînée, une putain quoi! À elle, une Italienne pour qui les liens familiaux et le respect des règles étaient si importants. Il ne lui offrait en aucun temps d'essayer de convaincre leurs deux pères et de se battre pour ça. Il ne lui offrait même pas de l'épouser secrètement… Qui était-il donc? Et si

Vincenzo avait raison, finalement? Son propre père ne pouvait que lui vouloir du bien...Si Riccardo voulait simplement abuser d'elle? Elle n'en revenait tout simplement pas. Déçue, écœurée, triste à mourir, mais en même temps sentant une profonde colère monter en elle, elle éclata :

— Je ne te connaissais pas vraiment Riccardo! Tu viens de te dévoiler! Depuis onze ans que nous nous connaissons et que nous nous fréquentons! Onze ans que j'attends et c'est tout ce que tu as à me proposer? Tu devrais avoir honte! Tu me déçois tellement! À partir de maintenant, je n'ai plus rien à faire en ta compagnie. Quand tu me verras sur un trottoir, traverse et passe sur l'autre pour éviter de me croiser.

Elle tourna les talons et se sauva. Elle n'eut pas le temps de voir les larmes envahir les yeux de Riccardo. Lui aussi était aux prises avec les décisions de sa propre famille. Hélène était suffoquée par les sanglots qui lui serraient la gorge. Il n'aurait pas le plaisir de la voir pleurer, il ne méritait même pas ça. Elle était tellement malheureuse. Elle se mit à courir jusqu'à la mercerie où elle entra en trombe. Sa patronne la vit passer, les yeux rouges, le visage dévasté et l'entraîna dans l'arrière-boutique.

— Hélène, ça ne va pas? … Non, ne parle pas... je crois que j'ai deviné. C'est à cause de Riccardo?
Hélène hocha la tête en hoquetant, incapable d'articuler le moindre son :

— Ça ne se fera pas avec Riccardo, c'est ça? Pleure, ma belle... On en parlera quand tu voudras.

De cette déception, la vieille Mamé ne s'était jamais remise. C'est invariablement en essuyant une larme qu'elle nous disait : « Je l'ai tellement pleuré, longtemps après être mariée à votre grand-père, je le pleurais encore. Mais si c'était à refaire, je referais la même chose. Je n'aurais pas pu causer un tel déshonneur à mon père, je n'aurais pas pu...

René (alias Maurice) ou Maurice (alias René)

À mon grand-père maternel, celui qui nous a entourées, protégées, celui qui nous a offert les plus merveilleuses vacances du monde, celui qui nous promettait des « frottées », quand nous n'étions pas sages, mais qui s'en tenait à cette promesse...

Prologue

— Allez-y, Madame Duhamel, encore un effort!

Angelina attrapa ses cuisses à pleines mains, resserra ses dents sur le drap roulé et mordit de toutes ses forces en laissant échapper un long grognement sourd. Elle sentit enfin son enfant glisser hors d'elle. Il se mit immédiatement à hurler, un bon cri puissant, plein d'énergie. C'était un garçon bien en chair, un beau bébé long, à l'ossature forte.

— Il fait sûrement plus de quatre kilos, Madame Duhamel, et il est grand, déclara Madame Bricard, la sage-femme. Il est magnifique votre bébé.

Mais Angélina était épuisée, le travail avait été pénible et elle ne voulait pas vraiment cet enfant. Elle en avait déjà trois, et avec le commerce, c'était déjà beaucoup.

— Allez, Madame Duhamel, remettez-vous de vos émotions. Le placenta ne va pas tarder. J'habille le petit et dans une petite heure, on essaiera de le mettre au sein. Comment allez-vous l'appeler ce beau garçon?

— Rainai.

— Pardon, comment vous dites?

— Rainai.

— Ah René? C'est un joli prénom.

La famille d'Angélina était originaire de Pont-Audemer et avait communiqué à la jeune femme ce fort accent du terroir. Tous les « é » devenaient des « ai ».

Angelina avait vingt-six ans à la naissance de René qui était son quatrième enfant. Il y avait eu Auguste en 1888, puis Olympe en 1890, Jules en 1892 et finalement ce petit, en ce dix-sept septembre 1893.

— Madame Bricard, vous allez me donner quelque chose pour faire passer mon lait. J'y donnerai pas l'sein à c'tit là. Jean-Baptiste va le conduire chez la mère Corbin, vous connaissez, sur la route de Darnétal. Elle me l'prend en nourrice.

— C'est une grosse décision, ça, Madame Duhamel. Vous avez nourri les autres. Pourquoi ce choix ?

— Le commerce m'prend trop. Pis c'est pas Jean-Baptiste qui me donne un coup de main! Lui, il préfère s'occuper de ses maisons. Y est jamais là. Le restaurant, c'est, mai qui y vois toute seule. Ça fait que j'ai décidé que c'tit là, il irait chez la mère Corbin. Elle est brave et elle a eu son petiot y a six mois. Son lait, y est bon.

— Oui, je la connais bien Madame Corbin, elle en a élevé plusieurs, des petits bézots. Mais une nourrice, ce n'est pas une maman. Enfin, si c'est décidé, c'est vous qui voyez, *pas*[5]? Mais faudrait le conduire aujourd'hui même pour pas qu'y pâtisse. C'est qu'il est beau votre p'tit! et costaud avec ça! Ça sera un bon mangeur. J'vais vous bander les seins et vous laisser de quoi vous faire des tisanes. Ça va aider à passer le lait.

René restera plusieurs années en nourrice tandis qu'Angélina aura encore deux enfants, Madeleine en 1896 et Marcel en 1902, qu'elle nourrira et élèvera elle-même. René sera le seul à avoir été placé.

C'est pour ça que ton grand-père n'a jamais voulu rester en Algérie. Sa mère lui a toujours manqué et il a toujours tout fait pour se faire aimer d'elle.

---

[5] Expression locale signifiant « n'est-ce-pas ».

46

Chapitre 1

Louis Gilet et Augustine Nasse s'étaient mariés vers 1867. Ils s'étaient installés sur la rive gauche de Rouen, capitale de la Normandie. Ils venaient tous les deux de familles très modestes et n'avaient guère fréquenté l'école, mais Louis avait le sens des affaires et avait ouvert un petit commerce en alimentation rue Louis Poitras, une rue d'un quartier ouvrier. Il réalisa qu'il y avait plusieurs industries tout le long de la route de Caen et bien des emplois, mais pas d'habitations adéquates pour les ouvriers. Les familles étaient obligées de se diviser, les hommes en chambres à proximité de leur travail et leurs femmes et enfants parfois très loin. Il fit construire un premier immeuble bien solide, en briques rouges dont les logements se louèrent dans un temps record. À force de travail et d'économies, il en fit ériger d'autres et ses affaires devinrent plus prospères. Sans être riche, le couple vivait à l'aise.

Un premier enfant était venu égayer leur foyer en 1868, une toute petite fille rondelette, mais en pleine santé, une vraie petite poupée, qu'ils appelèrent Angelina. Ils eurent encore deux autres enfants, Pauline et Jean.

Malheureusement, l'école n'avait jamais été dans leurs priorités et ils ne jugèrent pas vraiment utile d'y inscrire les enfants. Cela faisait l'affaire d'Angélina qui préférait se tenir à l'épicerie de ses parents et recevoir les clients. Elle jouait volontiers à la marchande et adorait ce jeu qui devint finalement un vrai travail. Dès l'âge de sept ou huit ans, elle avait compris la valeur de l'argent et était tout à fait capable de tenir la caisse. Elle savait à peine écrire ses chiffres, mais savait très bien rendre la monnaie. Gare aux clients qui essayaient de la tromper!

* * * * *

Jean-Baptiste Duhamel et Flore Leblond mariés en 1860 venaient tous les deux de la terre. Fils et fille de cultivateurs, ils avaient idée de poursuivre le travail de leurs ancêtres en exploitant la ferme familiale, à Saint-Étienne-du-Rouvray, en banlieue de Rouen. Dans le village, les habitants s'entendaient pour dire que Jean-Baptiste était un cavalier exceptionnel. Il avait si fière allure à cheval que même ceux qui l'appelaient habituellement Jean-Baptiste, lui donnaient alors du « Monsieur Duhamel ». C'est qu'il était bel homme, le Jean-Baptiste, grand, fier, à l'allure noble.

Flore mit au monde un beau grand garçon en 1861. Comme c'était alors la mode, elle l'appela du même nom que son mari, soit Jean-Baptiste, de quoi faire arracher tous les cheveux de sur la tête des futurs généalogistes.

Jean-Baptiste junior ne fréquenta jamais l'école. Les parents élevaient les garçons pour prendre la relève de la ferme. Savoir lire et écrire n'était certes d'aucune utilité pour labourer un champ. Pourtant le jeune Jean-Baptiste eut l'occasion de rencontrer des personnes instruites au village et découvrit un nouveau monde. La calligraphie le fascina. Il décida d'apprendre, tout seul. Qui fut son maître? Nul ne le sut jamais. Mais il apprit à lire et surtout à écrire. Il s'appliquait aux tournures des phrases et au dessin des lettres. Il ne se voyait pas cultivateur comme son père. Il préférait la ville et la vie qui s'y rattachait, l'animation des rues et surtout le contact avec les hommes d'affaires. Dès qu'il fut en âge de travailler, il se chercha un emploi dans Rouen.

* * * * *

C'est à ce moment que son chemin croisa celui de la jeune Angélina qui n'avait que dix-huit ans. La magie de l'amour s'opéra, ils se fréquentèrent pendant quelques mois et se marièrent en 1887. Jean-Baptiste avait vingt-sept ans et Angélina, dix-neuf. Aux yeux des oncles et tantes, c'était un mariage plus ou moins bien assorti : Jean-Baptiste, cultivé, presque homme de lettre aux yeux de son entourage et Angélina qui savait tout juste écrire son nom. Il faut croire que même à cette époque les futurs époux pouvaient avoir d'autres affinités, comme l'attirance physique par exemple… Jean-Baptiste était un très « chaud lapin » et Angélina ne disait pas souvent non…

Ah bien, elle n'était pas comme moi, ma belle-mère. Tous les endroits étaient bons : le jardin, la cave, la table de cuisine… il fallait toujours faire attention, car on risquait toujours de tomber sur ce qu'on n'était pas censé voir…

Jean-Baptiste voulait mettre sa femme et ses futurs enfants à l'abri du besoin et cherchait une façon de bien gagner sa vie. Lui aussi avait remarqué la quantité impressionnante d'ouvriers dans le coin de la rue d'Elbeuf. L'idée lui vint d'ouvrir un restaurant. Angélina était bonne cuisinière et n'avait pas peur de l'ouvrage. Ils se lancèrent. C'était un beau local pouvant accueillir environ soixante-quinze convives, rue de Gessard. Ils l'appelèrent tout simplement : « Chez Duhamel ». Ce n'était pas le restaurant chic, mais une bonne table populaire où les gars pouvaient se remplir la panse avec un repas bien soutenant et bien arrosé, pour un prix raisonnable. Et Jean-Baptiste avait eu raison. Ils faisaient salle comble tous les midis.

Angélina ne savait pas écrire, mais elle était courageuse, elle savait faire à manger, et surtout savait compter. Tous les ingrédients étaient présents pour faire prospérer le commerce. L'argent entrait dans la caisse du restaurant et Jean-Baptiste, encouragé par son beau-père Louis, commença à investir les profits dans l'immobilier.

Chapitre 2

L'air de la campagne et les repas plantureux de la mère Corbin réussissaient au jeune René qui poussait à la vitesse d'une mauvaise herbe, robuste, jamais malade, mais pas toujours très sage. Il était bagarreur, le petit sacripant, et ne laissait pas sa place aux plus vieux chez sa nourrice. Quand il eut un peu plus de sept ans, ses parents décidèrent de le reprendre et ce fut tout un choc pour lui. Il quitta brutalement le milieu où il avait grandi pour découvrir qu'il avait une famille avec des parents, des frères et des sœurs. Angélina avait eu Madeleine après lui et venait tout juste d'accoucher de Marcel.

René était encore jeune, mais assez vieux pour comprendre qu'il n'avait pas eu le même traitement que les cinq autres. Il regardait avec envie sa mère cajoler son petit frère, alors que pour lui, c'était les corvées et les taloches. Angélina ne ressentait pas d'amour maternel pour ce petit gars. Il n'était plus son enfant depuis longtemps, le lien s'était coupé et tout ce que faisait René l'horripilait. Elle le trouvait dur, rebelle et toutes les occasions étaient bonnes pour le semoncer.

— Rainai, viens te débarbouillai! Si tu ne viens pas tout de suite, tu vas aller te couchai!

Jean-Baptiste avait essayé en vain de corriger l'accent prononcé de sa femme et prit finalement une décision :

— Angèle, j'en ai assez de t'entendre l'appeler Rainai! Si tu n'es pas capable de prononcer son nom correctement, on va l'appeler autrement!

C'est ainsi que René devint Maurice pour toute la famille Duhamel. Non seulement il venait de perdre la famille qui l'avait élevé, mais il perdait jusqu'à son identité. Par contre, seule sa famille l'appellerait ainsi. Pour le reste du monde, il resterait René.

Il se rapprocha de sa jeune sœur Madeleine et surtout de Marcel, nés après lui. Il aurait pu en être terriblement jaloux, mais sa bonne nature et son besoin énorme d'amour prirent le dessus. De plus, il était costaud et avait appris à se défendre. Il mit tous ses acquis au service des deux jeunes et joua parfaitement son rôle de grand frère protecteur. Cela faisait bien sûr l'affaire d'Angélina qui pouvait lui confier les deux petits pendant qu'elle vaquait à ses affaires. Il aimait particulièrement jouer avec Marcel et faisait souvent le pitre devant le bébé pour le faire rire. Au fil du temps, une affection très profonde s'installa entre les deux frères. René n'était pas proche des trois aînés qui formaient un bloc à part et qui n'avaient pas vraiment accepté ce petit nouveau tombé du ciel.

René adore Marcel depuis qu'il est tout petit, le bézot[6] comme il l'appelle. Ça fait drôle pour un vieux monsieur de plus de soixante-dix ans. Mais Marcel le lui rend bien. Il a une admiration et un attachement incroyables pour René.

Angélina était consciente depuis son plus jeune âge de ses lacunes académiques et ne pas savoir écrire la mettait souvent mal à l'aise. Quand Jean-Baptiste décida que les enfants iraient à l'école, elle ne s'opposa pas. Tous fréquentèrent l'école publique jusqu'au certificat d'études. Mais René était très indiscipliné et donna bien du fil à retordre aux malheureux instituteurs. Il était plus souvent en punition dans le couloir qu'assis à son pupitre. Certaines matières savaient capter son attention, la géographie par exemple. Il pouvait réciter, par ordre alphabétique le nom de tous les départements français. Également, il excellait en calcul. Les trains qui partent à des heures différentes, qui vont en sens inverse, se croisent et se rattrapent ou les baignoires qui se vidangent tout en se remplissant à raison d'une goutte aux trois minutes n'avaient aucun secret pour lui. C'était le genre de calculs qu'il faisait mentalement en quelques secondes. Il avait hérité probablement des dons de sa mère dans ce domaine et durant toute sa scolarité, chaque année, il finira systématiquement premier en mathématiques et en géographie, mais dernier en français.

À la maison, il devait travailler dur. Il était responsable du jardin et donc de la culture des légumes et des arbres fruitiers qui nourrissaient autant les membres de la famille que la clientèle du restaurant. Sa seule récompense : « voler » des fruits du jardin. Il était gourmand et se cachait pour déguster pêches, fraises et poires. L'enfant n'avait de répit que durant la période hivernale. Le jeudi, jour de congé, il était de « corvée de patates ». Il fallait éplucher les pommes de terre… pour près de cent personnes. Il essayait bien d'empiler les tubercules en équilibres savants pour que le seau se remplisse plus vite. De temps à autre, sa mère passait, s'emparait de l'anse du seau et le secouait énergiquement avec le résultat que l'on devine.

---

[6] En patois normand, le bézot désigne le dernier-né d'une couvée.

Angélina avait engagé une cousine éloignée et veuve pour l'aider aux travaux du ménage et du restaurant. La pauvre n'avait pas le sou et élevait péniblement sa petite fille, Albertine. Elle s'était montrée ravie par cet emploi, d'autant plus qu'elle avait obtenu du même coup l'hébergement pour elle et sa fillette. C'était une femme douce et timide et elle se montra tendre avec les enfants. René adorait quand elle leur faisait la toilette, débarbouillant avec tendresse les jeunes visages. Cela le changeait de la main rude et brutale de sa mère. Albertine, délicate et toute blonde, se lia d'amitié avec les derniers nés de la famille. Pour René, la petite Bertine, comme il l'appelait familièrement, devint plus précieuse que ses propres sœurs.

* * * * *

La vie n'était pas facile pour les petits Duhamel. Les parents n'étaient ni très chaleureux, ni très compréhensifs. Les coups et les rebuffades étaient monnaie courante. Les repas étaient très souvent houleux. Tout était prétexte à chicanes et gueulantes. Un verre renversé était sanctionné par une ou deux gifles. Il arriva même qu'un des fils aînés, sous l'impulsion de la colère, coiffe une de ses sœurs avec la soupière pleine et fumante… Une journée où René avait décrété qu'il ne ferait pas de jardinage, son propre père l'avait menacé avec une fourche. C'est Marcel qui s'était interposé et lui avait évité des blessures graves certaines.

De temps en temps, les enfants allaient en visite chez les grands-parents. René aimait son grand-père Duhamel, seul adulte de la famille qui lui manifestait de l'intérêt et peut-être même une certaine tendresse. Il le laissait enfourcher son cheval ou lui apprenait des secrets de la ferme, surtout en culture. René mettait en application dans le jardin familial ce que l'aïeul lui avait enseigné et il était de plus en plus fier de ses récoltes. Malheureusement ses grands-parents paternels moururent relativement jeunes et René fut très affecté par la perte de ce grand-père si chaleureux.

Du côté Gilet, René eut peu de relations avec les anciens qui décédèrent relativement jeunes. La mère d'Angélina tomba d'un tramway et mourut peu après des suites de cet accident. Son mari la suivit quelques mois plus tard. Angélina et sa sœur Pauline se partagèrent l'héritage de leurs parents, leur frère ayant disparu sans laisser d'adresse. Angélina reçut donc un peu d'argent et devint la propriétaire de quelques logements. Jean-Baptiste avait appris beaucoup de son beau-père et décida de poursuivre dans la même voie. Il investit la totalité de l'héritage de sa femme dans des immeubles. Il avait le flair pour acheter, il connaissait bien les lois et ses affaires devinrent prospères. Le nombre de logements doubla, passant à soixante et tous se louèrent rapidement. Angélina s'intéressait de plus en plus aux investissements de son mari. Après tout, il s'agissait en bonne partie de son propre bien. C'est souvent elle qui faisait le tour des locataires pour percevoir les loyers. Elle calculait les pourcentages pour émettre les quittances, bien que ne sachant toujours ni lire, ni écrire.

Vers 1907, alors que René avait un peu plus de douze ans, son père eut un accident grave. En voulant descendre un gros pot de beurre en grès à la cave, il perdit pied dans l'escalier. Il portait le pot sur son ventre et, dans la chute, le pot se brisa. Un des fragments lui transperça l'abdomen et Jean-Baptiste fit une éventration. Il fut transporté à l'Hôtel-Dieu de Rouen où il fut opéré par le professeur Legrand. Il s'agissait d'une opération excessivement délicate pour le temps et il fut presque miraculeux qu'il en sorte vivant. Il subit encore deux autres opérations dans les mois qui suivirent, dont une à domicile, sur sa table de cuisine, ce qui était relativement fréquent à l'époque. Quelles étaient les techniques chirurgicales employées? Seul un expert pourrait le dire. Mais il est sûr que le fil de bronze faisait partie du matériel utilisé et avait quelque chose à voir avec la survie de Jean-Baptiste. Dans la famille, un bruit courait :

— Si le fil de bronze lâche, il n'y aura plus de bonhomme!

Il survécut, mais ne fut plus jamais le même. Il se traînait péniblement d'un fauteuil à l'autre et ne pouvait être d'aucune utilité pour Angélina. Cette dernière continua d'exploiter le restaurant pendant quelques années, mais dût abandonner. C'était trop! Six enfants encore tous à la maison et une soixantaine de locataires qui réclamaient des services à tour de rôle. Ils vendirent le restaurant et n'eurent plus, pour tout revenu, que le fruit des locations. C'était largement suffisant pour vivre à l'aise et le train de vie ne s'en ressentit guère.

* * * * *

Entre Angélina et René, les relations ne s'amélioraient pas. Jamais de rapprochements, jamais de tendresse, pas plus qu'avec son père d'ailleurs. Mais dans le cas de Jean-Baptiste, la frustration était moindre, celui-ci ressemblant finalement aux autres pères de ce temps. Il n'était pas plus proche de ses autres enfants. Quand René commença à travailler pour un chaudronnier, vers l'âge de treize ans, il rapportait des petits cadeaux pour Angélina : un bibelot de cuivre qu'il avait fabriqué lui-même ou une fleur cueillie sur le chemin du retour. Mais elle n'en faisait pas cas, à peine un merci. Lui ne se lassait pas, en quête perpétuelle de cet amour maternel qui lui manquait tant.

À seize ans, René avait déjà acquis une solide expérience en chaudronnerie et son patron, Monsieur Bugeaud, s'était montré très fier de lui. Il ne lui laissait pas encore des œuvres majeures entre les mains, mais lui confiait volontiers des pièces à compléter. Il savait qu'il n'avait pas besoin de vérifier derrière lui. Le boulot serait bien fait. Autant René pouvait se montrer parfois emporté, « soupe au lait », voire bagarreur, autant il était capable d'une patience à toute épreuve pour réussir un rivetage ou une soudure. Il adorait son travail et y excellait.

*　*　*　*　*

Avec les années, tranquillement, René devenait un homme. Sa carrure impressionnante, ses grandes mains fortes et son regard de viking commençaient à en séduire plus d'une et surtout en faire reculer plus d'un. Il était un assoiffé de justice et un peu l'avocat des pauvres. Si par malheur, il sentait qu'un plus faible était en mauvaise posture, il se précipitait à la rescousse et une bagarre pouvait s'ensuivre. Étant donné sa stature, il en sortait souvent vainqueur. Dans certains quartiers, il commença à être connu et il suffisait de dire que Duhamel allait s'en mêler pour que soudainement, tout rentre dans l'ordre. Cette réputation n'était pas pour lui déplaire.

En 1913, il rencontra Germaine dans un bal populaire. C'était une jeune fille de Rouen. Elle travaillait dans des bureaux à Elbeuf, en banlieue. C'était une jolie fille, bien petite par rapport à René et il aimait probablement cette différence de taille. Il pouvait à la fois la dominer et la protéger. L'amour était bien présent entre eux et ils commencèrent à évoquer l'avenir ensemble. Leur relation durait depuis presque un an quand la guerre de 14 éclata. Germaine était au désespoir, elle savait que René serait mobilisé et qu'il allait devoir partir. Elle aurait tout donné pour qu'il reste à Rouen, mais elle savait que c'était sans espoir.

Effectivement, René reçut bientôt son avis de départ dans la marine et c'est le cœur triste qu'il apprit la nouvelle à Germaine.

— Ça y est, j'ai ma convocation! Je pars vendredi pour Cherbourg!

— J'ai tellement peur que tu m'oublies! On dit toujours « loin des yeux, loin du cœur »… René, tu m'aimes?

— Bien sûr que je t'aime, et non, je ne t'oublierai pas. Mais j'aimerais bien… tu sais quoi… avant mon départ… murmura-t-il en lui embrassant l'oreille.

Elle se colla davantage contre lui et c'est de tout son corps qu'elle aurait aimé pouvoir le retenir.

— Je t'ai toujours dit non, mais tu vas partir pour je ne sais où. Quand reviendras-tu?

— Pauvre chérie, aucune idée. Avec une déclaration de guerre, personne ne peut deviner la fin… je vais même peut-être mourir au front…

Germaine eut un long frisson, puis chuchota :

— Viens ce soir, mes parents doivent jouer aux cartes avec des voisins, ils ne s'occuperont pas de moi. Passe par la cour, je t'attendrai à huit heures, en bas.

— J'y serai.

Il embrassa la jeune fille passionnément, plein d'espoir pour la belle soirée qu'ils allaient passer… Il fut au rendez-vous et Germaine l'attendait comme promis. Comme elle l'aimait son René! Elle se fit toute petite dans ses bras et s'abandonna.

— On dit qu'après, quand ils ont tout eu, les hommes ne veulent plus de leur fiancée.

— Non, c'est le contraire. Tu es comme ma femme maintenant et à mon retour, je demanderai ta main à ton père.

Germaine se serra contre la large poitrine de René. Elle s'y sentait si bien, si à l'abri, mais il allait partir…

— Tu m'écriras, c'est promis?

— Je te promets, dès que je saurai où ils m'envoient et je te donnerai l'adresse où tu pourras me répondre.

Après ces instants si intenses, la séparation n'en fut que plus douloureuse. Germaine pleura dans ses bras et René se sentait bien ému en redescendant l'escalier sur la pointe des pieds. Il était enrôlé dans la marine et allait passer plusieurs mois à l'étranger.

* * * * *

René devait donc rejoindre son lieu d'affectation, Cherbourg. Il était parti de chez ses parents avec pour tout bagage trois pêches dans les poches, mais il était débrouillard et courageux! Alors, un bout de chemin à pied, un autre en carriole, quelques travaux dans une ferme en échange d'un bon repas et il s'était rendu ainsi jusqu'à Cherbourg. Affecté dans la marine, il se rendit ensuite à Toulon, où il apprit qu'il apprendrait le métier sur le navire-école « La Couronne ». Il devint matelot-mécanicien à la Pyrotechnie maritime, caserne Brégaillon. C'est de Toulon qu'il avait écrit une belle grande lettre passionnée à Germaine. Il y avait mis tout son cœur et avait profité de cet envoi pour lui indiquer l'adresse où lui répondre. Mais le temps passait et on ne lui remit aucune missive de sa dulcinée. Pourtant le système de distribution du courrier fonctionnait et il avait déjà reçu une lettre de son frère Marcel.

*   *   *   *   *

Plus tard, René fit ses premières armes sur le navire de guerre, le « Victor-Hugo ». Il en profita pour se faire photographier en tenue de marin, arborant le nom de son navire sur son béret. Il envoya la photo à ses parents en espérant que cela les rendrait fiers de leur fils. Plus tard, il fut affecté sur l'« Isole » et enfin sur le « Notre-Dame-de-Lourdes », deux chalutiers patrouilleurs. Basé à Bône, en Algérie, son bateau allait exécuter plusieurs missions. C'est ainsi qu'il visita toute l'Italie du Sud. Le bateau faisait des escales relativement fréquentes, ce qui permettait aux marins de visiter les villages, mais surtout de s'amuser un peu. Dans tous les ports, il y avait quelques bars où les hommes trouvaient tout ce qui pouvait combler leurs besoins, soit les filles de joie et l'alcool. Et René n'aurait pas manqué une seule de ces escales… Pourtant lorsqu'une Italienne vint lui présenter sa fille pour, ni plus ni moins, la lui vendre, il fut profondément choqué. Jamais il n'aurait touché une de ces jeunes filles, pour ne pas dire petites filles. Il comprenait que ces mères étaient au désespoir et ne savaient plus comment nourrir leur progéniture, mais pas à ce prix-là! Il n'aurait pu faire l'amour à une enfant et pouvait encore moins admettre que ce soit sa propre mère qui l'offre en pâture aux marins.

De retour à sa base, il écrivit une seconde missive à Germaine en se disant que peut-être la première s'était perdue. Il profita d'être à terre pour la poster et redonna son adresse retour.

Les missions se succédaient et il connut d'autres cieux, tous plus beaux les uns que les autres : la Sicile, puis la Grèce. Accoudé au bastingage, il laissait souvent ses yeux errer sur l'horizon et vibra devant les levers de soleil sur les îles grecques. Il sortait alors son livre de chansons et chantonnait un des refrains dans la fraîcheur du petit matin :

Le sentier des violettes
Est le rendez-vous
Des amoureux fous
Abritant leurs amourettes
Et leurs baisers doux
Loin des Jaloux
Le 28 juin 1916, à bord de l'Isole[7]

René n'était pas un poète certes, mais il pouvait le devenir à ses heures. La musique et plus particulièrement le chant était pour lui une véritable passion et une belle façon de s'évader. Il avait la voix juste et sifflotait la plupart du temps en travaillant.

Entre deux missions, il attendait fébrilement la distribution du courrier... Rien, toujours rien! Il reprit sa plume pour la troisième fois et rédigea une nouvelle missive pour Germaine :

« Ma chérie,
Que se passe-t-il? Je n'ai rien reçu de toi depuis mon départ de Rouen il y a maintenant presque un an! Pourtant j'ai régulièrement du courrier de mes parents. C'est donc que la poste fonctionne correctement. Aurais-tu rencontré un nouvel amoureux? Je souhaite que non, mais cette séparation est si longue. Je pourrais comprendre, car les mois passent et Dieu seul sait quand cette saloperie de guerre va se terminer! Si tu ne réponds pas à ce troisième envoi, j'en conclurai que je t'ai perdue à jamais...
Ton René qui t'aime toujours autant »

Au début de 1917, René se fit une raison. Germaine était sûrement passée à autre chose. Il n'avait jamais rien reçu d'elle et il en avait fait son deuil. Il savait maintenant que c'était terminé et que ce bel amour de jeunesse resterait sans lendemain. Germaine ne serait jamais sa femme.

---

[7] Refrain tiré du livre de chansons de René.

Hélène et René

Merci à ces grands-parents merveilleux qui, au lieu de jouir d'une retraite paisible bien méritée, ont accepté d'épauler leur fille et son mari et d'élever leurs trois petites-filles. Merci Papé et Mamé (alias Mémé) pour tout l'amour que vous nous avez donné.

Chapitre 1

Après la rupture entre Hélène et Riccardo, la vie avait repris son cours. Hélène avait longuement pleuré dans les bras de Marie. Mais cette dernière, dans sa sagesse légendaire, la consolait :

— *Basta*, Hélène, *basta!* Il te méritait pas! Tu te vois avec un gourgandin de mari? Allez va, on va prendre un petit verre sous la tonnelle. Tu vas même l'inaugurer. Salvatore vient de la terminer. La vigne ne la recouvre pas encore totalement, mais avec les années, ça va faire un beau petit paradis d'ombre. Allez va, tu mérites mieux! Ne t'use pas les yeux à pleurer!

Hélène se sentait bien auprès de sa sœur. Elle était très attachée à son petit neveu, Coco. C'était un enfant exceptionnellement calme pour son âge, peu exigeant. Il jouait seul dans le jardin. Il ne réclamait pas la présence de copains et se contentait souvent de Follette, la petite chienne recueillie par ses parents quelques mois auparavant. C'était la seule compagnie qui lui faisait vraiment plaisir.

Et puis, il y avait Salvatore, son beau-frère si calme, si pondéré, jamais un mot plus haut que l'autre.

— Tu peux venir quand tu veux, lui avait-il dit, ici, tu seras toujours la bienvenue! Ne pleure plus Hélène, un jour, tu riras encore!

* * * * *

Hélène travaillait toujours à la mercerie et trouvait beaucoup de réconfort auprès de sa patronne et ses sœurs. Les rires fusaient à nouveau dans la boutique et son entrain naturel y trouvait son compte. Une dizaine de jours avant la Fête Dieu, en mai 1917, sa patronne lui demanda :

— Dis, Hélène, dimanche, on va rendre visite à un petit Italien à l'hôpital militaire. Pourquoi tu ne viendrais pas avec nous? Ça te distrairait. La dernière fois, on a rencontré aussi un marin français très sympathique, on rigole avec lui, tu peux pas savoir!

— Je veux bien, mais je dois demander à mon père... et ça va être dur, surtout s'il sait que c'est pour voir des marins...

Bien évidemment, jamais elle n'aurait osé y aller sans avoir obtenu la permission paternelle. Hélène attendit le dimanche midi et se risqua :

— Dis Papa, tu m'autorises à accompagner ma patronne cet après-midi à l'hôpital militaire?

Vincenzo ne répondit pas et poursuivit son repas lentement.

— Dis Papa, je peux aller avec ma patronne…?

— Où ça? Tu dis à l'hôpital militaire?

— Oui, avec ma patronne et ses sœurs… je dois les retrouver à deux heures… je descendrais et j'irais à l'hôpital avec elles.

— Mange, mange, finis ton assiette et on verra.

Vincenzo détestait discuter durant le repas. Cela gênait sa digestion, surtout si la conversation risquait de devenir houleuse. Il termina son dessert, puis, comme chaque jour, se leva pour aller faire sa sieste, car il travaillait pour la Compagnie de chemins de fer et devait prendre son quart de nuit.

— Papa, tu ne m'as pas donné de réponse. Est-ce que je peux rejoindre ma patronne pour…?

Vincenzo se retourna et le plus calmement du monde, déclara :

— À l'hôpital? Mais, il n'y a pas ton frère … pas non plus ton cousin… ni personne de la famille? Alors, reste ici, ma fille, c'est mieux.

Hélène baissa la tête, mais ne répliqua pas. Elle savait que ce n'était pas la peine d'insister. Elle perdrait son temps et de toutes les façons ne se risquerait pas à enfreindre les règles. Le lendemain, elle se rendit à son travail comme d'habitude. Sa patronne l'apostropha dès son arrivée :

— Alors Hélène, on ne t'a pas vue hier?

— Bien, mon père n'a pas voulu.

— Bon, t'es pas maline de tout lui raconter comme ça. Laisse-moi faire! Dimanche prochain, c'est la Fête-Dieu et il y aura la procession. Je vais arrêter ton père quand il va passer après la messe et je vais lui parler.

Le dimanche suivant, la patronne d'Hélène fit comme promis. Elle aborda Vincenzo dans la rue aux alentours de midi :

— Bonjour Monsieur Vincent. Je voulais justement vous voir. La semaine dernière, vous n'avez pas voulu qu'Hélène vienne avec nous à l'hôpital? Pourtant ça l'aurait distraite et je ne pense pas qu'elle était en mauvaise compagnie. Bon, mais aujourd'hui vous ne direz pas non pour qu'elle nous accompagne à la procession de la Fête-Dieu?

— Bon, d'accord.

Hélène savait que sa patronne faisait un gros mensonge, mais elle était ravie. La perspective de rester enfermée à la maison toute la journée entre un père qui dormait et une belle-mère qui ne lui adressait pas la parole n'était certainement pas très réjouissante.

En fait de procession, elles se rendirent donc à l'hôpital militaire, riant et s'épivardant tout le long du chemin. Elles allaient rendre visite à un certain marin italien du nom de Fortaloni, enchanté de voir arriver ces quatre jeunes femmes plus gaies les unes que les autres.

Elles s'assirent autour et sur le lit de l'Italien et les bavardages allaient bon train quand un jeune marin apparut au fond de la salle, un porte-plume à la main. Il était grand, élancé et bien bâti, l'ossature forte, la démarche élégante, les cheveux châtain clair avec une mèche rebelle retombant sur le front, les yeux d'un bleu… bref, il était remarquablement beau. Hélène le remarqua tout de suite et fut saisie. Ses amies avaient parlé d'un petit marin français, mais elle n'avait jamais imaginé qu'il pourrait être ce beau jeune homme. Il venait droit sur elle en sifflotant gaiment.

Dès son entrée dans la grande salle commune de l'hôpital, lui non plus n'était pas resté indifférent. Elle était sûrement la jeune fille dont les trois autres avaient parlé la semaine précédente. Il la trouvait ravissante. Elle se tenait droite et fière, au pied du lit de son copain italien. Il s'approcha et les présentations furent faites par Fortaloni :

— Monsieur Duhamel, je vous présente Hélène Di Crescenzo.

— Bonjour Monsieur.

— Bonjour Mademoiselle, mais appelez-moi René.

Après une heure ou deux de bavardage, Hélène avait appris qu'il était hospitalisé, mais que ce n'était pas grave et que son congé était pour bientôt. Il lui avait expliqué que se sentant mieux, c'est lui qui prenait soin de ses deux copains italiens. En particulier, il passait les pieds de leurs lits au pétrole tous les matins afin d'éviter que les punaises n'y grimpent. Puis il lui demanda, à brûle-pourpoint :

— Vous n'avez jamais été fiancée, Mademoiselle Hélène?

— Fiancée? Oui et non. Fiancée officiellement, non jamais. J'ai fréquenté un jeune homme pendant longtemps, mais à la dernière minute, ça ne s'est pas fait.

Hélène n'éprouva pas le besoin de donner plus d'explications et lui n'en demanda pas davantage. Quelques jours plus tard, René reçut son congé de l'hôpital et remonta à bord de son bateau, le chalutier Notre-Dame-de-Lourdes.

Trois semaines après leur première rencontre, René se pointa à la mercerie. Il était de commission pour l'équipage du bateau, et en profitait pour s'acheter quelques affaires personnelles. En entrant dans la boutique, il demanda immédiatement :

— Est-ce que Mademoiselle Hélène est ici?

— Désolée, Monsieur René, elle est partie faire quelques courses. Elle sera de retour vers une heure au magasin. Si vous venez à deux heures, vous êtes sûr de la trouver.

— Alors je vais revenir pour deux heures. Mais dites-lui que j'aimerais que ce soit elle qui me serve.

— Parfait, je lui transmettrai le message.

— Vous êtes gentille. Je vous ai apporté un petit cadeau, des filets pour mettre vos emplettes lorsque vous allez au marché. Je les ai faits moi-même, à l'aiguille. J'ai appris à faire ça dans la marine.

— Ils sont magnifiques. Merci beaucoup Monsieur René et je vais prévenir Hélène dès qu'elle va rentrer.

À une heure, lorsqu'Hélène arriva à la mercerie, sa patronne lui sauta littéralement dessus. Elle lui mit les deux petits filets sous le nez, et lui demanda, la voix rieuse :

— Tu ne devineras jamais qui m'a offert ça?

— Aucune idée, comment veux-tu que je devine?

— Tu le connais…

— Ben voyons! Je te dis que je ne sais pas… Monsieur Garcia peut-être?

— Mais non! Souviens-toi, le marin français que tu as rencontré à l'hôpital!

— Oh là là! J'ai eu le temps de l'oublier. Je ne me souviens même pas de sa physionomie seulement!

Là, Hélène faisait un très gros mensonge! Non, elle n'avait pas oublié le beau jeune homme avec lequel elle avait discuté presque tout l'après-midi, à l'hôpital.

— Ah bien, tu vas pouvoir te la rappeler, sa face, car il vient à deux heures et il tient à ce que ce soit toi qui le serves.

— Ah non, tu le serviras, moi je reste derrière!
Hélène commença à ouvrir des boîtes de marchandises reçues le matin même et resta dans l'arrière-boutique. Un peu plus tard,

— Hélène, il y a un client pour toi, clama sa patronne

Elle n'eut pas le choix d'avancer dans la boutique, mal à l'aise et très intimidée :

— Bonjour Monsieur.

— René, appelez-moi René. Bonjour Mademoiselle Hélène. Je viens acheter quelques articles. Je voudrais des chaussettes.

— Bien sûr, quelle couleur?

— Et bien quelle couleur préférez-vous?
Hélène venait de recevoir d'Alger toutes les teintes : bleu, bleu Nattier, bleu pâle, blanc, etc. Elle hésita quelques secondes et lui dit :

64

— Mauve, c'est très joli mauve.

— C'est une couleur que j'aime beaucoup.

Puis, tout en déballant plusieurs articles susceptibles de lui plaire, Hélène ajouta :

— Ou peut-être violet si vous préférez.

Vous savez, précisera Mamé, j'apprendrai beaucoup plus tard, par sa mère, que René s'achetait, presque chaque dimanche, un petit bouquet de violettes qu'il mettait à son veston. J'étais tombée pile, hein?

— Mais j'aime encore plus le violet! D'accord! Et puis, pour les supports-chaussettes?

— Ça, ce n'est pas compliqué, autant que possible la même couleur que les chaussettes, dit-elle d'un ton espiègle.

— Vous lisez dans mes pensées. J'ai l'impression que nous sommes faits pour nous entendre, ajouta René en souriant à son tour.

Il acheta plusieurs articles et partit en sifflotant, son paquet se balançant au bout du bras.

Le soir même, à six heures, René se présenta à la sortie du magasin, avec une lettre à la main… La jeune femme fut très surprise.

— Vous m'attendiez?

— Oui, répondit-il en lui tendant l'enveloppe. Mademoiselle Hélène, cette lettre vous concerne.

Elle jeta un coup d'œil et lut l'adresse à haute voix :

— Monsieur et Madame Jean-Baptiste Duhamel…Mais ce n'est pas à moi, je ne connais pas ces personnes.

— Vous avez raison, vous ne les connaissez pas. Ce sont mes parents, mais ce qui est dedans, c'est pour vous.

— Pour moi?

— Je leur fais une demande en mariage.

Hélène sursauta :

— Une demande en mariage? À vos parents? Et bien, vous allez vite à l'ouvrage.

— Eh bien oui, vous me plaisez beaucoup.

René lui prit gentiment la main et la leva vers ses lèvres. Laissez-moi au moins vous courtiser, Mademoiselle Hélène. Moi, je vous aime assez pour envoyer cette lettre à mes parents.

* * * * *

Hélène était décontenancée. Certes, elle ne pouvait nier que René lui plaisait, mais tout ça lui semblait beaucoup trop précipité et bien irréel. Elle n'éprouvait aucun amour pour lui, seulement une certaine attirance. Elle sentait qu'il était sérieux, même si la démarche lui apparaissait d'une anormale rapidité. Dès sa visite à l'hôpital, elle avait bien vu la façon dont il s'occupait des deux Italiens, les maternant presque. Elle avait senti la bonté et la générosité dans ce grand gaillard. Et puis, elle avait vingt-quatre ans et dans un an, elle serait « coiffée catherinette »[8] si elle n'était pas mariée. On commencerait à la traiter de vieille fille. De toutes les façons, à partir du moment où elle ne pouvait avoir Riccardo, celui-là ou un autre? Il avait l'air très bien et au moins, il était beau, il s'exprimait bien et semblait respectueux des convenances... N'avait-il pas demandé la permission à ses parents de se marier?

L'idée fit son chemin tranquillement. Elle n'avait pas oublié Riccardo, oh non! Mais justement, passer à une autre étape l'aiderait probablement. Et puis, elle allait lui montrer, à ce malotru... Elle n'attendait pas après lui pour trouver un bon parti. Elle essaya de s'imaginer au bras de René, ce bel homme en uniforme militaire, croisant Riccardo sur un trottoir... Quelle belle revanche! Il souffrirait peut-être et cette idée lui plut. Elle accepta de fréquenter René.

Elle obtint assez facilement l'autorisation de son père. Dès qu'elle lui en avait parlé, Vincenzo avait demandé à rencontrer René et ils avaient bavardé longuement. Hélène n'était ni impatiente de connaître la décision de son père, ni anxieuse. En fait, elle se fichait du résultat. Si c'était oui, elle serait contente et si c'était non, elle ne serait pas déçue. René avait dû expliquer en long et en large à Vincenzo ses intentions et les perspectives d'avenir qu'il était prêt à offrir à sa future femme. Il passa le test avec brio et Vincenzo accepta presque avec enthousiasme le rapprochement des deux jeunes tourtereaux. Il expliqua sa décision à Hélène :

— Regarde ses mains, ma fille, avec cet homme là, tu ne mourras jamais de faim. Il a des pattes de travailleur.

Les choses étant donc officielles, presque tous les soirs, René venait la rencontrer à la sortie de la mercerie. Il avait toujours un présent pour elle, souvent de modestes bouquets de fleurs. Et tout en marchant, ils se parlaient, se racontaient. Elle lui fit part de ses déboires avec

---

[8] Vieille tradition célébrée par les jeunes femmes qui, à vingt-cinq ans, n'étaient toujours pas mariées. Elles prenaient alors le nom de « catherinette ». À l'époque où les chapeaux étaient de mise, les modistes s'appliquaient à créer des nouveautés pour coiffer ces femmes lors de la Fête, leur donnant une chance d'être remarquées. D'où l'expression!

Riccardo et lui avoua que la blessure était encore très fraîche. Il devait lui donner du temps pour apprivoiser leur relation encore toute neuve.

René l'écoutait sans juger, sans ressentiment et sans jalousie. Il apprécia même sa franchise. Lui-même n'avait-il pas été un amoureux déçu? Il lui expliqua les similitudes entre leurs pauvres expériences et lui raconta Germaine.

Les semaines passèrent et Hélène s'attachait de plus en plus à son beau normand. Elle le trouvait réellement très élégant dans son uniforme de marin la plupart du temps impeccable, sa fine moustache toujours bien taillée. Il avait le compliment facile et elle aimait se laisser bercer par ses mots doux. Oh ce n'était quand même pas un enfant de chœur, le beau René. Il avait la bagarre facile et à plusieurs reprises, elle avait observé des détails, un bouton arraché au bel uniforme, un col décousu et froissé… Elle avait même appris que quelques mois auparavant, il s'était battu au couteau avec un arabe pour gagner une fille de joie, mais c'était un gars courageux, en bonne santé, peu porté sur la bouteille, ni trop riche, ni trop pauvre, en bref, le parti idéal!

*   *   *   *   *

Lors d'une de leurs promenades quotidiennes, une diseuse de bonne aventure s'approcha et saisit la main de René. Il avait bien essayé de se dérober, mais elle avait insisté :

— Laisse ta main, Monsieur, je te dis les lignes de la main… je te dis l'avenir.

— Fous-moi la paix, c'est non! avait-il répliqué en reculant vivement sa main.

Elle la lui avait reprise presque de force et avant qu'il n'ait eu le temps de l'enlever à nouveau, elle avait regardé brièvement sa paume. Il s'éloignait déjà qu'elle criait encore :

— Toi, tu vas faire des kilomètres, des kilomètres, toute ta vie, tu vas faire des kilomètres!

René avait été furieux de son insistance. Mais Hélène se faisait régulièrement tirer aux cartes et croyait aux prédictions du genre. Elle se demandait ce qu'avait bien voulu dire la gitane. Son homme était chaudronnier et elle ne voyait pas très bien où seraient les kilomètres avec un tel métier. Elle aurait aimé qu'il laisse sa main pour en savoir davantage. Mais visiblement, cela n'intéressait pas René.

*   *   *   *   *

Un soir, elle était en train de fermer la boutique quand elle le vit arriver, la mine défaite, les traits tirés. Il s'assit sur la chaise devant la caisse. Il tenait une lettre à la main. Il la lui tendit et éclata en larmes :

— Lisez, Hélène!

Hélène fut attendrie et déchirée à la fois devant ce grand costaud secoué par les sanglots, tel un jeune enfant. L'écriture sur l'enveloppe était remarquable, une superbe écriture à la ronde, une écriture qui ne pouvait être maîtrisée que par un homme très éduqué. Elle fut impressionnée. Elle sortit la lettre de l'enveloppe et commença à lire :

« ...Nous te donnons un seul conseil : fais attention où tu te mets les pieds. Nous espérons qu'il ne s'agit pas d'une moukère, car le mariage n'est pas pour un jour, le mariage c'est pour la vie... »

— Ne pleurez pas René, votre père n'est qu'à moitié consentant pour ce mariage et je le comprends. Il ne me connaît pas. Tout ça n'est pas grave, nous avons tout notre temps. Je ne suis pas pressée de me marier, je suis encore jeune.

Mais René était tellement déçu de la réaction de ses parents. Il pensait qu'un jour viendrait où ils lui feraient confiance et ne qualifieraient plus systématiquement toutes ses décisions de nulles. Pourquoi fallait-il qu'il soit l'éternel mouton noir de la famille? Que leur avait-il fait pour mériter ce traitement éternellement négatif? Depuis son très jeune âge, il avait tout essayé pour avoir un compliment, une approbation, mais c'était toujours et encore la même déception.

Hélène s'approcha et lui prit la main.

— Ne pleurez plus René, je suis là.

Il lui sourit d'un pauvre sourire triste, les yeux encore mouillés :

— Merci, Hélène. Oui, nous leur montrerons qu'ils ont tort. Vous êtes une jeune fille digne d'être aimée et je ferai tout mon possible pour vous rendre heureuse.

Ils scellèrent ce vrai rapprochement par un premier baiser.

Chapitre 2

Les mois passèrent, sept mois très exactement et en janvier 1918, le mariage d'Hélène et René fut célébré. Ce fut une cérémonie très simple, par une belle journée ensoleillée. Entretemps, Hélène avait appris que son père avait dépêché son frère Jules en France pour qu'il prenne des informations sur la famille Duhamel. Mais il faut croire que tout était à la convenance de Vincenzo puisqu'il était resté favorable à leur union. Du côté des Duhamel, les craintes s'étaient aussi effacées et ils avaient même envoyé leur consentement par notaire.

Hélène avait espéré la belle robe blanche et le voile... Malheureusement, c'était une tenue de riche et son père n'en avait pas les moyens. La robe blanche allait avec le tapis rouge et la calèche de luxe pour les mariés. Devant son désarroi et sa peine, le photographe lui en prêta une, très jolie, accompagnée du voile et ce fut pour elle une bien mince consolation. Au moins garderait-elle dans son album, une représentation de la pure jeune fille qu'elle était. Pour la cérémonie, elle dut se contenter d'un tailleur bleu marine, en tricotine de gabardine et c'est même son futur époux qui le lui avait offert au coût de cinquante francs. Elle s'était payé le chemisier blanc qui complétait sa tenue.

Et pourtant, je la méritais ma robe blanche, nous dira-t-elle bien des fois.

Le jeudi, ils passèrent à la Mairie où le maire de Bône, en personne, les unit et c'est seulement le samedi qu'eut lieu le mariage religieux.

* * * * *

Ils passèrent leur nuit de noces dans la maison paternelle. Et quelle nuit! Durant leurs fiançailles, René et Hélène s'étaient certes embrassés à quelques reprises, mais les choses n'étaient guère allées plus loin. Tout ce que René connaissait des femmes, c'était les filles de maisons closes, les putains que les gars « sautaient » en quelques minutes. Quand un marin passait plusieurs mois en mer, dès l'arrivée au port, il n'avait qu'une envie : trouver une fille qui ne ferait pas la mijaurée et se laisserait approcher sans chichi. Ces femmes ne souhaitaient qu'une chose, que le gars fasse sa petite affaire le plus rapidement possible et sorte son argent. Par après, entre garçons, on se vantait à qui mieux mieux. L'un en avait eu deux dans la même soirée, l'autre trois ou plus….. C'était leur façon d'exprimer leur virilité.

Pour Hélène, il en allait bien autrement. Pour elle, l'amour, c'était l'échange de fleurs, de billets doux et à la limite, de petits baisers. Même les baisers de cinéma commençaient à manquer de pudeur… Quant à ce qu'exigeait un homme après être marié, elle n'en avait pas la moindre idée. Elle avait vaguement entendu dire qu'il se passait des choses spéciales dans le lit conjugal, mais quoi? Elle n'avait même jamais vu un homme nu et n'avait pas la moindre idée du détail de son anatomie.

On peut aisément réaliser le choc qu'Hélène ressentit le soir du mariage. Elle arriva dans la chambre nuptiale en chemise de nuit très longue et très opaque, un col de dentelle montant haut sur son cou et cachant le plus possible ses formes généreuses, les manches terminées par un cordonnet serré au poignet. Rien de bien séduisant, on peut en convenir.

René, tout feu tout flamme et voulant démontrer sa virilité à sa jeune épouse, lui enleva rapidement la chemise de nuit, déchirant la dentelle dans sa hâte et dévoilant du même coup le corps de la pauvre Hélène qui n'avait pas assez de ses mains pour tout cacher. Il la coucha sur le lit et tout de go, la déflora. Il renouvela son exploit par sept fois au cours de cette première nuit…. et ne comprit jamais pourquoi, malgré tous ses efforts, Hélène n'avait connu aucune jouissance… et n'en connaîtrait jamais de toute sa vie.

* * * * *

Malgré ce fiasco sexuel, les jeunes mariés s'accommodèrent de leur sort et partirent en voyage de noces. Ils passèrent quinze jours chez Jules et Lucette, à Tunis. Hélène était ravie à l'idée de retrouver sa belle-sœur avec laquelle elle s'entendait à merveille. Les deux jeunes femmes échangèrent vite des confidences et Lucette, bien initiée par Jules, donna quelques conseils à Hélène. Elle lui expliqua qu'avec le temps, peut-être, les relations sexuelles seraient moins pénibles et que peut-être même, elle pourrait finir par y trouver du plaisir. On ne peut pas dire que cela ait changé grand-chose pour Hélène, mais tout au moins, cela la rassura sur les agissements de son époux. Il était normal!

70

Lucette, de son côté, s'épancha aussi. Jules n'était pas le mari idéal et elle enviait l'attention que René portait à sa nouvelle épouse. Elle se plaignit d'être délaissée et trompée. Bref, elle n'était pas heureuse et bien qu'encore très jeune, elle avait déjà le visage flétri des femmes qui pleurent trop.

De retour à Bône, René et Hélène revinrent auprès de Vincenzo. Il était convenu qu'ils y resteraient tant que René serait affecté dans cette ville. Hélène fit découvrir Bône à son jeune époux. Elle en connaissait et en aimait chaque rue, chaque place, chaque statue. Le soir, ils faisaient de longues marches, jusqu'au cours Bertagna, large boulevard avec la cathédrale, le palais de justice et le jardin public, poussaient jusqu'à la place des Gargoulettes, près du port. Parfois, les soirs où l'orchestre se produisait, ils s'asseyaient sur un banc, près du kiosque à musique dont René était fervent. D'autres fois, ils apportaient un pique-nique près de la rue de l'Orphelinat, à l'ombre du petit bois d'eucalyptus. Vincenzo et Cécile se montraient plus compréhensifs depuis le mariage et leur laissaient un semblant de liberté.

Sept mois plus tard, René fut nommé à l'arsenal de Sidi Abdallah. Ils trouvèrent un petit appartement à Tinja. C'est une petite ville du nord de la Tunisie, au bord du Lac Ichkeul, tout près de la mer Méditerranée. Les oiseaux migrateurs y séjournent et souvent, le soir, Hélène et René les regardaient passer au-dessus d'eux. Hélène aima Tinja. Elle s'y sentait bien. Elle se fit une amie, Madame Lusseau, avec qui elle pouvait passer plusieurs heures par jour. Elle aimait se promener dans les alentours et bien qu'elle n'eut qu'une seule amie dans ce coin de pays, elle trouvait à occuper son temps. René passait ses journées à l'arsenal et venait la retrouver le soir.

Hélène appréciait ces premiers mois de véritable liberté. Son père et sa belle-mère étaient loin et elle jouait à la « Madame ». Elle aimait se promener en tenant son sac de façon à ce que tout le monde voie son alliance toute neuve et lorsqu'elle faisait ses courses, elle adorait entendre : « Au revoir Madame ». Tous les soirs, elle préparait le souper pour René et l'attendait avec impatience. Malheureusement, elle n'avait jamais appris à cuisiner. Chez son grand-père, c'était les bonnes qui s'acquittaient de cette tâche, chez son oncle, c'était sa tante Lucia, et chez son père, Marie puis Cécile, sa belle-mère. Aucune de ces femmes n'aurait toléré qu'elle mette un pied dans leur cuisine. Elle se débrouillait donc comme elle pouvait et grappillait des informations auprès de son amie ou auprès des commerçants. Mais il faut avouer que ses soupers étaient souvent des fiascos et l'apprentissage était pénible.

Un soir, elle décida de cuire du poisson. Elle avait pris ses informations et avait décidé de le frire à la poêle, dans un peu d'huile. Elle prit donc son poisson, le déposa dans la poêle huilée et mit le tout à chauffer. Catastrophe! Le poisson devint rapidement une véritable bouillie. Hélène se mit à pleurer et René eut bien du mal à la consoler.

— Ce n'est rien, mon petit poussin, on a oublié de te dire qu'il fallait que la poêle soit très chaude avant de mettre le poisson. La prochaine fois, tu sauras.

Heureusement que ton grand-père n'était pas difficile! Je peux te jurer que je n'ai jamais oublié la leçon!

* * * * *

Un mois après leur arrivée, René tomba malade. Il était accablé par une très forte fièvre. On diagnostiqua la grippe espagnole, terrible grippe parfois mortelle. Il fut hospitalisé et confiné à l'hôpital militaire, à l'étage des contagieux. Mais René, pourvu d'une très forte constitution, combattit la grippe en quelques jours. Pas question de rester plus longtemps entre ces quatre murs! Il voulait partir et retrouver sa femme. Il avait surtout peur qu'elle ne soit la malheureuse victime de marins en manque d'amour. Pourtant, le médecin était formel, il devait rester dans l'enceinte de l'hôpital pour au moins une semaine supplémentaire. Peine perdue! Durant la nuit suivante, il décida de « faire le mur » et se sauva. Il fit à pied les quatre kilomètres qui le séparaient de Tinja et arriva à l'appartement, épuisé et trempé de sueur. Il avait beau être robuste, il avait été affaibli par la grippe et le trajet lui sembla bien long.

Quand il arriva à l'appartement, Hélène dormait dur et René fut immédiatement alerté… cette odeur si caractéristique… le poêle à bois… Malgré le froid qui sévissait, il ouvrit immédiatement la fenêtre en grand et secoua Hélène pour la sortir de sa torpeur. Bien lui en prit! Sans son intervention, Hélène ne se serait probablement pas réveillée le lendemain matin. Lui-même, encore affaibli par sa grippe récente, se sentit mal et tomba sans connaissance sur le plancher. C'est finalement Hélène qui, les yeux encore gonflés de sommeil, à peine consciente, donna l'alerte et des brancardiers les transportèrent tous les deux à l'hôpital où ils retrouvèrent leurs esprits.

René reçut un blâme du conseil de discipline pour être sorti sans autorisation de l'hôpital militaire. Le fait qu'il ait sauvé sa femme minimisa la peine.

* * * * *

Après quatre mois passés à Tinja, René demanda à être rapatrié en France. Il voulait rentrer en Normandie, auprès de sa famille. Au mois de février, un peu plus d'un an après leur mariage, ils embarquèrent à bord du La Fayette, direction Toulon. Il était entendu qu'ils prendraient ensuite le train pour Rouen. Hélène était un peu mal à l'aise et suggéra :

— René, ce serait bien de télégraphier à tes parents pour annoncer notre arrivée.

— Mais non! C'est de l'argent gaspillé. De toute façon, ils ne sortent jamais. Et puis on va leur faire la surprise!

À leur arrivée à Toulon, comme prévu, ils prirent le train pour Rouen, ou plutôt pour Sotteville-lès-Rouen, où habitaient les Duhamel. C'était une banlieue ouvrière habitée essentiellement par des cheminots. On y retrouvait une très grande gare de triage aux innombrables voies ferrées entrecroisées. Les grosses locomotives à vapeur y circulaient de jour comme de nuit, crachant leurs énormes volutes noires. Tout y était sombre, crasseux à cause de la suie omniprésente. Les parents de René avaient toujours leur maison rue de Gessard. Comble de malheur, le jeune couple arriva de nuit et les deux pieds dans la neige.

Hélène n'avait jamais vu de neige, même pas sur une carte postale. Quel choc pour elle! Elle avait froid, l'humidité traversait son manteau et elle la ressentait au plus profond d'elle-même. Ses bottines étaient détrempées et ses pieds glacés... Où était donc son Algérie natale?

Elle détesta l'endroit et réalisa tout ce qu'elle venait de laisser derrière elle. Ils cognèrent à la porte des parents Duhamel vers quatre heures du matin et Marcel, le plus jeune frère de René vint leur ouvrir. Il s'était habillé à la hâte et avait les yeux encore gonflés de sommeil. Il cria :

— Papa, Maman, c'est Maurice!

Hélène pensa que Marcel avait mal vu... Maurice, il n'y avait pas de Maurice ici. Les deux frères s'enlacèrent avec un évident bonheur. René avait les larmes aux yeux quand il dit :

— Salut le bézot! C'est-y qu't'es devenu un homme, le p'tiot!

Hélène ne comprenait pas tout ce nouveau vocabulaire bien typique de la région. Elle devina qu'il s'agissait bien du plus jeune frère de René. Il y avait une ressemblance évidente. C'était, lui aussi, un bel homme, quoique moins grand que son mari. Malgré l'heure très tardive ou très matinale dépendamment du point de vue de chacun, il portait un béret tiré sur l'oreille. Affublé de cette coiffure traditionnelle en feutre souple noir et avec sa petite moustache étroite, Marcel représentait bien le Français type. En fait, il lui manquait la baguette sous le bras pour compléter la traditionnelle caricature... Il semblait un peu intimidé devant sa nouvelle belle-sœur et se recula pour laisser passer sa mère, mal réveillée et le chignon en bataille.

— Bonjour, la mère, bien heureux de te revoir! Et toi Papa, ta santé, ça va?

— Bonjour mon gars, ça va couci-couça. Bien content de te revoir aussi et honoré de saluer ta nouvelle épouse.

René était très heureux de retrouver les siens. On fit les présentations et Hélène fut accueillie chaleureusement, particulièrement par son beau-père, ce qui la réconforta un peu. Ces gens avaient l'air gentil et une chambre confortable leur fut offerte.

— Installez-vous Hélène, passez une bonne nuit... enfin pour ce qu'il en reste! Et nous bavarderons plus tard.

Ainsi avait parlé Jean-Baptiste et le ton était chaud, enveloppant. Elle se sentit bien, en tout cas, beaucoup mieux qu'en marchant dans les rues de Sotteville. Les jeunes mariés se couchèrent et s'endormirent d'un sommeil bien mérité.

Quelques heures plus tard, Hélène ouvrit les yeux et commença à explorer du regard son nouvel environnement. La chambre n'était pas spécialement coquette, mais c'était confortable. Un papier peint au bleu gris délavé tapissait les murs depuis sûrement très longtemps et un lustre poussiéreux pendait lamentablement au bout de sa chaine. Elle se leva et alla à la fenêtre. De l'autre côté de la rue, derrière les maisons, on apercevait les voies ferrées. On pouvait entendre les tampons des wagons s'entrechoquer dans un vacarme qui traversait les vitres et résonnait jusque dans son ventre. Elle avait le nez collé au carreau et balayait du regard son nouvel horizon.

— Oh là là, René! Dans quel pays de sauvages tu m'as amenée? Il pleut maintenant. J'ai froid juste à observer.

— Et ici, la pluie, ça peut durer longtemps. Tu fais connaissance avec le crachin normand, ma chérie.

— Le quoi? Et comme le ciel est bas ici, j'ai l'impression de l'avoir sur la tête. Je ne m'habituerai jamais à cette grisaille! Tout est sale. C'est toujours comme ça la Normandie?

— Mais non, Hélène, c'est comme ça ici, à Sotteville, à cause des trains. Mais la campagne est très verte et pleine de fleurs.

— C'est peut-être mieux en campagne, mais il se trouve que c'est ici qu'on vit. René, à quoi t'as pensé quand t'as refusé la place de chaudronnier qu'on t'offrait à Bône? On serait restés au chaud et à la lumière, au lieu de ça!

— Mais Hélène, en Algérie, je n'avais pas ma famille et elle me manquait.

— Oui, bien moi, c'est le soleil qui va me manquer. Et puis, ici, tu n'as pas de travail. Là bas, on t'offrait une très belle situation. Ton métier de chaudronnier sur cuivre était prisé. Tu aurais très bien gagné ta vie.

— Tu as raison, c'est vrai. Mais ne t'inquiète pas. Comme tu dis, j'ai un bon métier, et dès que je serai démobilisé, je vais me mettre à la recherche d'un travail. Ça ne sert à rien de repenser à l'Algérie, c'est ici que nous sommes maintenant et c'est bien ici qu'on va faire notre vie.

Hélène n'était pas contente du tout. Elle découvrait que lorsque René avait pris une décision, elle devait plier. Il était têtu et cela ne faisait pas son affaire. En fait, elle rageait. Et elle dans tout ça? Jusqu'ici, elle n'avait connu que le ciel rayonnant du sud, les bleus intenses du ciel, la blondeur des maisons basses et les treilles ployant sous la vigne. Elle se souvenait des repas pris sous les tonnelles et des rires qui fusaient. Elle ressentait encore sur sa peau la fraîcheur de l'ombre barrée de rais de lumière pendant la sieste. Et maintenant, que lui offrait-on? Des maisons hautes et étroites de briques rouge foncé noircies par les fumées de charbon, les petites rues étroites mal éclairées où des personnages tristes aux imperméables sombres se cachaient sous des parapluies noirs. Toutes les fenêtres étaient fermées, les rideaux tirés et on ne pouvait deviner aucune vie derrière les carreaux. Le ciel était gris, bas, triste et tout ça se reflétait sur les gens. Oui, son pays allait lui manquer cruellement et elle était en train de comprendre que c'était pour très longtemps.

Elle signifia sa déception et sa colère en marmonnant entre ses dents et en se glissant à nouveau sous les couvertures chaudes. À sa bonne habitude, elle attrapa un coin de drap et roula avec la courte-pointe, formant un véritable baluchon à la manière des bébés russes. René se retrouvant à découvert n'eut d'autre choix que de se lever.

Il comprenait la déception de sa femme et après ces quelques mois de mariage, il comprenait mieux ses réactions. Il savait qu'en pareil cas, il était préférable de la laisser ronger son frein toute seule. Elle allait bouder quelques heures et son naturel rieur et exubérant finirait bien par reprendre le dessus.

René aimait profondément sa femme, malgré une vie sexuelle très peu satisfaisante. Jamais il ne pourrait la blesser et n'aurait jamais supporté que quiconque lui manque de respect. Il ne la trouvait pas d'une grande beauté, mais elle aimait tant la vie qu'elle communiquait cet amour à tout son entourage. Toutes les excuses étaient bonnes pour qu'elle éclate de rire et il aimait l'entendre raconter son enfance, sa famille.

Hélène n'était pas non plus d'une intelligence exceptionnelle, justifiant ses actions par des dictons ou des croyances populaires plutôt que par des analyses très poussées. Mais elle avait le sens des valeurs acquises, le bon sens du peuple et un cœur grand comme une maison… pour tous les membres de son clan. Car attention, peu de personnes faisaient partie de ce clan et, en bonne Italienne qu'elle était, elle y régnait en véritable Mamma. On y retrouvait sa famille proche et quelques amis triés sur le volet. Elle était toute dévotion pour eux et aurait pu se faire tuer pour les protéger. Elle pouvait même leur pardonner bien des incartades, mais elle aurait pu tout aussi bien refuser un verre d'eau, en plein désert, à quiconque ne faisait pas partie de ce cercle privilégié.

Dès les premiers jours à Rouen, René avait compris que son père avait été accepté dans le clan privé d'Hélène. Toute son éducation du sud avait refait surface chez sa femme et lui imposait de reconnaître, dans son beau-père, son nouveau guide. Il était le propriétaire de la maison, le patriarche et à ce titre, il méritait le titre de chef de famille. Elle l'admirait pour sa prestance et son sens du devoir. Il l'avait admise sous son toit et la traitait comme sa fille. Et surtout, il avait marqué un point lorsqu'il s'était excusé de l'avoir traitée de moukère dans la lettre envoyée en Algérie, à son fils. Pour toutes ces raisons, aucune hésitation de la part d'Hélène, Jean-Baptiste avait droit à tout son amour et son respect.

Pour Angelina, il en allait autrement. À plusieurs reprises, Hélène avait demandé à René :

— Mais enfin pourquoi elle t'a mis en nourrice et pas les autres? Qu'est-ce que tu lui avais tant fait?

Il savait qu'elle lui en voulait pour ce geste et qu'à cause de ça, Angélina resterait toujours plus ou moins sur le seuil…. à la limite de l'acceptation.

$$* \quad * \quad * \quad * \quad *$$

Un matin, René entendit une discussion entre ses parents et crut comprendre qu'ils avaient de sérieux problèmes financiers. Il les croyait à l'abri du besoin et ne comprenait pas vraiment ce qui se passait. C'est après avoir bavardé avec son père qu'il découvrit l'ampleur du drame. Depuis son accident, Jean-Baptiste était incapable de travailler physiquement et le restaurant avait été fermé. Ça, René le savait, ses parents le lui avaient écrit. Au début, tout allait pour le mieux, car les revenus locatifs étaient largement suffisants pour faire vivre le couple. Mais dès la première année de guerre, en 1914, de nombreux jeunes hommes avaient été appelés sous les drapeaux, en fait presque tous les hommes actifs. Or, leurs locataires étaient tous de jeunes ouvriers! Leurs femmes se retrouvèrent seules avec les enfants et à cette époque, très peu de femmes étaient au travail. L'argent des loyers n'entra plus. Comment Jean-Baptiste aurait-il pu en vouloir à ces malheureuses, alors qu'elles aussi étaient victimes de la folie des hommes et ne savaient pas toujours quoi mettre dans l'assiette de leurs rejetons. Il avait bien acheté quelques bons, des actions russes, mais elles avaient perdu beaucoup de valeur et Jean-Baptiste préférait attendre pour les vendre. Heureusement, Marcel travaillait pour les Chemins de fer depuis peu et leur remettait son petit salaire, ce qui les aidait un peu, mais il était obligé d'admettre que c'était presque le seul vrai revenu de la maison. Jean-Baptiste souffrait de cette dépendance.

Finalement, René était de plus en plus content d'être rentré en France. Ses parents avaient besoin de lui et il était près d'eux.

Chapitre 3

René et Hélène restèrent neuf mois au domicile des parents Duhamel, en fait jusqu'à la fin de la guerre et la démobilisation de René. Hélène s'entendait bien avec ses beaux-parents, mais il commençait à lui tarder d'avoir un vrai petit nid, bien à elle. À Tinja, en Tunisie, elle avait goûté au plaisir d'être seule avec son mari et elle avait hâte de pouvoir retrouver cette tranquillité. Elle s'ennuyait toujours beaucoup de son Algérie natale, d'autant plus qu'elle en avait des nouvelles régulièrement. Dernièrement, Marie et Salvatore avaient eu leur deuxième enfant, une petite fille aux cheveux noirs, pétillante et pleine de vie qu'ils appelèrent Annonciate, mais que jamais personne n'appellerait ainsi! Pour tous, ce serait Guiguite.

*   *   *   *   *

De leur côté, Jean-Baptiste et Angélina avaient retrouvé une petite stabilité financière. Avec la fin de la guerre, les locataires étaient revenus au bercail pour la plupart et l'argent recommençait à entrer. Par contre, toutes leurs actions russes avaient fait un grand plongeon et ne valaient plus un kopek. Cet achat s'était avéré un manque de flair et un échec magistral.

Il était temps pour René de se mettre en quête d'un emploi. Il avait décidé qu'il travaillerait pour une grande administration. Son premier choix allait vers la marine marchande. Il venait de passer plusieurs années en mer et il était devenu un vrai marin. L'air salin et les vastes horizons lui manquaient. Il proposa également ses services aux Ponts et Chaussées ainsi qu'aux Chemins de fer, plus précisément à la Société nationale des Chemins de fer français, la SNCF. Il avait pris la décision d'accepter la première offre qui se présenterait. Ce fut la SNCF.

Il alla passer l'entrevue et revint tout joyeux :

— Hélène, ça y est, je suis engagé comme aide-chaudronnier, enfin, presque engagé, je dois faire quelques mois d'essai.
Hélène sauta de joie!

— On reste à Rouen?

— Non, je vais commencer dans un plus petit dépôt... ce sera à Lisieux.

Hélène n'en croyait pas ses oreilles. Décidément, la vie recommençait à être belle. Enfin, ils allaient avoir un appartement bien à eux, et loin des beaux parents. Elle avait beau les apprécier, elle en avait assez de vivre à leur rythme.

— Et devine quoi? Ce n'est pas tout! Je vais avoir des permis!

— Des permis?

— Bien oui, des permis de troisième classe, pour pouvoir voyager par le train gratuitement. Les compartiments ne sont pas très confortables, mais c'est quand même extraordinaire, non?

— René, je suis si contente. Merci pour tout.

Hélène se mit à rêver... Ils pourraient voyager un peu et prendre des vacances ... Qui sait? À la mer... dans deux ou trois ans... Et maintenant qu'ils allaient avoir une stabilité, peut-être même pourrait-elle trouver un travail pour installer l'appartement plus rapidement? Mais là, René s'opposa et se montra formel : il se devait de faire vivre sa femme. Il y allait de son honneur.

— Mais René, je m'ennuie toute la journée à ne rien faire.

— Attends qu'on soit chez nous, tu vas avoir fort à faire au moins au début. Et puis, peut-être vas-tu finalement tomber enceinte?

— Oui, j'aimerais bien... C'est bizarre qu'il ne se passe rien. On ne se protège plus depuis plusieurs mois et pourtant...

— Demande un avis à ma mère. Elle en a eu six, elle a peut-être une idée.

Hélène se confia à sa belle-mère qui lui conseilla tout simplement d'aller consulter leur médecin de famille. Après quelques traitements bien obscurs pour Hélène, ce dernier lui déclara que tout était réglé et qu'elle pouvait envisager la douzaine si elle le désirait. René réagit violemment à la nouvelle :

— Ah ça non, Hélène! Il en a de bonnes, ton médecin! Nous n'aurons pas une grosse famille! Jamais! Ce sera UN ou UNE et pas plus! J'ai trop souffert d'avoir été dans une famille nombreuse.

— Ne te fâche pas, René, je ne fais que te rapporter ce que le docteur a dit. Pour ma part, en avoir un seul me satisfait très bien!

—Tant mieux, car pour moi, c'est réglé depuis longtemps!

* * * * *

Ils trouvèrent un petit appartement, 1 rue Blanche-Porte, à Lisieux et y emménagèrent. René, engagé comme aide-chaudronnier, passa ouvrier dès les premiers jours et ses permis de troisième furent échangés pour des permis de deuxième classe. C'est qu'il y avait toute une différence entre les deux. Davantage de kilomètres alloués annuellement et un confort accru à bord des wagons! Au lieu des bancs de bois, des banquettes rembourrées avec appuie-tête portant le sigle SNCF! Et surtout, on avait l'impression de commencer à grimper dans l'échelle sociale. Les fortes odeurs de saucisson et de gros rouge faisaient place aux parfums plus délicats d'une clientèle presque bourgeoise. En troisième, il était Duhamel tandis qu'en seconde, il devenait Monsieur Duhamel! Et pour René, c'était un pas vers la reconnaissance.

* * * * *

Le jeune couple s'installa vraiment pour la première fois et fit l'acquisition de quelques meubles. En bon chaudronnier, René se chargea de la batterie de cuisine en cuivre et fabriqua d'abord trois casseroles. Il n'était pas très satisfait de la première sur laquelle tous les coups de marteau étaient visibles et dont les rivets n'étaient pas en cuivre. Après tout, c'était la première fois qu'il faisait un ustensile de cuisine. En perfectionniste qu'il était, il s'appliqua pour les deux autres qui furent parfaites. Il poursuivit avec une passoire, une écumoire pour les confitures et même deux petits sabots décoratifs qu'Hélène déposa sur le coin de son buffet.

La guerre étant terminée, les munitions n'étaient plus utiles, et en particulier les culs d'obus. C'est ainsi que René en transforma un en vase et deux autres plus petits en briquets.

Il avait à cœur de satisfaire sa femme et était heureux de lui offrir ces petits objets qu'il avait créés.

* * * * *

René s'intégra très rapidement au monde de la SNCF, un monde d'hommes, de travailleurs, un monde où la courtoisie était rarement présente et les bagarres fréquentes. C'était un milieu dur où chacun devait connaître les règles du jeu s'il ne voulait pas être pris à partie. Les divergences d'opinions se réglaient plus souvent qu'autrement par les poings. C'était la loi du plus fort et René était à l'aise dans cet univers. C'était le sien depuis son plus jeune âge et malheur à celui qui lui manquait de respect.

Depuis qu'il avait le grade d'ouvrier, René travaillait avec un aide-chaudronnier sous ses ordres, un certain Monsieur Nivet. Un bon dimanche, Hélène proposa à son mari d'aller faire un pique-nique à Beuvillers avec des amis, les Levaillan. Ils partirent donc, le panier à provisions sous le bras. Chemin faisant, ils croisèrent un couple dont le mari portait des lunettes fumées et Monsieur Levaillan salua:

— Salut Nivet!

Hélène se tourna vers René :

— C'est Monsieur Nivet? Mais c'est ton aide-ouvrier. Tu ne le salues pas?

— Pas la peine, je l'ai déjà vu ce matin en allant chercher le pain.

Hélène n'aima pas le ton de son mari et cela l'intrigua. Elle tira Monsieur Levaillan par la manche, l'obligeant à ralentir le pas.

— Dites, Monsieur Levaillan, c'est curieux que René n'ait pas salué Monsieur Nivet.

— Ah bien, il vous l'a dit. Il l'a vu ce matin…

Hélène n'en croyait rien et insista :

— Monsieur Levaillan, je veux la vérité. Il s'est passé quelque chose avec Nivet, n'est-ce pas?

— Bien oui, mais ce n'est rien, une mauvaise plaisanterie de Nivet qui a mal tourné…

— Ah oui? Quoi donc?

— Ils devaient retuber une machine. Ils venaient de terminer et René faisait remarquer à Nivet que le nouveau tube était bien étanche. Il lui expliquait que pour le savoir, il fallait souffler dedans et au moment où René a soufflé, Nivet a donné un coup sous le tube. Ça s'est répercuté sur la bouche de René et sa lèvre s'est mise à saigner… Vous connaissez votre homme? Surtout que l'autre s'est mis à rigoler de sa bonne blague! René a vu rouge et a foutu toute une raclée à Nivet. Finalement il l'a attrapé sous son bras et il s'apprêtait à le lancer dans le ventilateur. C'est le contremaître qui est intervenu pour éviter la catastrophe. C'est pour ça que Nivet porte des lunettes fumées, votre mari lui a mis les deux yeux au beurre noir.

Hélène était atterrée… Elle n'avait remarqué aucune cicatrice sur René et pourtant, la bataille avait dû être solide puisque l'autre aurait pu en mourir… Elle essayait d'imaginer ce qui serait arrivé dans un tel cas… Nivet dans le ventilateur…, René en prison… et elle…

— Mais il se bat souvent au travail?

— Non, pas vraiment… Il ne peut pas, car ce serait la porte. Pour cette fois, Il a eu la chance que le contremaître ne fasse pas de rapport. Il faut dire que Nivet, ce n'est pas la crème! Au fond, on était tous bien contents que René lui file une rouste! Ça fait longtemps qu'il la mérite!

— Je comprends, ça fait plaisir à tout le monde, mais il reste que c'est mon mari qui risquait la prison...

Quand ils furent de retour à la maison, Hélène explosa :

— J'en apprends de belles! T'as failli tuer un gars au travail... T'as réalisé les conséquences?... Tu aurais pu nous mettre à la rue tous les deux et en plus tu risquais la prison!

— C'est pas moi qui ai cherché la bagarre... Je ne vais quand même pas tolérer qu'un gars me fasse des coups de Jarnac du genre... Il aurait pu me blesser gravement. En tout cas, j'y ai arrangé le portrait et je peux te garantir qu'il ne me cherchera plus! Et si jamais il me recherche, c'est clair qu'il me trouvera encore!

— René, je ne veux plus que tu te battes, tu as compris?

René sortit en claquant la porte et l'air frais lui fit du bien. Il savait que sa colère aurait pu lui coûter cher, mais il savait aussi qu'il y aurait d'autres Nivet sur son chemin et que jamais il n'accepterait qu'un gars lui fasse perdre la face.

C'était la première fois à ma connaissance, mais ça n'a pas été la dernière. Que veux-tu, ton grand-père avait le sang bouillant. Heureusement, je n'ai pas tout su!

* * * * *

Hélène attendait ses règles depuis près de trois semaines et le matin même, elle avait eu une forte nausée... Elle passa sa main sur son ventre en souriant... Deux jours plus tôt, elle avait porté un échantillon d'urine à la pharmacie pour faire le test de la lapine. Il était temps d'aller aux nouvelles.

— Bonjour Madame Brodeur, je viens chercher mon résultat.

— Et bien, félicitations, Madame Duhamel, j'ai le plaisir de vous annoncer que vous êtes bien enceinte.

Hélène rosit de plaisir. Enfin, elle allait être maman. Elle n'en revenait pas. Elle avait tellement hâte d'annoncer la bonne nouvelle à René. Elle remercia la pharmacienne et rentra chez elle d'un pas alerte. Un garçon ou une fille? Ce serait la surprise à la naissance, mais elle se demanda ce qu'elle préférait. Au fond, elle s'en fichait un peu, quoique... une petite fille... Et René?

Quand le soir arriva et qu'elle entendit son mari entrer dans l'appartement, elle se précipita :

— J'ai une grande nouvelle.

82

— On est invité par les Levaillan?

— Non, ce n'est pas ça et ce ne serait pas une GRANDE nouvelle, dit-elle en minaudant.

— Je donne ma langue au chat…

— J'attends un bébé.

— Ça y est? Un bébé?

René prit sa femme dans ses bras et la serra très fort. Ses yeux s'embuèrent, mais il essaya de cacher cette petite faiblesse. Il était tellement heureux.

— Un garçon ou une fille? René, qu'est-ce que tu préfères?

— Ça m'est égal, pourvu que ce soit un beau bébé en santé, mais je ne détesterais pas une petite fille.

Pour René, sa femme devint infiniment précieuse et il faisait tout pour lui épargner les corvées. Pour Hélène, c'était le grand bonheur et enfin une bonne raison de se refuser à son mari. Elle avait moins à en subir les assauts sexuels et René se montrait compréhensif. Le soir, il lui massait les pieds et la dorlotait autant qu'il le pouvait.

— Hélène, je suis content que tu attendes un enfant. Figure-toi que j'ai eu une promotion, je suis chauffeur! J'en rêvais, mais je ne pensais jamais que ça viendrait aussi vite. Et ça veut dire que je vais souvent m'absenter puisque je vais être sur les trains.

— Chauffeur, mais ça fait quoi?

— C'est celui qui charge le feu sur les machines à vapeur. Il faut mettre le charbon dans le foyer et veiller à ce que le feu ne tombe pas, car s'il n'y a pas de feu, il n'y a pas de vapeur, et pas de vapeur, pas de pression et le train n'avance plus.

— Mais quand tu dis que tu vas t'absenter, ça veut dire quoi?

— Et bien, parfois, je vais être parti deux ou trois jours pour faire un train et revenir. Des fois un peu plus. Mais l'avantage, c'est la paye! Les roulants sont mieux payés que les gars qui travaillent au dépôt. Et toi, avec le bébé, tu ne t'ennuieras pas quand je serai loin de toi.

Hélène ne pouvait que se réjouir de cette nouvelle situation. Elle avait retenu qu'il serait plusieurs jours absent et donc, cela ferait moins de jours à endurer l'acte sexuel. Et en plus, avoir plus d'argent ne pouvait que lui plaire.

* * * * *

Hélène accoucherait à Rouen, chez ses beaux-parents. Sa belle-mère avait une bonne expérience en la matière et pourrait être précieuse en cas de problème. De plus, René était inquiet. Il craignait les derniers mois de la grossesse. S'il fallait qu'Hélène accouche pendant qu'il était parti, il s'en voudrait toute sa vie.

Hélène avait écrit la bonne nouvelle à toute la famille, à commencer par les parents Duhamel et surtout sa sœur Marie. Depuis qu'elle se savait enceinte, il lui semblait que l'Algérie avait reculé au bout du monde. Jamais la distance ne lui sembla aussi grande. Marie lui écrivait régulièrement et se montra très heureuse pour sa petite sœur.

« J'ai bien hâte de savoir le sexe de ton bébé. Rappelle-toi, si tu le portes haut, en avant avec un ventre pointu, c'est un garçon et si tu le portes plus bas, sur les fesses, c'est une fille. Un autre indice : des aigreurs d'estomac, c'est signe que ton bébé a des cheveux! »

Mais Hélène avait beau se regarder sous tous les angles dans le miroir, elle n'arrivait pas à se faire une idée sur la position du bébé. Elle n'avait aucune aigreur d'estomac et donc, probablement, son bébé serait chauve à la naissance. Sa belle-mère lui avait fait le test du pendule au dessus de son ventre et s'était montrée catégorique : ce serait un garçon. Par contre, une de ses voisines lui avait affirmé qu'elle n'avait pas son pareil pour prédire le sexe des bébés à naître et pour elle, c'était très clair, son visage rond et rayonnant prédisait une fille. Le seul point sur lequel tout le monde semblait s'entendre, c'était sur la date de l'accouchement : ce serait entre le quinze et le vingt novembre.

Quand Hélène fut enceinte d'environ sept mois, elle partit donc pour Rouen et reprit ses quartiers dans la maison de ses beaux-parents qui se montrèrent très accueillants. Angélina trouva même quelques grâces auprès d'Hélène. Elles avaient des bavardages de femmes averties et la grossesse d'Hélène les rapprocha. Elles préparèrent la layette du bébé ensemble et Hélène broda elle-même les petites chemises.

Elles eurent une aide inattendue dans ce domaine. La jeune cousine de René, Bertine, venait d'entrer comme « petite main » pour Renard et Carrière, une maison de couture installée rue de la République, à Rouen. Déjà toute jeune, elle habillait ses poupées et jouer avec les tissus et les bobines de fil était devenu une véritable passion. Elle arriva un bon matin avec trois petites brassières de fil, joliment décorées, et aux coutures si délicates qu'elles ne pourraient en aucun temps irriter la peau du nouveau-né.

* * * * *

René travaillait dur et profitait des trains sur Rouen pour venir voir sa femme. Son nouveau travail était devenu une véritable passion et il se complaisait à en raconter tous les aléas, dans le menu détail. En tant que chauffeur, il était sous les ordres du mécanicien. Évidemment, il y en avait des bons, mais aussi des mauvais. Plus René en apprenait sur son métier, moins il supportait les fautes professionnelles des autres et il s'emportait très souvent après untel ou untel qui n'avait pas fait son boulot selon les règles :

— Un abruti, le grand Poulard, quel mécanicien pourri! On est encore entré en gare avec sept minutes de retard! Ça me rend malade! On va encore avoir un blâme du chef! Pourtant, il en ronflait un coup, mon feu!

— Ne t'en fais pas René, ce n'est pas ta faute et le chef saura le voir.

— J'espère bien! Il paraît qu'ils veulent me faire passer chauffeur autorisé.

— Déjà un changement? Mais ça fait pas un an que tu es chauffeur. Et c'est quoi la différence?

— Je pourrai conduire les trains tout seul, mais pas sur les lignes. Seulement dans le dépôt, sur les voies de garage! Ça veut dire qu'ils me font confiance. Ah ça, c'est sûr que je ferai au moins aussi bien que ce crétin de Poulard.

— Tu vois, tu t'en fais pour rien.

— Peut-être, mais j'aime pas le boulot gâché.

— Bon, en attendant, j'ai encore des commissions à faire pour compléter le trousseau du petit. Au fait tu vas avoir encore une augmentation?

— Bien oui, évidemment.

— Bon, ça au moins, c'est positif! Alors, viens avec moi, ça te changera les idées, on va prendre le tramway et on ira à l'économat de la rive droite.

— Tu as raison, ça va changer le mal de place.

Ils descendirent sur la rue d'Elbeuf. Hélène se sentait de plus en plus pesante et avait du mal à mettre un pied devant l'autre. Elle n'était ni sportive, ni svelte et la grossesse ne faisait qu'empirer son état. Ils montèrent dans le tram et s'assirent côte à côte. Hélène remarqua, sur la banquette en face d'eux, une jolie jeune femme, bien que très petite, et qui fixait son mari. Cela l'intrigua, car l'étrangère était visiblement insistante. Hélène s'efforça de regarder ailleurs et concentra son attention sur la circulation alentour. Mais ce fut plus fort qu'elle et ses yeux se reportèrent sur la femme. Elle remarqua alors que cette dernière avait sorti un mouchoir et pleurait silencieusement. René semblait indifférent à la scène et pourtant, Hélène sentit qu'il était plus tendu. La jeune fille descendit un arrêt avant eux et Hélène s'inquiéta :

— René, tu la connaissais cette personne, n'est-ce pas?

— Bien oui, c'est Germaine. Tu te souviens, je t'en ai parlé pendant nos fiançailles. Nous nous fréquentions, mais elle ne m'a jamais donné de nouvelles durant tout le temps de mon service militaire. Je me demande bien pourquoi elle pleurait…

* * * * *

René voulait en avoir le cœur net. Il avait été bouleversé par la rencontre avec Germaine. Elle n'avait pas changé et tous les souvenirs de leurs promesses refirent surface, leurs derniers ébats aussi, la veille de son départ pour l'armée. Aurait-il été plus heureux qu'avec Hélène? Il est certain qu'il aimait sa femme de tout son cœur et il la respectait infiniment, mais leurs relations sexuelles ne s'étaient pas améliorées et visiblement, pour Hélène, c'était toujours la corvée et non le plaisir. Elle attendait passivement et presque avec répulsion que l'assaut se termine et soupirait d'aise lorsqu'il se retirait. Tandis qu'avec Germaine, le peu qu'il avait connu semblait très prometteur… Pourtant, jamais il ne ferait connaître le déshonneur à sa femme, jamais il ne lui manquerait de respect. Mais il devait savoir…

Pourquoi Germaine avait-elle pleuré en le voyant? C'était elle qui avait décidé de ne pas répondre à ses lettres. Il voulait aller au bout de cette histoire, comprendre. Dès le lendemain de leur rencontre fortuite, il se rendit au domicile de ses parents. C'est elle qui vint lui ouvrir et sursauta en le voyant. Elle était seule. Les larmes montèrent instantanément à ses yeux et c'est avec une voix cassée pas l'émotion qu'elle l'accueillit :

— Bonjour René. Je sais pourquoi tu es ici. Tu te demandes pourquoi je n'ai jamais répondu à tes lettres, n'est-ce pas?

— J'ai tellement attendu, Germaine, je ne comprends toujours pas pourquoi tu ne m'as jamais donné signe de vie. On s'était promis! Je t'ai écrit à trois reprises, mais rien… toujours rien!

— Je sais. C'est à cause de mes parents… Ils ont retenu tes lettres. Ils ne voulaient pas de ce mariage et je n'ai jamais su que tu m'avais écrit. Tu étais parti à la guerre et ils avaient peur que je devienne une jeune « veuve », avant même d'avoir été mariée. Ils m'ont remis tes trois missives il y a à peine six mois. Je t'ai écrit immédiatement, mais le courrier m'est revenu. Tu n'étais plus dans la marine.

René resta figé. C'était ses parents... Il sentit une violence incroyable monter le long de son échine. Son visage devint rouge et des sons rauques sortaient de sa gorge. Il leva son poing serré et frappa violemment la table près de lui. Germaine saisit son bras et l'affronta :

— Arrête ça tout de suite, René. Je ne peux pas en vouloir à mes parents. Ils ont fait ça pour me protéger. Ils ont cru bien faire. Oui, ils ont gâché ma vie, mais je dois vivre avec ça, et toi aussi.

Elle se détourna et fixa le mur :

— Maintenant, va-t-en. Tu es marié et tu vas avoir un bébé. Fais ta vie et sois heureux.

René se retrouva sur le trottoir, abêti et furieux à la fois. Il marcha longtemps dans les rues de Rouen, rongeant son frein et refoulant toute la haine qui était montée en lui. Il devait se calmer. Hélène allait bientôt lui donner un enfant et c'était tout ce qui devait compter. Elle était sa femme et il devait tout faire pour la rendre heureuse. Épuisé d'avoir trop erré à travers la ville, il se décida à rentrer chez ses parents.

* * * * *

La date de l'accouchement approchait, mais Hélène n'avait aucune idée de la façon dont tout cela allait se passer. La grossesse et l'accouchement faisaient partie des grands mystères que les femmes découvraient au moment où elles les vivaient.

Dès le matin du seize novembre, Hélène se mit au ménage. Elle n'en avait pas tant fait durant les deux derniers mois. Un besoin irrésistible de frotter, d'astiquer et de laver l'anima toute la journée.

La nuit suivante, elle dormit mal. Elle se leva plusieurs fois et bouger lui fit du bien. Elle ne comprenait pas vraiment ce qui lui arrivait. Du liquide lui coulait sur les jambes, un liquide incolore et elle avait beau essayer de se retenir. Impossible! Elle savait seulement que ce n'était pas de l'urine. Elle régla le problème en se protégeant avec une serviette de toilette. Au matin, Jean-Baptiste demanda d'une grosse voix bourrue :

— Qui a marché toute la nuit au dessus de ma tête?

—C'est moi, Papa, répondit-elle d'une petite voix coupable.

— Ah, vous ne vous sentiez pas bien? Ça m'a tenu réveillé une partie de la nuit.

— Excusez-moi, mais effectivement, ça n'allait pas fort.

Jean-Baptiste et Angélina se regardèrent d'un air entendu. Ils avaient compris et ils savaient qu'ils devaient rester en alerte. Hélène, par contre, ignorait encore totalement ce qui lui arrivait. Durant la matinée, elle se sentit un peu mieux. René allait passer la journée avec elle et ne devait repartir que le surlendemain. Il lui proposa de marcher un peu dans le quartier, mais elle déclina son offre. Elle préférait rester à la maison. Vers dix-huit heures, Hélène se sentit plus mal. Ses jambes étaient enflées et elle demanda à sa belle mère de lui préparer un bain de pieds. Depuis quelques semaines, c'était le seul moyen de détendre un peu ses chevilles gonflées par l'œdème. Puis la famille se mit à table pour le repas du soir. Au milieu du souper, elle se mit à pleurer. En fait, elle avait des contractions depuis le matin, mais ignorait si c'était normal ou pas, si ces horribles crampes allaient s'arrêter d'elles-mêmes ou au contraire si elles continueraient d'augmenter. Elle n'avait plus de position confortable et avait beau essayer de ne rien laisser paraître, la douleur était toujours présente, plus forte, plus ample. Elle partait des reins et lui enserrait la taille, jusqu'au pubis, son ventre se durcissait... Angélina jaugea rapidement la situation et se tourna vers René :

— Va, Maurice, c'est le temps, va chercher Madame Delamare!

C'était la sage-femme, celle qui avait mis au monde probablement les deux dernières générations de marmots du quartier. Elle était la seule ressource pour les futures mères du coin et sa réputation n'était plus à faire.

Angélina encouragea Hélène à monter à sa chambre et à se reposer un peu. Madame Delamare arriva une trentaine de minutes plus tard. Elle demanda à Angélina de faire chauffer de l'eau et de tenir prêts les petits vêtements destinés au bébé. Elle monta rejoindre Hélène, l'examina et déclara :

— J'ai la pièce de dix sous, il me faut la pièce de cinq francs.

Puis elle lui demanda de s'asseoir sur le seau hygiénique à rebords plats. Elle lui massa doucement le périnée pour aider à assouplir les tissus et quand la tête du bébé commença à pousser, elle la fit coucher :

— Ne forcez pas Hélène, laissez aller tranquillement, votre bébé arrive.

Et ta mère est effectivement arrivée, sans effort, très facilement à vingt-et-une heures précises, le dix-sept novembre 1920.

C'était un bébé très long de soixante centimètres et pesant plus de quatre kilos. Elle avait hérité de la forte constitution de son père. On voyait, dès sa naissance, qu'elle serait grande et bien bâtie. Pas un cheveu sur la tête et de beaux grands yeux qui semblaient bien bleus.

René était aux anges et déclara que sa fille était la huitième merveille du monde. À cause de l'amour qu'il avait pour son petit frère, il suggéra le prénom de Marcelle.

Quelques jours après la naissance, Bertine offrit au bébé une charmante petite robe blanche. Le modèle était très actuel avec ses ravissantes incrustations de guipure et un joli feston qui bordait le bas de la jupe. Bien sûr, elle l'avait faite entièrement de ses mains et la jeune maman ne put qu'admirer le travail.

Hélène était une maman comblée, et comme la plupart des mères, décréta qu'elle n'avait jamais vu un bébé aussi beau. Sur les conseils d'Angélina, elle décida d'allaiter son bébé, mais elle avait remarqué durant sa grossesse que seul son sein droit avait pris du volume. Angélina la convainquit de nourrir malgré tout.

Et seulement sur un sein, le sein droit. Le sein gauche était toujours plat comme une affiche, mais alors le droit était toujours comme ça... un vrai ballon!

Quand Marcelle eut un mois, Hélène découvrit des petits points blancs dans sa bouche. Elle appela Angélina.

— Oh là là, c'est du muguet. Il faut lui enlever ça très vite. On ne peut pas la laisser comme ça.

— Comment on fait ça?

— D'abord, il faut acheter une solution spéciale pour traiter cette cochonnerie. Après ça, on enroule de la ouate sur un petit bâtonnet, on trempe dans la solution et on frotte chaque petite lésion. Et vous, Hélène, il va falloir vous désinfecter le sein. Allez à la pharmacie tout de suite, expliquez-leur le problème, je vais garder la petite.

Hélène enfila son manteau et partit immédiatement. Elle revint peu après avec le précieux liquide, de la ouate et des bâtonnets. Elle commença le traitement doucement, en écartant les lèvres de sa fille. Mais le bébé n'aimait pas la manœuvre et Hélène déclara rapidement forfait. Elle ne se sentait pas le courage de forcer son enfant.

— Pas comme ça, Hélène. Il n'y a pas le choix, il faut le faire. Voulez-vous que je m'en occupe? Tenez la petite, moi, je vais badigeonner.

La main rude d'Angélina se mit à l'ouvrage. Marcelle hurlait et Hélène trouva l'expérience infiniment traumatisante, mais dût admettre que sa belle-mère s'était montrée efficace à défaut d'avoir eu le geste tendre. Elles recommencèrent la procédure pendant plusieurs jours et toute trace de muguet disparut.

Angélina organisa le baptême de Marcelle qui porta également les prénoms d'Angèle et Vincente, les prénoms de ses deux grand-mères. Angélina avait invité toute la famille. Les oncles et tantes étaient au rendez-vous. On s'amusa beaucoup et on s'engueula tout autant, à la manière traditionnelle des Duhamel.

* * * * *

Hélène rentra bientôt à Lisieux et commença à organiser sa nouvelle vie de maman à la maison. René devint effectivement chauffeur autorisé, tout juste un an après l'obtention de son grade de chauffeur. Même s'il ne pouvait encore conduire sur les lignes, il se sentait tout puissant aux commandes de sa grosse machine. Il travaillait très bien et était très apprécié de ses chefs. L'un d'eux l'encouragea à suivre une formation pour devenir mécanicien à part entière. René s'appliqua, apprit tous les règlements et surtout apprit tous les rouages de ces grosses locomotives. Il n'avait qu'à écouter la façon dont la vapeur sifflait en sortant et savait si un piston faisait défaut. Il arrivait que des copains l'appellent à la rescousse :

— Hé, Duhamel! Viens écouter, je pense que mon régulateur déconne, mais je sais pas pourquoi.

— J'vais voir! Y a pas à tortiller, cette saloperie va m'dire ce qu'elle a dans le ventre!

Quelle fierté il éprouvait quand il était capable de détecter la source du problème! Il captait tout ce qu'il pouvait comme information susceptible de rendre son travail plus efficace et jour après jour, il apprenait. Il se glissait sous la machine ou en faisait le tour, en répétant inlassablement ses leçons : la bielle d'accouplement, les bielles de contrôle, la bielle motrice…

Son rôle de maman occupait Hélène à plein temps. Elle avait la chaleur des *mammas* italiennes et leur exclusivité aussi. Il aurait fallu lui passer sur le corps pour pouvoir toucher à sa petite et malheur à quiconque aurait voulu lui faire du mal.

Hélène allait fréquemment rejoindre de jeunes mères dans les locaux d'un organisme « La goutte de lait ». Elle y recueillait de précieux conseils sur la façon d'élever Marcelle, que ce soit en alimentation, en habillement, ou tout ce qui pouvait toucher l'éducation des nourrissons. On lui avait conseillé de donner des petites bouillies au Rizabana pour compléter l'alimentation au sein, d'autant plus qu'Hélène n'avait qu'un seul sein producteur de lait. Marcelle était grande et avait un très bon appétit.

90

Le dix juillet 1921, « La goutte de lait » organisa un concours de bébés. Hélène y inscrivit sa petite et c'est avec grande fierté qu'elle annonça à René que leur fille avait remporté le troisième prix. Elle ajouta tout de go :

— Je suis persuadée que les deux gagnants ont bénéficié de passe-droits! Les juges connaissaient les parents, c'est pas possible autrement! Marcelle était de loin la plus belle! Le grand gagnant était tout petit et noiraud. Tu vois bien qu'il y avait de la magouille. Il fallait qu'elle soit vraiment belle pour arriver troisième dans ces conditions!

À quelques jours de là, Hélène reçut des nouvelles de Marie. Sa sœur venait de mettre au monde son troisième bébé, une fille baptisée Suzanne. Hélène était heureuse pour elle, mais il lui tardait de la revoir. Comme l'Algérie lui semblait loin! Elle se dépêcha de répondre et en profita pour envoyer une superbe photo de Marcelle couchée à plat ventre sur un oreiller.

Chapitre 4

Un an presque jour pour jour après la nomination de René comme chauffeur autorisé, il passa élève-mécanicien, puis encore un an plus tard, il devint mécanicien. Son ascension était assez fulgurante et prouve bien le degré de satisfaction qu'en avaient ses supérieurs. Il fut affecté au dépôt d'Évreux.

Enfin, il était maître à bord et le travail allait devoir se faire comme il l'entendait. Il était heureux comme un poisson dans l'eau. Une machine lui fut allouée et elle devint son bébé, l'objet de toute sa fierté, son faire-valoir. Le bruit de tous ses rouages devait être parfait, elle devait ronronner comme un gros chat. Les commandes devaient répondre instantanément, au doigt et à l'œil. Elle devait être belle, lustrée, rutilante, impeccable en tout point, il y allait de son honneur! Il passait des heures à en astiquer les cuivres. Non seulement sa machine ne serait jamais négligée, mais elle allait devenir « la » machine, celle qu'on cite en exemple, celle que les copains envient et que les chefs reconnaissent parmi toutes les autres. Elle était tout simplement, « la machine à Duhamel »! C'était tout dire!

À chaque changement de poste, le salaire de René avait été majoré et le couple commençait à être plus à l'aise. Des projets sérieux pouvaient être envisagés et ils acquirent leur première propriété. Oh ce n'était pas un château, mais une petite maison de cheminot située à La Friche de la Poterie, dans le coin de la Madeleine, 14 rue Portevin, à la sortie d'Évreux.

C'est aussi cette année-là que, ses moyens le lui permettant, René décida qu'il était temps de faire une belle surprise à sa femme.

— Hélène, j'ai pris une décision qui va te faire très plaisir, je suis sûr! On prend des vacances !

— Merveilleux, René. La petite en a besoin autant que nous. On devrait aller à la mer.

— Mieux que ça! On part pour l'Algérie!

— Hein? Oh René! C'est merveilleux! Enfin on va pouvoir présenter Marcelle à ma famille. Et faire la connaissance des deux dernières de Marie!

Elle lui sauta au cou. Il y avait si longtemps qu'elle rêvait de ce moment. Ils décidèrent de partir à l'été. René avait accumulé des congés et pouvait se permettre un mois de vacances. Marcelle aurait deux ans et demi, elle n'était donc plus un bébé. C'était parfait.

Il fallait prévenir Marie et Salvatore dès maintenant. Hélène alla chercher la bouteille d'encre, son porte-plume équipé de sa plume préférée, la Sergent-major, ainsi que le bloc de papier à lettres et s'installa à la table de cuisine. D'un geste presque rituel, elle glissa le guide-âne ligné sous la feuille, passa le revers de sa main sur le papier pour le lisser, plaça le buvard sous son poignet, trempa sa plume dans l'encre et commença à écrire. Elle avait une écriture d'enfant sage, bien inclinée comme elle l'avait appris à la petite école, s'appliquant aux pleins et aux déliés. Après avoir couvert le recto et le verso de sa feuille, elle jugea que c'était assez. Plus de papier lui coûterait plus cher de timbres. Elle termina donc sa missive en écrivant sur le côté de la feuille : « Je vous embrasse très fort tous les cinq, Hélène ».

Dans l'après-midi, elle alla poster sa lettre, heureuse et déjà impatiente de recevoir la réponse. Le ciel était chargé de nuages et dès son retour à la maison, elle commença à détendre son linge resté sur la corde. Il était presque sec et elle ne voulait pas risquer qu'il soit « saucé ». Au moment où elle mettait le dernier morceau dans son panier, elle sentit les premières gouttes de pluie.

— Il était temps que vous enleviez votre linge! lui cria sa voisine, Madame Faucher.

— Ah bonjour Régina, oui, je l'ai échappé belle! Ah au fait, il faut que je vous dise quelque chose!

Hélène s'approcha de la petite clôture qui séparait les deux jardins.

— Figurez-vous que René m'a fait toute une surprise ce matin! Nous allons passer les vacances en Algérie, dans ma famille. Je suis tellement heureuse! Il fallait que je le dise à quelqu'un!

— Oh mon Dieu, comme vous devez être contente! Ah bien, il faut fêter ça. Ça tombe bien, mon homme est à la maison en ce moment, ce soir, on vous invite à souper!

— Mais on était déjà chez vous samedi dernier, ce n'est pas juste!

— Allez Hélène, on ne compte pas les tours. C'est une très grosse nouvelle que vous venez de m'apprendre. Et puis les garçons seront bien contents de jouer avec la petite Marcelle. Elle est si mignonne!

— Bon d'accord, j'apporterai le cidre et le dessert!

— D'accord, à tout à l'heure!

La pluie tombait maintenant bien dru et Hélène rentra précipitamment, son panier à linge sous le bras. Elle était heureuse de fêter la bonne nouvelle avec ses voisins, les Faucher. C'était de très braves gens sur qui elle pouvait compter, et vice versa d'ailleurs. Et en plus, Madame Faucher qui n'avait que des garçons avait un petit faible pour Marcelle.

— Comme elle est adorable, votre petiote! Être sûre d'en avoir une comme ça, je tenterais le coup. Mais, je me suis fait tirer aux cartes après Jacques et il paraît que j'en aurai pas d'autres.

Madame Faucher croyait dur comme fer aux voyantes et était très superstitieuse. Un soir, ils avaient fait un repas avec d'autres amis et elle avait préféré manger toute seule à la cuisine pour éviter les treize convives autour de la table.

Son mari, François, travaillait lui aussi pour les Chemins de fer et était un « roulant ». Les conversations étaient donc toutes trouvées entre René et lui. Chacun avait ses bons coups à raconter et enjoliver au fur et à mesure que le temps passait, à la manière des histoires de pêche où le poisson attrapé gagne quelques centimètres à chaque nouvel interlocuteur. Les deux hommes s'entendaient bien, même si François trouvait que Duhamel était fort en gueule et avait une tête de cochon.

De son côté, René était un peu admiratif de la passion de son voisin, le violon. François faisait partie d'un petit orchestre et animait souvent des bals populaires.

Le soir, après un repas bien arrosé, René lui demandait :

— Allez François, joue-nous un petit air!

Chaque fois, Régina protestait :

— Ah non, vous ne remettez pas ça, René, il va encore falloir endurer le bruit de son crincrin! J'ai horreur du bruit de ce fichu instrument.

— Allez, Régina, vous allez pas râler…juste une petite chanson!

François s'exécutait, malgré les protestations véhémentes de Régina, pour le plus grand contentement de René.

— Si tu aimes vraiment le violon, René, je pourrais l'apprendre à Marcelle quand elle sera plus grande.

— Tu ferais ça? T'es un chic type. J'te dis pas non, mais elle est trop jeune.

* * * * *

Depuis qu'il était mécanicien, René travaillait toujours en tandem avec un chauffeur, la plupart du temps le même. Ils formaient une équipe. Pour le gars en question, c'était un honneur que de rouler avec Duhamel, car les notes ne pouvaient qu'être bonnes. Le train serait à l'heure, toutes les opérations de nettoyage, graissage et surveillance seraient parfaitement exécutées et à long terme, les honneurs retombaient sur l'équipe.

Pourtant, il arriva à René d'avoir des chauffeurs un peu moins performants, voire franchement mauvais. En fait, René avait fait sa réputation à travers tout le réseau : c'était un gars fiable, intègre, qui ne prenait jamais un coup durant les heures de boulot. De plus, il était costaud et ne se laissait pas intimider par les cas difficiles, aussi rebelles soient-ils! Ses chefs avaient donc tendance à lui refiler les chauffeurs les plus coriaces.

Une bonne journée, René prit un train à Évreux, direction Nantes. Son chauffeur? Un certain Mahais. C'était un grand gars, plus grand que lui et à la carrure plus large. Tout avait bien commencé et le début du voyage avait été plaisant. Le chauffeur était robuste et il n'avait pas son pareil pour envoyer la pelletée de charbon au fond du foyer. Puis, à plusieurs reprises, René eut connaissance que Mahais allait au coffre à ravitaillement pour se désaltérer. Il buvait du café à même une bouteille thermos.

Les kilomètres défilant, la belle énergie de Mahais s'estompa et la pression de la machine baissa dangereusement. René aboya :

— Charge, Mahais, charge! La pression baisse!

Mais le gars réagit à peine, ses gestes semblaient ralentis. René s'approcha à quelques centimètres du visage de l'homme et, contrant le bruit assourdissant de la locomotive, hurla :

— Alors Mahais, tu roupilles? Merde! Tu me le charges, ce putain de feu?

Il sentit alors la forte haleine chargée d'alcool du chauffeur. Il lui donna une violente poussée et cria :

— Saloperie! Va cuver sur le charbon, j'vais l'faire tout seul, le train! Fous-moi le camp!

Tandis que Mahais s'effondrait sur le tas de charbon, René s'attela au chargement du feu. Dans sa précipitation, il ne s'écarta pas assez rapidement de l'ouverture du brasier et subit un retour de flamme. Cela lui était déjà arrivé, comme à bien d'autres, mais ce jour là, il s'en serait passé. Il vit la flamme lui lécher le devant de la jambe et sentit l'odeur du tissu brulé. C'était son bleu de chauffe qui venait d'en prendre un coup et son mollet par la même occasion. Il n'avait pas le temps de s'arrêter à si peu de choses, il y avait tout à surveiller en même temps : le feu, ses signaux lumineux, ses manettes, ses cadrans… Tout un voyage!

Le train entra finalement à Nantes avec seulement trois minutes de retard. Ça aurait pu être nettement pire! René alla secouer Mahais et lui intima de descendre. Ce dernier se releva péniblement, descendit de la machine en titubant et se dirigea d'une démarche chancelante vers la buvette de la gare. René en profita pour ouvrir le coffre et fouiller son panier. Il ouvrit le thermos pour réaliser qu'il contenait non pas du café, mais plutôt un mélange de vin blanc et de calvados… Tout un cocktail! Il claqua la bouteille sur la roue de la machine et la fit voler en éclats. Puis il rattrapa Mahais, le souleva de terre par les revers de son bleu et le secoua vigoureusement.

— Écoute-moi bien Mahais, tu touches la bouteille une autre fois sur ma machine et je te jette en bas, sur le talus! En plus, t'es signalé à l'arrondissement. T'as bien compris? Tu rouleras plus jamais! Pour aujourd'hui, c'est juste un avertissement! Maintenant, fous-moi le camp, t'as assez bu!

Quand René rentra chez lui, il raconta l'anecdote à Hélène. Cette dernière réagit mal :

— Mais René, pourquoi tu ne l'as pas dénoncé tout de suite à Nantes? Il risque de refaire la même chose et toi, tu peux avoir des problèmes à faire ton train. C'est toi qui serais blâmé.

— Non Hélène, je préfère lui donner une chance. Mahais, il a une femme et des gosses. Je peux pas lui faire perdre son boulot. Mais ne t'inquiète pas, il a eu la peur de sa vie, j'pense pas qu'il recommence.

René avait raison. Il travailla encore avec Mahais et il n'eut plus jamais à s'en plaindre. Le gars avait eu sa leçon et se contenta désormais du café, tout au moins à bord de la machine de Duhamel. C'était la force de René qui, au fond, était un grand sensible, aux valeurs solides, à défaut d'avoir toujours la manière de passer ses messages. Entre gars du même milieu, ils se comprenaient bien et c'était l'essentiel.

*   *   *   *   *

À quelques semaines du départ pour l'Algérie, ils reçurent une lettre de Marie qui avait bien hâte de les voir. Elle leur annonçait en même temps le divorce de Jules. En fait, poursuivant sa ligne de conduite de toujours, leur frère était parti avec une nouvelle conquête, abandonnant la pauvre Lucette à son triste sort. Heureusement, aucun enfant n'était né de cette union, ce qui sembla un peu moins dramatique aux yeux d'Hélène. Les divorces n'étaient pas courants et très vivement critiqués surtout dans les milieux très catholiques comme le sien. Pourtant, Hélène ne tint pas vraiment rigueur à son frère, même si elle adorait sa jeune belle-sœur. Il faisait partie de son clan, de sa famille et cela excusait beaucoup de choses. Elle décida de garder malgré tout Lucette dans son cercle d'amis et de lui écrire régulièrement.

Quant à Jules, sa nouvelle flamme était une comédienne, Marie-Louise Godard. Hélène n'en apprit que très peu à son sujet si ce n'est que pour la famille, elle était Lison, qu'elle était enceinte et que Jules avait décidé de l'épouser.

Fin juin, Hélène et René regagnèrent Rouen. Angélina et Jean-Baptiste réunissaient tous leurs enfants et petits-enfants deux fois par an, soit à la Saint-Jean-Baptiste et à Noël. C'était devenu une tradition que chacun attendait avec impatience. Pourtant, il manquait régulière-ment au moins un des enfants qui était en guerre soit avec ses parents, soit avec l'un ou l'autre de ses frères et sœurs. Les éternelles querelles de la famille Duhamel perduraient et les chicanes étaient très fréquentes. Cette année-là, les parents refusèrent de recevoir leurs deux enfants, Jules et Olympe.

* * * * *

Le mois de juillet 1923 arriva enfin et avec lui le départ pour l'Algérie. Marcelle découvrit pour la première fois la famille de sa mère et surtout ses cousins et cousines. Coco venait d'avoir ses neuf ans. Marcelle apprécia immédiatement ce cousin si raisonnable qui veillait sur elle et la protégeait. Par contre, Guiguite était beaucoup plus intrépide et Marie devait souvent sévir pour se faire écouter de sa petite espiègle. La sage Marcelle se montra bien excitée devant les clowneries de sa cousine, alors âgée de presque cinq ans. Quant à Suzanne, elle venait tout juste d'atteindre ses deux ans et était encore un bébé.

Hélène et René passèrent un mois merveilleux, bercés par le soleil et les rires, les bons repas sous la tonnelle. C'est durant ces vacances que Marie donna à Marcelle le surnom de Citronnelle. La petite fille pouvait passer de longues minutes à sucer le jus sucré des citrons que Salvatore cueillait pour elle. Rien à voir avec les citrons très acidulés achetés à Évreux!

Marie avait l'aide d'une femme arabe pour le ménage et l'éducation des enfants. Fatma arrivait de bonne heure le matin accompagnée de son mari. Ce dernier s'allongeait sur le trottoir, devant la porte des Giudice et dormait en attendant la sortie de sa femme. Une bonne journée, Marie en eut assez. Elle s'arma d'un balai, ouvrit la barrière et se mit à crier en poussant l'homme :

— Va travailler grand fainéant au lieu de l'attendre! Il y a pas un homme ici qui va lui sauter dessus! T'as pas besoin de surveiller! Allez, oust, *vatine, vatine!*

Ce qui est le plus curieux dans cette petite anecdote, c'est que l'homme déguerpit sans rechigner. Personne ne résistait à cette petite bonne femme énergique et exubérante.

Salvatore et René eurent plus de temps pour se connaître et sympathiser. Le caractère très impulsif de René et le flegme de Salvatore faisaient un heureux contraste. Ils devinrent beaucoup plus que de simples beaux-frères. Chaque matin, ils partaient, chacun portant son cabas et allaient faire le marché. Ils en profitaient pour parler entre hommes et refaisaient le monde devant un bon pastis. René, bon bricoleur, aida même Salvatore à terminer un superbe poulailler, dont Marie n'était pas peu fière :

— Écoute, Hélène, tu entends le coq? Il chante deux fois plus qu'avant! Il n'en revient pas de sa nouvelle demeure!

La fin du séjour arriva, mais ne fut pas trop triste. René promit qu'ils essaieraient de venir tous les deux ans, ce qui les rassura tous les quatre sur leurs futures relations.

* * * * *

Un peu avant leur départ en vacances, Marcel, le jeune frère de René, avait annoncé ses fiançailles. Impossible pour Hélène et René de repousser le départ prévu depuis longtemps. La cérémonie, très simple, eut donc lieu en leur absence. Il tardait à Marcel de présenter sa compagne à son aîné. Le jeune couple s'annonça quelques jours à peine après leur retour.

— Salut Maurice, je te présente Yvonne Derouet, ma future femme. Nous nous marierons l'an prochain.

— Bravo, le bézot, félicitations! Bonjour Mademoiselle, bienvenue chez nous... ma femme, Hélène et ma petite fille, Marcelle.

Yvonne était une jeune fille brillante. Ses petites lunettes rondes lui donnaient un air intellectuel et sérieux. Elle travaillait dans des bureaux comme aide-comptable et René apprécia ses tournures de phrase bien structurées. Hélène, quant à elle, remarqua immédiatement le solitaire qui brillait au doigt d'Yvonne.

— Vous avez une bien jolie bague de fiançailles, elle vous va à ravir.

— C'est un cadeau de mon futur beau-père. Je dois avouer que je me sens très gâtée, répondit Yvonne en faisant miroiter le bijou.

Hélène se rappela la promesse de Jean-Baptiste : « Lorsque nous serons mieux financièrement, vous aurez votre bague de fiançailles comme les autres, ma chère Hélène… »

Mais le temps avait passé et la belle promesse s'était envolée. René vit la frustration sur le visage de sa femme et la serra contre lui en murmurant à son oreille :

— Un jour, Hélène, je te promets que tu auras la tienne!

* * * * *

Marcel en profita pour donner quelques nouvelles de la famille. Entre autres, la petite cousine Bertine travaillait toujours pour Renard et Carrière. Elle avait eu une promotion et était passée de petite main à seconde ouvrière.

— Je suis bien heureux pour elle. Tu sais, elle en a bavé pour réussir. Sa mère aussi a eu du mérite!

— Je ne sais pas si elle prendrait des petits contrats pour habiller Marcelle?

— Possible, mais il ne faudrait pas que ça entre en conflit avec son boulot. Je ne sais pas si elle peut. Tu lui en parleras.

René était ravi pour Bertine. Il avait toujours eu un petit faible pour cette jeune cousine et il avait gardé en mémoire la douceur de sa mère alors qu'il n'était encore qu'un petit garçon. S'il pouvait lui donner un coup de pouce, ce serait avec plaisir.

Marcelle

À ma mère, cette superbe femme si altière. celle qui m'a appris qu'on doit redresser les épaules et garder un port de tête noble, qu'on doit toujours se faire respecter et respecter les autres. Merci d'avoir été le bouclier de notre famille, merci de m'avoir rendue fière d'être ce que je suis.

Chapitre 1

— Allez, répète, Marcelle! Petit Pierre dit à petit Jean…

— Petit Pierre dit à Petit Jean…

— C'est bien, continue, tu connais la suite… C'est bien!

— … Un affreux crapaud tout noir!

— Tu vois, ça finit par rentrer, tu vas l'avoir cette comptine!

Marcelle était à l'école depuis quelques mois, en maternelle. Elle avait cinq ans et cette histoire de Petit Pierre et petit Jean avec le crapaud… Tout simplement, ça ne rentrait pas, malgré tous les efforts de sa mère! Mais elle n'était pas enfant à lâcher prise et répétait inlassablement. Ses débuts d'écolière révélèrent sa ténacité. Elle n'avait pas de grandes facilités à l'école, mais était travaillante et pour rien au monde, n'aurait déclaré forfait.

Dans la même période, elle commença le violon. C'était une idée de son père. René aimait la musique et plus particulièrement l'opéra. Il connaissait plusieurs grands airs par cœur et quand il en avait l'occasion, il achetait des billets pour le Théâtre des Arts de Rouen et y invitait sa femme. Il acheta un violon miniature pour sa fille et François, son voisin, se proposa comme professeur.

Tout d'abord, Marcelle apprit les premiers rudiments du solfège. Elle y excella tout de suite. Lire ses notes, les chanter tout en battant la mesure… elle adorait l'exercice. Elle avait une voix claire, parfaitement juste et la lecture fut très rapidement fluide. Au violon, c'était plus ardu. Pourtant, elle s'appliquait pendant des heures, en fait au moins une heure par jour, plaçant ses petits doigts sur les cordes, faisant grincer l'archet, mais René restait très patient :

— Essaie encore, ma fille, c'est en essayant que tu vas finir par l'avoir!

Il était clair que c'était beaucoup trop exigeant pour une enfant de cet âge, mais René connaissait mal les compromis et les demi-mesures. Et Marcelle ne se rebellait pas, elle recommençait encore et encore. Quelquefois, Hélène s'interposait :

— C'est assez, René, tu vois bien qu'elle est fatiguée

— Allez, une dernière fois, ma fille!

* * * * *

La première maison de René et Hélène n'avait qu'un tout petit bout de terrain et ne permettait pas d'y faire un potager. Par contre, un cheminot leur proposa une parcelle de terre, à quelques coins de rue. René fut heureux de renouer avec le jardinage. Il trouvait dans cet exercice une excellente façon de s'évader, de ne penser « à rien », de laisser vagabonder les images dans sa tête. C'était un des rares endroits où il se sentait en paix avec lui-même. Il pouvait passer des heures à tamiser le terreau sans ressentir la fatigue. Il rapportait de beaux gros légumes et fruits et son engrais avait l'air très efficace vu sa production!

Hélène avait appris à faire les conserves et les confitures. Pourtant, elle le disputait souvent:

— René, tu m'en apportes beaucoup trop! On est juste trois, pas un régiment. Je peux en donner à nos voisins, mais quand même…

Marcelle s'initiait aux travaux de la maison et aimait bien aller au jardin avec son père. Elle aimait le regarder bêcher, planter et essayait de l'imiter. Par contre, un de ses pires cauchemars était d'avoir les mains sales. Or, quand c'était le temps de la récolte de pommes de terre, il fallait bien mettre les mains dans la terre. Elle devait ensuite parcourir près d'un kilomètre pour revenir du potager et aucun lavabo sur place… Elle sentait ses mains s'assécher et commençait à rouspéter et pleurnicher. Mais ni Hélène, ni René ne supportaient ce genre d'attitude.

— Marcelle, ça suffit, je te mets une schkiaffe[9], menaçait Hélène

Marcelle savait très bien que la gifle risquait fort d'arriver si elle continuait son « chignage ». Elle devait donc faire de gros efforts et supporter cette crasse pendant toute la durée du trajet. Les caprices n'étaient pas de mise. Parfois, c'était son père qui prenait le relais :

— Si tu continues, c'est moi qui vais te coller une frottée.

Curieusement, même s'il passait très rarement à l'acte, elle le craignait beaucoup plus. René n'aimait pas lever la main, car il connaissait sa force et avait toujours peur de dépasser les limites acceptables. Il se contentait donc souvent de menacer, mais le ton et la promesse de sanction étaient plus que suffisants pour une enfant telle que Marcelle.

* * * * *

---

[9] Prononciation tr;es libre de ma grand-mère du mot italien « schiaffo ».

Avec le temps, Hélène devenait une excellente cuisinière. Elle accumulait les nouvelles recettes et faisait des essais de plus en plus heureux. On s'éloignait de la jeune mariée inexpérimentée qui réduisait les poissons en purée et laissait la soupe attacher au fond des casseroles. Sa belle-mère lui apprenait la cuisine normande, souvent à base de beurre et de crème fraîche. Sa recette préférée? La blanquette de veau qu'elle réussissait à merveille. Chaque fois qu'elle allait en Algérie, et ils y avaient fait deux séjours d'un mois depuis la naissance de leur fille, Marie lui révélait quelques secrets culinaires de ses origines italiennes et de son coin de pays : la pâte à ravioli et sa garniture, les tomates ou les poivrons farcis, mais aussi le couscous et les boulettes de viande à la juive. René était le bon candidat pour tester ses nouveaux essais et les apprécier. Il avait un solide coup de fourchette et n'avait pas son pareil pour faire claquer sa langue en s'étendant le cou au-dessus des casseroles fumantes.

— Hum, ça sent bon! Je sens que je vais me régaler!

— *Vatine*, reste pas dans mes jambes! Je t'appellerai quand ce sera prêt, fulminait Hélène.

Pour sa fille, Hélène cuisinait surtout les poissons. Marcelle les aimait pratiquement tous, des poissons « normands » comme la sole, la plie, dont les filets se détachent aisément, aux poissons « du sud », qu'elle aimait manger lentement, recherchant les arêtes délicatement du bout du couteau et de la fourchette. Ses plats préférés? Les sardines grillées ou les petites fritures d'équilles ou d'éperlans, bien arrosées de citron.

* * * * *

Le dix-sept janvier 1928, René et Hélène fêtèrent leurs dix ans de mariage. René décida de faire les choses « en grand » et de faire une surprise à Hélène. Elle le méritait bien. Il demanda à sa voisine, Madame Faucher, de garder la petite et invita sa femme au restaurant. C'était très rare et Hélène se montra ravie. Elle prit beaucoup de temps à choisir ce qu'elle allait mettre et se fit même friser pour la circonstance. René avait réservé une table dans un restaurant très sympathique, au bord de l'Iton. Même si la température ne permettait par d'être en terrasse, ils apercevaient le bord de l'eau par la fenêtre et cela donnait un petit côté romantique à la scène. Vers la fin du repas, il remit un écrin à Hélène. Elle n'en croyait pas ses yeux. Ce n'était pas vraiment l'habitude de son mari de lui offrir des cadeaux de ce genre.

Elle ouvrit lentement… C'était une bague en or blanc, avec un très beau motif circulaire sur le dessus…

— Oh René, comme elle est jolie! Ce sont de vrais diamants?

— Oui, mais seulement des éclats. Tu sais, je ne suis pas millionnaire. Un jour, tu en auras une encore plus jolie, mais je ne voulais pas attendre plus longtemps! Après tout, tu aurais dû l'avoir pour nos fiançailles… Ça a pris assez de temps!

Hélène passa la bague à son doigt. Elle était bien à sa taille

— J'ai triché un peu! J'ai emprunté ta bague avec l'aigue-marine pour savoir la grandeur de l'anneau.

Hélène fut très émue. Décidément, elle était bien obligée de constater qu'elle avait un bon mari. Elle n'en était pas plus amoureuse qu'au début de leur mariage, mais elle reconnaissait qu'il faisait son possible pour la rendre heureuse. S'il n'y avait pas ce sacré problème des relations sexuelles qui revenaient beaucoup trop souvent à son goût, ce serait presque le mariage idéal. Son mari était courageux, il aimait infiniment sa fille, il gagnait bien sa vie et faisait tout pour améliorer sa condition, il était gentil avec elle… Quoi demander de plus?

Elle le remercia et ce soir-là se fit un peu plus disposée à l'amour qu'à l'accoutumée.

* * * * *

Marcelle progressait bien au violon et il était temps de lui trouver un vrai professeur. René et Hélène se mirent d'accord sur le choix : Monsieur Bonneau. Il avait une belle réputation sur Évreux et le jeu de la petite devint rapidement plus fluide, la maîtrise de l'instrument plus solide. Elle continuait d'adorer le solfège où elle excellait. Son professeur se montra enchanté de sa nouvelle élève et la félicitait régulièrement pour son courage et sa ténacité.

En fait, Marcelle était essentiellement disciplinée et aimait les choses bien faites. Elle s'avéra être une petite fille particulièrement appliquée, tant en musique qu'à l'école. Ses cahiers étaient impeccables, soignés de la première à la dernière ligne. Elle eut très vite une écriture bien régulière, sans « pâtés » comme c'était souvent le cas au temps des encriers et des plumes. Elle était très appréciée de ses institutrices et passait pour une véritable enfant modèle à la plus grande satisfaction de son père. Invariablement, elle rapportait un carnet de notes parfait et elle sortait toujours dans les trois premières de sa classe.

René veillait au grain. Il allait régulièrement à l'école rencontrer les enseignantes ou la directrice et restait très au fait de la vie scolaire de sa fille.

Bien sûr, tout ne se passa pas toujours aisément. Le caractère « sang bouillant » de René provoqua bien quelques escarmouches et plusieurs enseignantes goûtèrent à sa médecine. Quand Marcelle eut environ huit ans, il lui acheta une paire de galoches pour l'hiver. C'était des bottines aux semelles de bois. Elles avaient l'avantage de ne pas s'user facilement. C'était les souliers des pauvres, mais pour Hélène et René, toute forme de gaspillage était bannie. Ces bottines étaient chaudes et gardaient les pieds au sec, donc elles étaient parfaites. René prit soin d'y clouer une semelle de caoutchouc pour amortir un peu le claquement du bois sur le carrelage. Marcelle n'était pas ravie, mais il était évidemment inutile de contester!

Dès l'après-midi suivant, Marcelle rentra de l'école en pleurant à chaudes larmes et il se trouva que René était à la maison :

— Que se passe-t-il, ma fille?

Marcelle réussit à balbutier, en hoquetant :

— Je me suis fait disputer par la maîtresse parce que mes galoches font trop de bruit dans la classe. Elle veut que dès demain je porte des souliers.

René sursauta, son visage s'empourpra et il se leva, comme mû par un ressort. Il rugit :

— Qu'est-ce que tu me racontes? Cette vieille toupie a osé…

Et malgré les protestations d'Hélène, il attrapa sa veste et sortit de la maison en refermant violemment la porte. Il était de retour quelque trente minutes plus tard.

— C'est réglé! Marcelle, demain, tu mettras tes galoches pour aller à l'école, Ta maîtresse a compris que ces bottines en valent bien d'autres.

Ce soir-là, Hélène attendit que Marcelle soit couchée pour s'informer de la rencontre. Elle se doutait bien que René n'avait pas dû être très tendre avec la malheureuse institutrice.

— J'espère que tu y allé tout doux avec Mademoiselle Ferland?

— Elle a su de quel bois je me chauffais… Je lui interdis de faire pleurer ma fille pour des bêtises de ce genre. Elle sait que si elle recommence, elle va avoir affaire à moi et qu'il se pourrait qu'elle morde la poussière. Ne t'inquiète pas, elle a très bien compris! C'est pas parce qu'elle a un diplôme dans la poche que ça lui donne le droit d'humilier mon bébé!

Hélène préféra ne pas commenter. Elle se promettait bien d'aller voir elle-même Mademoiselle Ferland, histoire d'adoucir un peu leurs futurs rapports. Elle ne voulait surtout pas que Marcelle en subisse les conséquences.

Quant à cette dernière, elle pleura longtemps dans son lit, étouffant ses sanglots sous ses couvertures. Elle n'avait pas besoin des détails sur la façon dont son père avait dû se comporter à l'école... Comment allait-elle pouvoir retourner en classe le lendemain? Comment sa maîtresse allait-elle prendre la chose? Elle avait honte de son père quand il piquait de pareilles colères. D'un autre côté, elle se sentait protégée et il est vrai qu'elle n'avait pas aimé du tout se faire rabrouer par Mademoiselle Ferland. Elle finit par s'endormir, mais sa nuit fut peuplée de vilains cauchemars en forme de fantômes qui portaient la même robe que son institutrice et qui avaient aux pieds... des galoches!

Chapitre 2

Un certain soir de janvier 1931, Marcelle rentra du catéchisme en déclarant :

— On a eu les dates pour ma communion, ce sera le trente-et-un mai prochain.

Hélène savait bien que l'événement était pour bientôt, mais d'un seul coup, elle prit conscience du temps qui passait et qui passait beaucoup trop rapidement :

— Mon Dieu, dans quatre petits mois, c'est vrai que ça va venir vite. Dès que ton père rentrera, on va lui en parler. Il faut se préparer! On va sûrement recevoir toute la famille! Et les amis!

— Monsieur le Curé a dit qu'il ne fallait pas faire trop de fla-fla. Ce qui compte, c'est qu'on va recevoir le petit Jésus dans notre cœur. Mais moi, j'aimerais bien qu'on fasse une grosse fête!

De quoi se mêlait ce saint homme? Voir si on ne ferait pas de réception très spéciale pour ce grand jour! Hélène chercha une échappatoire :

— Bien sûr que tu vas recevoir le Bon Dieu pour la première fois, mais justement, c'est normal de souligner ça de façon spéciale. On va laisser Monsieur le Curé s'occuper de sa cérémonie à l'église. Il fera les fla-fla qu'il voudra et nous, on s'occupera de la fête ici. On n'est pas obligé de tout lui raconter...

Cela sembla très judicieux à Marcelle et elle trouva que sa mère avait toujours de bonnes idées pour faire face à toutes les situations un peu embarrassantes.

— Dès demain, on ira te choisir une jolie robe de communiante.

— Une vraie? Longue et blanche? Avec un voile?

— Bien sûr! Il y aura aussi l'aumônière et le bonnet, les bas blancs et des jolies chaussures avec une petite barrette.

— C'est fantastique, je vais ressembler à une princesse!

— Bien oui, et je suis certaine que tu seras la plus belle, comme toujours.

Marcelle était aux anges. Elle avait déjà vu des communiantes se promener dans Évreux et elle ne pouvait pas imaginer qu'un jour, ce serait elle qui porterait cette superbe parure.

— On va prendre un peu d'avance en attendant le retour de ton père, on va tout de suite prendre rendez-vous chez Madame Guilbert, la coiffeuse. J'aimerais que tu aies de belles anglaises. Avec tes cheveux brun foncé sur la toilette blanche, ça va être superbe et ça fera ressortir le bleu de tes yeux!

Marcelle rejoignit sa mère dans le lit conjugal, comme elle le faisait d'ailleurs très souvent, lorsque son père était absent et elles papotèrent très tard, faisant mille projets pour cette journée si spéciale.

* * * * *

Quand René arriva deux jours plus tard, lui aussi se mit de la partie. Il n'avait pas pu réunir sa famille pour son mariage, mais la communion de sa fille serait une occasion rêvée de le faire. Il fallait leur montrer qui il était devenu et peut-être qu'enfin ses parents réaliseraient qu'ils pouvaient être fiers de lui. On mettrait les petits plats dans les grands.

— Demain, Hélène, nous partons pour Paris. Tu confieras Marcelle à Madame Faucher. Elle sera ravie, elle trouve toujours qu'on ne la lui laisse pas assez souvent.

— Pourquoi Paris?

— J'aimerais qu'on se trouve un service de vaisselle pour recevoir toute la famille. Ça fait longtemps qu'on veut en avoir un, et bien, c'est le temps!

Chose dite, chose faite. René achetait rarement, mais quand il se décidait, il fallait que ce soit du beau, du très beau. Le service venait de Limoges et était somptueux, blanc avec un léger filet doré qui soulignait l'arrondi des assiettes et le couvercle de la soupière. Mais attention, pas une peinture dorée qui s'écaille au premier lavage, mais bien de l'or cuit qui durerait très longtemps. Tout y était : les vingt-quatre assiettes plates, douze creuses, douze à dessert, les tasses et soucoupes, les plats de service ovales, ronds, saucière, raviers, sucrier, cafetière, théière, légumiers… Rien ne manquait.

Bien sûr, pas de riche service de table sans service de verres en cristal! Les verres à eau, à vin rouge, à vin blanc ainsi que les coupes à champagne, sans oublier les petits verres à liqueur. Deux nappes damassées blanches avec serviettes assorties complétèrent les premiers achats en vue de cette grande journée.

Plus le mois de mai approchait, plus Hélène devenait fébrile. Elle en discutait régulièrement avec sa voisine, Madame Faucher qui, bien sûr, serait de la fête :

— Les deux repas se feront donc chez nous. On a réservé la mère Legrand pour la cuisine. Elle viendra tout préparer sur place. On a déjà choisi les menus et je pense bien que tout le monde va aimer ça.

— Ah mais, Hélène, deux repas? Ça va vous coûter une fortune tout ça.

— Bien, on a juste une fille! René tient à ce que tout soit parfait. Toute sa famille sera au rendez-vous, vous pensez bien! Alors, vous savez...

— J'espère pour vous qu'ils ne trouveront pas à critiquer.

— Avec eux, on ne sait jamais, mais il aimerait tant qu'ils finissent par trouver qu'il est un homme bien! Surtout son père et sa mère! Au fait, je ne vous ai pas tout dit, on a réservé un car pour aller à Pacy-sur-Eure.

— À Pacy? Mais pour quoi faire?

— Encore une idée de René, mais qui fait bien mon affaire! C'est pour le lendemain de la communion. Avec tous ceux qui seront restés sur Évreux, on partira dans la matinée. On a réservé pour le midi, dans un hôtel-restaurant qui fait dancing. Vous vous rendez compte, depuis le temps que je n'ai pas dansé... en fait, depuis mon départ d'Algérie! Ça fait un bail! Il paraît que c'est au bord de l'eau!

— Oh là là, quelle belle journée en perspective!

— Il y en a plusieurs qui vont coucher par ici.. Bien sûr, vous êtes invitée avec votre mari et vos deux petits gars. Jacques va être bien content de pouvoir jouer avec Marcelle. Ça me fait penser qu'elle devra avoir une tenue pour cette deuxième journée. Elle ne remettra pas sa robe de communiante. Mon Dieu, c'est sûr que je vais oublier quelque chose! Bonsoir Régina! Je me sauve!

— Si je peux vous aider à quelque chose, n'hésitez pas! Même pour coucher quelques invités!

* * * * *

Le jour suivant était férié et Hélène en profita pour emmener Marcelle à Paris.

— Je vais demander des permis à ton père et on va prendre le premier train du matin. On ira à la Samaritaine. Je veux te trouver une jolie pièce de tissu pour te faire un ensemble. Tout de suite après, on reprendra un train direct pour Rouen et on ira voir Bertine. Elle aura sûrement une belle idée de patron. Au pire, s'il est trop tard, on demandera à ta tante Madeleine de nous héberger.

Marcelle marchait sur un nuage. Quelle belle période de vie! Elle aurait aimé qu'il y ait un événement du genre chaque année!

* * * * *

La fameuse communion eut lieu à la grande satisfaction de tous. René marqua quelques points dans sa famille. On commença à dire que Maurice et Hélène semblaient avoir bien réussi dans la vie et savaient recevoir ! Dans le courant du mois de juin, Hélène écrivit à Marie :

« Ma chère sœur,

Je me remets à peine de la communion de Marcelle. Quelle folie! Mais on n'a pas couru pour rien, la journée s'est très bien passée et ma fille était superbe. Elle avait l'air d'une mariée. Toutes les petites sont entrées dans l'église, toutes plus jolies les unes que les autres et ta nièce était la dernière par rapport à sa taille. Elle se démarquait vraiment et René avait le torse bombé, j'ai cru qu'il allait faire exploser les boutons de sa chemise! Après la messe qui était à dix heures, on est tous rentrés pour le repas et le soir, on remettait ça! Finalement, on a passé presque toute la journée à table. Madame Legrand, la cuisinière, a vraiment bien travaillé et je te joins une copie des deux menus. Tu jugeras par toi-même. C'était de vrais repas de gala. Toute la famille de René était réunie, ça faisait bien du monde.

Le lendemain, dans la matinée, on est monté dans le car pour Pacy... Ça aussi, je t'ai mis une carte de l'hôtel pour que tu aies une idée. On a remangé et on a dansé tout l'après-midi au son d'un piano mécanique. Même René m'a invitée à valser, mais des fois, il m'accroche les pieds avec ses « 44 fillette ». C'est qu'il les a longues, les chaussures! En revenant, on a chanté tout le long dans le car. C'est Lucie, sa belle sœur, la femme d'Auguste, qui a mis l'ambiance! Figure-toi qu'elle connaît tout le répertoire de Joséphine Baker. Quel numéro celle là! On a bien rigolé. C'est dommage que vous n'ayez pas pu venir... Des fois, je trouve que c'est bien loin, l'Algérie.

Je t'embrasse, ma chère Marie. Embrasse Salvatore pour moi et tes trois petiots aussi.

Menus

Déjeuner   Hors-d'œuvre variés
Homard Mimosa
Honneur à la communiante
Noix de veau et champignons
Asperges sauce mousseline
Poulet normand
Salade
Dessert : Crème « Marcelle », Brioches
                Paris-Brest, Coupe de fruits
    Vins   Malaga, Porto, Graves, St-Émilion
                Mousseux Château Langlois
Café, Calvados, Kirsch, Rhum

Souper   Potage velouté
Bouchées à la reine
Langue sauce madère
Trou normand
Haricots verts fins
Gigot de pré salé
Salade
Gâteaux assortis, La Communiante
Choux à la crème
Vins - Café - Liqueurs

Comme prévu, le lendemain de la communion, Marcelle avait arboré le petit ensemble que ses parents lui avaient fait faire : une veste et une robe à tout petits carreaux rouges et blancs. Elle adorait cette nouvelle tenue dans laquelle elle se trouvait très jolie. Le rouge avec ses cheveux presque noirs… Il y avait un miroir dans la salle de restaurant et elle était allée aux toilettes plusieurs fois, juste pour passer devant et se regarder du coin de l'œil. Elle avait eu beaucoup de compliments de ses grands-parents et même de ses cousins. Elle avait beaucoup aimé que toute la famille Duhamel soit réunie, surtout son oncle Marcel. C'était son oncle préféré, mais il avait bien failli ne pas venir. Yvonne, sa femme, avait été invitée le même jour, à une autre communion, celle d'un de ses petits cousins, à Caen, un certain Marcel Jouvet[10]. Finalement, elle avait opté pour communion à elle… Marcelle se sentait infiniment choyée, d'autant plus qu'elle avait reçu une foule de cadeaux, allant du missel au crucifix, en passant par un superbe chapelet en nacre.

* * * * *

---

[10] Yvonne était une cousine germaine de Germaine Chiron, mère de Marcel Jouvet et à ce titre, avait été invitée à sa communion solennelle.

112

Un an plus tard, c'était l'année du certificat d'études primaires que Marcelle passa avec succès. Elle n'avait que onze ans et demi, ce qui représentait une magnifique performance! Son père fut évidemment ravi et sanctionna la bonne nouvelle en emmenant ses « deux femmes » à Paris. Cela lui arrivait assez souvent. Le train était bien sûr gratuit et cela réduisait considérablement le coût du voyage. La plupart du temps, ils faisaient l'aller et le retour dans la même journée, Évreux étant à plus ou moins une heure de la capitale. Ils y faisaient pratiquement toutes les emplettes d'importance, par exemple le nouveau violon de Marcelle. Elle avait grandi et son petit violon de fillette était devenu nettement trop court.

Marcelle poursuivait ses études de musique et les cordes répondaient de plus en plus harmonieusement sous les coups d'archet de la jeune adolescente. Elle s'appliquait dans cette discipline comme dans tout ce qu'elle faisait, studieusement, rigoureusement, mais sans passion, sans grande vibration. La musique était pour elle une matière au même titre que les mathématiques ou le français. Il fallait étudier pour faire plaisir à ses parents et pour sa propre satisfaction et elle le faisait sans se poser de questions. S'abandonner aux sensations que pouvait procurer un vibrato ou un phrasé plus poignant aurait été vécu comme une perte de contrôle qu'elle ne pouvait ou plutôt n'osait se permettre. Mais elle raffolait du solfège. Très souvent, en écoutant la radio ou un disque, elle transposait les airs en notes et fredonnait. Les partitions les plus compliquées ne l'impressionnaient pas et elle lisait la musique aussi facilement qu'un bon roman.

* * * * *

Marcelle devenant grandette, ses parents décidèrent d'acheter une nouvelle maison un peu plus spacieuse et surtout où elle pourrait avoir une chambre bien à elle. Il était important qu'elle puisse faire ses devoirs au calme et qu'elle puisse avoir un endroit où ranger tous ses livres scolaires. Elle allait entrer au secondaire et les choses devenaient sérieuses.

La maison de la rue Portevin fut vendue et ils acquirent une jolie maisonnette Petite rue de Pannette. La chambre de Marcelle fut installée à l'étage, sur le devant de la maison. Elle y installa ses petits trésors.

* * * * *

En ce mois de janvier 1933, ils étaient installés dans leur nouvelle demeure depuis quelques mois quand un soir, ils reçurent la visite de Madame Faucher. Elle avait trouvé très triste le déménagement de la petite famille Duhamel et Marcelle lui manquait beaucoup. Très souvent, elle venait la chercher et la gardait près d'elle durant les fins de semaine ou les journées de congé. Marcelle pouvait jouer avec ses fils, surtout Jacques avec qui elle s'entendait très bien. De plus, son mari en profitait pour faire du violon avec Marcelle.

Ce soir-là, elle demanda à Hélène la permission d'emmener Marcelle. Malheureusement, le lendemain matin, cette dernière avait justement un cours de musique et les déplacements seraient bien trop compliqués. Hélène refusa. Madame Faucher reprit le chemin de sa demeure vers dix-neuf heures, un peu dépitée, mais en se disant que ce n'était que partie remise. Hélène était dans la préparation de son souper et demanda à sa fille :

— Finis de mettre la table et ferme donc les volets, il fait nuit et je n'aime pas que les voisins voient dans la maison.

Marcelle commença par les volets de la grande salle et monta à l'étage pour fermer ceux de sa chambre. Elle ouvrit sa fenêtre à battants et se pencha pour décrocher et attraper les deux volets. Ses pantoufles glissèrent sur le plancher trop bien ciré, elle perdit pied et bascula par dessus le rebord de la fenêtre.

Hélène entendit un bruit sourd en même temps qu'un cri. Elle sursauta et écouta… rien.

— Marcelle, qu'est-ce qui se passe? C'est quoi ce bruit?

Sa fille ne répondit pas. Hélène laissa ses casseroles et se précipita dans l'escalier tout en appelant :

—Marcelle, réponds moi, qu'est-ce qui se passe?

Dès son arrivée à l'étage, elle comprit! La fenêtre ouverte et Marcelle qu'elle entendait pleurer faiblement, à l'extérieur! Elle redescendit en courant et arracha pratiquement la porte d'entrée de son cadre. Sa petite gisait, couchée sur le trottoir glacial.

— Marcelle, réponds-moi!... Tu as mal?... Où ça?

L'enfant réussit à s'asseoir avec beaucoup de difficulté et montra son dos. Hélène réalisa qu'elle avait dû crier, car des voisins étaient sortis et l'entouraient.

— Je vais chercher un médecin, Madame Duhamel, André va vous aider à rentrer la petite au chaud.

Marcelle fut portée à l'intérieur et Hélène l'installa sur la table de salle à manger, seul endroit qu'elle put transformer à la hâte en lit de fortune. Marcelle était consciente et commença à raconter ce qui s'était passé. Hélène eut un long frisson… Dieu merci, son enfant était encore de ce monde… après une chute d'un étage complet.

Le médecin fit son entrée quelques minutes plus tard et examina Marcelle avec beaucoup de soins. Elle était finalement « bien »

114

tombée et il y avait plus de peur que de mal. Il conseilla à Hélène de masser légèrement le dos de sa fille avec du Synthol et de garder la petite au repos. Marcelle se remit complètement de cette terrible chute, bien consciente qu'elle l'avait échappé belle.

Madame Faucher a bien regretté de ne pas avoir insisté pour emmener ta mère. S'il n'y avait pas eu ce foutu cours de violon le lendemain, elle aurait été chez elle, en sécurité…Il y a des concours de circonstances bêtes parfois!

* * * * *

La vie reprit son cours, et l'accident de Marcelle fit bientôt partie des mauvais souvenirs. Cependant, sous prétexte d'équiper la maison d'une salle de bain, la chambre de Marcelle fut transférée à l'arrière de la maison, dans une pièce mansardée… sans fenêtre.

Son ancienne chambre fut transformée en salle de bain, ce qui était assez rare à l'époque dans les maisons d'ouvriers. René en fit tous les travaux lui-même. Il devenait de plus en plus habile en bricolage de tout genre. Par contre, dans un souci d'économie, il faisait souvent du « neuf » avec du « vieux », ce qui n'était pas spécialement très judicieux. Hélène n'était pas toujours d'accord, mais n'avait pas voix au chapitre. En plomberie, par exemple, une grande longueur de tuyau pouvait être composée de plusieurs petits bouts récupérés, raboutés et soudés les uns aux autres, multipliant ainsi les risques de fuite…

—Ça t'avance à quoi de travailler comme ça? se plaignait-elle. T'es bien avancé, t'as plus qu'à recommencer!

Mais René, comme toujours, n'en faisait qu'à sa tête et Hélène ne pouvait que conclure :

— Quelle tête de bourricot! Y a rien à faire!

* * * * *

Marcelle poursuivit sa scolarité secondaire au cours Saint-Sauveur, où elle fit la connaissance de Jacqueline Hautreux. Elles sympathisèrent presque immédiatement. À priori, leur association ne semblait pas évidente : Jacqueline était une toute petite fille alors que Marcelle était très grande, la première aimait le sport, l'autre le faisait « à reculons ». Elles avaient cependant un point commun : elles étaient toutes les deux filles uniques. Toujours est-il qu'elles devinrent vite de grandes complices. Leurs parents se rencontrèrent et s'apprécièrent. Madame Hautreux était une femme chaleureuse, assez volubile, haute en couleur, et qui avait des solutions pour à peu près tous les problèmes.

— C'est très bien de mettre nos enfants à l'école privée, Madame Duhamel. Au public, on était certaines qu'elles auraient attrapé des poux! En dehors de ces préjugés évidents qu'Hélène partageait d'ailleurs, Madame Hautreux était une très brave femme, aux valeurs solides. Son mari, heureux que sa femme et sa fille aient de nouvelles amies, les invitait souvent à partager leurs loisirs. Hélène se sentait moins seule. Pendant que les mères parlaient chiffons et cuisine, les deux fillettes pouvaient jouer et bavarder. Pour Hélène, ces rapprochements étaient une bénédiction. Marcelle allait enfin avoir une petite copine, alors que jusque-là, elle avait surtout été élevée avec des garçons. Elle avait côtoyé les Faucher durant toute sa petite enfance à Évreux et ses cousins, les fils de Madeleine Duhamel, qu'elle voyait chaque été à Rouen. Il était temps qu'elle se rapproche de la gente féminine, d'autant plus que l'âge de la puberté approchait à grands pas. Hélène avait beau faire confiance, elle se disait qu'il allait falloir commencer à surveiller sa progéniture de plus près. Elle avait remarqué que certains garçons commençaient à la regarder et elle se souvenait des frasques de son frère Jules à peu près au même âge. Cela ne la rassurait guère sur les idées que les jeunes mâles pouvaient avoir en tête.

Marcelle apprécia cette période de sa vie. Jacqueline se montrait une amie formidable qui l'aidait à sortir de sa coquille. Plus ouverte sur le monde qu'elle ne pouvait l'être, tout en étant malgré tout très disciplinée, elle était l'amie rêvée, celle qui osait, sans la mettre dans des situations embarrassantes.

Au cours Saint-Sauveur, on enseignait bien sûr les matières académiques, mais aussi certaines disciplines plus terre-à-terre, comme la couture et même un peu d'art culinaire. Or, Marcelle n'était pas très manuelle. Les travaux de couture, en particulier, étaient toujours une véritable corvée. Sa mère lui donnait souvent un coup de main, mais Hélène n'avait pas une très bonne vue et malgré ses lunettes, elle avait beaucoup de mal à compter les fils fins de la percale :

— Maman, j'ai encore un devoir de couture et je n'ai aucune envie de le faire. En plus, j'ai un problème de maths à remettre demain et je n'ai pas le temps.

— Allez, donne-moi ça. Qu'est-ce que tu as à faire?

— Une reprise, tu vois, sur ce petit carré de tissu, on a fait un trou et il faut le repriser comme si c'était un trou dans une chaussette.

Hélène attaqua l'ouvrage… comme elle put.

116

Le lendemain, Marcelle raconta le subterfuge à Jacqueline et remit le travail à sa professeure de couture qui commenta :

— Et vous êtes contente de votre reprise, Mademoiselle Duhamel? Et bien moi, je vous dis que si votre mère voyait ça, elle ne serait pas très fière de vous!

Marcelle et Jacqueline se regardèrent et pouffèrent. Cette anecdote alimenta leurs fous rires pendant des mois!

*   *   *   *   *

L'été suivant, les Hautreux et les Duhamel décidèrent d'un commun accord d'aller passer des vacances au bord de la mer, aux Sables d'Olonne. Les filles étaient ravies. Monsieur Hautreux était enchanté, car il était un bon pêcheur amateur et pêcher en mer serait une nouvelle expérience pour lui.

Les vacances furent magnifiques. Il avait fait beau et Marcelle et Jacqueline avaient pu profiter de la plage. René avait insisté pour apprendre à nager à sa fille. Mais cette dernière ne s'était pas montrée très audacieuse. L'eau était un élément qu'elle ne pouvait contrôler et toute perte de ce précieux contrôle était un véritable cauchemar pour elle. Elle était loin d'aimer les situations aventureuses. Jacqueline s'était montrée plus hardie et l'encourageait :

— Allez viens, ce n'est pas si terrible! Tu n'y penses pas et tu te mouilles jusqu'au cou.

— Mais l'eau est froide. J'ai froid juste à te regarder.

— Mais non, une fois que tu es dedans, elle est parfaite. Tu as sûrement plus froid à sauter à chaque vague comme tu fais.

Mais René avait réussi à vaincre ses hésitations. Attrapant sa fille par les mains, il l'avait obligé à entrer dans l'eau. Puis la soutenant sous le menton, il lui avait enseigné patiemment les rudiments de la brasse.

— En avant tes bras… Écarte… Ramène… Et il faut que les jambes suivent… Recommence, un, deux et trois!

Lui même avait eu tout un cours de natation dans la marine… On attachait une corde au bras des jeunes matelots et on leur intimait de sauter du bateau, tout simplement. Après avoir bu quelques bonnes « tasses », les jeunes gars finissaient par comprendre qu'il était préférable de mettre en application les mouvements appris sur le pont.

— Y avait pas à tortiller, fallait nager!

À la fin du séjour aux Sables d'Olonne, on peut dire que Marcelle pouvait barboter, en tout cas, suffisamment pour se tenir à flot le temps de quatre ou cinq brasses.

Votre mère est comme moi. Elle n'a jamais aimé l'eau et surtout pas l'eau froide! C'est tout ce qu'elle a été capable d'apprendre! C'est mieux que moi! Je flotte aussi bien qu'un caillou!

* * * * *

René poursuivait sa carrière aux Chemins de fer. Il était un mécanicien très apprécié de ses supérieurs et de ses pairs en général. Pourtant plusieurs incidents se produisirent qui rappelaient que la tolérance n'était pas vraiment sa principale qualité.

Un certain Delbeau lui cherchait querelle depuis longtemps. C'était un gars reconnu violent et qui, de plus, faisait de la boxe amateur dans ses temps libres. Tous les prétextes étaient bons pour provoquer les collègues en général et René en particulier.

Par contre, ce dernier avait promis à Hélène de ne plus se battre et était bien conscient que cela pouvait lui coûter son avancement en carrière. Il essayait bien de se contrôler, mais ne pouvait pas non plus supporter qu'un type lui cherche des noises sans riposter.

Donc, un certain mercredi, les deux hommes étaient en train de nettoyer la locomotive et la chicane éclata à propos d'un graissage mal fait. Delbeau monta le ton et lança :

— Si t'es pas content, Duhamel, viens me rejoindre sur le talus!

— Ne me le demande pas deux fois, Delbeau, tu pourrais le regretter!

L'autre sauta en bas de la machine, montra ses poings et commença à danser, s'imaginant déjà sur un ring. René sauta à son tour. Aucun témoin n'était présent et René se garda bien de tout raconter. Il se contenta de résumer la bagarre à Hélène en lui avouant :

— J'ai jamais fait de boxe, mais ça m'a pas empêché d'y arranger la figure au Delbeau, il me cherchera plus!

Encore une fois, Hélène trembla. À quoi pouvait bien ressembler Delbeau au lendemain de cette chicane? C'était allé jusqu'où?

À quelque temps de cet incident, René et Hélène devaient se rendre à Paris pour faire des emplettes. Sur le quai de la gare, montant dans le même train qu'eux, Madame Meilleur, la belle-mère de Monsieur Delbeau.

Hélène tira René en arrière.

— Attends, je ne veux pas monter dans le même compartiment qu'elle.

— Voyons donc! T'as peur de quoi? C'est le contraire dit-il en l'entraînant. Je veux savoir ce qu'elle a à dire!

Madame Meilleur reconnut René et se précipita vers lui. Hélène resta en retrait, très gênée de la situation.

— Bonjour Monsieur Duhamel, comme je suis contente de vous rencontrer!

Hélène resta stupéfaite. Madame Meilleur semblait de bonne humeur et serrait chaleureusement la main de son mari...

— Bonjour Madame Meilleur, vous avez appris pour votre gendre?

— Si j'ai appris? Oh là là, oui, dit-elle, en gardant la main de René entre les siennes.

— Je suis bien content de voir que vous ne m'en voulez pas!

— Vous en vouloir? Oh si vous saviez, Monsieur Duhamel. Comme je vous remercie! Ma fille est si malheureuse avec lui. Il lui tape dessus régulièrement... Je ne vous remercierai jamais assez pour la belle raclée que vous lui avez administrée. Je n'ai qu'un seul regret, c'est que vous ne l'ayez pas laissé sur le carreau, pour de bon! Vous auriez dû l'achever!

Ah ben, elle en avait de bonnes, la mère Meilleur! Elle voulait bien se débarrasser du gendre, mais sans se salir les mains. C'est toujours bien ton grand-père qui aurait écopé...

Chapitre 3

Marcelle dévalait la rue Grande en sautillant d'un pied sur l'autre, balançant dangereusement son étui à violon d'une main et son cartable de musique de l'autre. Décidément elle aimait bien son professeur, Monsieur Bonneau. Il était très exigeant, mais finalement très sympathique. Et elle savait qu'il l'aimait bien. Cette façon qu'il avait de dire:

— Allez, mademoiselle Marcelle, on reprend… Accentuez-moi ce phrasé… Léger decrescendo… Avec petit ritardando… C'est parfait!

Il venait de lui apprendre qu'il l'avait proposée comme deuxième violon dans l'orchestre municipal d'Évreux… Elle n'en revenait carrément pas. Bon, ce n'était pas encore sûr, mais elle allait passer une audition le samedi suivant… Et Monsieur Bonneau était optimiste.

— Vous avez le potentiel, Mademoiselle Marcelle. Travaillez, travaillez fort et ça va aller.

Elle arriva rue de Pannette. Enfin la maison! Elle ouvrit bruyamment la porte et se mit à crier:

—Maman, Papa!, devinez ce que j'ai à vous dire!

Sa mère se précipita.

— Marcelle, moins de bruit, voyons, ton père écoute les informations.

Marcelle s'arrêta net dans son élan. Elle rougit et baissa le ton.

— Excuse-moi, Maman, mais je suis si heureuse! Je vais peut-être jouer pour l'orchestre…

— Ah bien, ton père va être joliment content. Attends un peu que les nouvelles internationales soient passées et on va lui dire.

Elles entrèrent sur la pointe des pieds dans la cuisine où le père, le coude appuyé sur le genou, était concentré sur son poste de radio. Les deux complices commencèrent à chuchoter en finissant de préparer le souper.

Marcelle ne voyait que le large dos de René, penché à côté de la TSF, mais elle pouvait deviner ses grandes et larges mains, puissantes et déjà noueuses. Elle savait qu'il fallait le respecter et c'était ce qu'elle s'appliquait à faire. Pour rien au monde elle ne l'aurait dérangé quand ça n'était pas le temps et les informations, c'était sacré!

Alors, malgré sa joie et son impatience à lui annoncer la nouvelle, elle attendit patiemment que les informations soient terminées. Elle le regarda avec un petit sourire. Il ferma finalement le poste de radio et lança d'une voix inquiète:

— Ces saloperies de Boches, ᵧ 14-18, ça leur a pas suffi. Ils vont finir par nous retaper sur la gueule. Vous allez voir qu'ils vont nous redémarrer une guerre un de ces quatre matins!

Quand enfin il se retourna vers elle, Marcelle se précipita:

— Papa, samedi je passe une audition pour une place dans l'orchestre.

— Tu as bien dit, dans l'orchestre? Bravo, ma fille, c'est très bien. C'est une place de premier violon?

— Bien non, pas encore, c'est pour être deuxième violon.

— Ah bon, premier violon, ce sera pour plus tard alors. Bravo quand même, dit-il en lui caressant les cheveux. C'est un début. Décidément, tu ne me donnes que des satisfactions!

Marcelle rougit de plaisir. Il n'y avait rien de plus important dans sa vie que de voir son père fier d'elle. Dès son plus jeune âge, elle s'était toujours appliquée à l'école. Elle avait vite compris que du moment qu'elle revenait avec une place de première, elle pouvait tout lui demander. Il ne savait rien lui refuser. Alors elle s'acharnait sur ses cahiers, buchant parfois très tard la nuit, à la lumière de sa lampe à pétrole, car s'il y avait de l'électricité dans la cuisine, le branchement ne s'était pas rendu jusqu'à sa chambre. Elle savait qu'elle devait toujours viser cette place de première et la plupart du temps, elle l'avait. Il tenait à ce qu'elle fasse de bonnes études, car lui-même n'avait pu se rendre loin.

Son père était très sévère, c'est vrai, mais aussi très juste et très aimant. Elle savait bien comment le gagner. Il lui suffisait d'être obéissante et docile et surtout d'être bonne à l'école. Ce n'était pas toujours facile, car elle avait hérité de sa force de caractère et devait très souvent refouler ses répliques, taire ses colères. Mais elle y arrivait.

C'est lui qui avait voulu qu'elle suive des cours de violon et qui exigeait qu'elle en fasse au moins une heure par jour. Très souvent, elle trouvait cela très dur et après ses pratiques, sa mère devait lui masser le haut du dos au Synthol pour atténuer la brûlure qu'elle ressentait entre ses deux omoplates. Mais aujourd'hui, elle le remerciait. Être peut-être intégrée dans l'orchestre à quinze ans, quel honneur!!

Et puis, il n'était pas toujours présent. Comme mécanicien pour le chemin de fer, il partait très souvent pour plusieurs jours. Elle restait alors seule avec sa mère et en profitait pour la rejoindre le soir dans le grand lit. Après de longs bavardages, elles s'endormaient dans la chaleur l'une de l'autre. Elle partageait tout avec sa mère, tant ses peines que ses joies, lui confiant tous ses petits secrets d'enfant, puis de jeune fille. De son côté, sa mère lui racontait l'Algérie, le soleil, son premier amoureux qu'elle n'arrivait pas à oublier malgré les années. Et Hélène avait toujours la même conclusion :

— Moi, ma fille, je n'ai pas pu faire un mariage d'amour, mais je mettrai tout en œuvre pour que ça ne t'arrive pas. Tu te marieras avec celui que tu auras choisi, je te le jure!

Marcelle adorait sa mère et tout entre elles était complicité. Un mot, un regard et elles s'étaient comprises. Pourtant, Hélène n'était pas toujours tendre et avait la main leste. La moindre incartade était sanctionnée par la fessée ou même une gifle assez vive pour laisser la trace des doigts étampée sur la joue de sa fille.

C'était la façon de discipliner les enfants et Hélène n'était pas un cas d'exception. C'était la norme de pratiquement tous les foyers. Nul n'y voyait à redire, pourvu que ces punitions ne dépassent pas les limites acceptées par la plupart des parents. L'amour réside au-delà de ces comportements et la fillette le savait bien. Claques et gifles ne remettaient en rien l'amour qu'elle portait à sa mère.

$$* \quad * \quad * \quad * \quad *$$

Marcelle fut admise dans l'orchestre. Bien qu'elle découvrît un nouveau monde, la seule personne qui la fascina réellement fut le chef d'orchestre. Cette façon qu'il avait de dominer tout l'ensemble, de battre chaque temps, de provoquer, au bon moment, une explosion de sonorités! Elle fut subjuguée et eut envie d'être à sa place. Elle savait qu'elle avait une oreille assez exceptionnelle, elle l'avait constaté à plusieurs reprises au cours de musique de l'école. Les autres filles chantaient rarement juste et ne savaient pas retranscrire les chants en notes. Pour elle, c'était un jeu d'enfant. Elle s'amusait très souvent à convertir toutes les chansons ainsi et les fredonnait à cœur de jour. Tino Rossi commençait à devenir très populaire et Marinella était dans toutes les bouches... « Sol, do, mi, sol... sol, fa, sol, la, la, sol, fa, mi... ». Pour elle, les paroles n'étaient pas importantes et elle avait peu d'aptitude à les retenir. Il était beaucoup plus facile pour elle de chanter en notes et elle ne s'en privait pas.

122

Lors des répétitions de l'orchestre, elle pouvait vite détecter les erreurs de tout un chacun. Qu'un des violonistes donne un coup d'archet une fraction de seconde trop tôt ou que la clarinette émette un fa dièse au lieu d'un fa naturel et Marcelle sursautait. Elle regardait son chef et guettait sa réaction. Il lui arrivait souvent de repérer le fautif avant lui. Elle se confia à sa mère : pourquoi ne deviendrait-elle pas chef d'orchestre?

— Tu parles d'une drôle d'idée, ma fille. Ce n'est pas un métier de femme.

— Je pense que je serais bonne.

— C'est ridicule, on n'a jamais vu ça, une femme-chef d'orchestre! Tu ferais mieux d'aller faire tes devoirs et de penser à autre chose!

Le dossier venait de se classer. Marcelle n'en reparla jamais. Sa mère avait probablement raison, ce n'était pas pour les femmes. Pourtant, elle garderait ce rêve vivant tout sa vie.

* * * * *

Depuis son accident et ses trois opérations chirurgicales, son grand-père Duhamel n'avait jamais vraiment retrouvé une joie de vivre et sa santé avait connu plus de bas que de hauts. Il s'éteignit le quinze avril 1935. Ce fut un rude coup pour Marcelle. C'était un homme qu'elle admirait infiniment et elle savait que c'était réciproque. Elle avait appris à le connaître au fil des étés qu'elle passait auprès de lui. Suite à son décès, sa grand-mère décida de déménager dans un de leurs petits appartements et de louer la grande maison. Cela lui ferait une meilleure retraite. Ses loyers représentaient toujours son unique source de revenus.

Hélène pleura longtemps son beau-père. Quant à René, nulle émotion apparente! Mais au nombre d'heures qu'il passa dans son jardin, Hélène sut qu'il était très affecté.

* * * * *

Marcelle avait développé des complicités avec ses deux parents. Elle aimait être seule avec son père et savait très bien comment l'attirer à elle. Quand elle connaissait l'heure d'arrivée de son train sur Évreux, elle marchait jusqu'à la gare. Elle savait que René serait ravi de la voir sur ce quai. La puissante machine entrait en gare, puis elle l'apercevait, le torse sorti, ses bleus de chauffe noirs de suie, les grosses lunettes de sécurité relevées sur le dessus de la tête et qui avaient laissé des ronds blancs autour des yeux. Elle lui faisait de grands signes et lui, il lui répondait en levant la main et en faisant un cercle avec ses doigts, d'autres fois en exhibant un seul doigt. C'était leur signal... « *Mon train entre en gare pile à l'heure... zéro minute de retard* » ou encore «*juste une minute de différence sur l'horaire!*» Quelle fierté elle éprouvait alors! Comme il lui paraissait fort!

En fait, il était effectivement une véritable force de la nature et elle avait été à même de le constater quelques semaines plus tôt. Une grosse cuisinière en fonte avait été remisée, allez savoir pourquoi, au grenier de la maison de sa tante Madeleine. Il fallait la descendre sur deux étages. René avait bien demandé à un copain de lui donner un coup de main, mais l'escalier était trop étroit pour permettre à deux hommes de manœuvrer. La décision avait été vite prise. Il avait descendu les deux premières marches, arqué son corps vers l'avant et demandé à son ami de faire basculer la lourde cuisinière sur son dos. Ses genoux avaient légèrement plié, les veines de son cou s'étaient gonflées, et degré après degré, la pénible descente avait commencé. Elle se souviendrait toute sa vie de ses lèvres serrées et de l'air expulsé bruyamment, rythmant la descente, du bruit de son pied pesant qui tombait sur la marche suivante, puis encore sur celle d'après... Sa mère avait crié :

— René, ne fais pas ça, tu vas te rompre le cou!

Mais Marcelle savait qu'il n'écouterait pas et qu'il descendrait les deux étages sans lâcher, tout simplement parce qu'il était son père!

Son plus gros défaut? La colère qu'il contrôlait si mal, qui le faisait sortir de ses gonds et qui le rendait si différent, si imprévisible. Marcelle se retranchait alors et se réfugiait hors de son champ de vision. Seule sa mère osait parfois l'affronter, et encore! Il lui fallait de bonnes raisons. La plupart du temps, c'était qu'elle avait été mise au courant d'une de ses grosses bêtises comme des bagarres au travail. Elle montait alors le ton sur lui:

— Enfin, René, tu pourrais perdre ton emploi et nous jeter à la rue, tout ça parce que tu n'es pas capable de te contrôler. Ne recommence jamais, entends-tu, car ça, je ne te le pardonnerais jamais! criait-elle chaque fois.

Et lui se défendait comme un jeune enfant :

— Mais enfin, Hélène, je n'avais pas le choix. Il était soul comme une bourrique! Ce salopard, il était incapable de charger le feu, rétorquait-il, et mon train serait entré en gare avec au moins cinq minutes de retard! Tu y as pensé, à ça? fulminait-il.

— Bon, *basta*, ça suffit! Mais ton sang bouillant va nous coûter cher un de ces quatre matins...

Invariablement, René sortait en claquant la porte et allait marcher, parfois pendant des heures.

Marcelle avait très souvent été témoin de ces échanges entre ses parents et parfois, elle craignait son père, mais en même temps, elle l'admirait infiniment. Il ne pliait jamais devant l'adversité. À ses yeux, il représentait non seulement la force, mais aussi le courage, la droiture et l'honnêteté incarnés. Il était un assoiffé de justice. C'était des qualités qu'elle affectionnait particulièrement. En même temps, elle connaissait tout le pouvoir qu'elle avait sur lui et savait qu'elle était bel et bien son talon d'Achille. Il se serait fait couper en morceaux pour elle et elle le savait pertinemment.

* * * * *

Un jour, René rentra du dépôt de la SNCF, la tête basse. Après avoir embrassé sa fille et sa femme, il s'assit lourdement à table. Il tendit son assiette à Hélène, et contrairement à l'accoutumée, ne passa aucun commentaire sur les bonnes effluves de la soupe.

— Toi, tu as quelque chose qui ne va pas! déclara-t-elle

— On ne peut rien te cacher! Bon, j'en ai assez de toujours plier sous Pierre, Jean, Jacques! J'en connais plus long qu'eux sur le fonctionnement de ma machine, mais je dois toujours me soumettre au foutu chef. Y en a un qu'a fait le voyage avec moi pour me noter... Il a jamais voulu que je pousse comme je voulais! Moi je savais qu'il y avait la fameuse montée à passer... Mon feu devait être au maximum! Résultat, je suis entré en gare avec quatre minutes de retard à Paris! Quel connard! Un scandale!

— Mais bon sang, passe-le, ce foutu examen de chef mécanicien et arrête de nous rebattre les oreilles avec ça! T'es pas plus bête qu'un autre! répliqua Hélène.

— Facile à dire! Ma machine, je la connais par cœur, y a pas un boulon que je n'ai pas serré et pas un cuivre que je n'ai pas astiqué. Elle marche comme une véritable montre suisse. La pratique, je sais que ce serait pas un problème. Mais la théorie, c'est une autre affaire. Il faut passer des examens de français pour pouvoir écrire leurs rapports et je dois connaître les manuels par cœur, Tu sais, apprendre tous les règlements, connaître tous les signaux, et les trucs sur la sécurité... Enfin, tout le fourbi quoi! Je sais que je ne pourrai jamais.

— Mais, moi, je peux peut-être t'aider, osa Marcelle timidement.

Il regarda sa fille avec intensité et sa voix devint basse...

— Tu penses que tu pourrais? C'est vrai que tu deviens savante, mon petit bézot!

— Va chercher l'information et on regardera ça ensemble. Tu dis toi-même que la pratique ne sera pas un problème. Il faudra apprendre tous les règlements, mais tu as une bonne mémoire et il y en a beaucoup que tu connais déjà. Pour les mathématiques, pas de problème, tu as toujours été excellent et tu m'aides encore parfois, c'est tout dire! Il restera le français et ça, c'est ma branche forte. À nous deux, on va y arriver, insista-t-elle.

C'est ainsi que le père et la fille se mirent au travail. Chaque fois que René était en congé, il sortait les livres et progressait lentement mais sûrement, chapitre après chapitre. La partie la plus ardue fut l'orthographe et la grammaire. Marcelle lui faisait faire des dictées, répétant inlassablement les règles:

— Voyons Papa, deux verbes qui se suivent... allez... le deuxième...

— Se met à l'infinitif.

— Tu vois que tu le sais, alors, applique ta règle! Et « pompe », c'est P O M parce que devant un P, on ne met pas un N, on met un M. Ça fait trois fois que je te le dis!

Il arrivait à Marcelle de s'impatienter et pour la première fois de sa vie, il lui arrivait même de hausser le ton sur son père, mais il acceptait en silence, un peu piteux d'avoir encore une fois oublié le S d'un pluriel...

La date de l'examen arriva enfin. René partit pour Paris et ne devait rentrer qu'après les trois jours d'épreuves.

À son retour, il n'eut pas besoin de parler, il suffisait de voir son visage rayonnant et son torse bombé! C'était un succès! René était passé chef mécanicien.

— Allez, mes deux femmes, faites-vous belles, moi, je me fais « corbeau », Hélène, fais la valise! Il nous reste des permis, je vous emmène à Paris pour fêter ça. On ira voir un spectacle, peut-être une opérette, et on se payera un bon restaurant! Marcelle, tu pourras te choisir un joli tissu et tu diras à Bertine de te faire un ensemble pour le printemps! Je te dois bien ça, ma fille!

Marcelle bondit au cou de son père et l'embrassa sur les deux joues.

— Papa, je suis tellement contente pour toi!

126

— Mais c'est grâce à toi, mon petit poussin. Sans toi, je ne l'aurais jamais eu, ce foutu examen, car on ne le dira pas trop fort, mais mes notes ont été remarquables pour la pratique et même pour la théorie. J'ai même eu des mentions. Mais, malgré tous tes efforts et les miens, c'est passé tout juste en français!

— Allez, c'est pas grave, Papa! L'essentiel, c'est que tu l'aies eu! Et je suis certaine que tu feras le meilleur chef mécanicien de France.

Oui, Marcelle était très heureuse que son père ait réussi, mais elle était aussi particulièrement fière d'elle-même. Au fond, il était son premier élève et c'était un très beau début de carrière puisqu'elle se destinait à l'enseignement. Elle était maintenant décidée, elle serait institutrice.

* * * * *

Après avoir refusé plusieurs affectations en tant que chef mécanicien, René accepta finalement un poste à Sotteville-lès-Rouen. En fait, il rêvait de ça depuis longtemps. D'abord, il se rapprochait de sa famille et le dépôt de Sotteville était de loin un des plus importants de France. Il avait quarante-deux ans et une très belle fin de carrière s'ouvrait à lui. Enfin, il était le maître à bord et tout allait devoir rouler de la bonne façon, c'était le cas de le dire.

Pour Marcelle, c'était la porte ouverte vers une nouvelle vie, une nouvelle école, de nouveaux amis. Elle allait s'ennuyer de l'orchestre, c'était certain, mais en même temps, elle en avait un peu assez du violon et le déménagement allait être un bon prétexte pour prendre une certaine distance. Son amitié avec Jacqueline était solide et être séparées ne réjouissait aucune des deux jeunes filles. Elles promirent de s'écrire et de garder les liens. De toutes les façons, leurs parents tenaient eux aussi à cette amitié et il fut convenu que dès que possible, on repartirait ensemble aux Sables d'Olonne.

Il y avait aussi le jeune Falempin, un garçon de l'âge de Marcelle et qui lui tournait autour depuis plusieurs mois. Hélène le connaissait et le trouvait très gentil. Mais Marcelle était loin d'être emballée et n'était pas fâchée de mettre quelques kilomètres entre eux, d'autant plus que physiquement, il était nettement plus petit qu'elle et que ce seul point faisait en sorte qu'elle n'aurait jamais accepté de le fréquenter.

* * * * *

La maison d'Évreux fut donc vendue et la petite famille déménagea dans un premier temps, chez Madeleine, la sœur de René. En ce qui concernait la scolarité de Marcelle, tout était pour le mieux. Elle venait d'avoir son brevet élémentaire et allait pouvoir poursuivre ses études à Rouen. Elle avait choisi la carrière d'institutrice et la voie traditionnelle pour y parvenir était l'école normale. Il était difficile d'y être admise, mais par après, le chemin était tout tracé et la sortie presque à tout coup réussie. Cependant, à cause de son parcours scolaire, cela l'aurait obligée à reprendre une année déjà faite. Elle s'inscrivit donc à l'École supérieure de Rouen. Marcelle savait que ce serait beaucoup plus ardu que pour les normaliennes, mais elle était une bûcheuse et était bien décidée à tout mettre en œuvre pour réussir.

*   *   *   *   *

Marcelle s'entendait très bien avec sa tante Madeleine. Jusqu'au décès de son grand-père, elle avait passé plusieurs étés dans la maison de ses grands-parents dont le jardin communiquait avec celui de sa tante. Elles avaient donc eu l'occasion de se connaître et elles furent heureuses de se retrouver en cet été 1938. Presque tous les après-midi, elles partaient faire un peu de lèche-vitrines ou simplement marcher en papotant. Une bonne journée du mois d'août, elles venaient de quitter la rue d'Elbeuf et remontaient la rue Méridienne en direction de Sotteville. En croisant la rue Marquis, Marcelle aperçut un groupe de femmes qui bavardaient et décida de les aborder :

— Bonjour Mesdames, excusez-moi de vous interrompre. Nous sommes à la recherche d'une maison à louer. Vous ne savez pas si, par hasard, il y aurait quelque chose de libre dans le quartier?

— Vous tombez bien, ma petite demoiselle, la mienne va être à louer dans quelques semaines. C'est la maison qui est juste ici, au numéro onze, onze rue Marquis, en face de l'usine de cartonnage.

— C'est merveilleux et on peut visiter?

— Bien sûr, quand vous voudrez

— Je vais en parler avec mes parents et ils vont sûrement venir vous voir.

— C'est entendu.

Après la visite du quartier et de la maison, la décision fut prise et ils emménagèrent un mois plus tard. C'était une maison jumelée. À droite, résidait la famille Gacoin, dont le mari était chauffeur de taxi. Sa femme ne travaillait pas à l'extérieur et élevait ses deux petites filles.

Sur la gauche, il y avait le garage et le mur qui bordait la propriété, puis une entrée d'immeuble.

C'était une maison typique d'ouvriers dans la banlieue rouennaise. Dès le seuil franchi, une petite entrée d'où partait un long couloir au pavage en damier, noir et blanc et l'escalier qui montait aux chambres. Tout de suite à gauche, le salon, suivi de la salle à manger assez grande pour recevoir la table, les six chaises, la desserte et le buffet commandés à l'école du meuble d'Évreux. Au bout du couloir, une marche et en contrebas, la cuisine à l'extrémité de laquelle une porte coulissante donnait sur la buanderie et les toilettes. Derrière la maison, le jardin, un grand potager avec une petite cabane à outils cachant la fosse à purin sur la droite. Tout au fond, à gauche, le poulailler et les clapiers pour les lapins.

À l'étage, deux chambres assez spacieuses avec cabinet de toilette. Cette dernière pièce était rare dans ces petites maisons et celui-ci était assez grand pour y mettre la coiffeuse avec dessus de marbre qu'Angélina avait donnée à sa petite fille. Marcelle n'aurait qu'à monter son broc d'eau chaude le soir et elle serait à l'aise pour faire sa toilette en toute tranquillité. La coiffeuse pouvait accueillir la cuvette, le savonnier et ses petits produits personnels.

Ce n'était pas une maison luxueuse, mais René vit rapidement le potentiel de la propriété. D'abord, la cave, où il pourrait entreposer le cidre, le vin et le beurre. Dans le garage, il y aurait son établi. C'était parfait. Il y avait même un grenier pas exploité du tout, mais assez vaste pour y ranger les choses moins utilisées.

Hélène était heureuse de cette maison proprette, proche de tout. Pas besoin de marcher des kilomètres pour faire les courses, pas besoin non plus d'aller à l'extérieur pour faire le lavage! La buanderie était grande avec sa chaudière pour faire bouillir les draps et il y avait assez de place pour entreposer à l'aise sa lessiveuse et ses trois baquets de zinc. C'était mieux que tout ce qu'elle avait eu jusqu'à ce jour.

Ils n'étaient pas propriétaires, mais avaient pu signer un bail de dix ans, ce qui les mettait à l'abri d'augmentations à court terme.

* * * * *

À l'école supérieure, Marcelle fit la connaissance de sa cousine, Cécile Marquis, fille de sa tante Olympe. Plusieurs années auparavant, cette dernière s'était fâchée avec son père et Jean-Baptiste l'avait sommée de ne plus remettre les pieds chez lui. De ce fait, Marcelle n'avait donc jamais eu l'occasion de rencontrer sa fille Cécile. Elles poursuivaient le même but, la profession d'institutrice et se retrouvèrent dans la même classe.

Chaque année était sanctionnée par un examen passé avec les normaliennes, mais les filles de l'École supérieure étaient jugées avec beaucoup plus de sévérité. La matière qui donna le plus de fil à retordre à Marcelle fut l'anglais. Elle réussissait très bien l'écrit, mais l'oral! Le peu qu'elle avait appris à Évreux était nettement insuffisant pour ne pas dire nul. Les cours d'anglais qui étaient alors facultatifs avaient plus été le théâtre de pitreries et de rigolades que d'un véritable apprentissage et leur professeur, un grand escogriffe tout sec surnommé Taxi, n'avait jamais su se faire respecter de ces demoiselles. Marcelle en paya le prix à Rouen.

*   *   *   *   *

Ce furent trois années très dures, en même temps que le développement d'une belle complicité entre Marcelle et Cécile. Les études étaient ardues et elles durent travailler très fort, s'appuyant souvent l'une sur l'autre, s'encourageant mutuellement. Elles passaient la plupart de leurs fins de semaine à étudier les différentes matières du programme particulièrement chargé. Chaque fin d'année apportait son lot d'angoisses à l'approche des examens, mais elles franchirent les deux premières années avec succès. Il n'en restait qu'une lorsque la guerre 39-45 éclata.

Chapitre 4

Marcelle passa une bonne partie de l'été 1939 en Algérie. Bien sûr, ses parents étaient du voyage. Comme chaque fois, ce furent de fabuleuses vacances! Elle retrouva son oncle Salvator et sa tante Marie, et surtout sa cousine Guiguite alors âgée de vingt et un ans.

— Ah celle-là, elle a le feu aux fesses, tu sais, Hélène. Elle a l'esprit tordu! se plaignait Marie. Il va falloir ouvrir l'œil, car elle est fichue de débaucher ta petite.

— Ça va, Marie, je n'ai pas peur. Marcelle est sérieuse et j'ai confiance.

— Tu as de la chance. Je ne peux pas en dire autant de la mienne!

Tous les soirs, Guiguite trouvait de nouveaux prétextes pour faire faux bond à ses parents. Avec l'arrivée de sa cousine, elle avait beau jeu :

— Marcelle va s'ennuyer, je vais l'emmener au nouveau cinéma. Il y a un superbe film d'amour à l'affiche! Avec Gabin!

Et Marcelle suivait. Très souvent, Guiguite lui confiait :

— Tu ne diras rien aux parents, je dois retrouver Jacques. Tu ne vendras pas la mèche, hein?

— Bien non, tu sais bien! Mais fais attention, Guite, ne va pas trop loin.

— Mais non, qu'est-ce que tu crois? C'est pas encore celui qui va m'avoir… Je m'amuse, c'est tout. Ah et puis je ne t'ai pas dit, mais il va venir avec un copain qui t'a aperçue et qui te trouve très jolie.

— Oh là! Guite, ne joue pas les marieuses, comme dirait ma mère.

— C'est pas pour te marier, mais il est temps que tu te dégourdisses un peu. Regarde, il est devant la pâtisserie et pour une fois il est à ta taille!

C'était un grand jeune homme, pas laid à première vue, à l'allure un peu dégingandée. Marcelle ne fut pas impressionnée à priori et pas du tout emballée par l'idée d'être présentée à un copain de Guiguite, mais attendait de voir.

— Et qu'est-ce qu'il fait dans la vie, mon « peut-être » soupirant?

— Devine, tu vas voir... il n'y a pas de hasard... instituteur!

— Tu me racontes des blagues?

— Non, juré!

Les présentations furent faites et Marcelle trouva que Georges n'était pas mal, quoiqu'un peu entreprenant. Il allait vite dans leurs relations, lui prenant la main et la tripotant avec insistance. Elle n'était pas habituée à un tel comportement. Après la soirée au cinéma, ils étaient allés dans un petit dancing et il l'avait serrée un peu trop fort. Elle avait senti son souffle dans son cou et c'était trop... Elle l'avait repoussé en lui demandant de tenir ses distances.

Après leur troisième rendez-vous, elle se confia à Hélène qui vit dans cette rencontre, un signe du destin.

— Je ne sais pas si je suis vraiment attirée, Maman. Il m'agace.

— Réfléchis comme il faut avant de le repousser, Marcelle. Deux instituteurs ensemble, c'est bien. On vit les mêmes choses et on a les mêmes aspirations. On peut prendre les vacances ensemble et quand il y a des enfants, c'est plus facile.

— Je vais y penser, mais je ne me sens pas amoureuse.

Marcelle revit Georges le soir suivant. Guiguite avait à nouveau organisé une promenade où le but était d'aller boire une limonade dans un café du Centre. Georges profita de l'ombre et attira Marcelle dans une ruelle. Il la poussa contre un mur, la colla de tout son corps, et l'embrassa goulûment. La réaction fut instantanée et violente. La gifle claqua, sèche, suivie d'une telle poussée qu'il eut du mal à reprendre son équilibre. C'était définitif, elle ne supportait rien de ce gars-là, ni son haleine, ni ses manières, ni son approche brutale. Elle somma Guiguite de rentrer avec elle et les deux jeunes filles prirent le chemin du retour. C'en était fini de Georges.

* * * * *

René était rentré d'Algérie au cours de l'été. Marcelle et sa mère y restèrent jusqu'au début d'octobre 1939. La guerre était déclarée officiellement depuis un mois. René, son frère Marcel et Yves, le mari de sa sœur Madeleine furent immédiatement réquisitionnés par les Chemins de fer et devaient rester la plupart du temps au dépôt, à la disposition de leur employeur et des forces armées. Yvonne, la femme de Marcel, se retrouvait seule avec sa mère presque aveugle dont elle prenait soin. Hélène proposa aux deux femmes de les rejoindre et de venir s'installer rue Marquis.

— À nous quatre, ce sera plus facile, on pourra s'entraider

— Un grand merci, Hélène, c'est très généreux de ta part.

— Madeleine aussi se retrouve toute seule avec ses deux gars. Elle n'habite pas bien loin et on va se donner des nouvelles chaque jour.

Durant les mois suivants, les choses ne changèrent pratiquement pas et après la déclaration de guerre, la vie reprit son cours presque normalement. Les Français suivaient les événements par le biais des journaux et de la radio. Marcelle avait hâte de terminer cette dernière année de préparation du brevet supérieur et s'appliquait autant qu'elle le pouvait.

En juin, ce serait son dernier examen, celui qui couronnerait toutes ses années d'études.

* * * * *

En mai 1940, les Allemands commencèrent à pénétrer en France par le Nord. Ils avançaient résolument à l'intérieur du territoire et, lentement mais sûrement, prenaient possession des lieux. Ils descendirent par le département de la Somme, aux limites de la Seine Inférieure. Ils arrivaient aux portes de Rouen. Les habitants reçurent alors l'ordre d'évacuer leurs maisons et de fuir le département. Encore fallait-il savoir où aller et s'organiser.

Les cinq femmes se réunirent, mais avaient une façon bien différente de voir les choses. Madeleine y trouvait l'occasion d'un voyage, Hélène souhaitait que l'éloignement soit de courte durée à cause des examens de sa fille. Quant à Yvonne, elle voyait ce départ comme une véritable catastrophe, d'autant plus qu'elle devait s'occuper de sa mère totalement aveugle. Madeleine lança l'idée :

— On peut prendre un train pour la Bretagne. La famille d'Yves est à Brest. Je suis certaine qu'ils ont assez de place pour nous tous.

— C'est bien loin, la Bretagne! protesta Yvonne. Et puis, je ne connais pas ces personnes, ni ma mère non plus. Il me semble délicat de débarquer ainsi! Personnellement, je préfère le Calvados. J'ai ma cousine germaine à Caen et il est certain qu'elle nous ouvrira sa maison avec plaisir. Maman s'y sentira plus à l'aise.

— C'est vrai que pour Marcelle, il est préférable qu'on ne s'éloigne pas trop. Caen me semble une bonne idée, appuya Hélène.

Finalement, elles convinrent de faire route commune au départ et de se séparer par la suite. Yvonne, sa mère baptisée Tata Nini, Hélène et Marcelle iraient donc à Caen, chez Germaine et Auguste Jouvet. Madeleine poursuivrait vers la Bretagne avec ses deux enfants.

Après avoir fermé soigneusement leurs maisons, elles partirent le soir même pour la gare et purent monter de justesse dans un train pour Caen, se contentant de wagons à bestiaux. Elles s'installèrent tant bien que mal dans la paille et arrivèrent à Caen... le lendemain matin, après avoir effectué une distance d'environ cent trente kilomètres. Madeleine les quitta et poursuivit son chemin.

Vers dix heures, Yvonne cogna à la porte de ses cousins, les Jouvet. Auguste vint leur ouvrir et fut bien surpris de trouver les quatre femmes fourbues, les vêtements sales et froissés et visiblement affamées. Elles expliquèrent leur situation et elles reçurent immédiatement un accueil des plus chaleureux.

— Vous avez bien fait de venir, précisa Auguste. Les Allemands ne nous feront pas la vie facile et il va falloir se serrer les coudes!

— Par contre, vous tombez mal et bien à la fois, ajouta Germaine en leur montrant leur chambre. Figurez-vous que c'est la communion des petits Mesnier, nos voisins et amis d'en face et nous sommes invités. Mais je vais arranger ça.

Elle mit son châle sur ses épaules et sortit.

— Je vous présente mon fils Marcel et ma fille Denise, précisa Auguste. Mademoiselle Marcelle, d'après ce que je peux voir, vous êtes presque du même âge que mon gars.

— Je suis du dix-sept novembre 1920.

— C'est bien ce que je disais. Lui, il est du vingt-deux septembre. Alors vous devriez bien vous entendre.

Germaine revint quelques minutes plus tard et annonça :

— J'arrive de chez les Mesnier. Ce sont vraiment des braves gens. Ils vous invitent toutes à la communion des petits, ça va vous changer les idées.

Les quatre femmes eurent tout juste le temps de faire un brin de toilette avant de partir pour l'église. Il pleuvait, de ce petit crachin si cher à la Normandie. Marcel proposa d'abriter Marcelle et les deux jeunes gens marchèrent côte à côte, sous le même parapluie, enfin presque... Marcel étant gentleman, elle en dessous et lui, à côté. Ils parlèrent tout le long du chemin, se découvrant et se racontant. Ils s'assirent un à côté de l'autre au repas et continuèrent leur bavardage.

Marcelle avait appris qu'il était coiffeur pour dames à Luc-sur-mer où d'ailleurs il devait retourner dans l'après-midi.

La fin de semaine suivante, Marcel revint passer deux jours à Caen. Les deux jeunes gens eurent plaisir à se revoir. Quand il dut repartir pour Luc, ils s'échangèrent leurs adresses en se promettant de poursuivre le dialogue amorcé et de s'écrire. Plantée sur le trottoir, elle le regarda enfourcher son vélo et s'éloigner. Plusieurs fois, il se retourna et chaque fois, elle lui envoya la main.

Les quatre femmes passèrent quelque dix jours à Caen. Vers la fin du mois de mai, Hélène reçut un télégramme de son mari :
« Allemands arrêtés sur Somme - École ré-ouverte. Vie reprend son cours. Rentrez à Rouen immédiatement. René »

Elles firent leurs adieux aux Jouvet, les remerciant du fond du cœur de leur merveilleux accueil.

— Surtout, n'hésitez pas! Si jamais ça recommence à canarder là-bas, venez. Ne prenez pas de risque! Il y aura toujours de la place pour vous! Nous vous attendrons.

* * * * *

En juin 1940, les Allemands avaient commencé à bombarder la ville de Rouen et un incendie majeur avait détruit très exactement neuf cent dix-huit maisons et immeubles, mettant à la rue plus de cinq mille citoyens. La guerre était bien présente en Normandie.

Le jour de l'examen de Brevet supérieur, on pouvait entendre le bruit des bombardements au loin. Les candidates avaient reçu leur sujet de français et « planchaient » depuis environ une demi-heure quand un surveillant fit irruption dans la classe en déclarant :

— L'examen est annulé. On a reçu l'ordre de prévenir tous les habitants. Les ponts vont être bombardés pour arrêter les Allemands. Partez, regagnez vos domiciles et communiquez cette nouvelle à vos familles. Fuyez Rouen!

Marcelle empoigna ses affaires et partit à la hâte. Elle courut jusque chez elle où elle trouva sa mère en train de brosser et laver le perron de sa maison.

— Maman, qu'est-ce que tu fais ?

— Bien, tu parles d'une question, tu vois bien, c'était sale.

— Mais enfin, tu n'écoutes pas les nouvelles ? On va bombarder les ponts et mon examen a été annulé. Il faut partir, il faut fuir… tout de suite !

— Oh là là, ne me bouscule pas comme ça !

Marcelle attrapa le seau et la brosse des mains d'Hélène et l'entraîna dans la maison.

— Allez, oust, va faire ta valise, je fais la mienne. On s'en va !

Marcelle entra en criant dans la maison :

— Yvonne, vite, il faut faire les valises. Tata Nini, on s'en va. On retourne à Caen.

— Qu'est-ce que tu racontes, tu parles d'une histoire... Sais-tu quand il y a un train au moins ?

— Non, j'en sais rien ! Tout ce que je sais, c'est qu'il n'est pas question de passer Rive droite pour prendre un train régulier. Ils vont faire sauter les ponts et personne ne peut dire exactement quand. On va aller à Sotteville, au dépôt et au moins on aura l'information. Il y a sûrement des trains et des amis de Papa pour nous informer.

Marcelle avait peur et l'inertie de sa mère la rendait folle. Elle sortit deux grosses valises et commença à les remplir : son trousseau, des vêtements d'hiver et d'été, la cape de fourrure d'Hélène... Elle ne réfléchissait plus, elle ne pensait qu'à emporter un maximum de choses. Il fallait s'en aller et sauver ce qu'on pouvait. Hélène ne comprenait rien à cette frénésie et essayait de calmer sa fille :

— Mais arrête de t'agiter comme ça, tu me donnes le tournis !

— Et toi, arrête de freiner des quatre pattes et remue-toi ! Tu es inconsciente ou quoi ?

Hélène finit par plier. Elle commença à préparer une petite valise. Le soir venu, Yvonne les convainquit de ne partir que le lendemain. Elles allaient passer une bonne nuit et demain, il ferait jour. Marcelle n'était pas vraiment d'accord, mais force lui fut de respecter les aînées.

Au matin, elles se mirent en marche pour le dépôt de Sotteville. Chacune d'entre elles avait sa part de bagages. Même la vieille Tata Nini devait porter un gros sac tout en tenant la main de sa fille pour se diriger. Quant à Marcelle, elle en avait plein les bras avec ses deux grosses valises pleines à craquer.

En arrivant au dépôt, ce fut une grande déception. Tous les trains avaient été réquisitionnés par l'armée allemande. Aucun train en partance pour où que ce soit ! Marcelle courait à droite et à gauche, essayant de repérer des têtes connues et finit par reconnaître un ami de son père. Il lui pointa le garage :

— Allez là ! Vous allez trouver un train en formation. Ce sont des wagons qui attendaient pour la peinture. Il n'y a plus de banquettes, mais au moins, ça roule et je sais qu'il doit partir pour Caen.

Elle remercia à peine, retourna auprès de sa mère et cria de plus belle :

— Allez Maman, en avant, il faut monter dans ce foutu train. C'est le dernier ! Tu as entendu ma Tante et toi, pauvre Tata Nini, c'est bien, tu suis !

Elles se retrouvèrent toutes les quatre dans l'un des compartiments.

* * * * *

Les wagons avaient été partiellement vidés en vue de les rafraîchir. Les banquettes avaient été démontées et il n'en restait que les barres de fer de soutien. Elles s'assirent tant bien que mal, calant des manteaux sous leurs fesses pour rendre la position un peu plus confortable. Marcelle restait nerveuse et se leva plusieurs fois pour vérifier la destination du train. Après avoir posé la question à plusieurs reprises, elle finit par être rassurée, il partait bien pour Caen. Elle se calma enfin et resta assise. Il y eut une grande secousse, la locomotive venait d'être arrimée, c'était bon signe.

Pour le voyage, elle avait adopté la tenue idéale : un beau petit tailleur blanc, ravissant, à la jupe serrée... Elle réalisa qu'elle avait probablement fait le mauvais choix, mais elle espérait bien retrouver Marcel au bout du chemin et elle avait bien envie d'être à son avantage. Elle l'avait trouvé bien séduisant ce jeune coiffeur de Luc-sur-Mer et depuis sa première visite aux Jouvet, ils avaient échangé quelques lettres. On était dimanche et il lui avait précisé qu'il y avait des chances qu'il soit chez ses parents jusqu'au lundi.

Des gens montaient et les compartiments commençaient à se remplir quand tout un régiment de soldats fit irruption, tous des jeunes gars nouvellement enrôlés.

— C'est la débâcle, Mademoiselle. On a reçu l'ordre ce matin, l'armée se replie.

— Ça veut dire quoi, ça ?

— Ça veut dire qu'on fait pas le poids. Les Allemands avancent et nous, on recule devant eux. En plus, ils bombardent pour se faire le chemin.

Le train s'ébranla enfin... Après quelques kilomètres, il s'arrêta. Des soldats se penchèrent à la fenêtre pour comprendre ce qui se passait.

— Ça bombarde en avant, on ne peut pas passer. Il faut attendre.

— Comment ça attendre ?

Marcelle bouillonnait. Elle avait mal dans le dos, mal aux fesses et des crampes dans les mollets. Ces barres de fer étaient on ne peut plus inconfortables et en plus très basses. Avec ses grandes jambes, ça devenait franchement insupportable. Elle alla marcher dans le couloir et s'installa à une des fenêtres. Au moins, de là, elle pourrait avoir de l'information.

Le train repartit en fin d'après-midi pour s'arrêter quelque trente kilomètres plus loin.

* * * * *

Deux jours plus tard, ils avaient parcouru environ cinquante kilomètres. Marcelle était épuisée nerveusement, mentalement, elle fulminait par en dedans et la peur lui tenaillait les entrailles. C'était un mélange d'impatience et de panique bien difficiles à gérer.

Hélène et Yvonne étaient plus sereines. Elles avaient finalement trouvé une position relativement confortable et faisaient tranquillement la conversation. Quant à Tata Nini, elle en avait connu de pires dans sa vie et se montrait très philosophe. Elle suivait, un point, c'est tout.

Durant la deuxième nuit passée dans le train, Marcelle sacrifia son petit tailleur et abdiqua… Elle se coucha de tout son long, par terre, la tête appuyée sur la botte d'un soldat. Elle réussit à dormir et récupéra un peu d'énergie.

Le train s'arrêtait très souvent pour laisser passer des convois armés et parfois pendant plusieurs heures. Des paysans venaient proposer des denrées le long des voies et elle put acheter des sandwiches et quelques fruits.

Ce périple dura encore deux autres jours et deux autres nuits. Le train finit par entrer en gare de Le Merlerault, un petit village dans le département de l'Orne, cinq jours après leur départ de Rouen. Ils avaient parcouru à peine les deux tiers du trajet, soit moins de cent kilomètres et s'étaient même éloignés du trajet habituel à cause des avancées allemandes.

Un employé des chemins de fer annonça alors :

— Les civils doivent descendre. Tous les trains sont réquisitionnés par l'armée.

Ce fut la consternation. Marcelle sauta du wagon et courut au-devant d'un cheminot.

— Monsieur, nous voulons aller à Caen. Qu'est-ce qu'on peut faire ?

138

— Il faut aller jusqu'à Sées, à environ quatorze kilomètres d'ici. Vous aurez peut-être la chance d'avoir un train pour Caen.

— Et on y va comment ?

— À bien, c'te question ! À pied, ma petite dame, il n'y a pas d'autre choix !

Marcelle remonta dans le wagon et commença à encourager ses troupes.

— Allez, Maman, ma tante, Tata Nini, on descend et on part pour Sées.

Marcelle ne leur annonça pas tout de suite le nombre de kilomètres à parcourir. Elles se retrouvèrent toutes les quatre sur la route avec leurs bagages. À peine un kilomètre plus loin, Marcelle n'en pouvait déjà plus. Ses valises étaient énormes et elle avait beau être courageuse et forte, elle était très consciente qu'elle ne pourrait jamais faire les treize kilomètres restants dans ces conditions.

D'autres civils fuyaient et venaient de beaucoup plus loin qu'elles. Elles retrouvèrent des habitants de l'Est et du Nord. Eux aussi essayaient de devancer les Allemands et venaient des Vosges, de l'Alsace, de la Lorraine. Marcelle avisa un monsieur qui poussait une bicyclette à laquelle était attachée une petite remorque presque vide. Il venait de Reims.

— Monsieur, je n'en peux plus. Si je mettais mes valises dans votre remorque, je pourrais vous aider à pousser votre bicyclette.

— Mettez vos valises et celles de ces dames. Laissez-moi faire, je peux très bien pousser ma bicyclette. Vous, occupez-vous de votre famille.

— Vous êtes vraiment trop aimable.

De fait, Marcelle réalisa que les trois femmes avaient les pieds très enflés. Les cinq jours qu'elles avaient passés assises dans ce train n'avaient en rien arrangé les choses. Pourtant, la vieille tante Virginie, malgré son âge, malgré sa cécité et ses mauvaises jambes, ne rechignait pas. Elle marchait sans se plaindre. Hélène, qui n'était pas habituellement une marcheuse, mais qui était bien consciente de la situation, mettait un pied devant l'autre sans trop protester. Mais la tante Yvonne…

— C'est encore loin, Marcelle ? Je n'en peux plus. Je ne ferai pas un mètre de plus ! J'en ai marre !

— Ma tante, on a déjà fait plus de dix kilomètres, le pire est fait. Allez, courage !

Au début, Marcelle resta stoïque et l'encourageait comme elle le pouvait. Mais la patience n'était pas la vertu première de la jeune femme et de plus, elle était contrariée de constater que sa tante qui était pourtant la plus jeune des trois aînées était en même temps la plus grincheuse.

— Ma tante, tu arrêtes de rouspéter, tu découragerais un régiment. Alors, maintenant, ça suffit. Marche et tais-toi ! On n'a pas le choix, je ne te prendrai certainement pas sur mon dos !

Jamais Marcelle n'aurait parlé sur ce ton à sa tante seulement deux semaines auparavant. Mais là, il y avait urgence. Elle sentait une fièvre intérieure très nouvelle pour elle : la guerre, les Allemands et le bruit des bombardements, la peur incontrôlable qui lui serrait le ventre et Marcel, ce gars dont elle attendait les lettres fébrilement, à qui elle pensait trop souvent et qu'elle allait peut-être revoir dans quelques heures...

— En avant, encore un effort, on y est presque !

$$* \quad * \quad * \quad * \quad *$$

Elles finirent par atteindre l'entrée de Sées. Marcelle réalisa alors qu'il y avait deux routes, celle par laquelle elles arrivaient et l'autre par laquelle arrivaient des hordes de soldats. Elle avait définitivement pris le commandement de cette petite équipée et les trois autres n'avaient plus l'énergie pour faire face à la situation. Elle avisa un café et décida que tout le monde allait s'arrêter pour se reposer un peu. De plus, elle se sentait en dette envers l'homme qui avait traîné ses bagages et l'invita à prendre une consommation. Il accepta avec reconnaissance.

Marcelle regardait constamment sa montre et voyait bien tous ces soldats qui remontaient vers la ville. Elle entendait toujours les bombardements au loin. Elle alla au comptoir du café :

— Savez-vous si les trains passent encore ?

— Oui, ça passe, on en a vu un sur la ligne il n'y a pas une heure !

— Et la gare est de quel côté ?

— En haut, par cette rue, lui pointa le cafetier.

C'était bien ce qu'elle craignait. Elle prit la décision :

— Allez, on repart tout de suite ! Tous ces soldats qui se dirigent vers la gare, ça me fait peur. Merci encore Monsieur, votre remorque a été très appréciée, mais nous devons absolument prendre un train. Allez, Maman, ma tante, aide ta mère, en route, *avanti* !

Elle empoigna les grosses valises, et somma ses trois femmes d'en faire de même.

— Ah non, tu ne m'auras pas ! Je ne fais pas un pas de plus !

140

— Ma tante, tu ne recommences pas… ça suffit… regarde ta maman, est-ce qu'elle proteste ? Et ma mère ? Non plus. Tu veux coucher à la belle étoile ce soir et risquer de te faire bombarder par-dessus le marché ?

Mais Yvonne était bien décidée… Elle resta le derrière vissé sur sa chaise, bien déterminée à n'en point bouger.

Marcelle s'énerva. Tout son côté Duhamel se réveilla, son visage s'empourpra. Elle sentit la colère monter. Elle posa sèchement ses valises, se redressa de toute sa hauteur et agrippa la main de sa tante qu'elle dominait d'une demi-tête :

— Alors maintenant, tu me fais vraiment suer ! En avant et arrête de geindre !

Le ton était tranchant et n'admettait aucune réplique. La tante, surprise et domptée, n'osa plus résister. Elle se leva péniblement et baissa la tête. Elle était bien obligée d'admettre que Marcelle avait probablement raison. Prenant son courage à deux mains, elle attrapa sa petite valise et commença à avancer lentement.

Marcelle reprit son fardeau et se mit en route, encourageant son monde comme elle le pouvait. Elle aussi était éreintée et la côte jusqu'à la gare lui sembla bien longue. Elles arrivèrent finalement sur le quai où elles constatèrent que tous les bancs avaient été pris d'assaut. Plus une place pour se reposer. Sa tante recommença à se lamenter. Marcelle posa ses valises et aida la vieille Virginie à s'asseoir dessus. La pauvre avait les pieds doublés de volume ainsi qu'Hélène d'ailleurs. Elle laissa Yvonne se débrouiller, puis se mit en quête d'un cheminot susceptible de la renseigner.

— Monsieur, dites-moi s'il y a encore un train aujourd'hui.

— Vous avez de la chance, Mademoiselle. On nous annonce le dernier de la journée dans un quart d'heure.

Marcelle, épuisée, assoiffée, l'estomac noué, ne demanda même pas la destination de ce train. Elle s'en foutait pourvu qu'il les éloigne de ce cauchemar. Chaque bruit de bombardement, aussi éloigné fut-il, résonnait jusque dans son ventre.

Il était dix-sept heures quand le train entra en gare de Sées, comme prévu et la foule se précipita vers les rares wagons disponibles, encore une fois des wagons à bestiaux déjà pleins de personnes qui arrivaient de Paris. La tante Yvonne prit sa mère par la main, Hélène suivit machinalement. Marcelle les poussa toutes les trois pour grimper sur les hauts marchepieds, un homme l'aida à monter tous leurs bagages. Enfin, elle put se laisser tomber dans la paille, ses jambes ne la portant plus. Elle demanda mollement à un des passagers :

— Et il va où ce train ?

— À Caen, Mademoiselle.

Elle eut un petit sourire de satisfaction et tomba endormie. À vingt heures précises, le train entrait en gare de Caen. Elles avaient fait plus de kilomètres durant ces trois malheureuses heures que durant les cinq derniers jours.

*   *   *   *   *

Arrivées en gare de Caen, elles devaient encore monter jusqu'à la demi-lune. Elles avaient pu se reposer un peu, étendues dans la paille du wagon. Chacune attrapa ses bagages, Marcelle empoigna à nouveau ses deux grosses valises et elles se mirent en marche.

Aussitôt tourné le coin de la rue de la Seine, elle l'aperçut… Il courait vers elles, en plein milieu de la chaussée. Elle sentit son cœur commencer à battre la chamade. Elle savait maintenant pourquoi elle avait tant hâte d'arriver.

Deuxième Partie

Les Jouvet et les Chiron

Auguste

À mon grand-père paternel, cet homme si militairement droit, si intransigeant, mais en même temps si sensible, à celui qui m'a communiqué de belles valeurs de courage et de ténacité. Mille mercis.

Prologue

— Allez, les 'ti gars, levez-vous, c'est l'heure, dit Modeste.

Les deux enfants étaient à peine visibles, bien enfouis sous le gros édredon de plumes. Auguste grogna, Pierre s'étira et ouvrit les yeux. Leur mère était au-dessus d'eux et les houspillait gentiment.

— Allez, paresseux, debout! Vous allez être en retard à l'école.

Auguste sortit un bras hors des draps et le rentra aussitôt.

— Il fait froid!

— J'ai r'mis une bûche dans la *chimenée*, mais il faut que tu lui donnes le temps de prendre... Dépêchez-vous, le lait est encore tiède, je viens de traire. Si vous attendez trop, y va refroidir.

Les deux frères dormaient dans le même lit clos, l'un au fond, près du mur et l'autre au bord. Auguste repoussa le rideau du lit et s'extirpa des oreillers et de l'épais matelas eux aussi en plumes. C'était toute une acrobatie pour émerger de cette énorme literie. Pierre s'habilla à la hâte, tandis qu'Auguste, en chemise, recherchait la chaleur de l'âtre. Machinalement, il se gratta une fesse irritée par les gros draps de chanvre.

— Allez oust, habille-toi!

Auguste sauta dans son pantalon, y rentra sa chemise et enfila ses gros bas de laine. Sa mère, levée depuis longtemps, finissait de balayer le sol de la cuisine en terre battue. Plus tôt, elle avait préparé une grosse soupe qui bouillait doucement dans le gros chaudron pendu à la crémaillère. Ça, c'était pour le père déjà à l'ouvrage depuis deux bonnes heures. Elle avait mis son châle des grands jours :

— Vot' père va pas tarder. Il est allé quérir un cochon chez le père Ménard. Il va le mener à Périers tantôt...J'vas en profiter pour aller au marché.

Sur la tablette du buffet trônait une jarre de lait mousseux et la grosse miche de pain bis.

— Pierre, viens m'aider à descendre le banc.

L'enfant empoigna le lourd banc de bois qu'on retournait sur la table, à ce qu'il paraît, pour y cacher le pain et le protéger ainsi du grignotage des souris...

Léontine et Angèle firent irruption dans la pièce. Elles dormaient dans la pièce voisine, toutes les deux dans le même lit. Léontine s'assit près du feu et sa sœur commença à lui tresser ses cheveux, puis ce fut le tour d'Angèle.

Les enfants prirent place à table et la mère donna à chacun un grand bol de lait encore tiède de la vache.

—Auguste, veux-tu une *beurrée de beurre*?

— Oui, une grosse avec de la gadelle[11], clama le petit garçon.

— Parle moins fort, Auguste, tu vas réveiller Léa.

Pierre Désiré entra alors. Une bouffée d'air glacial entra en même temps que lui dans la pièce, faisant vaciller la flamme dans la cheminée. Il enleva son capot trempé, sous lequel il portait la blaude, la grande blouse bleue des paysans. Il jeta sa casquette à grands bords sur le devant du foyer pour la faire sécher. Il avait fière allure avec son mouchoir à carreaux rouges et blancs noué au cou.

— Il pleut à sieaux ! La carriole a failli verser. Le cheval partait à hue et à dia.

— Oh là là, alors c'est t'y vraiment le bon temps pour aller au marché?

— P't-ête ben qu'non…C'est pas beau, ça c'est sûr. Tu f'ras comme tu voudras. Bon, ben, c'te pluie, ça creuse les boyaux!

Il enjamba le banc et s'assit à côté d'Auguste. Il attrapa le pichet à cidre sur la table et le tendit au jeune garçon :

— Va *cri*[12] d'la boisson[13].

Le père faisait lui-même son cidre. Après avoir récolté le pur jus, il pratiquait le rémiage. Il remouillait le marc et en extrayait ce petit cidre beaucoup plus léger en alcool qui constituait sa boisson quotidienne. Auguste fit la moue et ne put s'empêcher de protester. Il fallait sortir au froid pour aller dans le cellier où étaient gardés les tonneaux.

— Tu veux une *fouettée*, Auguste?

L'enfant baissa la tête, prit le pichet, mit son capot sur ses épaules, enfila ses sabots et sortit. La révolte n'était pas de mise, pas plus qu'un simple commentaire d'ailleurs. Il fallait obéir sans discussion.

Auguste revint, tenant le précieux liquide qu'il tendit à son père. Celui-ci s'en servit une pleine timbale et l'avala d'un trait. Il fit claquer sa langue de satisfaction et attaqua le bol de soupe au lard que sa

---

[11] Groseille rouge.

[12] Patois normand : chercher.

[13] Petit cidre très peu alcoolisé.

148

femme lui avait servi. Le père était sorti beaucoup plus tôt pour aller chercher ce cochon et avec le père Ménard, ils n'avaient pas été trop de deux pour le faire monter dans la bétaillère. C'est qu'il était costaud, ce sacré verrat.

— Bon, vous avez fini de déjeuner les enfants? Vous avez pris votre oignon et votre tranche de pain pour la collation?

— Oui, m'man!

— Angèle, t'as tes livres?

— Dis, M'man, tu sais ce que j'ai appris hier à l'école? demanda Auguste.

— Non, mon grand, dis-moi!

— Ben, les habitants de Marchésieux, c'est des Marchuais, je suis un marchuais et Léontine, c'est une marchuaise.

— Tu vois qu'on devient savant, à l'école! Bravo! Aujourd'hui, tu vas sûrement encore apprendre *qui qu'sei de neu. À ce sei!!*[14]

Seule Léontine resterait à la maison avec sa mère et sa petite sœur Léa. Elle avait passé son certificat d'études primaires en juin. Ses études s'étaient donc terminées avec tous les honneurs et elle avait reçu de très beaux livres à la remise des prix de fin d'année avec des félicitations personnelles de l'inspecteur d'Académie.

Les trois autres enfants mirent leur lourde cape en drap, le capuchon rabattu sur les yeux pour essayer de se protéger des bourrasques de novembre. Ils enfilèrent leurs sabots de bois dans lesquels la mère avait mis de la belle paille fraîche tressée et partirent sur le chemin boueux. Beau temps mauvais temps, ils devaient parcourir les cinq kilomètres qui les séparaient de l'école.

Leurs parents étaient intransigeants sur ce point: l'école était obligatoire jusqu'au certificat. Ils étaient tous les trois dans la même classe, même si leurs âges étaient bien différents. Pierre était dans sa dernière année alors qu'Angèle finirait seulement dans deux ans. Quant à Auguste, il n'avait que six ans et venait de faire courageusement son entrée à l'école.

---

[14] Patois normand : Quelque chose de nouveau. À ce soir!

Chapitre 1

Pierre-Désiré Jouvet, fils d'Édouard Jouvet et Victoire Langlois, était né en 1856, à Marchésieux, petit village de Normandie, dans le sud du Cotentin, entre St-Lô et Périers. En fait, les Jouvet habitaient Marchésieux depuis le mariage de Pierre André avec Thérèse Poullain en 1807. Oh ils n'avaient pas alors migré de très loin puisqu'ils étaient originaires du village de St-Aubin du Perron à quelques kilomètres au sud de Périers. C'est dire que Pierre-Désiré et tous ses ancêtres étaient à coup sûr des normands et très fiers de l'être.

Il avait vingt-trois ans quand il rencontra Modeste, d'un an sa cadette. Les jeunes des villages alentour se retrouvaient dans les fêtes populaires ou les foires aux bestiaux et plusieurs idylles naissaient ainsi. Après quelques mois de fréquentation, ils s'étaient mariés dans leur village le vingt-deux octobre 1881.

Il était fermier, et comme son père, son grand-père et son arrière grand-père, il exploitait le même lopin de terre. Après avoir acquis une bétaillère et un bon cheval de trait, il s'était spécialisé dans le transport d'animaux. Il dut attendre quatre ans avant d'avoir sa première petite fille, Léontine en 1885. Puis, les grossesses de Modeste se succédèrent avec la naissance de Pierre en 1887, Angèle, en 1889, Auguste en 1892 et finalement Léa en 1895.

La vie était dure pour ces petits fermiers et chaque sou était chèrement acquis. Bien sûr, les produits de la ferme permettaient de nourrir la famille, mais sans aucun luxe. L'eau se prenait au puits. Quant à l'électricité, elle commençait à peine à s'implanter en ville, alors en campagne... On n'avait pas changé grand-chose à travers les générations. Tout simplement, on reproduisait ce qu'avaient transmis les parents.

* * * * *

Le jeune Auguste était robuste et vaillant à l'ouvrage. Les travaux autour de la ferme ne le rebutaient pas et il apprit dès sa jeune adolescence les secrets du jardinage. C'était un garçon franc, honnête et studieux qui donna pleine satisfaction à ses instituteurs et obtint son certificat d'études primaires sans problème. Sa matière préférée, l'histoire! Il buvait les paroles de ses maîtres qui lui racontaient les croisades, les prouesses du valeureux Henri IV et le courage de la pieuse Jeanne d'Arc. Tout ce qui touchait les temps passés le passionnait.

Il fit sa marque à l'école et dès la fin de ses études primaires, son directeur le recommanda auprès des notables du coin. Auguste franchit alors un grand pas par rapport à ses ancêtres. Le cinq août 1904, à l'âge de douze ans, il quitta la maison paternelle et fut engagé comme petit clerc de notaire à Tribehou, un peu au nord de Marchésieux. Il recopiait les actes d'une écriture appliquée et régulière, rigoureux dans son travail comme dans tout ce qu'il faisait.

Ses sœurs avaient, elles aussi, été de très bonnes élèves et l'une d'elles avait même terminé première du canton au Certificat d'études primaires. Mais elles étaient des filles et leur destin était avant tout de se trouver un mari et de voir aux travaux de la maison.

Quant à son frère Pierre, il restait dans la tradition des anciens. Il habitait toujours avec ses parents et s'initiait aux travaux de la ferme.

*   *   *   *   *

Pour une raison qui reste nébuleuse, Auguste quitta l'étude de notaire et partit pour Caen le premier mars 1908. Il trouva une place chez un boulanger, rue Saint-Pierre. La boulange, comme la plupart des métiers manuels, était un métier rude. Il fallait transporter, vider et surtout brasser de grandes quantités de farine, dont les sacs étaient de cinquante et cent kilos. Ce sont donc des quantités énormes de pâte qu'il fallait pétrir à bras. Le boulanger travaillait de longues heures tête baissée au-dessus du pétrin, tout en ayant les voies respiratoires irritées par la poussière omniprésente. Auguste, malgré tout son courage, avait beaucoup de difficultés à supporter ce travail. Il subissait presque quotidiennement d'importants saignements de nez évidemment incompatibles avec la fabrication du pain. Aujourd'hui, on parlerait probablement d'allergie.

Par ailleurs, il avait fait la connaissance d'Henri Chiron qui travaillait sur un chantier rue St-Pierre, tout près de la boulangerie. Les deux garçons, sensiblement du même âge, sympathisèrent et devinrent les meilleurs amis du monde. Ils aimaient se retrouver et se promener dans les rues de Caen. Ils avaient environ seize ans et les filles deve-naient peu à peu le sujet préféré de leurs conversations. Ils les regardaient d'un œil de plus en plus intéressé et cherchaient des moyens d'en savoir toujours davantage. L'éducation sexuelle n'était pas de l'époque et les atours de ces dames ne permettaient pas de grandes découvertes. Pourtant les garçons se trouvèrent un fabuleux poste d'observation : les arrêts de tramway. Ils se cachaient à proximité, car ils avaient repéré que les femmes devaient relever leurs jupes longues pour atteindre les hauts marchepieds. Elles dévoilaient alors leurs chevilles, voire leurs mollets! Toute chose étant relative, les deux jeunes y trouvaient leur compte et ne se lassaient pas de ce petit jeu.

* * * * *

Auguste avait de plus en plus de problèmes de santé à son travail, ce qui le rendait malheureux. Il se confia à son ami :

— J'aime la boulange, mais c'est vrai que je saigne de plus en plus. J'peux plus continuer.

— C'est pas compliqué, viens travailler avec moi, t'auras plus à jouer dans la farine.

— C'est bien beau, mais je ne connais rien au pavage!

— T'es courageux et robuste, c'est tout ce qui compte. T'apprendras le métier comme je l'ai appris. Et puis, le patron, c'est mon père et je lui ai déjà parlé de toi. Il est d'accord!

— Je ne le connais pas et ça me met à la gêne.

— Dimanche, tu le sais, c'est la foire de Caen. Mes parents doivent y aller avec mes frères et ma sœur. On va s'y retrouver et je te présenterai à mon père.

C'est ainsi qu'Auguste fit la connaissance de René Chiron, de sa femme Pauline, des frères d'Henri et surtout, de sa sœur, la jeune Germaine.

Auguste fut engagé dans l'entreprise de René et s'initia à l'art du pavage de ville.

Renée (alias Germaine) ou Germaine (alias Renée)

À ma grand-mère paternelle, celle qui faisait de fabuleuses gelées de groseilles et un riz au lait exceptionnel.

Prologue

— Marie, c'est plus fort que toi, il a fallu que tu fasses mon lit!
cria Françoise

— Mais Maman, tu n'y vois plus, je veux juste t'aider.

— Combien de fois y faudra que je te dise que j'aime pas ça, tu
sais pas faire. Je vais encore être obligée de le recommencer!

— Ah! c'est ridicule! Mais bon, fais comme tu veux! Je ne
changerai pas ton fichu caractère!

La scène se passait vers 1895. Depuis la mort de son mari, Paul
Fleury, Françoise vivait chez sa fille Marie, l'épouse de Monsieur
Desmay, à Verson. C'était une femme très menue, mais au caractère
fort, bien trempé et c'est d'une poigne de fer qu'elle avait élevé ses cinq
enfants, Gustave, Pauline, Marie, Virginie et Louis. Il y avait déjà bien
longtemps que Françoise avait perdu la vue. La vieille dame avait donc
appris à se débrouiller sans ses yeux et arrivait à circuler dans la maison
sans aide. Elle s'occupait à quelques petites tâches ménagères, comme
le lavage et l'épluchage des légumes. Pour le reste, elle comptait sur sa
fille Marie qu'elle menait à la baguette. Son plus grand désespoir était
d'avoir appris que sa fille Virginie souffrait de la même maladie qu'elle
et qu'avant longtemps, elle aussi perdrait la vue.

La plupart du temps, Françoise restait assise au coin du feu,
tout en surveillant et guettant tous les bruits de la maison. Elle serrait
contre sa poitrine le châle des paysannes bayeusaines dont elle portait
le costume traditionnel. La robe était grise et longue, fermée en avant
par une série de petits boutons et protégée par un grand tablier noir. La
tenue aurait pu être austère si ça n'avait été d'un joli col blanc de
dentelle de Bayeux et d'une ravissante bonnette. C'était une petite
coiffe très délicate elle-aussi en dentelle, soulignée en bordure, par un
ruban de velours noir.

Chapitre 1

Pauline, la fille aînée de Françoise se maria avec René Chiron. Ils eurent neuf enfants : Alphonse, Pierre, puis Renée en 1893, Julien, Gaston, Maurice, Henri, Paul et enfin René. C'est donc dire que Renée fut leur seule fille. Comme elle portait le même nom de baptême que son plus jeune frère, ses parents s'entendirent pour l'appeler Germaine et c'est sous ce prénom qu'elle fera sa vie. Très jeune, elle apprit à se défendre et à jouer aux jeux des gars. Par contre, étant la troisième, elle dût aider Pauline à élever les derniers et n'apprécia pas vraiment ce rôle. Elle se souviendrait toute sa vie de ces années où les bébés se succédaient et de toutes ces petites frimousses à débarbouiller.

Elle fut responsabilisée dès l'adolescence, mais en même temps cela lui donna un statut particulier dans la famille. Elle était ni plus ni moins le bras droit de sa mère et elles avaient développé entre elles une complicité évidente. Ses plus jeunes frères l'aimaient et la craignaient tout à la fois.

Étant la seule fille de la famille, elle n'apprit pas le partage généralement pratiqué entre sœurs. Dans la plupart des familles, les filles aiment s'échanger les vêtements ou les bijoux dès le plus jeune âge et apprennent à négocier entre elles. Germaine ne bénéficia pas de cette expérience. Elle n'avait pas à faire de compromis et sa nature peu généreuse s'en trouva satisfaite et renforcée.

René Chiron n'était pas riche et Germaine apprit à compter dès son jeune âge. Cela lui fut aisé. C'était dans sa nature. Elle n'était pas gaspilleuse et n'aimait pas dépenser inutilement. Cela était certes une qualité dans les circonstances, mais pouvait parfois devenir un vilain défaut.

* * * * *

Elle devint une jeune fille enjouée, malgré les corvées. Elle aimait rire et faire la fête. Elle savait qu'un jour, elle se marierait, mais n'était pas pressée. Elle voulait surtout être certaine de ne pas faire d'erreur et d'épouser l'homme qui serait susceptible de la rendre heureuse. Elle voulait être certaine de l'amour de son futur mari et était bien décidée à ne pas prendre le premier venu.

Même si elle était née en 1893 et si à cette époque les moyens de contraception étaient très limités, voire inexistants, elle se promit bien qu'une fois mariée, elle ferait tout pour freiner les naissances. Elle ne ferait pas comme sa mère et n'aurait pas une flopée de petiots accrochés à ses jupes. Il était tout aussi clair que son futur époux devrait être d'accord avec elle.

Auguste et Germaine

À un couple qui nous a démontré, hors de tout doute, qu'on pouvait rester amoureux toute une vie.

Chapitre 1

Auguste entra en apprentissage dans l'entreprise de pavage de ville de René Chiron. Il aima tout de suite son nouveau travail. C'était dur physiquement, mais il était robuste et le travail ne lui avait jamais fait peur.

Dès sa première rencontre avec Germaine à la foire de Caen, il avait été séduit. Elle avait une façon bien coquine de le regarder et il trouva qu'elle avait belle allure. Il faut dire que Germaine avait vite détecté l'intérêt d'Auguste et ne se gênait pas pour venir minauder autour de lui. Il venait d'avoir ses dix-sept ans et était encore bien jeune pour penser à fréquenter sérieusement, mais cette jolie fille lui faisait bien de l'effet.

Il finit par se lancer et lui proposa une promenade… qu'elle refusa. Pourtant, elle continuait de l'aguicher et il sentait bien qu'elle n'était pas complètement indifférente. Il finit par s'en ouvrir à son ami Henri.

— Tu sais, elle a beau être ma sœur, c'est une fille… dit ce dernier d'une voix remplie de sous-entendus. Mais j'ai l'impression qu'elle t'aime bien.

Les mois passaient et les amours n'avançaient guère entre Auguste et Germaine. En 1910, il lui envoya une carte avec ces seuls mots : « *Devinez qui vous l'envoie* ». Il n'obtint pas de réponse, mais les œillades de Germaine dans les jours qui suivirent lui laissaient clairement voir qu'elle savait... Il lui envoya une courte lettre et cette fois, elle répondit. Entre 1910 et 1912, ils s'échangèrent plusieurs missives, où la complicité commençait à poindre. Germaine s'était confiée à sa mère qui approuva ces échanges épistolaires et permit qu'ils se poursuivent en cachette du père. Finalement, lors d'une promenade à Avranches, Auguste demanda à René Chiron la permission d'écrire à sa fille. La chose devint officielle.

Auguste était très amoureux. Mais Germaine n'était pas encore vraiment convaincue. Il arrivait qu'elle accepte une petite sortie avec lui, mais refuse les trois suivantes. En fait, elle semblait jouer au chat et à la souris. À plusieurs reprises, Auguste donna rendez-vous à la jeune fille, mais il avait attendu longtemps, en vain. Elle lui posait ni plus ni moins, des « lapins ». Pire même, elle allait vérifier, en se cachant, que son soupirant était bien au lieu convenu et se sauvait.

Le petit manège dura plusieurs mois… jusqu'en 1913. Cette année-là, il y eut d'abord le mariage de la sœur aînée d'Auguste, Léontine. Elle était devenue une jeune femme sage, à la santé fragile. Elle avait rencontré Alphonse Auvray, facteur de son métier. Il faisait sa tournée chaque jour, à bicyclette, à travers les villages de la région. Il fallait livrer le courrier par tous les temps et il faisait son devoir consciencieusement. Dès leur mariage, le couple eut un grand désir, avoir un enfant. Léontine y pensait depuis qu'elle était toute petite et son mariage allait lui permettre de concrétiser son rêve. Ils s'installèrent à Périers.

La même année, Auguste fut appelé sous les drapeaux, c'était le temps du service militaire. Germaine en profita pour lui signifier que c'était terminé. Elle désirait mettre fin à leur relation. Le coup fut très dur pour Auguste qui, non seulement, ne cessa pas de l'aimer, mais vit son amour décuplé. Il continua d'envoyer des lettres enflammées à Germaine et cette dernière, finalement, poursuivit la correspondance.

∗   ∗   ∗   ∗   ∗

1914, déclaration de la guerre. Les Allemands avaient envahi la France par la Belgique et l'Alsace et gagnaient rapidement du terrain. En fait, ils étaient arrivés à progresser jusqu'à environ cinquante kilomètres de Paris. Pour les décideurs, tant Français qu'Allemands, il était clair que cette guerre serait de courte durée, les armements s'étant considérablement améliorés. Les généraux français réagirent à l'invasion. Il fallait repousser l'ennemi et vite. On dépêcha donc toutes les forces disponibles.

Auguste, déjà mobilisé, ne fut pas exempté et fut envoyé sur le fameux front de la Marne. Les soldats étaient enthousiastes et c'est dans l'euphorie qu'ils partirent. Pourtant, les combats furent épouvantables et les conditions de vie particulièrement dures. C'était un front qui s'étendait sur trois-cents kilomètres, de Senlis à Verdun et les ordres étaient on ne peut plus clairs. Voici une citation du Général Joffre, le 6 septembre 1914 :

« *Au moment où s'engage une bataille dont dépend le sort du pays, il importe de rappeler à tous que le moment n'est plus de regarder en arrière. Tous les efforts doivent être employés à attaquer et à refouler l'ennemi. Une troupe qui ne peut plus avancer devra, coûte que coûte, garder le terrain conquis et se faire tuer sur place plutôt que de reculer. Dans les circonstances actuelles, aucune défaillance ne peut être tolérée.* »

L'ordre fut respecté à la lettre et il en coûta effectivement beaucoup. Deux cent cinquante mille jeunes Français y trouvèrent la mort, sans compter les blessés bien sûr. Même les ennemis furent stupéfaits par la vaillance des jeunes soldats français. Voici ce qu'en a dit le Général Von Klück qui commandait les troupes allemandes :

« Que des hommes ayant reculé pendant quinze jours, que des hommes couchés par terre et à demi morts de fatigue puissent reprendre le fusil et attaquer au son du clairon, c'est une chose avec laquelle nous autres, Allemands, n'avions jamais appris à compter ; c'est là une possibilité dont il n'a jamais été question dans nos écoles de guerre ».

Entre le cinq et le dix septembre, les généraux français et alliés tentèrent de repousser l'ennemi en une guerre éclair. Ils y parvinrent très partiellement et les Allemands se fixèrent le long de l'Aisne. S'ensuivront des affrontements continuels durant quatre mois, au terme desquels ce fut l'impasse. Les Allemands n'avaient pas réussi, mais les Français n'avaient pas gagné.

*   *   *   *   *

Auguste était devenu un « poilu », un vrai. Il dut cependant quitter le front le seize septembre et être hospitalisé à St-Lô pour empoisonnement. Il faut dire que la nourriture des soldats au front était… ce qu'elle pouvait être. La fraîcheur n'était pas toujours au rendez-vous. Germaine lui rendit alors visite en compagnie de son jeune frère Gaston. La séparation lui avait fait prendre conscience de la profondeur de ses sentiments et son amoureux lui manquait vraiment.

Le vingt-trois septembre, Auguste demanda à rejoindre le 136ᵉ régiment d'infanterie de ligne. Il lui était intolérable de se « prélasser » sur un lit d'hôpital en sachant les copains au combat. Il retourna donc au front. Le six octobre, les combats firent rage et la journée fut abominable pour tous les malheureux soldats. Auguste connut encore une fois les horreurs de la guerre. Les hommes de sa compagnie tombaient autour de lui. Certains avaient la malchance de ne pas mourir sur le coup et se tordaient de douleur. Le sang coulait et dans les tranchées, ce n'étaient que cris déchirants et gémissements.

Plusieurs chefs succombèrent et Auguste prit le relais du commandement jusqu'à ce que les ordres leur parviennent : « Repliez-vous! Reculez! ». Auguste interpella alors ses hommes :

— Les gars, on laissera pas les blessés aux Boches! Allez, faut les sortir de ce foutoir!

Lui-même partit sous les balles et les obus qui sifflaient sans arrêt et ramena plusieurs malheureux, l'un, une jambe arrachée, l'autre, le visage en sang... Ils réussirent à en évacuer ainsi quatorze et les transportèrent jusqu'au poste de secours. Dans son groupe, sur cent-trente-six partis le matin, il n'en revenait que cinquante-deux toujours vivants le soir.

Le seize octobre, Auguste fut nommé adjudant en remerciement de son courage et de sa bravoure en cette journée du six et dès le début de 1915, il passa officier. Il fut affecté au Labyrinthe, cette partie de sol français nommée ainsi, car investie par les Allemands et creusée de multiples galeries et tranchées s'entrecroisant. Il écrivit la nouvelle de sa nomination à Germaine qui recommença à minauder :

— Je ne pourrai jamais t'épouser, je suis bien trop arriérée pour un homme de ta valeur. Je ne me sens plus à la hauteur...

— Mes sentiments n'ont pas changé et n'oublie pas que si je suis officier pour l'armée, je reste un ouvrier dans le civil.

Le deux août de la même année, Auguste obtint enfin une permission et revint à Caen. Il retrouva Germaine avec plaisir et ils se fiancèrent officiellement. Ils partirent bras dessus bras dessous vers la rue St-Pierre où Auguste avait repéré une petite bijouterie et c'est ensemble qu'ils choisirent une bague.

— Merci mon chéri. Maintenant, c'est vraiment sérieux, c'est un vrai engagement. Cette bague ne me quittera jamais! Elle fait maintenant partie de moi. Je t'aime.

Les deux amoureux s'embrassèrent longuement. Ils étaient enfin sur la même longueur d'onde.

* * * * *

Les combats se poursuivaient et à plusieurs reprises, Auguste vit des copains tomber à ses côtés. Le quatre décembre 1915, ce fut son tour. Il fut grièvement blessé à la tête et dut être transporté à St-Menehould où il fut opéré. On dut le trépaner pour extraire des éclats d'obus. C'était une opération excessivement délicate en ce début de XXe siècle. Non seulement, il s'en sortit, mais presque miraculeusement, sans séquelle. Peu après, il fut transféré à Moulins où Germaine le rejoignit pour une période de trois jours. Sa convalescence s'étala sur plusieurs mois. Après avoir été envoyé à Royan pendant les premières semaines, il finit de se remettre sur pied à Caen. C'est à ce moment qu'il prit la décision d'épouser Germaine.

Le mariage civil eut lieu le trois mars 1916, à la mairie de Caen et le mariage religieux, le quatre, à l'église Saint-Julien. Germaine trouva que son homme avait très fière allure en tenue d'officier et c'est la tête haute qu'elle remonta l'allée centrale de l'église à son bras.

Auguste fut convoqué à Saint-Lô dans les jours qui suivirent pour y subir un contrôle médical. Sa blessure était encore trop fraîche et il fut déclaré inapte au combat. Il put donc passer quelques semaines supplémentaires avec sa jeune femme. Ils se trouvèrent un petit garni[15] à Saint-Lô, rue Torteron. Même si les nouveaux mariés étaient tout aussi inexpérimentés que bien d'autres de cette époque, c'est avec un contentement évident qu'ils découvrirent les secrets de l'amour. Germaine était de plus en plus amoureuse de son homme qui le lui rendait bien et les plaisirs sexuels devinrent une composante très importante de leur union.

* * * * *

Leur joie fut de courte durée. La mère d'Auguste était tombée malade et devait rester alitée. Les deux tourtereaux ne s'en soucièrent pas trop, la nouvelle ne semblant pas particulièrement alarmante. Ils poursuivirent leur lune de miel. Pourtant, quinze jours seulement après, Modeste décédait sans avoir revu son fils. Auguste se sentit très coupable. Il partit seul pour Marchésieux où devait avoir lieu l'inhumation. C'est avec nostalgie qu'il revit son village et la maison familiale. Il s'en voulait beaucoup de ne pas avoir compris que la maladie de sa mère était grave à ce point.

Son frère Pierre, encore au front, obtint une permission spéciale et arriva seulement dans l'après-midi. Les deux hommes se sentaient très proches depuis leur enrôlement dans les forces armées et furent heureux de se retrouver. C'est côte à côte qu'ils dirent une dernière prière devant la tombe toute fraîche de Modeste.

Auguste se sentait parfaitement remis de son opération et de sa trépanation. Mais en même temps, il savait qu'il ne serait plus jamais le même. Aux yeux de la société du temps, un trépané était quelqu'un de fragilisé, potentiellement diminué et dont les séquelles pouvaient surgir

---

[15] Appartement meublé comprenant également la vaisselle et la lingerie de maison.

plusieurs années après. Dans l'armée, Auguste se sentait bien, protégé et respecté. Mais qu'en serait-il dans le civil? Nul ne savait. Avant de postuler certains emplois à responsabilités, il était obligatoire de déclarer une trépanation, comme une maladie honteuse et cela pourrait représenter un handicap tout au long de sa vie active.

* * * * *

Un mois seulement après leur mariage, Germaine eut des doutes. Leurs premiers ébats s'étaient montrés fructueux. Elle était presque certaine d'être enceinte. Elle annonça la nouvelle à son mari et tous deux furent enchantés de cette bonne nouvelle.

— Je suis heureuse, Auguste, mais avec la guerre, ce n'est pas idéal.

— Je te comprends bien. Dès que je vais être rappelé, va chez tes parents, rue Des Jardins. Au moins, tu y seras en sécurité. Je serai plus tranquille.

Le quinze juillet 1916, Auguste dut rejoindre l'armée et au camp de Saint-Pierre L'Église, il reçut une formation sur mitrailleuse avant de repartir au front.

Le trente novembre, la guerre le frappa dans ce qu'il avait de plus cher, sa famille. Son frère Pierre venait d'être grièvement blessé sur le champ de bataille. Nul ne savait s'il s'en remettrait.

Seulement quelques jours après cette mauvaise nouvelle, la vie reprenait ses droits et c'était la naissance de son fils, René, le douze décembre 1916. Il est à peu près certain que les commères, et il y en a dans toutes les familles, ont dû compter les mois... pour constater, avec dépit, que le bébé était bien né dans les temps, neuf mois et treize jours après le mariage de ses parents.

Prévenu très tard de cette naissance, Auguste obtint une permission et prit le « tacot » Lessay-Coutances pour rentrer à Caen. De fait, ce train s'arrêtait dans toutes les petites gares, « dans toutes les pissotières », pour reprendre une expression bien française. Notre homme n'arriva qu'aux petites heures du matin, par un froid glacial, mais rien n'aurait pu l'arrêter. Il ne put rester que trois jours. Au matin du quatrième, il embrassa une dernière fois sa femme et son petit bébé et reprit le train. De retour dans les quartiers de l'armée, il apprit que son frère Pierre était finalement décédé des suites de ses blessures, le treize décembre, le lendemain de la naissance de son fils.

* * * * *

166

Pauline et René, les parents de Germaine, étaient ravis de l'arrivée de leur petit fils d'autant plus qu'ils s'en occupaient au quotidien et avaient la joie de le voir grandir.

Auguste par contre s'ennuyait beaucoup de son petit garçon et se sentait coupable d'être si loin de lui, tout en étant tout à fait conscient qu'il ne pouvait en être autrement. Il connut à nouveau la vie des tranchées, ces grandes galeries creusées dans le sol où les soldats devaient vivre ou plutôt survivre. Ils partageaient l'espace avec la vermine, tant les rats que les puces, punaises et autres bestioles indésirables. La boue y était présente en permanence, les attaques régulières et les soldats devaient garder leur équipement, la plupart du temps, sur le dos. Pas de douches, pas de bons lits, pas de table bien mise, mais plutôt des jambes et des pieds enflés dans des guêtres et des brodequins toujours imbibés d'eau, la gamelle où le « rata » était rarement appétissant et le froid, ce froid humide qui transperçait les capotes de drap les plus chaudes. Le seul réconfort était le courrier toujours trop rare et les quelques petites photos que l'on serrait sur sa poitrine, bien cachées sous l'uniforme.

Pourtant, Auguste cumulait les bons états de service. C'était un homme de devoir et ses chefs ne pouvaient qu'apprécier sa rigueur et son courage. Il était fier de se battre et de contribuer au retour de la paix dans son pays. Il n'aurait pas voulu être ailleurs. Il se serait senti lâche. Pour lui, un homme, un vrai, devait être sous les drapeaux en temps de guerre et mourir pour sa patrie n'aurait pu qu'être le plus grand de tous les honneurs!

* * * * *

Vers le dix-huit décembre, il fut muté à La Lande d'Ouée pour un stage de grenadier et dès le vingt-trois, il reçut son affectation. Il relut le papier plusieurs fois, incrédule. Il resta comme paralysé quelques instants, à la fois heureux, car l'armée était devenue sa seconde famille et consterné par cette affectation… Comment l'apprendre à Germaine? Et son bébé si petit qui allait grandir sans lui! Non, il ne pouvait pas partir ainsi sans les revoir! Il eut une idée.

L'ordre était de rejoindre Chambéry dans les deux jours. Il partit alors pour Saint-Lô et demanda à parler au Commandant. Il lui précisa qu'il lui était impossible d'être à Chambéry dans les délais requis. C'était beaucoup trop court! Le commandant ne fut pas dupe et saisit bien le message: « Je sais que vous partez de St-Lô avec retard, je transmettrai ». Les deux hommes s'étaient compris sans plus d'explication.

Auguste eut donc le temps de filer jusqu'à Caen. Il voulait embrasser son petit garçon et bien sûr sa chère épouse, encore sur son « lit de couches ». Auguste se montra très amoureux ce soir-là, précisant à sa femme qu'il repartait dès le lendemain matin. Il reprit la route dès l'aube et la nuit suivante, il regagnait l'Italie par rail. C'est seulement le trente décembre, soit plus de dix jours après leur dernière nuit, qu'il écrivit à Germaine qu'il était en route... pour l'Orient... et qu'il n'avait aucune idée de la durée de cette mission.

> « *Ma chère femme,*
> *Déjà 1917 et malheureusement, je n'ai pas pu passer ce jour de l'an près de toi et notre cher petit René. Le premier janvier, j'ai couché à Livourne, à l'hôtel. Le deux au soir, j'arrivais à Rome. J'ai mangé au buffet de la gare. Je suis arrivé à Tarente le matin du trois où j'ai embarqué sur le Timgad à seize heures. J'ai eu le temps de visiter le navire en tous sens, car nous ne sommes partis qu'à la nuit. Suis arrivé à Salonique le cinq au matin. Ces deux nuits en mer ont été lugubres. Nous étions tous aux abois. Il faut dire qu'un des bateaux du convoi précédent avait été torpillé. J'ai été affecté au dépôt de Zeitenlink, au Nord Ouest de Salonique d'où je t'écris. Embrasse mon cher petit René pour moi. Je t'aime, ma chérie,*
> *Auguste »*

Après quelques semaines, il fut affecté au 58e Régiment d'Infanterie d'Avignon qui avait pour mission de repousser les Bulgares. Les combats avaient lieu en pleine montagne. Les vêtements des soldats étaient mal conçus pour la température qui sévissait alors. Le barda sur le dos, ils marchèrent jusqu'à épuisement, empruntant des pistes enneigées où les bottes s'enfonçaient profondément et où chaque pas était un effort. Le froid intense mordait leur visage et l'onglée engourdissait leurs doigts. Les nuits étaient pires, sous les tentes sans chauffage et sans duvets appropriés. Plusieurs y laissèrent leur peau.

Auguste commandait une section à la « machine à secouer le paletot », terme des poilus pour désigner la mitrailleuse et deux de ses hommes furent blessés. Comme chaque fois, voir des hommes blessés ou pire, morts, sous son commandement, était pour lui insoutenable. Il se sentait responsable de ses gars et il voyait un échec là où d'autres n'auraient vu que de la malchance.

Au retour de ce nouveau carnage, du courrier l'attendait et surtout, surtout... la première photo de René. Il l'embrassa tendrement, puis la cacha sous son uniforme, tout contre son cœur. Son petit gars le protégerait peut-être des pruneaux.

Durant tout l'été de 1917, Auguste et son régiment redescendirent de Bulgarie, traversant la Macédoine pour entrer en Grèce. Après avoir longé toute la côte est en bateau, ils atteignirent finalement Le Pirée, puis Athènes. Ils étaient sur place au moment de l'abdication du roi Constantin au profit de Venizelos en juin, puis ils remontèrent vers le nord par train, en traversant par la plaine de Larissa jusqu'à Florina.

C'est alors que début octobre, Auguste tomba à nouveau malade et dut être hospitalisé à Salonique. Grâce à l'intervention de la nièce du médecin major, il obtint d'être rapatrié en France. Il arriva à Toulon où il subit un « bain sanitaire » puis fut pris en charge par l'hôpital de Marseille. Il y resta jusqu'au quinze janvier 1918, date à laquelle il obtint une permission de trente jours.

Un mois auprès de sa femme et de son fils! Le rêve après tous ces périples, le paradis après les affres du champ de bataille et la canicule du Sud. Le petit René eut sa première dent le lendemain de l'arrivée de son Papa, à l'âge de treize mois. Heureux présage! La petite famille connut des jours de bonheur jusqu'à la fin du mois de février, date à laquelle Auguste fut appelé à rejoindre Antibes où il obtint le grade de lieutenant, puis retour à Avignon.

Le dix avril, un groupe de jeunes recrues, les bleus comme ils disaient, les rejoignirent. Ils venaient principalement de l'Ardèche, quelques-uns du Gard. Ils étaient au nombre de deux-cent-cinquante, tous mis sous les ordres d'Auguste. Un sous-lieutenant l'assista. Les ordres étaient formels. *« L'instruction sera aussi dure que nécessaire. Ces hommes doivent être prêts pour le front en deux mois! »* L'entraînement fut intense et Auguste, conscient de la rigueur des ordres, n'eut d'autre choix que d'exécuter. Il était avant tout un homme de l'armée, un soldat. Les ordres, ça ne se discutait tout simplement pas. Tous devaient obéir, y compris lui-même, bien sûr.

Il décida de louer un garni dans Avignon même et Germaine vint le rejoindre avec René. Malheureusement, le petit garçon supporta mal le climat. En ce début d'été, la chaleur était déjà intense dans cette région de France et l'enfant en pâtit beaucoup. Vers le quinze mai, c'est Auguste qui tomba malade à son tour. Sa température monta à près de quarante-et-un degrés et il dut être hospitalisé. Le diagnostic tomba : paludisme. La maladie le terrassa et il perdit douze kilos en deux semaines. Tous les trois repartirent finalement pour Caen où Auguste récupéra lentement. Seul, il regagna ensuite Avignon avant de rejoindre son bataillon déjà déplacé dans un des camps ceinturant le front, à Michery, dans l'Yonne.

Chapitre 2

Le onze novembre 1918, enfin, c'était l'armistice! Les civils dansaient dans les rues. Partout c'était la fête. Germaine n'y tint plus. Elle avait envie de fêter cette fin de guerre avec son homme. Bravant les consignes strictes de l'armée, elle décida d'aller le rejoindre et trouva à se loger au dessus d'une épicerie, dans Michery même. Pour tous, elle était une nièce des propriétaires. Auguste essaya de donner le change et prenait ses repas au mess des officiers, mais la nouvelle se répandit et le pot aux roses fut découvert. Un bon dimanche matin, le commandant lui demanda :

— Madame Jouvet trouve-t-elle que Michery est une jolie ville?

Auguste, mal à l'aise, bafouilla une vague réponse.

— Allez Jouvet! Ne faites pas cette tête! C'est l'armistice! Prenez une permission et allez reconduire Madame à Caen! Et dites-lui d'y rester!

Auguste remercia et s'éclipsa. Ses chefs avaient fait preuve d'une rare clémence et lui démontrèrent un peu plus tard qu'ils ne lui tenaient aucune rigueur de cette petite incartade au règlement en lui accordant le commandement d'une compagnie.

* * * * *

La démobilisation commença pour les vieilles classes. Beaucoup d'officiers âgés rentraient enfin chez eux. On commença à fusionner des compagnies. C'est ainsi qu'Auguste se retrouva à la tête de quatre-cents hommes.

Le quinze janvier 1919, il devait faire une instruction de tir de grenades. Prudent, il décida de faire passer les hommes un par un. Bien lui en prit. Un de ses hommes, novice en la matière, prit une grenade, la percuta... et ne la lança pas... Auguste se mit à hurler tout en se jetant sur le gars. Il lui arracha la grenade des mains et la projeta loin des hommes.

La grenade éclata à bonne distance, mais deux éclats firent un effet boomerang et vinrent s'ancrer à l'arrière de son cou. Il avait évité le pire, mais était à nouveau blessé. Il fut admis en urgence à l'hôpital de Sens. Le chirurgien put retirer un des éclats, mais décida de laisser l'autre en place, l'extraction risquant de provoquer plus de mal que de bien. Auguste allait devoir vivre le reste de ses jours avec un éclat de grenade fiché dans le cartilage de son cou.

Dès sa sortie d'hôpital, huit jours plus tard, son commandant ayant été muté en Pologne, il se retrouva seul à la tête de sept cent cinquante hommes qu'il dirigea pendant trente-trois jours. La tâche était lourde et toutes ces années de guerre commençaient à lui peser. Les démobilisations se faisaient au compte-goutte. Certains hommes, qui normalement auraient dû être libérés trois ou quatre mois plus tard, étaient soudainement rappelés et devaient rempiler. Les gars devenaient nerveux.

Le douze août 1919, Auguste fut enfin démobilisé. Jour béni entre tous! Il rentrait au bercail pour de bon! Quelle joie de serrer sa femme dans ses bras et d'embrasser son petit garçon!

Ils s'installèrent dans un appartement de la rue de l'Engannerie, à Caen. Pour être comblé, il lui fallait maintenant trouver un travail. Il aurait pu rester dans l'armée où il se sentait bien et où une carrière prometteuse lui était offerte. Il aurait fallu voyager, s'installer peut-être en Algérie ou ailleurs. Il était prêt. C'était une vie qui lui plaisait. Il savait la rémunération et les conditions générales alléchantes. Sa famille aurait vécu confortablement, à l'abri des tracasseries financières. Bien sûr, finies les séparations, puisque sa femme et ses enfants auraient suivi, logés à très bon compte. Mais c'était précisément là que le bât blessait… Germaine s'était opposée. Elle voulait rester près de ses parents. La vie à l'étranger ne la tentait absolument pas. Il céda. Après plusieurs démarches infructueuses, il entra finalement aux Chemins de fer le vingt-deux décembre, au service de comptabilité. Il aurait pu demander un poste plus prestigieux et surtout plus payant, dans la sécurité par exemple, mais il y renonça. Il aurait fallu avouer qu'il avait été trépané et cela lui faisait peur. Il ne parla jamais de ce handicap à son employeur, si toutefois handicap il y avait, allant jusqu'à renoncer à sa pension de l'armée, en tant que blessé de guerre. C'est son beau-frère, le mari de Léontine, qui le poussa beaucoup plus tard, à récupérer cette pension à laquelle il avait droit.

Auguste se sentit malgré tout comblé. La guerre était enfin terminée et la vie allait pouvoir commencer. Il avait fait une promesse à sa femme, qu'il lui rappela ce soir du vingt-deux décembre :

— Je t'avais dit que si je revenais sain et sauf de cette saloperie de guerre, nous achèterions un petit frère à René…

— Quand tu veux, mon mari, tout de suite si tu veux!

Marcel naquit le vingt-deux septembre 1920.

Marcel

L'artiste n'est artiste qu'à la condition d'être double et de n'ignorer aucun phénomène de sa double nature.

Charles Beaudelaire
Extrait des Curiosités esthétiques

À mon père, un homme d'une valeur exceptionnelle, celui que j'ai essayé d'égaler toute ma vie, sans vraiment y parvenir. Papa, beaucoup d'hommes et de femmes auraient souhaité avoir un modèle tel que toi. Je te dois tant!

Chapitre 1

Marcel avait la bonne grosse tête des Jouvet et Germaine en avait été bien consciente au moment de l'accouchement. Il n'avait pas été facile à passer, ce p'tiot. Par contre, il avait de jolies mains fines aux doigts longs et minces, contrairement à son père qui avait les mains fortes aux doigts courts. Conçu le vingt-deux décembre, il naissait le vingt-deux septembre! C'était une date qui en valait bien d'autres et hormis sa naissance, aucun événement spécial n'était venu la souligner. Pourtant, ce nombre « vingt-deux » déjà deux fois présent dans la courte existence du petit Marcel, allait ponctuer beaucoup d'autres événements de sa vie, devenant presque un nombre fétiche.

On organisa son baptême. Léontine et Alphonse qui n'avaient toujours pas d'enfants après sept ans de mariage, acceptèrent avec grand plaisir d'être parrain et marraine.

Germaine était très heureuse de la naissance de ce second enfant, mais probablement pas autant qu'Auguste qui regrettait tant de ne pas avoir vu grandir René! Il se promettait bien de profiter davantage de ce nouveau petit.

* * * * *

L'appartement de la rue de l'Engannerie s'avérait bien petit au fur et à mesure que les enfants grandissaient. Finalement, en 1922, la petite famille Jouvet déménagea rue Des Jardins, juste à côté des parents de Germaine, en fait, dans la même cour. À gauche, en arrivant sur le terrain, la maison du jeune couple et au fond, les grands-parents Chiron.

Henri, meilleur ami d'Auguste depuis son arrivée à Caen, celui qui lui avait présenté sa sœur et à qui il devait son bonheur, était parti dans le Nord de la France, dans la région de Bapaume. L'entreprise de son père, qu'il avait d'ailleurs reprise, avait été sollicitée pour la reconstruction après les violents combats qui avaient détruit beaucoup de bâtiments et de routes dans cette région. Les contrats ne man-quaient donc pas. Malheureusement, un fâcheux accident se produisit et Henri décéda. Ce décès affecta énormément son beau-frère et grand ami Auguste qui assista à l'inhumation en compagnie du père Chiron. Puis ce fut le décès du plus jeune frère de Germaine, René, dans la même année. Ces deuils à répétition soudèrent davantage les deux époux. Ils s'entraidaient et traversaient les épreuves en s'appuyant l'un sur l'autre.

Germaine était toujours très proche de ses parents et plus particulièrement de sa mère. Auguste commençait à se méfier de ces rapprochements. Il avait remarqué que Pauline demandait parfois de l'argent à sa fille. Cette dernière lui en prêta à plusieurs reprises. Mais l'argent ne revenait pas. Pauline avait toujours de bonnes raisons pour ne pas remettre les sommes empruntées et Germaine ne s'en formalisait pas. Pourtant, elle n'était pas particulièrement généreuse de nature, mais elle avait du mal à dire « non » à sa mère. Auguste était bien conscient que durant les années de guerre où elle avait vécu avec ses parents, elle avait dû contribuer aux dépenses de leur maison. Des habitudes s'étaient ainsi créées. Mais ils n'avaient pas de fortune à leur disposition et devaient faire très attention pour joindre les deux bouts et les fins de mois arrivaient vite. Depuis leur mariage, Auguste faisait confiance à Germaine qui avait dû se débrouiller toute seule pendant de nombreux mois. Elle semblait s'y prendre de la bonne façon. Dès qu'Auguste recevait sa paye, il lui donnait l'argent nécessaire aux dépenses quotidiennes de la famille. Elle répartissait alors la somme dans des enveloppes et ces dernières devaient être calculées et approvisionnées suffisamment pour tenir jusqu'au mois suivant. La méthode en valait d'autres, s'il n'y avait pas eu ces prêts à sens unique.

— Germaine, maintenant, nous avons deux enfants et nous n'avons pas les moyens d'aider tes parents, d'autant qu'ils ne remboursent pas.

— C'est promis, Auguste, je ne leur en prêterai plus, c'était juste un dépannage, disait-elle… chaque fois.

*   *   *   *   *

La maison de la rue Des Jardins comportait trois pièces. On entrait dans la cuisine, pièce de vie servant à la fois de salon et de salle à manger, puis la chambre des garçons qu'il fallait traverser pour gagner celle des parents. Le dimanche, c'était jour de fête et le petit déjeuner était un peu différent. Marcel aimait se réveiller avec la bonne odeur de pain grillé qui lui chatouillait les narines. Germaine utilisait le support en métal du fer à repasser qu'elle faisait chauffer sur la grosse cuisinière en fonte. Il suffisait de déposer le pain sur ce « toaster » improvisé et on dégustait les savoureuses tartines avec du chocolat.

Dès l'arrivée dans la nouvelle maison, Marcel qui avait à peine un peu plus de deux ans prit l'habitude de traverser la cour tout seul pour rendre visite à ses grands-parents. Sa grand-mère le gâtait à sa façon, avec les moyens qu'elle avait. Entre autres, elle lui faisait des petites crèmes instantanées au caramel et à la vanille qu'il adorait.

Il était un enfant sage, sérieux, presque trop. Autant son frère était boute-en-train, exubérant, prenant beaucoup de place, autant Marcel était plutôt solitaire. Il jouait souvent seul dans son coin, repoussant les habituels jouets de garçon. Il détestait les bruits de camions ou de tirs de soldats. Il préférait de loin les jeux de rôles, se racontant des histoires, montant des petites mises en scène, faisant parler des personnages. Il aimait les étoffes, les tissus soyeux et chatoyants qu'il avait appris à reconnaître au simple toucher : les velours, les taffetas et la soie tellement plus doux que les cotonnades ou les draps. Quelle aubaine quand il pouvait mettre la main sur quelques retailles!

Il avait hérité de son père la droiture et la franchise. Il ne savait pas dissimuler une bêtise et avouait facilement qu'il était le fautif. Il arrivait que son frère mente effrontément. Alors Marcel se sentait mal, il avait une peur bleue que son père ou sa mère ne lui demande la vérité, car il n'aurait pas été capable de la cacher et son frère qu'il aimait beaucoup aurait pu se retrouver dans une mauvaise posture. Sa mère disait souvent :

— Il suffit de demander à Marcel. Avec lui, on est sûr de savoir ce qui s'est passé.

Pour rien au monde il n'aurait voulu perdre cette confiance et cette réputation auprès de ses parents.

*   *   *   *   *

En 1924, Auguste perdit son père et reçut sa part d'héritage. Oh ce n'était pas une fortune, mais tout de même suffisante pour envisager de s'acheter un terrain sur lequel il pourrait se faire bâtir une maison bien à lui. La petite maison de la rue Des Jardins était trop juste et les parents de Germaine trop près, à son goût. Il trouva l'endroit. C'était rue de la Seine, dans la partie de Caen appelée la demi-lune. Il commença par acquérir une première parcelle de sept cent cinquante mètres carrés et un mois plus tard en acquit une seconde à peu près équivalente. Il était enfin propriétaire.

Il fallait maintenant faire installer l'eau. Il demanda à Germaine les mille huit cents francs qui avaient été mis de côté à cet effet. Elle dut avouer qu'elle les avait prêtés à ses parents.

— Ah non, pas encore! Enfin, tu le fais exprès? Tu sais très bien que cet argent est perdu, encore une fois!

— Mais non, Maman m'a promis de me rembourser, dit-elle d'une petite voix.

— Bien oui, c'est évident, comme toutes les autres fois! Germaine, je suis très fâché! Tu te rends compte que ça va retarder la construction de notre maison, n'est-ce pas?

— Bien, on n'est pas si mal rue Des Jardins. Tu sais, moi, je n'ai pas besoin de beaucoup plus.

— Et bien moi, je ne suis pas d'accord du tout! Je tiens à ce qu'on soit chez nous!

Sur ce, Auguste enfourcha son vélo et partit faire un tour. Il avait du mal à dérager et avait bien hâte de déménager. Un peu de distance avec les beaux-parents ne pourrait qu'être bénéfique!

* * * * *

Germaine souhaitait bien avoir un jour une petite fille et Auguste se montra bien d'accord avec le projet. Le temps semblait venu. Germaine allait sur ses trente-trois ans et c'était déjà bien tard. En janvier 1925, elle sut qu'elle était à nouveau enceinte.

Depuis qu'Auguste travaillait dans les bureaux du Chemin de fer, chaque été, il avait la possibilité de « faire la saison » ailleurs. La Compagnie de Chemins de fer transférait certains employés dans des secteurs où il y avait affluence durant les mois d'été. Ils y passaient deux à trois mois.

C'est ainsi qu'Auguste accepta de faire la saison à Trouville, ville sympathique de pêcheurs et superbe plage de sable sans les inconvénients du snobisme de Deauville, sa voisine. Pourtant, seul un pont sépare ces deux villes et une seule gare les dessert. Il est vrai que cette gare, bien tranquille presque toute l'année, se voyait littéralement envahie d'estivants en juillet et août.

Étant donné la grossesse de Germaine, Auguste partit seul et se trouva un logement à Pont-Lévesque, à quelques kilomètres de Trouville. L'appartement, infesté de punaises, était presque insalubre et le temps lui sembla long. Il accueillit la fin du mois d'août comme une délivrance, d'autant plus que la naissance de son petit était pour très bientôt.

* * * * *

C'est une petite qui se présenta le premier septembre 1925, et son Papa rentra juste à temps pour assister à la naissance. Les parents étaient aux anges. Ils l'appelèrent Denise. Après deux garçons, la famille était complétée.

En 1926, Julien, le frère de Germaine, décida de se marier. Il s'était installé dans un logement en face des Jouvet, à côté des grands-parents et sa future femme viendrait l'y rejoindre. Le terrain de la rue Des Jardins devenait un véritable regroupement de la famille Chiron.

Le mariage eut lieu au domicile d'Auguste et Germaine. Leurs deux enfants s'en donnèrent à cœur joie. Ils vivaient une noce pour la première fois et ne se privèrent pas. Marcel, en particulier, profita de cette grande fête de famille pour acquérir une belle popularité auprès de ses amis. En fait, il passa l'après-midi à chiper des dragées du mariage et à les distribuer aux copains qui attendaient au coin de la rue.

Un peu plus tard dans cette même année, Auguste décida de faire construire sa maison. Il commença par choisir un modèle et négocia un crédit de vingt-quatre mille francs. Il creusa lui même ses fondations, à la pelle, ses moyens ne lui permettant pas de louer de la machinerie et encore bien moins d'engager des ouvriers. Le terrain était tout en caillasse et le boulot s'avéra beaucoup plus dur qu'il ne l'avait pensé au départ. Mais Auguste, toujours fier et travailleur, en vint à bout. Les murs furent montés et la maison prit forme lentement. Chaque fois qu'il en avait le temps, Auguste travaillait sur le chantier.

* * * * *

Marcel venait d'avoir sept ans quand, un bon matin, il se plaignit d'un mal de gorge.

— Ne recommence pas tes caprices, Marcel. On part bientôt pour la messe, allez oust, debout!

— Mais j'ai vraiment du mal à avaler, Maman.

Machinalement, Germaine passa la main sur le front de son fils, il était brûlant.

— Bon, tu nous commences encore une belle angine. Je vais te garder à la maison. Après le départ de ton frère, je vais regarder ça de plus près.

Marcel se sentait réellement très mal. Aucune force, aucun tonus musculaire. Sa mère revint le voir et put tâter ses ganglions sous la mâchoire. Elle s'alarma et traversa la cour rapidement.

— Marie, Marcel ne va pas bien et il m'inquiète. Pourrais-tu aller chercher le médecin? On est dimanche, j'espère qu'il se déplace quand même!

— Ne t'inquiète pas Germaine, je pars tout de suite.

— Je vais donner un peu de bouillon de légumes au petit en attendant ton retour.

Une bonne heure plus tard, Marcel, étendu sur son lit, regardait la rue par la fenêtre quand le fiacre du médecin entra dans la cour, un vrai... tiré par un cheval. Tout malade qu'il était, l'enfant n'en fut pas moins très impressionné. L'animal était noir et avait le pelage lustré, la crinière impeccablement brossée et l'attelage étincelant. Quand le médecin descendit de la voiture, l'envoûtement fut total. Marcel fut définitivement convaincu que ce médecin ne pouvait être qu'un très grand savant. Le Docteur Michard fit son entrée, tout de noir vêtu, la redingote lui battant les mollets et sa sacoche de cuir à la main. Il enleva son haut chapeau gibus et salua Germaine.

Marcel, complètement sous le charme, ne réalisa pas la gravité du diagnostic, la diphtérie, pas plus qu'il ne garda de souvenir désagréable des piqûres qu'il dut subir.

* * * * *

L'enfant se remit de cette terrible maladie sans trop de problèmes. Peu de temps après, la famille Jouvet déménageait enfin dans sa toute nouvelle maison, au trente-cinq rue de la Seine. Ce n'était pas un château, mais c'était nettement plus grand et plus fonctionnel que les logements qu'avait connus le couple auparavant.

L'entrée donnait directement dans la cuisine, grande pièce de vie à la manière de presque toutes les maisons normandes de l'époque. À gauche, la chambre des parents et à droite celle des enfants. Le terrain était d'une très bonne dimension puisqu'il regroupait deux parcelles et dès leur arrivée, Auguste bêcha son potager. Il était important de produire tous les fruits et légumes nécessaires à la vie de la petite famille.

En face de leur maison vivait un couple de Parisiens, les Legrand. Les deux familles sympathisèrent d'autant plus que le fils Legrand était du même âge que Marcel. Ces gens travaillaient tous les deux et après quelques mois, ils demandèrent à Germaine si elle accepterait de prendre leur fils comme pensionnaire. Elle accepta.

L'idée ne s'avéra pas très judicieuse. Cet enfant était-il particulièrement difficile? S'ennuyait-il de sa famille? Auguste était-il trop dur avec lui? Qui sait? Il reste que l'atmosphère familiale s'en trouva grandement perturbée. Marcel qui aimait les jeux calmes redoutait les cris et disputes que provoquait le fils Legrand. Il supporta très mal cette promiscuité et jouait autant que possible à l'extérieur, fuyant les contacts avec le garçon.

*　*　*　*　*

Durant les vacances d'été, Auguste faisait toujours la saison à Trouville. Il avait trouvé un petit appartement rue du Manoir avec possibilité de renouveler la location d'une année sur l'autre. La famille s'installa donc pour les trois mois de congé. Les enfants pouvaient bénéficier de la magnifique plage et profiter de leurs deux parents puisque leur Papa pouvait rentrer chaque soir à la maison. Pour Germaine, ces vacances n'étaient pas nécessairement de tout repos. Avec son nouveau pensionnaire, ça lui faisait quatre enfants à plein temps, dont trois garçons bien remuants et une petite fille encore très jeune. Même si le fils Legrand allait passer une partie du mois de juillet chez ses parents, la tâche restait lourde.

Chapitre 2

Au début de 1929, Germaine reçut une lettre de sa belle-sœur Léontine :

« Ma chère Germaine, mon cher frère,
Nous nous ennuyons de notre filleul et avons bien hâte de le revoir. Les années passent et je n'ai plus vraiment d'espoir d'avoir un jour un bébé à moi. Pensez-vous que Marcel pourrait passer les grandes vacances avec nous, s'il en a envie bien sûr? Il se trouve que nous garderons une nièce d'Alphonse, la jeune Christiane, qui a exactement le même âge que lui. Alphonse se joint à moi pour vous embrasser
Léontine. »

Germaine n'y voyait qu'une aubaine. Les garçons avaient du mal à se supporter et les disputes étaient fréquentes. Le petit nouveau n'était pas populaire et l'ambiance familiale beaucoup moins harmonieuse. La réponse fut « oui », d'autant plus que Marcel se montra emballé par le projet. Il adorait ses parrain et marraine et surtout, n'aurait pas à supporter le fils Legrand de tout l'été! Il trouva l'idée géniale!

Son père vint le reconduire à Périers où Marcel retrouva Alphonse et Léontine avec le plus grand des plaisirs. Tous ses plats préférés étaient sur la table à leur arrivée. Il se sentit comme un coq en pâte. Christiane, la nièce d'Alphonse était déjà arrivée et les deux enfants sympathisèrent immédiatement. Marcel était au paradis, ni plus ni moins.

* * * * *

Les presque trois mois de vacances d'été passèrent bien vite et le temps de repartir pour Caen approchait à grands pas, pour le plus grand désespoir du jeune Marcel. Chez sa marraine, il se sentait le « chouchou ». Elle répondait à la plupart de ses caprices et il adorait ça. Sa dernière trouvaille? Un petit théâtre. Il s'était fabriqué, avec l'aide de son oncle, un magnifique petit théâtre en bois léger. Sa tante lui avait donné une quantité appréciable de retailles de tissus, tous plus beaux les uns que les autres et il avait confectionné lui-même le grand rideau de scène et les décors. Il avait découpé des petits comédiens dans du carton bien rigide et les avait habillés. Il était particulièrement fier de son roi avec sa couronne dorée et son grand manteau pourpre.

Son parrain et sa marraine avaient admiré son travail, s'extasiant devant chaque petit détail et avaient applaudi quand Marcel avait monté ses premières pièces et animé ses personnages.

*　*　*　*　*

Léontine et Alphonse étaient enchantés et tristes à la fois. Ils jouaient au papa et à la maman pour leur plus grand bonheur, mais cette merveilleuse période tirait à sa fin. Quant à Marcel, il se sentait compris, aimé, entouré. Il posa la question suivante à sa marraine :

— Pourquoi je ne peux pas rester avec vous pour toujours?

— Voyons, Marcel, c'est impossible. Tu dois retourner chez tes parents!

— Je déteste être avec le fils Legrand! Et puis, je ne peux pas faire les choses que j'aime avec Papa et Maman, ils veulent jamais rien! Oh, s'il te plaît, Marraine! implora-t-il.

À force d'en parler, d'argumenter, Marcel finit par faire céder sa tante.

— Bon, pas pour toujours, finit-elle par dire, mais on peut trouver un compromis. D'abord, je veux être certaine que tu as bien pensé aux conséquences. Si tes parents disent oui, tu feras ta scolarité ici, à Périers, au moins jusqu'au Certificat pour ne pas avoir à changer d'école en cours de route.

— C'est sûr que je suis d'accord!

— Et si Marcel reste, moi aussi, je reste, affirma Christiane.

Léontine et Alphonse échangèrent un regard complice. Ils ne pouvaient qu'applaudir.

— Pour toi, Christiane, si tu le souhaites vraiment, ce sera facile. On en a déjà discuté avec tes parents et ils n'attendent que ça. Je confirme donc à ton père que tu es d'accord, et puis j'écris à Auguste.

Marcel sauta sur ses pieds et se mit à danser sur place :

— Chouette! Merci ! Tu es la meilleure marraine du monde entier!

— Attends un peu! Rien n'est certain encore.

Dès la semaine suivante, Léontine écrivait à son frère et à sa belle-sœur, sans grande conviction et sans croire réellement à leur approbation. Comment des parents, et surtout une maman, accepteraient-ils l'idée de se séparer de leur petit garçon pendant autant de temps? Elle soupira et commença sa missive :

« Mon cher Auguste et chère Germaine,
Nous avons proposé aux parents de Christiane de la garder et de voir à sa scolarité au moins jusqu'au certificat d'études, ce qu'ils ont accepté avec enthousiasme. C'est donc dire qu'elle sera ici pour au moins quatre ans.
Nous adorons Marcel et il semble se plaire en notre compagnie. Les deux enfants s'entendent très bien et pourraient être inscrits dans la même classe. Qu'en pensez-vous? Je me suis déjà informée et ils seraient acceptés à l'école de Périers. Vous savez combien les études sont importantes pour moi et, si vous acceptez, il est certain que je veillerais personnellement à son éducation.
Marcel pourrait aller vous rejoindre pour les vacances.
En espérant que votre réponse soit positive,
Votre sœur qui vous aime

Léontine »

La lettre surprit Auguste et Germaine, mais ne les scandalisa pas. Auguste avait toute confiance en sa sœur et Germaine voyait la possibilité d'être soulagée un peu. Depuis l'arrivée du petit Legrand, elle en avait plein les bras. C'était payant, mais bien difficile parfois. Ils furent d'accord.

* * * * *

Le jour de l'arrivée de la réponse d'Auguste, ce fut toute une fête à Périers. Léontine tua un poulet qu'elle fit rôtir et fabriqua une superbe tarte aux pommes. Marcel et Christiane se sautèrent dans les bras l'un de l'autre. Dès l'après-midi, Léontine alla inscrire son filleul à l'école pour la rentrée de septembre.

Une routine s'établit rapidement. Les Auvray n'avaient qu'un seul point de discipline : les études. Sur ce point, Léontine était intransigeante. Les enfants devaient avoir de bonnes notes et ne pas rechigner pour les devoirs. La religion avait également une place importante et les jeunes inscrits au catéchisme apprenaient leurs prières en latin. Chaque dimanche, la messe était obligatoire et ils pouvaient mettre en pratique ce qu'ils avaient appris. Marcel chantait très juste et aimait écouter sa propre voix résonner dans l'église quand il entonnait le « *Credo in unum Deum...* », qu'il connaissait bien sûr par cœur.

En dehors de cela, l'éducation du couple était essentiellement basée sur l'écoute, l'amour et l'ouverture d'esprit, méthode idéale pour un jeune garçon épris de liberté.

Marcel reçut plus d'attention qu'il n'en avait jamais eue depuis sa naissance. Chez ses parents, son père était la plupart du temps au travail ou dans son jardin et ne s'intéressait pas particulièrement à lui, d'autant plus qu'il ne le comprenait pas toujours. Marcel avait des goûts qui dépassaient de beaucoup l'entendement paternel. Auguste n'arrivait pas à cerner les intérêts de son fils, ce goût pour les étoffes de luxe, son air dégoûté dès qu'il avait les mains un peu sales ou ses cheveux un peu décoiffés, son refus de porter un vêtement froissé ou légèrement taché. Pour Auguste qui avait été élevé à la dure et qui avait connu la difficile vie de soldat, tout ça n'était que pur caprice.

René, son frère, n'avait pas non plus de grandes affinités avec le jeune Marcel. Ils n'avaient pas les mêmes jeux. Marcel détestait les bagarres, les jeux « de garçons » où les contacts sont parfois rudes. Son aîné le provoquait souvent :

— Alors, *La Fleur*, t'as pas envie de faire la bataille?

Par contre, Marcel se montrait plus sérieux que lui, plus mature et le rappelait souvent à l'ordre :

— René, on n'a pas le droit de faire peur aux poules!

— Oh, « *Papa* », ça suffit, la morale!

Ses relations avec sa mère étaient tout aussi décevantes. Il ne se sentait pas vraiment rejeté, mais ne se sentait pas non plus aimé. Durant les années de guerre, Germaine avait développé un lien très fort avec son fils aîné et pour elle, Marcel n'était qu'un pâle reflet de ce premier fils si exubérant, si enjoué. René savait la gagner, lui plaquant de solides baisers sur les joues à propos de rien. Marcel était beaucoup plus réservé, un peu à part. Il se montrait aussi très difficile. Quand, par exemple, venait le temps d'acheter des vêtements pour ses fils, les réactions étaient diamétralement opposées. Avec René, aucun pro-blème. Il acceptait ce que tous les autres garçons de son âge portaient. Mais avec Marcel, tout devenait compliqué. Il choisissait avec beaucoup de soin chaque pièce de son habillement, l'essayant plusieurs fois, tournant et retournant devant le miroir pour vérifier l'effet produit.

Quant à sa petite sœur, elle était encore trop jeune pour émettre une opinion. Finalement, la demande de Léontine était tombée à point et personne n'allait s'en plaindre.

* * * * *

Pour Marcel, une nouvelle vie commença. Plus de père intransigeant face auquel toute réplique était impossible, plus de règles strictes, mais plutôt un univers où la créativité était non seulement bien acceptée, mais encouragée.

Vers le milieu de l'année scolaire, l'instituteur monta une pièce de théâtre avec ses élèves. Marcel rentra de l'école, très excité.

— Marraine, je vais jouer dans une pièce avec d'autres amis de ma classe et je vais faire un mousquetaire

— Oh là là, c'est tout un personnage!

— Oui, et il faut être déguisé.

— Viens ici. Assois-toi un peu et raconte-moi! Déguisé, mais comment déguisé?

— Ben, en mousquetaire!

— Mais je ne connais pas bien ça. Comment tu le vois, ton mousquetaire?

— Bien tu sais, c'est comme D'Artagnan, avec l'habit …. Tiens, regarde, il y a un dessin en couleurs dans mon livre d'histoire.

— Et c'est pour quand ton affaire?

— C'est pour la fête de fin d'année, mais on répète en costume dans deux semaines.

— Je vais voir ce que je peux faire. Laisse-moi ton dessin.

— Merci Marraine, et n'oublie pas le chapeau, avec les plumes!

Léontine commença par rechercher des tissus appropriés et se mit à l'ouvrage : l'habit écarlate et la casaque ornée de la croix, le chapeau… Elle termina le déguisement dans les temps. Alphonse, de son côté, sculpta une superbe épée… en bois.

Quand Marcel revêtit le déguisement, il n'en revenait tout simplement pas. Sa marraine et son parrain avaient tant travaillé… pour lui, pour lui tout seul! Il avait vu Léontine passer plusieurs veillées à coudre au coin du feu. Il avait vu Alphonse tailler le bois avec son couteau et avait eu connaissance quand il était allé quêter à ses voisins des plumes de leur coq… pour le chapeau! Et quelle allure il avait! C'était parfait! Il allait être le plus beau des mousquetaires de toute l'école! Pour la première fois, Marcel se sentit quelqu'un. Il sentit qu'il pouvait être aimé, à ce point-là! Il n'avait jamais ressenti de tels sentiments et son petit cœur d'enfant voulait exploser de joie et d'amour.

Pourtant il y avait un bémol à sa joie. Pourquoi sa propre mère ne lui avait-elle jamais fait sentir qu'il était aussi important à ses yeux? C'était pour elle qu'il aurait aimé avoir ce grand élan d'amour. Simplement, il aurait souhaité qu'elle soit comme Léontine. Il se serra contre sa tante qui referma ses bras autour de lui. Il pleurait, mais n'aurait pu définir exactement pourquoi.

*   *   *   *   *

Aux vacances d'été, Marcel revint à Caen. Il était content de retrouver la maison familiale. Il rapportait son habit de mousquetaire, impatient de le montrer à ses parents. Il fut déçu de leur réaction. En fait, ils n'en eurent aucune et regardèrent à peine le costume. Marcel revenait au sein de la famille comme s'il n'en était jamais parti. Pas de fête particulière, pas de retrouvailles émouvantes. Il était revenu et la vie reprenait comme avant. La famille partit pour Trouville où Auguste faisait la saison, encore cette année. Les enfants profitèrent de la plage et Marcel découvrit un peu plus sa petite sœur, alors âgée de près de quatre ans. Il aimait s'occuper d'elle, la promener, la faire rire, lui construire de superbes châteaux de sable.

Auguste changea d'emploi, toujours au sein de la Société des Chemins de fer. Affecté au secrétariat, il avait plus de responsabilités. Il facilitait la circulation des voyageurs en recherchant des itinéraires appropriés, écrivait les rapports lorsqu'il se produisait un accident et rédigeait les procès-verbaux en cas d'infractions. Il était fier et heureux de la marque de confiance que lui donnaient ses employeurs.

Le mois d'août était bien avancé et la rentrée scolaire approchait. Marcel avait hâte de repartir pour Périers, quoique... Il ne savait plus ce qu'il désirait vraiment. Il adorait être chez sa tante, tout en attendant autre chose. Il aurait tellement aimé entendre de la bouche de sa mère qu'elle s'était ennuyée. Mais non, rien. Il arriva même à Germaine de s'écrier, alors que les enfants chahutaient un peu trop fort

— Si la fin des vacances peut arriver! Je vais à nouveau avoir la paix!

Il est vrai que c'est une réaction commune à bien des parents. Mais dans les circonstances, cette phrase prenait un tout autre sens dans la tête du jeune garçon. Il se sentait blessé et rejeté. Il savait bien que c'était lui qui avait voulu cette situation, mais en même temps, il était déçu que sa propre mère le laisse partir avec autant de facilité.

La veille du départ, il pleura longtemps sous ses couvertures, mais pour un empire, il n'en aurait soufflé mot.

*   *   *   *   *

En septembre 1930, Marcel reprit le chemin de l'école où il se montra un élève assez studieux. Il faisait consciencieusement ce qui était demandé par ses maîtres, mais on ne peut pas dire qu'il aimait l'étude. La structure était trop rigide pour un enfant assoiffé de liberté et de créativité comme lui.

Il retrouva avec bonheur son petit théâtre qu'il peaufinait avec amour. Léontine aimait s'asseoir près de lui et l'écoutait faire parler ses personnages. Parfois, elle prenait part au jeu et inventait à son tour une histoire.

L'année allait être importante puisque c'était celle de la communion solennelle de Marcel et de Christiane, ou plutôt leur « première communion », comme on disait à cette époque. C'était le plus grand événement qu'un enfant pouvait vivre! Les amis et toute la famille, proche et moins proche, y étaient invités. Marcel était très pieux et très impliqué dans sa paroisse. Il était même devenu enfant de chœur. Chaque dimanche, c'était avec le plus grand des sérieux qu'il revêtait la soutanelle et le surplis. Il avait appris tous les gestes appropriés et se sentait très important, aux côtés du curé. Il suivait avec beaucoup d'attention la liturgie, préparant l'encensoir ou portant avec dignité le grand cierge.

Après s'être réunis et en avoir discuté avec la famille de Christiane, les Jouvet et les Auvray se mirent d'accord. Les communions auraient lieu conjointement, à Périers, puisque les enfants y suivaient leur cours de catéchisme. Ce serait grandiose! Les deux familles élargies seraient réunies. Ils convinrent du montant que coûteraient les festivités et Auguste contribua aux frais, pour son fils.

Marcel avait choisi ses vêtements avec Léontine et aimait beaucoup sa tenue de communiant. Il portait un costume gris foncé, un vrai... enfin, presque... malheureusement, la culotte était courte. Il n'avait pas réussi à négocier pour un pantalon long. Par contre, les bas noirs corrigeaient un peu la situation ainsi que les chaussures bien lustrées. Le cuir était neuf et un peu raide et elles lui faisaient un peu mal aux pieds, mais que n'aurait-il pas enduré pour avoir cette allure princière! Le nœud papillon était du dernier chic et son brassard, un des plus beaux. Il était allé se faire couper les cheveux pour la circonstance et le barbier, pour une fois, avait respecté ses goûts. Ses cheveux n'avaient pas été coupés trop court et il n'avait pas l'air d'une jeune recrue de l'armée. Bref, il se trouvait très beau.

Il reçut plusieurs superbes cadeaux, entre autres un missel à la reliure en cuir qu'il trouvait particulièrement distingué et riche. Il se promettait bien de le garder toute sa vie. Ce trente-et-un mai allait rester une date mémorable. Toute sa famille était présente ainsi que celle de Christiane. Sa tante avait travaillé pendant des semaines à la préparation de l'événement. Tous les parents invités étaient venus, sauf la tante Yvonne, avait-il entendu dire. Elle n'avait pu venir, car elle était invitée à une autre communion à Évreux, celle d'une certaine Marcelle Duhamel. Cette tante était la fille de la sœur de sa grand-mère maternelle… Bof, c'était compliqué et il ne la connaissait même pas. Elle ne lui avait donc pas manqué.

* * * * *

Au début de l'été, un événement dramatique se produisit. Marcel voulait montrer son petit théâtre à ses parents et l'avait donc rapporté à Caen. Il souhaitait profiter des vacances pour refaire le grand rideau de scène et sa tante lui avait donné le tissu nécessaire. Un soir, il était plongé dans ses pensées, concentré sur un problème à résoudre. Il essayait en vain de faire tenir le plissé d'un drapé et ne savait comment vaincre la difficulté.

Sa mère l'appela pour le souper :

— Marcel, viens à table!

L'enfant n'entendit pas… ou ne voulut pas entendre l'appel.

— Marcel, ça fait deux fois que je te le dis, viens souper!

Il tenait son tissu dans une main et s'apprêtait à le fixer, quand sa mère appela pour la troisième fois…

Et d'un seul coup, ce fut l'horreur! Marcel n'eut pas le temps de réagir… Son père empoigna le théâtre et le jeta contre le mur, faisant voler en éclat les fragiles boiseries.

— Quand ta mère t'appelle, tu réponds!

L'enfant resta figé, le corps paralysé, la bouche ouverte. Il essayait de comprendre ce qui venait de se passer. Il ne pouvait pas croire ce qu'il voyait, il ne pouvait pas non plus croire que c'était son propre père qui avait posé ce geste absurde et méchant. Son théâtre, son bijou, sa création gisait sur le pavé, en miettes, irrécupérable! Il travaillait dessus depuis des mois, raffinant toujours les moindres détails.

Jamais Marcel ne pardonnerait cette brutalité à son père. Jamais non plus Auguste ne s'excuserait pour ce manque de jugement évident et cette violence aux conséquences très négatives pour un enfant de cet âge, violence sans commune mesure avec le degré de désobéissance de son fils.

Tu sais, la première fois qu'il m'a raconté cette histoire, ton père a été obligé de s'arrêter dans son récit, il avait la gorge pleine de sanglots et pourtant il avait plus de vingt ans!

Marcel pleura longtemps cette petite construction à laquelle il avait consacré tant d'amour et de passion. Il pleura aussi sur l'attitude de ses parents. Il se rendait compte qu'il était un peu le vilain petit canard de l'histoire, celui qui dépare, qui ne marche pas dans le rang, celui qui est différent. Pourquoi n'était-il pas comme les autres, avec les mêmes jeux que les autres, avec les mêmes goûts que les autres? Pourquoi ne sentait-il pas autant cette différence chez Léontine et Alphonse? Au contraire, ils appréciaient ses goûts, l'encourageaient dans son parcours.

L'été passa et ses sentiments passaient continuellement de la joie d'être parmi les siens à la déception devant l'indifférence de sa mère et l'incompréhension de son père. Il savait que ce dernier l'aimait. Il reconnaissait de l'amour dans son intérêt et sa fierté pour ses progrès scolaires par exemple, mais sentait bien qu'un monde les séparait.

* * * * *

Marcel retrouva la sérénité de la maison de Périers et attaqua courageusement la nouvelle année scolaire.

Au printemps 1932, une autre idée saugrenue traversa sa tête. Il souhaita avoir une chèvre. Il en avait repéré une très mignonne au marché de Périers et il talonna sa marraine :

— Elle est tellement belle. Je l'ai caressée et elle m'a léché la main. Elle m'aime déjà.

— Mais Marcel, c'est ridicule. Où veux-tu qu'on la mette, ta chèvre?

— Et bien, mon oncle peut faire un petit coin pour elle dans la remise!

— Et il faut qu'elle mange…

— Je m'en occuperai.

— Tu prends l'engagement? Ce sera TA chèvre?

— Bien sûr, c'est promis.

Léontine ne savait pas lui résister et plia. Ils allèrent au marché et Marcel revint à la maison, tout content de constater que sa chèvre le suivait comme un petit chien.

Léontine expliqua à Marcel comment s'occuper de sa nouvelle amie.

190

— Alors, écoute! Alphonse va lui mettre une chaîne au cou et tu iras, chaque matin, la mettre au piquet le long de la route. Parce que vois-tu, une chèvre, ça doit brouter. On la laissera quelques heures et il faudra la ramener le soir, quand tu rentreras de l'école. Le lendemain, tu la changeras de place pour qu'elle ait toujours de la bonne herbe fraîche à paître.

Marcel partit, tout fier, et alla attacher sa Biquette à la sortie de la ville, le long d'un petit chemin de campagne. Le soir venu, il retourna la chercher et la rentra comme prévu dans la remise où, effectivement, Alphonse lui avait organisé un enclos douillet, garni de paille.

Tout se passa comme convenu pendant plusieurs semaines. Marcel et Biquette prenaient le chemin chaque matin et Léontine, derrière ses vitres, les regardait souvent partir avec attendrissement. La chèvre passait la journée à brouter et accueillait son jeune ami chaque soir avec un joyeux bêlement. Le garçon adorait Biquette et l'amour semblait partagé.

Durant les vacances d'été, Marcel partit pour Caen et la corvée changea de main. Léontine prit le relais et dût conduire Biquette chaque jour, allant toujours plus loin, pour lui trouver de nouveaux pâturages.

En septembre, Marcel tint parole et s'occupa à nouveau de sa chèvre. Mais avec l'arrivée de l'automne, les jours raccourcissaient et la nuit tombait de plus en plus tôt. La compagnie de la pauvre Biquette ne suffisait pas à rassurer le jeune garçon, quand le ciel chargé de nuages ne laissait filtrer aucune lueur et que le vent couchait les branches comme de grands fantômes noirs. Les petites routes de campagne lui semblaient bien sinistres et le chemin bien long jusqu'aux premières maisons. Marcel se mettait à courir, la peur vissée au ventre et la malheureuse Biquette n'avait d'autre choix que de suivre.

Finalement, Léontine prit pitié de lui et se chargea de la chèvre. Au printemps suivant, la décision fut prise. Biquette irait brouter sous d'autres cieux, dans les prés d'un nouveau propriétaire.

* * * * *

Septembre 1932, une nouvelle année scolaire particulièrement importante commença puisqu'elle se solderait par le certificat d'études primaires. Léontine se montra plus intransigeante que jamais et les résultats scolaires devaient impérativement être bons. Chaque soir, elle faisait faire les devoirs aux enfants et leur faisait répéter les leçons.

Tout devait être parfait. Marcel trouva l'année bien longue et l'étude très ennuyeuse.

Heureusement, juste avant le certificat d'études, il y avait la Fête-Dieu et ça faisait un peu diversion. Chaque année, depuis qu'il était à Périers, Marcel participait à cette grande fête qui intéressait la presque totalité des habitants. Dans pratiquement toutes les familles, on s'affairait à sa préparation. Chez Léontine et Alphonse, cet événement était très attendu et ils faisaient partie des nombreux bénévoles qui donnaient de leur temps et de leurs talents pour le préparer. Marcel était devenu très habile à la fabrication des fleurs de papier. On en ornait les reposoirs où serait déposé l'ostensoir et les arches sous lesquels passerait la procession. Il en tortilla des centaines dans du papier crépon de toutes les couleurs. Il ne voyait pas cette activité comme une corvée, bien au contraire. C'était plutôt pour lui la satisfaction de participer à une fête d'envergure et le résultat en valait la chandelle.

Quand la grande journée arriva, il revêtit la soutanelle rouge et son surplis empesé et fraîchement repassé. Il était chargé de porter un grand cierge évidemment allumé et il mit tout son art à garder la flamme bien vivante jusqu'au bout du parcours. À chaque reposoir, après les prières rituelles, un des prêtres jouait les chefs de chœur et faisait chanter les enfants. C'est alors avec émotion et enthousiasme que le jeune garçon entonnait les différents hymnes et cantiques. Puis la procession repartait, précédée par les semeuses de pétales de roses et il se sentait le plus heureux des garçons de défiler, ainsi costumé, dans les rues aux maisons enrubannées et fleuries, au milieu de tous ces gens endimanchés.

* * * * *

Le fameux certificat d'études arriva enfin. Il venait sanctionner les années d'études primaires et permettait ainsi, soit de continuer pour une minorité de jeunes, soit d'entrer en apprentissage auprès d'un patron.

Marcel et Christiane étaient prêts et ils se présentèrent brave-ment. Les épreuves commençaient par une dictée, suivie de questions de compréhension et de grammaire. C'était la bête noire de Marcel. Il détestait les règles de grammaire et les accords de verbes étaient son cauchemar.

Dictée : Récriminations d'un âne[16]

J'appartenais à une fermière exigeante et méchante. Figurez-vous qu'elle poussait la malice jusqu'à ramasser tous les œufs que pondaient ses poules, tout le beurre et les fromages que lui donnait le lait de ses vaches, tous les légumes et fruits qui mûrissaient dans la semaine, pour remplir des paniers qu'elle mettait sur mon dos. Et quand j'étais si chargé que je pouvais à peine avancer, cette méchante s'asseyait encore au-dessus des paniers et m'obligeait à trotter, ainsi écrasé, ainsi accablé, jusqu'au marché qui était à une lieue de la ferme.

Madame de Ségur

Expliquez « exigeante », « accablé », « lieue »
Analysez « que pondaient ses poules »
Quels étaient les défauts de cette fermière?

C'était suivi tout de suite après par les mathématiques :

Calcul :

Dans une sucrerie, 15 tonnes de betteraves produisent 2 220 kg de sucre.
Combien faut-il apporter de betteraves chaque jour pour assurer une production journalière de 6 tonnes de sucre?
Quel est l'approvisionnement hebdomadaire nécessaire?
Quel sera le coût hebdomadaire à 130 francs la tonne de betteraves?
À combien revient le prix du kilo de sucre?

Pour confectionner un tapis avec des restes d'étoffe, on coupe ces restes en carrés de 0,10 mètre de côté. Pour les coutures, il faut compter une perte de 0,01 mètre. Combien faudra-t-il de carrés pour un tapis de 3,60 mètres de long sur 1,08 mètre de large? Quel sera le prix de la bordure de ce tapis à 0,95 franc le mètre?

Pour l'épreuve suivante, Marcel était beaucoup plus à l'aise et les questions lui semblèrent simples :

Histoire et géographie :

- Pourquoi et à quel moment de son règne Louis XV fut-il impopulaire?
Citez deux campagnes désastreuses sous le Premier Empire.
- Le département du Nord (relief, côtes, cours d'eau, vie agricole et industrielle, aspects du paysage).
Comment les côtes françaises sont-elles défendues?

---

[16] Ce ne fut probablement cet examen-là, précisément. Par contre, il s'agit bien de véritables épreuves présentées lors du Certificat d'études primaires.

Suivait son épreuve favorite, celle où il pouvait laisser aller son imagination débordante :

Rédaction : *(un sujet au choix)*

« Que ce mendiant m'a fait peur! » Racontez les circonstances de cette rencontre et faites connaître tout ce qui, dans l'aspect, le vêtement, la physionomie du mendiant a pu provoquer votre frayeur.

ou

Le dimanche au village ou à la ville. Ce qu'on y voit, ce qu'on y fait, ce qu'on y entend.

Et finalement, la dernière épreuve où il n'était ni bon, ni mauvais, le dessin :

Dessin *(garçons) : Dessin à vue et croquis côté d'un petit entonnoir.*

Dessin – travail manuel *(filles) : Dessiner une feuille de lierre (modèle). La reproduire sur étoffe et l'exécuter au point de chaînette ou au point de tige.*

Les résultats ne se firent pas attendre. Les deux enfants étaient reçus. Marcel n'avait pas réalisé un pointage extraordinaire, mais passait honorablement. Il se sentit enfin libéré. L'école avait été pour lui un devoir et non un plaisir et il était heureux de s'en être bien sorti.

* * * * *

Le soir, Léontine prépara un repas de fête, avec un gros gâteau. Il fallait souligner cette réussite de façon spéciale. À la fin du souper, elle questionna les enfants :

— Alors, maintenant que vous avez ce certificat, je vais vous inscrire pour le brevet.

Marcel sursauta… Pas question! Il ne voulait pas continuer :

— Non, Marraine, je veux aller travailler. Je ne continue pas l'école.

— Et toi, Christiane?

— Moi, ma tante, je continue. Je veux être institutrice.

— Bravo, fillette! Ça, c'est bien. Marcel, tu devrais imiter Christiane.

— Non, c'est non! D'ailleurs, cet été, je rentre chez mes parents et je veux trouver du travail à Caen.

Léontine eut beau insister, Marcel était bien déterminé et il fit comme il avait dit.

À l'été 1933, son père vint le chercher comme chaque été et il repartit pour Caen, emportant toutes ses affaires. Auguste se montra bien fier de son fils et ne ménagea pas les compliments. Il approuva la décision de Marcel de vouloir se trouver du travail. Les études, c'était très bien, mais effectivement, user ses fonds de culotte sur des bancs d'école devait avoir une fin. Son gars avait treize ans et souhaitait travailler, c'était très bien ainsi. Aller plus loin aurait été parfaitement inutile, voire faire preuve de paresse.

Léontine se montra fort déçue de cette décision. Non seulement était-elle convaincue que les études étaient fondamentales pour l'épanouissement d'un enfant, et ce, aussi longtemps que possible, mais également, elle perdait ce filleul qu'elle élevait depuis quatre années. Elle l'embrassa longuement et lui fit promettre de venir passer ses vacances à Périers. Les adieux furent déchirants.

Chapitre 3

Marcel était très content de reprendre sa place dans la maison familiale. Il retrouva avec plaisir son frère et sa sœur. Il se sentait grandi et la perspective de trouver un emploi le faisait passer dans la cour des grands.

Dès son arrivée, il découvrit tout un nouveau mobilier : une table de salle à manger en beau bois blond avec les chaises et le buffet assortis. Germaine avait mis une foule de petits bibelots dans la partie centrale de la huche, c'était très joli. Marcel s'extasia. Denise le prit par la main :

— Et ce n'est pas tout, viens voir leur chambre!

— Oh, mais c'est dans le très chic! Le lit, l'armoire, les tables de chevet…

— Comment tu trouves ça, mon gars? demanda Germaine

— Je n'en reviens pas, vous avez vidé votre petit cochon d'économies?

— Pas du tout. Figure-toi qu'avec ton père, nous nous sommes acheté un billet de loterie…

— Hein? Vous avez gagné à la loterie?

— Eh bien oui, vingt mille francs.

— C'est fantastique!

— On n'a pas tout dépensé. Ton père a placé le reste dans des actions.

* * * * *

Les Jouvet laissèrent passer l'été durant lequel Auguste faisait la saison. Les enfants profitèrent, comme chaque année, de la plage et de l'eau de mer.

Après les vacances, Marcel eut une conversation sérieuse avec son père qui lui demanda ce qu'il pensait faire :

— Dis-moi mon grand, qu'est-ce qui t'intéresse? Dans quel genre de métier te vois-tu?

Marcel savait que ce genre de questions viendrait un jour et avait commencé à réfléchir à une réponse intéressante. Il était allé au cinéma quelque temps auparavant et le premier film, le documentaire présenté avant le film affiché, relatait la vie dans une maison de couture, à Paris. On y voyait des *designers* dessiner des robes, puis modeler des tissus sur des mannequins, la finale étant ponctuée par un majestueux défilé de mode. Il avait été fasciné. Ces femmes étaient si belles et portaient si bien les toilettes plus froufroutantes les unes que les autres.

— Je voudrais être couturier.

Auguste fut surpris. Pour lui, un garçon, ça construisait, ça clouait, ça bêchait... mais ça ne cousait pas...à moins...

— Laisse-moi un peu de temps. Je pense à quelqu'un qui pourrait t'aider.

Dès le lendemain de cette conversation, Auguste alla rencontrer Monsieur Carpentier, son tailleur et lui parla des goûts de Marcel.

— Je veux bien le prendre en apprentissage, Monsieur Jouvet. Je vous connais, vous êtes un homme sérieux! Votre gars doit bien vous ressembler un petit peu. Envoyez-le-moi!

Auguste était content. Dès son retour, il parla du projet à son fils.

— Mais Papa, je ne veux pas habiller des bonshommes! C'est pas ça du tout!. Tu ne comprends pas. Je voudrais inventer des robes... des chapeaux!... Je ne veux pas aller voir ce Monsieur Carpentier.

Auguste était décontenancé. Il voulait bien faire plaisir à Marcel, mais comment faire? Il ne comprenait absolument pas ce que son fils souhaitait. Habiller des femmes était une bien drôle d'idée et il y avait juste Marcel pour penser à quelque chose de semblable.

* * * * *

À peine quelques jours après cette discussion, Marcel se leva un matin avec un très violent mal de ventre et ses maux furent accompagnés d'une très forte diarrhée. Sa température monta à près de quarante degrés et Germaine fut alarmée. Son fils était apathique, ne réagissait pas et elle prit peur. Elle fit venir le médecin qui, après un examen très soigneux, posa le diagnostic : la fièvre typhoïde. Cette maladie était alors encore mortelle dans environ un tiers des cas. Toute la maisonnée fut alarmée. Germaine soigna son fils avec diligence et efficacité, respectant à la lettre les recommandations du médecin qui passait deux fois par jour.

Finalement, la fièvre tomba et le danger sembla écarté. Mais Marcel restait très faible, sans énergie et passait plus de la moitié de ses journées au lit. Ce n'était pas du tout dans ses habitudes, lui qui faisait habituellement des nuits de moins de six heures. Alité en septembre, il ne fut sur pied réellement qu'en novembre.

Début décembre, son frère devenu un jeune adulte puisqu'il s'approchait de ses dix-huit ans, lui fit une offre :

— Allez *La Fleur*, on va fêter ta guérison. Ce sera ton cadeau de Noël! Je t'emmène à Paris, à mes frais! On pourra aller chez les Legrand. Ça fait plusieurs fois qu'ils m'invitent. On aura donc une place où coucher et toi, tu vas pouvoir découvrir la Capitale.

— Chouette! Mais on sera seulement tous les deux?

— Bien oui, t'es presque un homme maintenant!

Marcel était emballé par la proposition. Sortir de Caen ne pouvait qu'être intéressant, et surtout pour aller à Paris. À treize ans, il n'était jamais vraiment sorti.

* * * * *

Les deux frères prirent le train et arrivèrent à Paris quelque deux heures plus tard. Dès la sortie de la gare, Marcel fut impressionné. Tout était plus grand, plus large, plus haut qu'à Caen. Les automobiles circulaient en rangs serrés, les trottoirs étaient animés et on se rendait vite compte que parmi les piétons, plusieurs avaient un habillement très nouveau genre. Il y avait une classe à Paris qu'il n'avait jamais côtoyée ni à Caen, ni encore moins à Périers.

Son frère l'emmena au Chatelet, voir l'opérette Nina Rosa, puis au Casino de Paris où ils avaient des places dans le promenoir, grande galerie qui entourait le théâtre et d'où on pouvait assister au spectacle pour une fraction du prix d'entrée. Marcel ouvrait très grands les yeux. Tout lui semblait remarquable et grandiose. Pourtant, bien qu'impressionné, il se sentait bizarrement très à l'aise dans ce nouveau milieu! Un autre soir, ils purent assister à la prestation de Maurice Chevalier qui interprétait Youp la Boum, Y a d'la joie, etc. Ce fut une semaine tout à fait magique sous bien des rapports.

Marcel découvrait un univers qui lui était parfaitement étranger jusque-là et il était infiniment reconnaissant à René d'avoir été son guide dans cette aventure. Les deux frères se rapprochèrent. Vers la fin de leur séjour, les Legrand leur présentèrent une cousine qui travaillait dans un institut de beauté. Elle leur fit visiter un des studios où elle œuvrait. Marcel fut subjugué! Il venait enfin de trouver sa vocation, il serait maquilleur, maquilleur de théâtre ou de scène… ou quelque chose comme ça! Il voulait travailler dans un institut de beauté et farder des femmes dans le cadre de spectacles, il grimerait des comédiens et les transformerait en créatures surprenantes.

Il revint à Caen avec cette idée en tête et en parla à son père. Pauvre homme! Il comprenait de moins en moins son gars! Un institut de beauté à Caen en 1934… c'était de la fiction pure! Un peu avant Noël, Auguste en parla à son barbier qui accepta de prendre Marcel en apprentissage. En désespoir de cause et à bout d'arguments, Marcel accepta. Sa date d'embauche fut fixée au premier juin suivant, cinq mois plus tard.

Pour Auguste, il était impensable que l'enfant passe ces cinq mois à attendre. Après tout, il avait déjà plus de treize ans, il était plus que temps qu'il fasse quelque chose de ses dix doigts. Il lui trouva une place de livreur pour une maison de matériel électrique en gros. On lui fournit une petite remorque à bras et il devait transporter les commandes à travers la ville de Caen. Même si le travail n'était pas du tout du goût du jeune garçon, cela l'aida grandement à ouvrir ses horizons. Tout d'abord, il dut améliorer son langage. Il arrivait de Périers dont il avait adopté le patois. Il avait parfois de la difficulté à se faire comprendre. De plus, pour pouvoir effectuer ses livraisons, il dut souvent demander son chemin et apprendre à se débrouiller. Ces cinq mois furent finalement très bénéfiques.

Le premier juin, il se présenta au salon des Marie où il avait été embauché, au coin de la rue Saint-Jean et de la rue Laplace. Ses patrons étaient un jeune couple très sympathique. Ils avaient perdu un petit garçon deux ans auparavant et venaient d'en avoir un second prénommé Daniel.

Malheureusement, seule l'ambiance très familiale plut à Marcel dans ce salon. Son apprentissage en coiffure pour hommes fut à peu près nul et fut davantage un apprentissage en puériculture. Il s'attacha au petit Daniel qui était un beau bébé de huit mois et s'occupait de lui pratiquement à plein temps. Si les patrons avaient une course à faire, Marcel emmenait le petit. À défaut de progresser en coiffure, c'est là qu'il développa son goût et son attachement pour les enfants. Son contrat se termina le trente-et-un mai 1936.

* * * * *

Auguste eut une visite très inattendue, au début de l'été. Un très vieil ami, qu'il n'avait pas revu depuis vingt-deux ans, fit irruption chez lui, un bon matin. C'était un ancien soldat qui avait fait partie des rescapés de la guerre, un des quatorze survivants sauvés sur l'ordre d'Auguste en cette journée mémorable du six octobre 1914. L'homme n'avait jamais osé déranger son ancien chef, mais, après tout ce temps, il s'était dit qu'il ne voulait pas risquer de mourir sans le revoir, sans lui témoigner sa reconnaissance pour le geste exceptionnel qu'Auguste avait posé :

— Si je suis vivant aujourd'hui, si j'ai pu retrouver ma femme et mes gosses, si j'ai pu connaître mes petits-enfants, c'est parce qu'un jour un chef comme vous n'a pas été capable de laisser des demi-morts sur le champ de bataille.

— Je n'aurais pas pu laisser mes gars aux Boches. Je vous entendais tous crier à travers le bruit de la mitraille. Ça a été plus fort que moi, je ne pouvais pas partir comme ça!

Son ami se leva et fit le salut militaire

— Encore merci, mon Lieutenant!

Auguste esquissa le salut à son tour, comme mû par une seconde nature :

— Allez, ça va, assieds-toi! Tout ça, c'est du passé, en espérant que ces salauds de Fritz aient eu leur leçon et qu'ils nous foutront pas une autre fois sur la gueule. J'espère qu'on revivra jamais ça! Allez mon vieux, un coup de cidre?

— C'est pas de refus! À la bonne vôtre!

* * * * *

René n'avait pas encore fait grand-chose de sa vie et décevait un peu son père. Auguste en eut assez et lui trouva finalement une place aux Chemins de fer, à la gare de Caen.

Quant à Marcel, c'était exactement le bon temps pour chercher une place de saisonnier dans un salon de coiffure, sur la Côte normande. Il y avait plusieurs plages près de Caen et il commença à éplucher les journaux locaux. Il y découvrit une annonce : « *Cherche coiffeur pour hommes pour la saison, logé, nourri, salon Boulon, Luc/sur/mer* ». Il décida de tenter sa chance. Il enfourcha sa bicyclette et partit pour Luc, à quelque dix-sept kilomètres de Caen. Les propriétaires étaient Léonce Boulon et sa femme, Suzanne. Le mari tenait le salon pour hommes, au rez-de-chaussée et son épouse, celui des femmes, à l'étage.

Marcel avait une belle prestance et malgré son apprentissage assez médiocre, il fut engagé pour les trois mois d'été, au salon pour hommes. On lui précisa que le salaire était très minime, compte tenu qu'il prendrait ses repas avec les patrons et qu'une chambre sous les combles lui était allouée. Ce n'était pas luxueux du tout, mais c'était propre. Le mobilier de sa chambre était des plus rudimentaires avec son lit à une place et sa modeste commode à deux tiroirs sur laquelle trônait la cuvette. Une chaise et quelques clous au mur en guise de penderie complétaient l'ameublement. Marcel était loin d'être emballé, mais en même temps, il était bien conscient qu'à quinze ans passés, il était plus que temps de commencer à faire quelque chose de sa vie. Il accepta. Cette fois, il prit son travail au sérieux et se fit apprécier.

Il rasa la barbe de bien des messieurs et apprit finalement l'art de la coupe pour hommes, sur le tas, suivant les bons conseils de son patron. Léonce avait travaillé pendant plusieurs années pour un des plus grands salons de Caen et était donc un maître digne de ce nom.

Il était très clair que Marcel ne vivait pas la carrière de ses rêves. Luc-sur-mer était une station balnéaire certes, mais en milieu rural. L'été, la population triplait, mais la plupart des touristes se tenaient dans les rues près de la plage. Or, le salon Boulon était dans le vieux Luc, en plein cœur du village. La clientèle était donc plus locale et surtout paysanne. Les hommes venaient se faire raser une fois par semaine et se faire couper les cheveux tous les deux mois. Ils étaient rarement lavés de la veille… et Marcel avait une aversion presque maladive pour toute forme de crasse et odeur nauséabonde. Il avait hâte que l'été se termine.

* * * * *

Dès les premiers jours au Salon Boulon, Marcel s'était aperçu que sa patronne avait un problème de santé. Elle avait une démarche très raide, un peu à la manière d'un pantin. Elle lui expliqua qu'elle avait effectivement une grave maladie des os qui s'était logée dans la colonne vertébrale et qu'elle devait porter un corset de plâtre en tout temps. Elle souffrait beaucoup.

Les samedis, lorsqu'il y avait affluence, elle lui demandait parfois de monter l'aider. Elle réalisa vite que le jeune homme était beaucoup plus doué pour la coiffure pour dames et qu'il aimait réellement ce qu'il faisait. Il lui posait beaucoup de questions et progressait rapidement. Au début, il se contentait de faire les shampooings, puis se risqua aux permanentes. Après quelques semaines, Suzanne en parla à son mari et la décision fut prise. Marcel passa du côté du salon des femmes et on engagea un apprenti pour aider Léonce.

Après les trois mois d'été, ils proposèrent à Marcel de le garder, Suzanne ayant de plus en plus de difficultés à faire ses journées. Les nouvelles conditions plaisaient à Marcel et il accepta.

* * * * *

Depuis quelque temps, Auguste réalisait bien que ses enfants vieillissaient et qu'avant longtemps, ils voleraient de leurs propres ailes. Éventuellement, ils fonderaient une famille. Il cherchait un moyen de rassembler les siens, ne serait-ce que pour les fins de semaine ou les congés. En ce début d'été 1936, il vendit quelques actions et s'acheta un terrain à Ouistreham, à environ une quinzaine de kilomètres de Caen. Il n'était pas immense, seulement cent-vingt-cinq mètres carrés, mais bien situé, à La Pointe, en bordure de mer et d'une grandeur suffisante pour y construire une toute petite maison de vacances confortable. Ce logement s'avéra un projet génial et dès la première année, toute la famille en profita. Auguste, Germaine et les enfants, ravis de la nouvelle acquisition, y passèrent autant de temps que possible durant la belle saison.

* * * * *

En 1937, René partit pour le régiment. Il fut enrôlé près de Paris. Pour Auguste, cela représentait une étape très importante dans la vie de ses fils. Le service militaire allait en faire des hommes, des vrais. C'est dans ce contexte qu'on allait savoir de quelle trempe ils étaient forgés! Quelle belle façon de couper définitivement le cordon ombilical! Il demanda à Germaine de souligner cette date de façon spéciale et la veille du départ de René, le repas fut à la hauteur de l'événement.

À Luc-sur-mer, Marcel s'entendait à merveille avec ses patrons. Il partageait leurs repas, participant bien malgré lui à des conversations parfois intimes. Un lien de confiance s'était tissé, voire presque un lien d'amitié. Suzanne n'allait pas bien. Sa maladie progressait et ses douleurs devenaient insoutenables. Elle devait s'aliter très souvent et délaissait de plus en plus la coiffure. Marcel, par la force des choses, prit le salon pour dames sous sa responsabilité. Il en était fier et n'aurait pour rien au monde voulu tromper la confiance de ses employeurs. Il menait ce salon comme le sien.

À la fin de l'année, il fut convenu que toute la famille Jouvet se réunirait à Caen pour Noël. Pour Marcel, c'était la période de l'année où le salon tournait à fond. Le cahier de rendez-vous était plein pour tout le mois de décembre et il commença à se demander s'il pourrait rejoindre la famille pour le vingt-quatre. Il s'informa de l'horaire des cars, en ce soir de réveillon. Le dernier était à vingt-et-une heures.

Durant tout le mois, il travailla très dur, mais était très heureux du chiffre d'affaires réalisé. Le vingt-quatre arriva et en regardant le carnet de rendez-vous le matin, il prit conscience que la journée serait éprouvante. Il accueillit sa première cliente, puis la suivante, oublia de manger le midi... pas le temps! La journée passa. De temps en temps, il regardait l'heure et parvint, dans le courant de l'après-midi, à avaler un sandwich entre deux mises-en plis. Il ferma les portes du salon à vingt heures quarante, derrière sa dernière cliente. Il grimpa à l'étage, attaquant les marches deux par deux, attrapa sa petite valise et redescendit aussi vite. Il courut jusqu'à l'arrêt... pour voir les feux arrière de son car au bout de la rue. Trop tard, il l'avait manqué.

Il retourna chez les Boulon, mais quelque chose lui disait qu'il devait partir, coûte que coûte! Pourquoi? Il n'aurait pu le dire. Il aurait pu rester à Luc et fêter Noël avec des amis, mais une fièvre intérieure le poussait. Sans moyen de locomotion approprié puisque les deux pneus de son vélo avaient rendu l'âme le mois précédent, il décida de prendre la route et fit à pied les dix-sept kilomètres qui le séparaient de Caen.

Pas de réverbère sur ces routes de campagne, pas de lune non plus en cette nuit de décembre! Il traversa des boisés inquiétants, où les grands arbres semblaient se rejoindre au-dessus du chemin, l'emprisonnant dans une noirceur menaçante. Au cours du chemin, il croisa des ombres, un hérisson ou un renard peut-être, et quand la peur se faisait trop présente, il se mettait à courir ou chantait à tue-tête. Il arriva rue de la Seine à une heure du matin, épuisé, mais heureux. Il retrouva ses parents, René qui avait eu une permission de quarante-huit heures pour la circonstance et sa sœur toujours heureuse de l'avoir près d'elle. Il termina le réveillon avec eux.

* * * * *

Début 1938, des rumeurs de guerre commencèrent à circuler à travers la France. Les Allemands envahissaient l'Europe. Hitler revendiquait une partie de la Tchécoslovaquie et l'obtint le trente septembre 1938, avec la signature, par les Français et les Anglais, des accords de Munich. Ces accords furent conclus dans l'espoir de calmer les esprits, mais le résultat fut tout autre. Hitler se sentit tout puissant et il devint clair pour tous qu'une seconde guerre mondiale était sur le point d'éclater.

La peur commença à envahir les Français. Certains habitants décidèrent de fuir les grandes villes et de s'installer dans leurs maisons de vacances. La population de Luc-sur-mer doubla par rapport aux autres hivers et le salon de coiffure prospéra. Marcel travaillait toujours comme coiffeur pour dames et avait appris beaucoup durant la dernière année. Son salaire et ses pourboires avaient également légèrement progressé, et il n'avait que très peu de dépenses, puisque logé et nourri. Parmi ses premiers achats figurèrent des revues de coiffure de Paris que ses patrons jugeaient inutiles et dispendieuses. Il voyait bien qu'il se faisait des choses beaucoup plus élaborées dans les salons parisiens et il rêvait d'atteindre ce niveau de maîtrise de son métier. Il essayait de copier certains modèles, mais réalisait vite les limites de sa technique.

Il éprouva également le besoin de s'acheter quelques nouveaux vêtements. C'était la première fois qu'il faisait les magasins seul, et qu'il pouvait enfin laisser éclater ses goûts.

Sa première acquisition fut une superbe chemise, à la coupe légèrement cintrée, aux pointes de col parfaitement baleinées et ne retroussant pas, une chemise qui en valait au moins trois ordinaires (« du vrai gaspillage », aurait dit sa mère). Il ne pouvait s'en payer qu'une, mais elle lui plaisait. Il la lavait chaque soir dans la cuvette mise à sa disposition dans sa chambre, la faisait sécher sur un cintre, et au matin, la repassait avant d'aller travailler. Il y avait joint une très jolie cravate qu'il pouvait exhiber à ses clientes, en laissant sa blouse blanche de travail légèrement entrouverte.

Sa chambre n'était pas des plus confortables et il n'y avait pas de chauffage. Il n'y avait pas non plus de salle de bains, même pas d'eau courante. Chaque soir, il montait un broc d'eau chaude puisée à même la cuisinière à charbon et le lendemain, il redescendait les eaux sales. Il faisait sa toilette le soir et se contentait d'un rafraîchissement suivi d'un rasage en se levant. Certains matins particulièrement froids, il dut briser la pellicule de glace qui s'était formée sur son broc à eau.

Les fins de semaine, il rentrait à Caen, la plupart du temps, en vélo. Très souvent, il rapportait de petits cadeaux à sa sœur. Dès qu'il arrivait de Luc, elle se précipitait et essayait de deviner la surprise cachée dans son sac. Il s'agissait souvent de vêtements toujours choisis avec soin : une paire de gants en peau délicate ou des bas de soie fine. Denise se trouvait choyée et adorait son grand frère.

Souvent, René l'avait taquiné :

— Alors, *La Fleur*, quand vas-tu te lancer avec les filles?

Marcel était très secret sur ce sujet et jugeait qu'il n'avait pas à raconter sa vie amoureuse à qui que ce soit, même pas à son frère. Il avait bien eu quelques flirts avec des filles du coin, mais rien de bien sérieux. Il en voyait parfois qu'il trouvait bien jolies, mais elles manquaient de classe à ses yeux. Il gardait en mémoire les mannequins des défilés de mode ou celles retrouvées dans les catalogues de coiffure. Et puis, à quelques reprises, il s'était surpris à regarder des garçons et à les trouver séduisants. Il s'était même senti attiré. Il ne comprenait pas bien ce que tout cela voulait dire jusqu'à ce qu'il fasse une rencontre capitale, Madame Mangef.

Chapitre 4

Léonce avait engagé une femme de ménage qui entretenait les deux salons de coiffure. Cette femme travaillait également pour une certaine Madame Mangef[17], qui devint par la suite une cliente du salon. Elle se faisait coiffer chaque semaine et c'est ainsi que Marcel fit sa connaissance.

Elle était assez âgée et n'avait pas eu la vie particulièrement facile. Venant d'une famille très bourgeoise au sein de laquelle elle avait reçu une excellente éducation, elle s'était mariée. Mal lui en avait pris! Son mari s'avéra un homme très violent et leur union fut un véritable calvaire pour elle. Ils eurent un enfant qui mourut en bas âge et qu'elle pleura très longtemps, incapable d'en faire son deuil. Bon an mal an, elle était restée mariée trente-trois ans. Son mari décéda et elle vécut cette mort comme une véritable délivrance. Elle se remaria et connut alors l'amour, la tendresse, tout ce qui lui avait manqué dans sa première union… pendant seulement trente petits mois. Son second mari tomba malade et décéda à son tour. Elle fut déchirée. Cette femme, particulièrement cultivée, avait donc eu un parcours difficile, mais en même temps riche de sentiments divers, d'expériences heureuses et malheureuses. Son intelligence et sa sensibilité avaient su profiter de son vécu pour la faire grandir.

Elle venait régulièrement au salon de coiffure et repéra Marcel. Elle discuta à plusieurs reprises avec lui et s'aperçut qu'il aimait parler histoire et littérature, même s'il était clair qu'il n'y connaissait pas grand-chose. Elle comprit qu'il était ouvert et ne demandait qu'à apprendre. Il se démarquait des jeunes de son âge et méritait qu'on s'y attarde.

Elle fit un essai en lui prêtant un roman. Quelque temps plus tard, elle revint et ils en parlèrent. Elle apprit que Marcel l'avait avalé la nuit qui avait suivi le prêt. Elle l'interrogea sur les personnages, le fit réfléchir sur sa lecture et lui prêta deux autres volumes. Chaque semaine, alors qu'elle venait se faire coiffer, ils discutaient de ces

---

[17] Même si j'ai beaucoup entendu parler de cette femme, je n'ai jamais su l'orthographe de son nom.

206

lectures. Elle fut sidérée devant l'intérêt du jeune homme et en même temps s'attacha à lui. Il devenait le petit garçon qu'elle avait perdu et souhaita lui communiquer toutes ses connaissances, tout son bagage, elle voulut en faire quelqu'un. Marcel ne demandait pas mieux. Il était comme une éponge, s'imprégnant de tout ce qu'elle lui apportait.

Elle possédait une bibliothèque impressionnante. Elle lui prêta d'abord des romans faciles, un peu à l'eau de rose, mais bien écrits, puis des ouvrages plus littéraires. Marcel lisait tout. Il y passait ses nuits et voyait souvent poindre l'aube avant de prendre un peu de sommeil. Il dormait très peu et malgré tout, faisait ses journées normalement. Quand il la revoyait, il buvait littéralement ses paroles et appliquait à la lettre tous ses enseignements.

Elle l'invita un certain dimanche, puis en fit une habitude. Chaque fin de semaine, Marcel allait passer plusieurs heures chez sa nouvelle amie. Elle l'initia à l'art de la table. Jusque-là, il n'avait connu que l'assiette et les couverts déposés à la hâte sur une vulgaire toile cirée ou même directement sur la grosse table de ferme. Chez Mangef comme il continuera de l'appeler familièrement, la table était mise. Les nappes y étaient toutes plus belles les unes que les autres, empesées et repassées. L'argenterie côtoyait la porcelaine fine et la verrerie en cristal. Elle lui expliqua les couverts à poisson, la raison des quatre verres et des porte-couteaux, la manière de manipuler fourchette et couteau avec élégance. Elle lui fit connaître des vins choisis judicieusement, la façon de les déboucher et l'art de les faire respirer. En fin d'après-midi, ils prenaient parfois le thé à l'anglaise, avec une tranche de *cake*, tout en écoutant un disque. Il aimait déjà les chanteurs à la mode tels que Tino Rossi, Mistinguett, Charles Trenet... Il connaissait certaines opérettes avec, entre autres, Luis Mariano. Mais Mangef poussa plus loin cette éducation en lui faisant écouter des airs d'opéra et Marcel se découvrit des goûts musicaux encore inconnus. Ils commencèrent avec des opéras plus légers tels que Carmen, mais enchaînèrent rapidement avec Madame Butterfly, Aïda ou même Turandot. Marcel ne se lassait pas. Il voulait tout savoir, le nom du compositeur, des interprètes, des chefs d'orchestre...

Il apprit les règles du « grand monde » et du protocole. Il avait déjà, de façon naturelle, un rare pouvoir d'adaptation. Il était à l'aise dans tous les milieux, mais il découvrit que certaines façons de se comporter devaient impérativement s'appliquer au fur et à mesure qu'on grimpait les barreaux de l'échelle sociale, si on voulait y être accepté.

Ils devinrent très amis et il commença à passer des nuits chez elle, délaissant les copains de son âge. Ils discutaient parfois jusqu'aux petites heures du matin et se firent des confidences. Il lui confia ses goûts, ses attirances inexpliquées et elle lui racontait ses expériences de vie et sa philosophie. Pour elle, l'humain ne naissait jamais noir ou blanc, homme ou femme, mais bien dans tous les dégradés de gris. Certains étaient gris très pâle, d'autres gris foncé, mais toujours gris. Autrement dit, en chaque homme, il y avait un côté féminin plus ou moins développé et dans chaque femme, un peu de testostérone circulait.

— Ce que tu vis est parfaitement normal, Marcel. Simplement, tu es peut-être un peu plus gris moyen que d'autres et ton côté féminin est peut-être un peu plus développé que pour la moyenne des garçons. C'est tout. Cela te donne une sensibilité hors du commun. Tu comprends mieux les femmes que la plupart des hommes que je connais et ce sera ton atout majeur dans le jeu de la vie. Cela te permettra probablement de réussir dans le métier que tu as choisi. Ton côté artiste ne s'en trouve que renforcé. Vois ta différence comme une véritable richesse. Elle te fera gagner là où d'autres échoueront.

Marcel avait une confiance aveugle en Mangef. Cette femme ne lui avait fait que du bien depuis qu'il la connaissait. Il retint la leçon et fut rassuré. Il n'était pas un animal rare, le canard à trois pattes, comme ses parents s'étaient évertués à le lui faire croire, mais bien tout simplement, un être humain normal et même peut-être un peu au de-dessus de la moyenne.

Chapitre 5

Au mois de mars 1938, Auguste envoya une lettre à Marcel :

À mon cher Marcel,
Je t'envoie cette courte lettre pour te donner quelques nouvelles. On vient d'apprendre que ta mère va entrer en clinique début avril pour une chirurgie très délicate au ventre. Elle devrait être opérée le cinq. Si tu peux venir faire un tour, elle sera sûrement très contente. Vois avec tes patrons.
J'ai reçu une lettre de René. Depuis qu'il a été muté à Toulon, le service militaire lui semble moins dur. Il y fait beau et il se prélasse souvent au soleil. Je suis très heureux qu'il puisse voir un peu de pays. C'est le beau côté du régiment!
Transmets mon bon souvenir à Monsieur et Madame Boulon.
Ton père qui t'aime.

Marcel savait que sa mère avait connu quelques problèmes de santé et ne fut pas vraiment surpris. Il se promit d'aller plus régulièrement à Caen le dimanche. Il ferait ainsi d'une pierre deux coups. De fait, il s'était abonné à un petit journal qui présentait les dernières tendances et annonçait les différentes manifestations de coiffure. Il était allé à l'une de ces rencontres et avait fait la connaissance de Jacques, un coiffeur parisien dont les parents habitaient également à Caen. Ce dernier accepta de lui donner quelques cours, en particulier d'ondulation. Marcel en parla à Marie, la femme de son oncle Julien et elle accepta de lui servir de modèle. Elle avait les cheveux souples et faciles à coiffer. Chaque fin de semaine, Jacques se présentait chez les Jouvet et inlassablement, Marcel recommençait les mêmes boucles qu'il tournait sur les fers chauds. Il sentait qu'il progressait et en même temps, réalisait bien l'énorme fossé qui le séparait des grands.

* * * * *

Comme prévu, Germaine fut opérée le cinq avril. L'opération était très délicate et les souffrances postopératoires difficiles à supporter pour la patiente. Elle sortit de clinique un peu avant la fin du mois, mais devait rester impérativement allongée. Une infirmière passait tous les jours pour ses soins d'hygiène et le renouvellement des pansements. Sa fille, Denise, encore bien jeune, prit soin de sa maman avec beaucoup d'attention et de patience. Germaine remontait la pente tout doucement quand la date fatale du trois mai arriva.

À vingt-deux heures très précises, quelqu'un frappa à la porte des Jouvet. Il n'était pas courant d'accueillir des visiteurs à cette heure tardive. Auguste alla ouvrir et son sang se glaça dans ses veines en reconnaissant les uniformes. Il était face à deux agents de police et ce qu'ils avaient à dire ne pouvait qu'être très négatif.

— Vous êtes bien Auguste Jouvet?

— Oui, bien sûr.

— Nous sommes désolés, Monsieur, nous sommes porteurs d'une mauvaise nouvelle... Votre fils René a eu un accident sur la base de Toulon et il est décédé ce matin. Vous allez recevoir très rapidement une lettre d'explication plus détaillée...

Mais Auguste n'entendit jamais la suite. Il était figé dans le cadre de porte, tous les membres paralysés. Le temps venait de s'arrêter. Puis, sa main se porta lentement à son front et machinalement, il lissa ses cheveux. Les deux agents ne savaient plus que faire, conscients de l'énorme coup qu'il venait d'asséner à ce père.

— Bonsoir, Monsieur.

Auguste referma lentement la porte et resta longtemps immobile, fixant le mur. Il ne comprenait pas... il pouvait voir, là, sur le buffet, une lettre de René arrivée le matin même où il annonçait sa prochaine permission... C'est alors qu'il entendit la voix de Germaine :

— Auguste, qui est-ce?

Mon Dieu, il allait falloir lui dire... Mais comment peut-on dire une chose pareille à une mère? Il ne répondit pas.

— Auguste, c'était qui? Tu m'entends?

Il essaya de réagir et se dirigea vers la chambre, mais à chaque pas, il lui semblait qu'il n'aurait jamais la force de lever le pied pour effectuer le pas suivant.

— Alors, c'était qui? Réponds, bon sang! ... Mais qu'est-ce que tu as?

Germaine se sentit tout à coup oppressée :

— Auguste? Qu'est-ce qui se passe?

— René..., murmura-t-il

Germaine devint hystérique, elle commençait à saisir l'insaisissable, ce qu'elle ne voulait surtout pas entendre, ce qu'aucune mère ne veut vivre.

— Quoi, René? Qu'est-ce qui est arrivé à René?

Auguste s'assit lourdement sur le bord du lit, la tête basse :

— René... René est mort... un accident... à Toulon.

Un long cri déchira la chambre et Auguste se précipita vers sa femme. Il la prit dans ses bras et commença à la bercer comme un petit enfant. Toute la nuit, ils pleurèrent et crièrent ensemble, tantôt révoltés, tantôt effondrés, se serrant désespérément l'un contre l'autre, essayant de puiser un peu de force et de réconfort dans l'étreinte.

Au matin, ils l'annoncèrent à Denise qui se mit à sangloter. Elle s'allongea près de sa mère qui la serra contre elle. Elles restèrent longtemps ainsi, quêtant un peu de force dans la chaleur l'une de l'autre. Auguste traversa chez les Mesnier et leur annonça la mauvaise nouvelle. Il fallait prévenir Marcel. C'est le père Mesnier qui s'en chargea. Il se mit en route immédiatement pour Luc où il avisa Madame Boulon :

— Vous aurez plus la manière que moi, je ne sais pas trop comment lui annoncer ça...

— Ne vous inquiétez pas, Monsieur Mesnier, je vais lui dire... c'est terriblement triste.

Suzanne prit Marcel à part et essaya de choisir ses mots, mais il fallait bien finir par parler. Marcel fut dévasté à son tour. Son frère, vingt-deux ans, si enjoué, si plein de vie, le rayon de soleil de la famille! Et ses parents, comment avaient-ils pris la nouvelle? Il partit pour Caen.

Auguste devait se rendre à Toulon pour les formalités. Monsieur Mallet, un ami, l'accompagna. Sur place, on lui donna les détails. Un accident tout bête, un camion, une remorque, un pied qui glisse et son fils coincé entre les deux... Il n'était même pas mort en pleine gloire, au combat. Ça, Auguste aurait pu mieux le prendre! Mais pas comme ça!

L'armée fit transporter le corps de René à Caen où il fut inhumé le dix mai. Auguste reçut une lettre officielle de condoléances de l'armée qu'il garda très précieusement avec la dernière missive de son gars.

Marcel prit conscience qu'il ne passerait plus jamais de Noël avec son frère. Il se revit sur les routes de campagne le soir du vingt-quatre décembre dernier, il se souvint de cette pulsion irrésistible qui lui avait commandé de partir coûte que coûte. Il était fier d'avoir pris la bonne décision.

Ça a été le grand drame de la famille Jouvet. Tu sais que des années après, ton grand-père Auguste allait au cimetière tous les jours. Il était inconsolable!

* * * * *

Malheureusement, le décès de René n'était que le premier d'une série. La patronne de Marcel, Suzanne, décéda le sept juin après bien des années de souffrance et la mère de Germaine, sa grand-mère, le quinze du même mois. Marcel vivait ses premiers deuils, ceux qui marquent une vie, ceux qui nous font quitter pour toujours les insouciances de l'enfance, mais qui en même temps, nous font grandir et devenir adulte.

À Luc, Marcel resta seul avec Léonce. La relation patron-employé s'estompa pour faire place à des rapports beaucoup plus amicaux. Ils prenaient leurs repas ensemble et s'entraidèrent dans cette période de tristesse. Léonce avait toute confiance en Marcel et lui confia ni plus, ni moins, les rênes du salon pour dames.

— Tu sais, Marcel, je n'ai pas idée de rester seul longtemps.

— Vous voulez refaire votre vie?

— Oui. En fait, la maladie de Suzanne nous a beaucoup éloignés l'un de l'autre et ces dernières années, j'ai eu un peu l'impression de vivre à côté d'elle, mais de ne plus faire vraiment partie de sa vie. La maladie peut rapprocher certains couples et en éloigner d'autres. Et puis, il y a la guerre qui menace et j'ai envie de vivre.

* * * * *

Quelque trois mois plus tard, un ami de Léonce lui présenta une femme qui habitait Paris. Il en tomba rapidement très amoureux et lui fit une cour assidue. Il s'absentait très fréquemment de Luc et Marcel dut assumer seul les deux salons de coiffure. Léonce se remaria au début de l'année 39.

À l'est de la France, la population était en alerte. La guerre était là, tout près. En tant que réserviste, Auguste fut rappelé sous les drapeaux le vingt-trois août, il eut l'impression de revivre le début de l'enfer 1914, enthousiasme en moins. La France n'était pas encore remise de la Première Guerre mondiale qu'il lui fallait en affronter une seconde. Germaine apprit la nouvelle alors qu'elle se reposait à

212

Ouistreham avec sa fille et des amis. Elle revint sur Caen et trouva son mari déjà en uniforme, prêt à partir. Le cauchemar allait recommencer pour elle, avec l'angoisse des départs et la peur de ne jamais revoir son homme vivant. Depuis la mort de René, elle se sentait fragile et l'idée que son mari pourrait, lui aussi, y rester lui était carrément insupportable. Que de souffrances inutiles!

Léonce Boulon fut mobilisé à son tour comme infirmier, à Nantes. Marcel resta à nouveau seul avec sa nouvelle patronne qui ne connaissait absolument rien au métier. Il devrait faire avec... Le bon fonctionnement des deux salons reposait sur ses épaules alors qu'il n'avait pas encore vingt ans.

*   *   *   *   *

On commença à parler de restrictions. La population apprit qu'un système de rationnement allait être instauré sous peu et que chacun devait remplir une déclaration avant le trois avril, afin d'être classé dans la bonne catégorie : les travailleurs de force, les enfants, les vieillards, les femmes enceintes... et tous les autres.

Chapitre 6

Marcel était revenu de Luc la veille de ce dimanche de mai 1940. C'était la communion des fils Mesnier, leurs voisins, et il y était invité ainsi que ses parents. En attendant le départ pour l'église, il jouait avec le petit Pierrot, leur dernier-né quand des visiteurs s'étaient présentés, ou plutôt des visiteuses. Il fut intrigué et écouta la conversation alors que son père les accueillait:

— Bonjour Auguste!

— Bonjour Yvonne... Bonjour Virginie... Mesdames... Quel bon vent vous amène? Mon Dieu, dans quel état vous êtes! Entrez, entrez! Que se passe-t-il?

— Mon pauvre Auguste, les Boches sont à l'entrée de notre département. Ils menacent d'entrer dans Rouen. On nous a demandé de partir! J'ai pensé venir ici...

— Tu as très bien fait. On a entendu par la TSF[18] qu'il y avait du grabuge dans votre coin. Mais voyons, asseyez-vous, vous semblez toutes épuisées.

— Je ne te le fais pas dire! Figure-toi qu'on a fait le voyage dans un wagon à bestiaux, assises dans la paille! Une nuit entière pour faire ces cent-vingt kilomètres! D'abord, je te présente Hélène, ma belle-sœur, la femme de René Duhamel et sa fille Marcelle.

— Vous êtes les bienvenues.

Les Jouvet ont été vraiment compréhensifs. C'est qu'on arrivait quand même à quatre et ta mère et moi, ils ne nous connaissaient pas. Nous ouvrir leur porte comme ça, c'est pas rien!

Marcel suivait la conversation de loin, tout en faisant sauter le petit Pierrot sur ses genoux. Il avait évalué les visiteuses d'un regard distrait. La plus jeune, curieusement, portait le même prénom que lui et avait l'air pas mal, mais avait besoin d'une sérieuse toilette. Elle était sale et avait les cheveux en bataille. Il y avait même détecté quelques brins de paille.

Germaine s'était avancée vers les quatre femmes :

---

[18] Radio.

— Venez avez moi, je vais vous montrer vos chambres et je vais vous donner de quoi vous rafraîchir.

Elles s'étaient éclipsées. Germaine revint et précisa :

—Marcel, tu vas essayer d'être un peu gentil avec ces dames. Elles viennent de vivre tout un voyage. J'apprécierais que tu te montres aimable. Je vais aller chez les Mesnier. On ne peut pas les laisser toutes seules toute la journée. Je suis certaine qu'elles vont pouvoir venir avec nous à la communion des petits.

Quand Marcelle était revenue dans la salle, il avait découvert une tout autre personne. Elle s'était changée, avait redonné à ses cheveux une allure beaucoup plus ordonnée. En un coup d'œil, il en avait fait le tour. Elle était grande, plus grande qu'il ne l'avait évaluée au début, brune aux yeux d'un bleu très profond, une démarche altière et des mains... elle avait de superbes mains aux doigts très longs et minces, aux ongles soigneusement manucurés bien que très sobrement. Elle s'exprimait très bien et avait même un langage très châtié. Bref, il la jugea digne d'un certain intérêt, mais sans plus.

Un peu plus tard, ils s'étaient mis en route pour l'église et il pleuvait. Tout naturellement, ils s'étaient retrouvés à marcher côte à côte. Galanterie oblige, il s'était fait mouiller tout le long du trajet pour laisser le parapluie au-dessus de la demoiselle, mais il devait avouer que la conversation avait été très agréable. Par contre, elle devait passer ses derniers examens pour être institutrice. Il n'y avait donc rien à espérer... lui, petit coiffeur de quartier... elle était beaucoup trop scolarisée pour lui.

Au repas, ils s'étaient assis l'un à côté de l'autre. Il avait été surpris qu'elle lui fasse des compliments sur sa voix.

— J'ai remarqué que vous connaissiez tous les chants à l'église, et en latin s'il vous plaît. Et vous chantez très juste!

— J'avoue que j'aime chanter, particulièrement à l'église... mais vous pensez que je chante juste?

— J'en suis certaine. Il faut dire que je joue du violon depuis que je suis toute petite et il paraît que j'ai de l'oreille... alors, vous pouvez me croire.

Marcel fut surpris du compliment. Il se trouvait bien peu de choses à côté de cette grande fille presque institutrice, avec une culture musicale de surcroît! Et quand, à la fin du repas, elle lui dit qu'elle avait beaucoup apprécié leurs échanges et que ce serait agréable de se revoir. Il n'en revint pas! Que pouvait-elle bien lui trouver?

* * * * *

Le dimanche suivant, au retour de Marcel qui venait à Caen beaucoup plus souvent depuis la mort de son frère, ils se revirent avec grand plaisir. Il fut sous le charme. Pourtant, tout semblait les séparer. Il n'avait pas son vocabulaire, cette aisance avec les mots, son niveau de scolarité. Il ne se sentait pas à la hauteur du tout!

À un moment, elle se mit à chantonner… en notes. Il lui emboîta le pas et commença lui aussi à fredonner le même air… avec les paroles.

— Vous connaissez? demanda-t-elle, surprise.

— Carmen… de Bizet… quand le toréador lui avoue son amour.

— Bravo! Je ne me souvenais pas que c'était de Bizet. Vous aimez l'opéra?

— Plus que ça! J'adore et j'y vais aussi souvent que possible. Malheureusement, ce n'est pas à Luc que…

Elle se mit à rire.

— J'ai plus de chance que vous. À Rouen, le théâtre est superbe. Il faudra venir, un jour!

Décidément, Marcel dut s'avouer qu'il était subjugué. Il ne comprenait toujours pas très bien pourquoi elle semblait s'intéresser à lui de la sorte, mais elle était fascinante. Il adorait cette façon qu'avaient ses mains d'illustrer tous ses propos. Il avait entendu dire que sa mère était d'origine italienne. Elle avait dû en hériter un petit peu.

En cette fin de dimanche, Marcel eut du mal à repartir pour Luc-sur-mer. La reverrait-il? Il savait que dès la fin des hostilités aux alentours de Rouen, elle repartirait. Et lui devait travailler. L'heure des adieux sonna :

— Marcel, on pourrait s'écrire, qu'en pensez-vous?

— Bien sûr!

Puis, une idée traversa l'esprit du jeune homme, tel un éclair : « Elle va voir toutes mes fautes d'orthographe ». Mais l'envie de ne pas perdre le contact fut plus forte :

— Voici mon adresse.

— Et voici la mienne.

Elle le raccompagna jusque sur le trottoir. Il enfourcha son vélo et se retourna souvent en agitant sa main vers la jolie jeune fille restée plantée sur le trottoir.

* * * * *

Marcel reçut d'abord une première lettre très courte, puis une autre. Il lui répondit en envoyant deux cartes postales qui lui permettaient de n'écrire qu'un très court texte. Il prenait le prétexte de lui faire connaître Luc. Il avait si peur de la critique. Il relisait et corrigeait ses missives plusieurs fois avant de les envoyer. Puis, le temps passant, il se détendit un peu. Il ne voulait pas couper cette relation naissante. Marcelle était une fille « bien ». Elle correspondait à l'image qu'il s'était toujours faite de la femme qu'il voudrait fréquenter. Elle était belle et avec des vêtements mieux choisis, il savait qu'elle pourrait aisément rivaliser avec les mannequins de ses rêves. Il savait également que cette jeune femme pourrait l'aider à grandir. Les lettres devinrent un peu plus intimes.

Le dimanche quatre juin, comme chaque fois, Marcel dit au revoir à son père :

— Allez, salut Papa, à la semaine prochaine!

— Au revoir, mon gars! Je ne sais pas ce qui brûle comme ça, vois-tu cette fumée au loin?

— Oui, ça a l'air important, le ciel est noir.

— Sois prudent!

Marcel prit la route et pédalait déjà depuis quelques kilomètres quand il se rendit compte que le ciel s'obscurcissait de plus en plus. La fumée lui piquait les yeux et il lui était de plus en plus pénible d'avancer. Il tomba sur un barrage routier :

— Où allez-vous? demanda un soldat

— Luc-sur-mer, sur la côte.

— Impossible de passer. Les raffineries de pétrole brûlent. Ça ne passe pas! C'est l'enfer plus loin et il va y en avoir pour un bout de temps avant qu'on ne soit capable d'éteindre ça!

Marcel fit demi-tour et revint rue de la Seine.

*   *   *   *   *

Il se trouvait donc à Caen quelques jours plus tard, quand Auguste reçut de l'information par le biais de l'armée.

— J'ai de bonnes et de mauvaises nouvelles! Les alliés veulent arrêter les Boches! Ils canardent les ponts à Rouen! Ça va barder!

— À Rouen? cria Marcel, immédiatement alerté.

— Bien oui, ils ont demandé à la population d'évacuer.

— Papa, ça veut dire que nos visiteuses du mois dernier vont revenir.

— Oui, sûrement, Yvonne m'avait promis de ne pas hésiter. On va commencer à surveiller.

— Je pourrais aller à la gare et m'informer des heures d'arrivée des trains?

— Très bonne idée, mon gars, vas-y avec Denise. Ça vous fera une balade. Je suis bien content d'avoir la chance de revoir la petite Duhamel... enfin, petite...

Auguste avait beaucoup apprécié Marcelle et vice-versa. Il avait aimé l'entendre parler et l'avait trouvée très cultivée. Leurs échanges avaient beaucoup plu à ce passionné d'histoire. Et puis, elle était très jolie et cela n'était pas pour lui déplaire.

Denise et Marcel descendirent à la gare. Ils apprirent que les horaires n'étaient plus respectés et que des trains arrivaient très irrégulièrement. Cependant, la bonne nouvelle était qu'ils passaient encore. On attendait donc les Duhamel d'une minute à l'autre, en ce dimanche soir. Vers dix heures, aucune nouvelle et tout le monde décida d'aller se coucher.

Le lendemain, les quatre Rouennaises ne se montrèrent pas davantage. Les raffineries continuaient de brûler et Marcel ne pouvait toujours pas retourner sur Luc. Toute la famille écoutait attentivement les nouvelles à la TSF. Le jeune homme devint nerveux. Il ne tenait pas en place. Il marchait de long en large, comme un ours en cage.

* * * * *

Le temps passait. La famille Jouvet attendait depuis le dimanche et on était jeudi!

— Tu viens à la gare avec moi, Denise?

— Si tu veux, mais ça fait douze fois qu'on y va.

— J'en ai marre d'attendre et de ne pas savoir. À la TSF, ils ont dit que c'était l'horreur à Rouen. Pourquoi elles n'arrivent pas?

— Bon d'accord, allez, viens!

Il régnait une joyeuse pagaille à la gare de Caen... Ils avisèrent un employé :

— Monsieur, a t'on quelque chose de neuf concernant les réfugiés de Rouen?

— Oh, vous savez, c'est un peu le bazar. Il y a toutes sortes d'avis contradictoires, mais il paraît qu'un train a fini par passer et devrait arriver ici vers dix-neuf heures trente. Ce sera le dernier de la journée.

— Merci bien, il reste plus qu'à espérer.

Ils remontèrent chez leurs parents et Marcel resta sur le trottoir qu'il arpentait en tous sens. Vers vingt heures, il aperçut finalement les quatre femmes au bout de la rue de la Seine, chargées comme des mulets et peinant sous le poids des bagages.

Il courut à leur rencontre :

— Vous voilà enfin! Je commençais à désespérer! Comme j'ai eu peur, ça fait cinq jours qu'on sait que Rouen a été évacué. Bonjour à vous toutes, c'est bon de vous voir!

Il embrassa Yvonne, puis Virginie, passa à Hélène... Puis il s'approcha de Marcelle, son regard accroché au sien et lui prit les mains. Son baiser se fit assez insistant sur la joue de la jeune fille pour qu'elle comprenne que leur impatience était à l'unisson :

— J'avais tellement hâte de toucher tes belles mains, murmura-t-il en les caressant furtivement.

Dès ce jour, ils surent tous les deux que la vie venait de prendre un tournant décisif. Les bombes pouvaient bien tomber et la terre s'arrêter de tourner, un courant magique venait de passer entre eux.

Auguste et Germaine mirent leur maison à la disposition des quatre visiteuses, les invitant à se rafraîchir et se délasser après un pareil périple. Ce soir-là, malgré la fatigue, malgré la guerre, on fit la fête au trente-cinq rue de la Seine.

Troisième partie

Les deux « Marcel*le* »

À mes parents, ces deux êtres si amoureux et si complémentaires, mais qui formaient un couple si peu commun, ce couple « à l'envers » comme je m'amuse souvent à le dire... mon père, aux chaudrons, à la couture, ce père qui m'a appris à broder et à tricoter et ma mère aux chiffres et à la gestion. Vous avez réussi à traverser toutes les embûches de la vie, à faire face à toutes les critiques et les jalousies avec succès et à rester soudés jusqu'au dernier souffle.

Chapitre 1

Combien de temps durerait cet exode, personne ne pouvait encore le prédire. Pour les deux jeunes gens, c'était presque une aubaine. Une belle idylle venait de naître entre eux et comme la plupart des amoureux, ils se donnèrent des surnoms. Marcelle devint mon petit Sou, puis Sissou et lui Milou, puis Chou.

Ça n'a pas changé, quarante ans plus tard, ils s'appellent toujours comme ça.

Chaque jour apportait son lot de confidences et de rapprochements, de premiers baisers et de promenades main dans la main. Ils se moquaient bien de la guerre et préféraient écouter leurs deux cœurs battre à l'unisson plutôt que le bruit des canons et pourtant, les nouvelles n'étaient pas très réjouissantes. Les Allemands avançaient sans relâche et s'enfonçaient toujours plus avant en territoire français.

Dès le début de la guerre, Julien, le frère de Germaine, avait été fait prisonnier et avait été déporté en Allemagne. Du coup, sa femme, la tante Marie, avait rejoint Germaine et s'était installée chez elle avec son fils. Cela faisait bien du monde dans la maison des Jouvet. C'était le temps de se serrer les coudes et de nombreuses familles faisaient de même. On ajoutait des lits de fortune dans les chambres, dans les couloirs ou les salons et on partageait la nourriture.

Auguste, toujours basé comme Commandant de compagnie à Colombelles, près de Caen, les tenait au courant des déplacements de l'armée allemande et avait été très clair :

— Aussitôt que je recevrai l'ordre de quitter Colombelle, vous devrez partir. Mes hommes et moi-même nous déplacerons vers Fougères et vous devrez faire la même chose. Ce sera le signe que Caen est menacé et risque d'être occupé. Vous prendrez le premier train vers Rennes.

Marcel rentra le dimanche suivant. Dans la nuit, une sentinelle vint les réveiller pour leur signifier l'ordre d'Auguste. Son bataillon était déplacé et toute la famille devait quitter Caen immédiatement. Ce fut le branlebas de combat dans la maison. Tout le monde mit la main à la pâte pour préparer les provisions à emporter. L'une faisait des sandwichs à la viande, l'autre une salade, un troisième cuisait les œufs durs tout en remplissant des bouteilles d'eau et de petit cidre. Les paniers renfermant toutes les victuailles furent bientôt prêts, bien remplis, patientant sagement sur la table de la cuisine.

Il fallait faire les valises sans rien oublier. Une bonne partie de la journée fut consacrée aux préparatifs en tout genre. Finalement, en fin d'après-midi, la petite troupe se mit en marche vers la gare : les deux Marcel*le*, comme on avait commencé à les appeler, la tante Marie et son fils, Germaine et sa fille Denise, Hélène, Yvonne et sa maman, Virginie. Ils étaient neuf.

Les deux amoureux roucoulaient de bonheur et Marcelle ne vit pas ce départ forcé de la même façon que son départ précipité de Rouen. Elle était amoureuse et cela faisait toute la différence. Pas de panique, pas de fatigue, juste le plaisir de tenir la main de son petit Chou et de partir avec lui à l'aventure.

Ils eurent la chance de pouvoir monter dans le premier train en partance pour Rennes. Ils se casèrent tous dans le même compartiment et placèrent les valises dans les filets prévus à cet effet, au dessus d'eux. C'est alors que Germaine s'exclama :

— Où sont les provisions? Qui a pris les paniers?

Ils se regardèrent, un peu ahuris.

— Pas moi.

— Ni moi.

Toute la boustifaille était restée… sur la table de cuisine.

— Tant pis, on s'en passera, dit Marcelle, habituellement si sage, si raisonnable et devenue bien frivole tout d'un coup.

—Attendez-moi une seconde, dit Marcel en sortant du compartiment.

Il revint peu après :

—J'ai vu un cheminot sur le quai. Il paraît qu'un train de ravitaillement nous suit. Peut-être qu'on pourra s'approvisionner.

— De toute façon, on n'a pas vraiment le choix. C'est trop tard!

Le train démarra et prit rapidement de la vitesse… mais pas pour très longtemps. Rendu à Pont-Hébert, soit moins de cent kilomètres plus loin, il s'arrêta. Marcel partit à l'information.

— Notre train a été mis sur une voie de garage. Il y a des convois allemands prévus pour cette nuit ou demain et il faut les laisser passer. La bonne nouvelle, c'est que le train de ravitaillement qui était derrière nous est lui aussi en attente, toujours derrière nous.

Un employé du chemin de fer criait des ordres sur le quai. Hélène et sa fille se mirent à la fenêtre :

— Organisez-vous pour la nuit! Nous ne repartirons que demain matin. Vous pouvez vous ravitailler au train derrière et un chariot suit avec des couvertures.

Pendant que les femmes organisaient des couchettes de fortune, Marcel partit chercher de quoi manger. Il revint avec du saucisson, du pain, de l'eau et un seau de confitures…

— Mais qu'est-ce que tu rapportes?

— Il y a de quoi faire manger neuf personnes et ils m'ont proposé de la confiture en plus. Je me suis dit que peut-être ça pourrait nous être utile plus tard.

— Tu veux dire qu'ils t'ont donné de la bouffe pour neuf personnes?

— Bien oui.

— J'y vais à mon tour, clama Sissou.

Elle revint un peu plus tard avec neuf sandwiches, deux gros camemberts « bien faits » et un sac de pommes. Finalement, ils allèrent chacun leur tour au ravitaillement et chacun rapporta de quoi nourrir neuf personnes…

Ce n'était pas de la fine cuisine, mais ils furent rassasiés et s'installèrent pour la nuit. Ils avaient pu trouver quelques places libres dans le compartiment voisin et tous purent s'allonger.

— Allez, les amoureux, sous la même couverture, lança la tante Marie

Ils ne demandaient pas mieux et s'installèrent assez confortablement, bien collés l'un contre l'autre. Ce fut leur première nuit ensemble, évidemment en tout bien tout honneur! Ils se permirent à peine quelques baisers, à la faveur de l'obscurité.

* * * * *

La nuit fut relativement calme et finalement, les voyageurs purent trouver le sommeil.

Le lendemain matin, ils furent réveillés par un cheminot qui remontait tout le long du train en donnant des consignes :

— Ne bougez pas, ne sortez pas, les Boches passent tout près d'ici, au bout de notre voie de garage!

Tout de suite après, ils entendirent les convois allemands défiler sur la route : tanks, camions, bruits de moteurs en tout genre. Cependant, l'armée française ne résistant pas, il n'y eut aucune éclaboussure, aucun tir. Puis suivirent des secousses et le bruit des tampons des wagons qui s'entrechoquaient. Ils apprirent qu'on déplaçait leur locomotive bout pour bout. Tout simplement, le train allait faire demi-tour et refaire le trajet de la veille… à l'envers. Les trains ne pouvaient plus circuler vers l'ouest. Après vingt-quatre heures de voyage, ils revenaient à la case « Départ ».

Arrivés en gare de Caen, les cheminots les mirent en garde. Les Allemands n'étaient pas loin et ils devaient rentrer directement à leur domicile, aussi vite que possible et surtout ne pas attirer l'attention. Ils devraient ni plus, ni moins se terrer et éviter de sortir dans les rues.

Le trajet se passa sans encombre et ils retrouvèrent leurs provisions préparées la veille. De plus, ils rapportaient une quantité assez impressionnante de nourriture donnée dans le train de ravitaillement. Cela permettrait de tenir plusieurs jours sans mettre le nez dehors.

* * * * *

Auguste avait dû quitter Colombelles et avait été envoyé en déplacement jusqu'à Vic-Fezensac, dans le sud-ouest de la France. Le treize juillet à onze heures précises, il fut convoqué en réunion avec son commandant. Un ordre du colonel stipulait que tous les agents des sociétés suivantes : Société Nationale des Chemins de Fer (SNCF), Société des Postes, Télégraphes, Téléphone (PTT) et des Ponts et Chaussées étaient libérés, sauf les officiers s'ils n'avaient pas atteint quarante-huit ans. Auguste sortit immédiatement sa carte. Il avait quarante-huit ans depuis trois mois! En sortant du bureau, le colonel l'arrêta :

— Vous avez le sourire, Jouvet.

— Bien oui, mon colonel! Depuis le temps, je pense que j'ai donné à la patrie!

Le quinze juillet, Auguste prit un train pour Agen, puis pour Bordeaux. En entrant en gare de Langon, le train fut contrôlé par les Allemands. Après avoir constaté que c'était bien un convoi de cheminots libérés, ils les laissèrent poursuivre leur route vers Bordeaux et Paris. Il arriva à Caen le dix-huit en début d'après-midi. Germaine faisait la vaisselle avec sa belle-sœur Marie quand celle-ci s'écria :

— Germaine, c'est Auguste. Il est en civil!

Germaine se précipita et sauta au cou de son homme. Ils se serrèrent très fort dans les bras l'un de l'autre, après ce mois de séparation.

— Ça me fait tout drôle de ne pas te voir en uniforme.

— C'est fini pour moi. Je suis libéré de l'armée. En plus, avec l'uniforme, j'aurais été obligé de saluer ces salauds de Boches. Pas question! Je n'en ai jamais salué un seul et j'espère bien ne jamais avoir à le faire!

Dans le même temps, René, le père de Marcelle, s'était rendu à Nantes en vélo. Tous les cheminots essayaient de s'y regrouper et de devancer les Allemands. Arrivé à destination, il avait constaté que l'ennemi était déjà dans les lieux et du coup, il repartit. Il se doutait que sa femme et sa fille étaient à Caen et il décida de les rejoindre. Il se présenta chez les Jouvet où il fit la connaissance de Germaine et Auguste qui venait de rejoindre les siens.

Les deux hommes sympathisèrent. Ils étaient sensiblement du même âge et de la même trempe. Tout en sirotant un bon verre de cidre brassé maison, ils se racontèrent 14-18 en long, en large et en travers, et furent rapidement sur la même longueur d'onde. Bien qu'ils aient vécu la guerre de façon très différente, ils parlaient la même langue.

Voyant Marcel et Marcelle discuter ensemble, Auguste fit cette confidence à René :

— J'ai l'impression que nos enfants se comprennent.

René ne répondit pas. Lui aussi avait remarqué que sa fille avait les yeux plus brillants que d'habitude et que ce jeune blanc-bec la suivait comme son ombre. Il n'était pas certain que ça lui plaisait tant que ça. Sa petite fille était encore bien jeune et les amourettes ne pressaient pas. Pourtant, la famille Jouvet lui plaisait et Auguste, particulièrement, lui semblait un bon gars, aux valeurs solides. Il ne fallait pas oublier qu'il avait été un poilu, ça méritait le respect, à tout le moins!

* * * * *

L'été 40 se poursuivait et les hostilités devinrent moins présentes dans la région de Caen. Les nouvelles sur Rouen étaient également meilleures. Les Duhamel décidèrent de regagner leurs pénates. René se fit à l'idée que sa petite avait grandi et était en âge de faire des projets d'avenir. On parla mariage, mais Marcelle était encore aux études. Elle avait repris son fameux examen du Brevet supérieur et l'avait passé sans problème. Il lui restait une dernière année pour pouvoir enseigner et obtenir sa titularisation. On fixa la date des épousailles à Pâques 1942. René se dit que cela lui donnait le temps d'apprivoiser la situation.

Il y avait cependant un problème sérieux. Les deux amoureux avaient bien des difficultés à se voir. Il fut convenu que Marcelle viendrait à Caen pendant ses vacances et que son petit Chou l'y rejoindrait les fins de semaine ou quand il pourrait avoir des congés du salon de coiffure.

La séparation fut difficile et les larmes abondantes. Le courrier prit la relève et les tourtereaux s'écrivaient à raison d'une ou deux lettres par semaine.

Au mois d'août, Marcelle prit le chemin de Caen. Par contre, à cause de la guerre et de ses conséquences néfastes, entre autres sur la bonne marche des Chemins de fer, il ne fallait pas moins d'une journée complète pour parcourir les quelque cent-vingt kilomètres qui séparaient Rouen de Caen. Elle arriva épuisée à destination, mais bien impatiente de retrouver Marcel.

Elle fut accueillie très chaleureusement par Germaine et Auguste qui avait repris son travail aux Chemins de fer. Son amoureux put la rejoindre, toujours en vélo, et ils coulèrent quelques journées merveilleuses. Le matin, Germaine, à qui ces roucoulades énamourées rappelaient de bons souvenirs, disait à Marcelle en riant :

— Ton petit Chou n'est pas encore levé. Va le rejoindre! Dis-lui qu'il se pousse et couche-toi sur le couvre-lit.

Les deux jeunes bavardaient et riaient, heureux de passer du bon temps ensemble.

La jeune fille avait appris une nouvelle chanson de Ray Ventura, alors bien à la mode, et chantonnait du matin au soir :

« Je voudrais en savoir davantage
Je voudrais tout comprendre en amour
Quand je songe qu'à mon âge
J'ignore tout du badinage
Je m' sens le cœur bien lourd »

Germaine pouffait :

— Alors, comme ça, tu veux en savoir davantage? Je te comprends, je te comprends…

Puis elle reprenait avec elle :
« Je voudrais en savoir davantage »

— Et qu'est-ce que tu voudrais tant savoir? se moquait-elle, l'œil rieur. Tu l'apprendras bien, un de ces jours! Sois patiente!

228

Marcelle, rendue presque comique par sa naïveté, poursuivait d'une voix légère :

Je voudrais qu'on me mette à la page
J'ai besoin de beaucoup d' précision
J'ai eu tort d'être aussi sage
Car je manque d'apprentissage
Et de préparation

Je veux tout connaître
Sur le bout des doigts...

Puis, une journée, Auguste apostropha son fils, devant Marcelle :

— Et moi, je voudrais bien savoir ce que tu attends pour te présenter devant le commandant de la place. Ton pays est en guerre, mon gars et tu devrais être sous les drapeaux. Tu as passé le conseil de révision, tu as l'âge de faire le service militaire, c'est le temps.

— Mais Papa, je n'ai aucune envie d'être soldat.

— Je ne te demande pas si tu as envie, je te dis simplement d'y aller dès cet après-midi.

Au fond de lui, Marcel savait que ce jour était proche, mais il ne se voyait absolument pas déguisé en soldat et encore bien moins en train de manier un fusil. Son père devait quand même bien se douter qu'il serait bien incapable de mettre en joue qui que ce soit. Par contre, il savait qu'il devait faire sa part, d'une manière ou d'une autre. Sissou quant à elle, réagit vivement :

— Je comprends mal ton père, il a perdu un fils il y a à peine deux ans, et ça ne le dérange pas de t'envoyer au casse-pipe?

— Mon père a raison, Sissou, c'est la guerre. Je n'ai aucune envie d'y aller, mais c'est mon devoir.

— Alors, je viens avec toi, ça va te donner du courage, mon petit Chou.

Ils partirent bras dessus bras dessous vers la caserne et Marcel se présenta devant le commandant en question. Sissou était sur ses talons et entra elle aussi dans le bureau. Marcel s'expliqua et attendit les ordres :

— Regardez-moi, jeune homme! Est-ce que je bouge, moi? ... Pas du tout! Rentrez chez vous et restez-y. Restez enfermé, c'est le meilleur conseil que je puisse vous donner!

Les deux jeunes ne comprirent pas grand-chose au discours du commandant. Ils revinrent au pas de course rue de la Seine et Marcel ne sortit pas des trois semaines qui suivirent. En fait, la France était sous le gouvernement de Vichy avec le Maréchal Pétain à sa tête. Un armistice avait été signé avec les Allemands et il n'était pas temps de recruter de nouveaux soldats français. Toute la « classe 40 » connut un statut particulier.

Ce n'était pas dans la nature de Marcel de rester inactif et le temps commença à lui sembler long. Après ces semaines de repos forcé, Il décida que c'en était assez et qu'il était temps de se remettre à travailler. Ses patrons avaient besoin de lui et il devait repartir à Luc. Sa nature fataliste se révélait.

— La solde de mon père ne rentre pas et ma mère n'a plus d'argent. Je n'en ai plus non plus. Je retourne travailler. On verra bien! Si je dois être rappelé et partir pour le combat, j'irai, c'est tout.

Marcel prit la route pour Luc, promettant à Sissou de revenir le samedi suivant.

À la fin des vacances, Marcelle devait rentrer à Rouen où elle allait attaquer sa dernière année de scolarité. C'est à ce moment qu'ils parlèrent de fiançailles officielles et ils en fixèrent la date au vingt-quatre décembre suivant. Ce serait une très belle façon de fêter Noël.

*　*　*　*　*

Marcel se mit à la recherche d'une bague pour la cérémonie à venir. Il fit le tour des bijoutiers de Luc, sans grand succès. Ce qu'il pouvait s'offrir lui semblait bien petit, tandis que ce qui lui plaisait était hors de prix. Il poursuivit ses recherches sur Caen, quand un bijoutier lui sortit un solitaire plus qu'acceptable à un prix tout à fait abordable. L'affaire fut conclue.

Pendant la guerre, beaucoup de femmes revendaient des bijoux pour acheter le nécessaire et il s'est fait un trafic incroyable. Cette bague provenait probablement d'un échange de ce genre et en plus, on a découvert que le diamant n'était pas très clair. Que veux-tu, ton père était bien jeune et ne connaissait rien aux pierres précieuses. Il reste que c'était un beau bijou! Ta mère a été plus gâtée que moi!

Il était heureux de sa trouvaille et attendait le mois de décembre avec impatience.

Marcelle, de son côté, souhaitait elle aussi offrir une bague à son futur mari. Elle trouva une jolie chevalière où un motif en or blanc se découpait sur un fond d'or jaune. Elle la fit graver aux initiales du jeune homme : MJ.

* * * * *

À l'automne, les Allemands réquisitionnaient de plus en plus les denrées disponibles pour leurs troupes et les restrictions commencèrent à se faire sentir. Les tickets de rationnement firent leur apparition. Tout devint quantifiable au gramme près. Une ration journalière de pain pouvait être de deux cent cinquante grammes en moyenne, alors que la ration de sucre était de cinq cents grammes par mois. Le lait fut essentiellement réservé aux très jeunes enfants et la viande rationnée à raison de cent quatre-vingts grammes par semaine, poids moyen d'un seul steak... La matière grasse (beurre ou huile) était de huit grammes par jour et le fromage de six grammes, à peu près la moitié d'une petite part de « Vache-qui-rit ».

* * * * *

Le dix-sept novembre, Marcelle fêtait ses vingt ans. Une surprise d'envergure l'attendait dans le salon : un piano. Elle continuait de faire un peu de violon, occasionnellement, particulièrement avec Lilly, une de ses cousines éloignées. Cette dernière était pianiste. Chaque fois qu'elles en avaient l'occasion, les deux jeunes filles passaient plusieurs heures à répéter des duos. Au fil de leurs répétitions, Marcelle s'était intéressée au piano et essaya à quelques reprises, de jouer des petites pièces. Avec l'aide de Lilly, et le solfège n'étant pas un problème pour elle, elle s'était rapidement mise à la lecture de la clef de fa. Elle en avait parlé à son père, mais n'aurait jamais pensé qu'il serait allé jusqu'à lui offrir un piano, et pas n'importe lequel! Un Érard tout neuf! En fait, il faisait partie des meilleurs instruments sur le marché avec les Pleyel et les Gaveau. Le meuble était en cœur de noyer clair, avec un beau travail du bois sur le devant du cabinet.

— Tiens, ma fille, voici la clef.

— Papa, c'est un cadeau somptueux! Comme il est beau!

Elle rabattit le couvercle, découvrant les touches en ivoire et ébène. Elle passa ses doigts sur le clavier et apprécia toute la sensualité qu'il dégageait. Le toucher en était souple, le son rond et chaud, un peu sourd peut-être, surtout dans les aigus. Elle s'assit sur le tabouret et commença à jouer une des pièces répétées avec sa cousine.

René avait fermé les yeux et écoutait :

— Comment trouves-tu le son? demanda-t-il

— Tu parles d'une question, intervint Hélène, c'est un piano et il a… un son… de piano!

— Non Maman, Papa a raison. Ils ont tous des sons différents et j'aime beaucoup celui-ci. Il ne clinque pas comme celui de Lilly.

— Tiens, j'ai un autre cadeau pour toi.

— Encore? Mais Papa, c'est déjà énorme!

— Ma fille, tu n'auras pas tous les jours vingt ans!

Marcelle ouvrit l'enveloppe… C'était une série de cours avec Monsieur Maurice Lenfant, professeur de piano et orgue, le carillonneur de la cathédrale de Rouen.

— Un grand merci à tous les deux! Je veux vous dire, à la veille de mes fiançailles, que vous avez été des parents extraordinaires. Vous m'avez gâtée et ce merveilleux cadeau en est une belle preuve. J'espère en profiter, car je manque de temps, avec l'école et mes voyages à Caen.

* * * * *

À Noël, le vingt-quatre décembre 1940 très précisément, les deux Marcel*le* se fiancèrent comme prévu. Auguste, Germaine et Denise avaient fait le voyage jusqu'à Rouen pour la circonstance. Les deux tourtereaux s'échangèrent les bagues et Marcelle apprécia ce très joli petit solitaire. Le repas fut somptueux, malgré les restrictions. René avait joué de débrouillardise et son jardin avait été très productif.

* * * * *

Dès janvier 1941, les restrictions s'accentuèrent. Le café disparut des tablettes des épiceries. Des tickets de rationnement de trois couleurs apparurent pour le charbon : rouges pour les foyers qui n'avaient que ce moyen pour se chauffer et cuisiner, violets pour les foyers avec enfants de moins de six ans et vieillards, et jaunes pour tous les autres…s'il restait du charbon après qu'on ait servi les rouges et les violets. Les enfants, les travailleurs de force et les femmes enceintes conservaient certains privilèges, tandis que les autres subissaient des restrictions pour presque toutes les denrées. Puis, en février, ce fut le tour des souliers et du cuir en général, des vêtements et de toute forme de textiles, y compris les couches pour les bébés et la laine à tricoter…

Les commerçants devaient rendre des comptes dans les mairies, chacun devait faire estampiller ses cartes de rationnement qui n'étaient valables que pour six mois. Évidemment de telles restrictions ne pouvaient qu'entraîner une hausse des prix. Le coût des denrées monta en flèche et il devint clair pour tous que le système D devait prendre la relève si on voulait manger à sa faim.

Auguste et René se jurèrent bien que leur famille ne pâtirait pas de cette pénurie. Ils redoublèrent d'efforts et leurs potagers assurèrent l'essentiel : tous les légumes de base comme les pommes de terre, carottes, radis, salades, haricots, mais aussi les fraises et les tomates. Plusieurs arbres, pêchers et poiriers complétaient les rations de fruits, et donc de vitamines. Les deux hommes avaient également agrandi leur poulailler, au fond du jardin et construit de nouveaux clapiers. Hélène et Germaine y élevaient les poules pour leurs œufs et la viande ainsi que des lapins. Non seulement ces derniers finissaient-ils à la casserole, transformés en délicieux civets, mais en plus leur peau pouvait être vendue ou échangée. Auguste se fabriqua une petite remorque à bras avec laquelle il pouvait aller dans les campagnes, aux alentours de Caen, pour trouver quelques denrées et de quoi nourrir ses animaux. Il partageait le peu qu'il rapportait avec sa belle-sœur Marie dont le mari était toujours prisonnier en Allemagne.

* * * * *

Au début de l'été, Marcelle terminait ses études et allait commencer à enseigner à l'automne suivant. Elle avait des résultats très encourageants. La vie s'étirait assez agréablement, malgré la guerre, jusqu'à ce jour fatidique de la mi-juin.

Hélène ramassa le courrier et remarqua une grosse enveloppe qui venait de Caen. Elle fut intriguée, c'était l'écriture de Marcel. Elle la soupesa et son instinct lui indiqua qu'elle était suspecte. Sa fille était en pleine préparation de ses derniers examens… Elle osa… Elle ouvrit délicatement l'enveloppe en la passant au-dessus de la bouilloire fumante. Un cri lui échappa. Elle avait vu juste! Toutes les lettres de sa fille y étaient ainsi que la bague qu'elle avait offerte à son fiancé. Un tout petit mot expliquait qu'il cassait leurs fiançailles.

Son cœur battait à tout rompre et les larmes lui montèrent aux yeux. L'histoire se répétait. Elle se revoyait devant Riccardo et ressentait encore toute la détresse qui l'avait envahie au moment de la cassure. Elle se souvenait à quel point le monde s'était écroulé autour d'elle et combien elle avait été perturbée durant les mois qui avaient suivi. Elle décida qu'elle protégerait sa fille au moins jusqu'à la fin de ses examens. Elle avait tant travaillé pour en arriver à cette ultime étape. Il ne restait qu'une petite semaine avant les vacances et cette cochonnerie pouvait bien attendre jusque-là. Hélène referma le tout et glissa l'enveloppe dans un tiroir.

Marcelle s'inquiéta de ne pas recevoir de missive de son petit Chou, mais les études l'absorbaient et Hélène sut feindre sans sourciller. La semaine suivante, il fallait bien finir par dévoiler le pot aux roses à sa fille. Hélène lui remit simplement l'enveloppe, comme si elle venait de la trouver dans la boîte aux lettres. Quelques minutes plus tard, elle entendit un cri, puis des sanglots. Elle se précipita :

— Qu'est-ce qui se passe?

Marcelle se contenta de lui montrer d'un geste large les papiers étendus sur la table. Son fiancé lui renvoyait toutes ses lettres depuis le début de leurs fréquentations, sa bague et une missive explicative très succincte, disant tout simplement qu'il souhaitait mettre fin à leurs relations. Marcelle, effondrée, à moitié couchée sur la table, la tête dans ses bras pleurait à fendre l'âme. Hélène était dévastée devant un pareil désarroi. Elle caressa les cheveux de sa fille qui ne réagit pas, toute à son chagrin. Marcelle resta ainsi, prostrée, durant de longues minutes, les épaules secouées par les sanglots. Hélène se sentait tellement impuissante devant tant de détresse. Elle prit la lettre de Marcel, la lut et la relut, mais il n'y avait rien à comprendre. Il mettait fin aux fiançailles, point.

Soudain, la jeune fille se redressa, passa rapidement les mains sur ses yeux bouffis et larmoyants :

— Maman, je veux aller à Caen. Ce n'est pas possible, je ne comprends rien. J'ai droit à une explication!

— Mais ma fille, le message est clair… malheureusement, il ne veut plus de toi.

— Non, on ne se débarrasse pas de moi comme ça. Je n'ai rien fait qui mérite un tel traitement. On était si heureux! Il y a à peine deux semaines, il me répétait qu'il m'aimait, que j'étais sa lumière, sa raison de vivre… Il s'est passé quelque chose et je veux savoir quoi.

Sur ces entrefaites, René entra et comprit vite, à la tête de sa fille, qu'un drame était en train de se jouer :

— Qu'est-ce qui ne va pas?

Hélène répondit, la voix faible, la tête basse :

— Marcel a cassé leurs fiançailles. Il a renvoyé sa bague et les lettres.

René éclata, subitement rouge comme un coq :

234

— Quoi? Te faire ça, à toi? Oh le salopard! Pour qui se prend-il, ce malpropre, pour faire une saleté comme ça à ma fille? Si je le tenais, je lui foutrais une de ces raclées…

Marcelle se redressa et affronta son père :

— Non, Papa, tu ne lui foutrais rien du tout. Je l'aime et j'ai l'intention d'aller à Caen pour le voir.

— Hein? Tu es folle, ma parole! Tu n'iras nulle part, tu as compris? Il n'en est pas question. Il te déshonore, il te traite comme de la ème[19] et en plus, tu irais le supplier? Je te l'interdis! Tu n'es pas une traînée pour te mettre à genou comme ça !

— Papa, c'est ma vie et c'est à moi de gérer cette affaire. J'irai à Caen! J'espère de tout mon cœur qu'il s'agisse d'un malentendu et que je puisse corriger cette situation.

René sentit une poussée d'adrénaline hors du commun lui monter jusqu'à la racine des cheveux et explosa :

— C'est non! Sinon c'est toi qui auras droit à la frottée! Il t'envoie *quier*[20], ni plus ni moins, et tu le reprendrais? Jamais, entends-tu? Je ne veux plus jamais revoir ce fumier! hurla-t-il.

La colère de son père provoqua l'effet inverse sur Marcelle et c'est d'une voix très calme, mais très ferme qu'elle précisa :

— Papa, malgré tout le respect que je te porte, je continue de te dire que j'irai à Caen et que j'espère corriger cette situation. Il y a sûrement quelque chose que je ne sais pas.

— Peu importe, si tu mets les pieds à Caen, c'est ici que tu ne pourras plus jamais les foutre, c'est clair?

Hélène bondit de sa chaise et c'est les poings serrés qu'elle se planta devant son mari :

— Hé! Tu dépasses les bornes! Basta! Mon père a gâché ma vie avec une réaction comme la tienne. J'irai avec Marcelle à Caen. Elle ira au bout de son histoire, que ça te plaise ou non. Si ce mariage ne se fait pas, c'est parce qu'elle-même aura capitulé, pas parce que toi, tu l'auras décidé. Ma fille se mariera comme elle l'entendra, avec celui-là ou avec un autre et toi, tu plieras à sa décision! Sinon, c'est moi que tu perdras… avec elle ! Tu ne me sépareras jamais de ma fille, tiens-toi le pour dit!

René serra les poings, tourna les talons et quitta la maison en claquant vigoureusement la porte.

Hélène fulminait et bougonnait toute seule :

---

[19] René prononçait « ème », abréviation évidente de « merde ».
[20] Patois normand : chier.

— C'est ça! J'en ai marre de ses sautes d'humeur. Qu'il aille ruminer sa colère ailleurs! Et toi, prépare ta valise, on part demain.

* * * * *

Le lendemain matin, samedi, Hélène et sa fille prenaient le premier train pour Caen. Elles savaient toutes les deux que le voyage serait pénible, à tout point de vue. Marcelle faisait une face d'enterrement, le train roulait à la vitesse d'une tortue avec des arrêts tous les vingt kilomètres. Mais elles finiraient bien par arriver. L'essentiel était de rejoindre Caen au plus tard dimanche, jour où Marcel y serait.

Elles arrivèrent dans la nuit de samedi à dimanche et s'installèrent sur un banc de la gare en attendant une heure décente pour se présenter chez les Jouvet.

Quand elles frappèrent à la porte, c'est Germaine qui leur ouvrit. Elle avait vu arriver les deux femmes et était livide, mais pas autant que Marcel qui, assis à l'autre bout de la pièce, avait le visage littéralement décomposé. Marcelle s'avança vers lui et c'est d'un ton glacial et sec qu'elle s'adressa à lui :

— Je pense que tu me dois quelques explications…

— Oui, sans doute. Viens!

Ils disparurent dans le jardin et y restèrent près d'une heure. Hélène et Germaine, restées dans la cuisine, meublaient le silence comme elles le pouvaient, très mal à l'aise.

— Ma pauvre Hélène, il ne m'a rien dit. Je ne sais rien, seulement qu'il a cassé ces fiançailles. Tout ce qu'il m'a dit, c'est « J'ai peur »… rien d'autre.

— Mais peur de quoi, grands dieux?

— J'aimerais bien le savoir. Vous savez, avec Marcel, il faut bien le dire, il a beau être mon fils, je n'ai jamais compris grand-chose à ses comportements…

— En tout cas, je vais savoir par ma fille. Elle ne sait rien me cacher. Ça m'intrigue, je ne vous le cache pas.

* * * * *

— Alors, Marcel, parle, explique, je t'écoute!

— C'est bien difficile, ma Sissou.

— Ah non, laisse tomber les mots doux et réponds-moi!

— Et bien! …

— Allez, crache!

— C'est que… J'ai peur, peur de cette union, peur de ne pas être à la hauteur, peur qu'un jour tu me trouves minable à côté de toi, si savante.

Marcelle se fit sarcastique :

— C'est nouveau, ça! La semaine dernière, tu me trouvais très bien et aujourd'hui, je suis trop savante. C'est un peu bizarre, non? Je ne comprends toujours pas. Il y a autre chose? Hein? Tu aimes une autre fille?

— Oh non, ce n'est pas ça du tout. Tu sais, j'ai ruminé tout ça dans ma tête depuis un bon moment avant d'en arriver à cette décision. En fait…

— En fait?

— Il y a autre chose… tu as raison.

Marcel baissa la tête et le silence devint pesant.

— Marcel, parle!

— Bon, je te le dis tout simplement… Depuis longtemps, j'ai des tendances que je ne comprends pas moi-même. Il m'arrive d'être attiré par les garçons comme on est attiré par les femmes. Alors, tu comprends ma peur? Je ne connais pas l'avenir et je ne veux pas te rendre malheureuse.

Marcelle essayait désespérément de comprendre, de traduire… Elle avait compris qu'il n'y avait pas d'autre femme et ça, c'était la bonne nouvelle. Elle avait tellement redouté cette possibilité! Mais cette attirance pour les garçons, ça voulait dire quoi au juste?

Elle s'adoucit et c'est sur un ton de confidence qu'elle demanda :

— Tu veux dire que tu aimes un garçon?

— Non, non, je n'aime pas UN garçon, je n'aime personne d'autre que toi. Je dois t'avouer que je ne me comprends pas toujours moi-même. Quand je t'ai renvoyé toutes tes lettres, j'ai été soulagé tout d'un coup. Je me suis senti très honnête face à toi et tout de suite après, j'ai regretté mon geste. Tu me manquais déjà, car c'est vrai que je t'aime toujours… passionnément. Je ne peux pas me passer de toi et en même temps, j'ai une horrible peur pour plus tard.

Marcelle soupira d'aise. Il l'aimait toujours, c'était les seuls mots qu'elle souhaitait entendre. Elle se fit plus tendre.

—Mon petit chou, moi aussi, je t'aime comme je n'ai jamais aimé personne. Ton attirance possible pour les hommes ne me fait pas peur, si c'est moi que tu aimes. Je pourrais être jalouse d'une autre femme, mais pas jalouse d'un homme… et puis je te connais assez pour savoir que tu ne me manqueras jamais de respect. Ai-je tort?

— C'est exactement pour ça que j'ai voulu casser. Je ne veux pas te faire de mal! Jamais! Tu vaux tellement plus que ça.

Il s'approcha et fixant son regard dans celui de Marcelle, il l'attira à lui. Leur baiser fut long et très doux. Elle prit sa main et lui remit sa chevalière au doigt. Il l'attira à nouveau et chuchota :

— Merci d'être venue, j'étais tellement malheureux de t'avoir perdue. En même temps, je ne pouvais pas continuer sans que tu saches, mais je n'arrivais pas à te parler. Tu ne le regretteras jamais, je te le jure.

— Et moi, donc, j'ai cru que le ciel m'était tombé sur la tête. Nous devrons toujours être complices et nous confier l'un à l'autre. Je suis certaine que c'est ainsi que nous bâtirons notre couple et que nous pourrons faire route commune dans la vie. Regarde-moi... nous ne parlerons jamais de cette conversation à quiconque. Ce sera notre secret.

— Merci, ma Sissou, merci de ton immense compréhension! Bien sûr, ce sera notre secret!

— Allez viens, on va aller annoncer la bonne nouvelle à nos mères. La mienne doit être morte d'inquiétude.

Ils remontèrent l'allée du jardin, tendrement enlacés...

Ils sont revenus du fond du jardin, main dans la main. Ta mère n'a jamais voulu me dire ce qu'ils s'étaient raconté. Et pourtant, elle me disait toujours tout. Mais là, rien à faire, j'ai eu beau la cuisiner, elle a toujours eu la bouche cousue!!! Ça m'a toujours intriguée... et même après toutes ces années.

*   *   *   *   *

Marcelle décida de rester quelques jours à Caen. Elle voulait jouir de l'euphorie d'avoir retrouvé son amour. Quant à son fiancé, il dépêcha un des fils Mesnier, leurs voisins, à Luc-sur-mer pour expliquer... qu'il était malade.

Hélène rentra seule à Rouen après avoir rassuré sa fille :

— Ne t'inquiète pas pour ton père! Tu sais bien comment il est! Il jappe toujours très fort, mais ne sait pas mordre. S'il te sait heureuse, il va plier. De toutes les façons, je ne lui donnerai pas cinquante choix! Il sait très bien que je n'hésiterais pas.

Les deux Marcel*e* passèrent une merveilleuse semaine et reprirent leurs projets d'avenir.

Chapitre 2

René avait eu bien du mal à avaler cette nouvelle pilule. Il avait grogné toute la semaine et Hélène avait dû user de beaucoup de patience et de fermeté pour lui faire admettre… l'inadmissible. Il allait devoir se soumettre. Le soupirant de sa fille était bel et bien à nouveau dans le décor et en plus, sans avoir fourni la moindre explication à son geste.

— Je te répète qu'ils ne m'ont rien dit, ni l'un ni l'autre… Ils sont revenus de ce fichu jardin, main dans la main, l'air tout enamouré… et je n'ai rien pu en tirer! Quand bien même tu me tortillerais jusqu'à demain, je ne pourrais pas t'en dire plus… Alors maintenant, ta fille va bientôt revenir et toi, tu te la fermes! T'as compris? *Basta*!

— Ça va, ça va, arrête de me faire suer. J'ai compris!

— Ça n'a pas l'air, tu n'arrêtes pas de marmonner. Et en plus, arrête de l'appeler « le petit saligaud »! Je te rappelle qu'il va bientôt être ton gendre!

— Qu'est-ce que tu veux, je ne digère pas, mais bon! Il va bien falloir faire avec!

Le temps arrangeant bien des choses, René se calma et accueillit sa fille avec une certaine sérénité. Pourtant il essaya à plusieurs reprises de savoir la raison de cet esclandre…

— Papa, tu stoppes ça tout de suite. C'est ma vie. Avec Marcel, on s'est expliqué… c'est tout! Fais-moi confiance!

— J'espère que tu n'auras jamais à le regretter.

— Ce sera mon problème et si je me suis trompée, je n'aurai qu'à m'en prendre à moi-même. Ça vaudra mieux que de te le reprocher, non? En plus, je voudrais qu'on repense à la date de notre mariage. Les restrictions sont de plus en plus sévères et si on veut avoir une chance de faire un mariage décent, ce serait bien d'avancer les choses. Avec Marcel, ses parents et Maman, on a pensé au mois de novembre.

— Ah bon, si c'est déjà arrangé avec ta mère et les Jouvet, je n'ai plus vraiment le choix. Remarque que je comprends et que je ne suis pas contre. C'est vrai que j'arrive encore à avoir à peu près ce que je veux, mais ça devient difficile. En novembre, si le jardin a bien donné durant l'été, ta mère pourra sûrement faire quelques conserves et prévoir.

— Merci Papa, tu vois, tu deviens raisonnable.

Marcelle se mit à minauder :

— Promets-moi que tu ne tiendras pas rigueur à mon fiancé...

— On verra, on verra, il est mieux de filer droit à partir de maintenant.

René avait eu si mal devant la souffrance de sa fille qu'il ne pouvait qu'applaudir à ce revirement de situation. Au fond, il était bienheureux que ça tourne comme ça. Marcelle avait à nouveau les yeux brillants et elle pétillait, c'est tout ce qui comptait. Il ne pouvait pas vraiment s'épancher, il ne pouvait quand même pas perdre la face complètement. C'était contraire à tout son tempérament, mais oui, finalement, il était bien content! Ceci dit, le jeune morveux était mieux de se tenir à carreau! Il pouvait passer l'éponge une fois, mais ne la passerait pas deux!

* * * * *

René, toujours débrouillard, avait fini par trouver un système de ravitaillement assez efficace. Il avait commencé par sillonner, à vélo, les campagnes proches des voies ferrées et avait pris contact avec des fermiers. En tant que chef mécanicien, il était troisième sur les locomotives. Il se permettait de faire ralentir le train dans certains villages, voire l'arrêter et de descendre rejoindre ses nouveaux amis. Il se constitua un véritable réseau d'échanges. Par exemple, après qu'un de ses anciens patrons lui ait cédé tout un lot de seaux en galvanisé, il les échangea contre de la viande, du beurre, des œufs, de la crème et du lait. Rendu en ville, il garda une partie des victuailles et troqua le reste contre des souliers, du tissu ou des objets de première nécessité. Il put à nouveau échanger ces denrées contre d'autres produits fermiers...

Une journée, il réussit à se procurer un cochon entier, mais se fit prendre par les Allemands en gare de Rouen. Nul n'a jamais pu savoir comment le cochon s'était finalement retrouvé chez lui, malgré tout...

— Je peux pas te dire... J'en sais rien... Cette fois, j'ai échappé de peu à la *carabousse*[21], je suis passé et c'est tout! raconta-t-il à Hélène qui n'en crut pas un mot.

Avec ton grand-père, je ne savais pas toujours tout. Il m'en cachait beaucoup. C'était probablement mieux comme ça, je suppose.

C'est aussi grâce à ce système de troc qu'il put se procurer une magnifique pièce de tissu, un crêpe de soie luxueux qu'il offrit à sa fille.

— Papa, c'est superbe! Où as-tu dégoté ça? Quelle belle robe de mariée ça va faire!

— Apporte ça à Bertine et vois avec elle!

— J'ai déjà une petite idée du modèle que je voudrais. Je vais aller la voir dès cet après-midi.

Bertine admira la richesse de la pièce et la déploya, s'amusant à la draper sur Marcelle. Elles discutèrent très longtemps, toutes les deux, l'une donnant ses idées et l'autre dessinant le patron. À chaque essayage, Bertine retouchait l'arrondi d'une échancrure ou la longueur d'une manche, déplaçait les épingles d'une pince ou d'un ourlet. Le résultat fut à la hauteur de ses efforts.

La robe s'avéra magnifique, une véritable splendeur. Le modèle choisi avait des lignes très pures et simples. Le tissu lourd et riche tombait bien, épousant les courbes de la jeune femme, pour se terminer en une traîne digne de mariages princiers. Un voile d'organdi très fin, fixé sur une petite coiffe, complétait la toilette.

Bientôt, Marcelle put accrocher sa merveilleuse robe dans le placard de ses parents et elle ne se lassait pas d'aller l'admirer.

* * * * *

À la fin de juillet, Marcel reçut une invitation pour le mariage de Christiane qui devait avoir lieu en septembre, à Périers. Ce serait des noces à l'ancienne, comme il s'en faisait encore dans les campagnes et on festoierait pendant près de trois jours. Pour le logement, aucun problème puisque sa marraine et son parrain les hébergeraient, lui et sa fiancée.

Il en parla à Marcelle qui se montra emballée. Elle commençait à enseigner seulement le premier octobre et pourrait être présentée à toute une partie de la famille qui ne la connaissait pas encore. Comble de bonheur, elle passerait plusieurs jours avec son petit Chou.

C'est également à cette période que Marcel donna sa démission à ses patrons de Luc-sur-mer. Il terminerait fin août et profiterait des

---

[21] Prison.

deux mois précédant le mariage pour se trouver une place sur Rouen. De toutes les façons, son patron Léonce avait été démobilisé début 40 et était revenu travailler au salon, reprenant les rênes. Il pouvait donc faire face en engageant un nouveau coiffeur du côté du salon pour femmes.

Les fiancés songeaient aussi à se trouver un logement. Ils auraient toute cette fin d'été pour chercher un appartement, mais ils étaient conscients que ce ne serait pas chose facile, compte tenu des bombardements et des incendies de 1940. Plusieurs immeubles avaient été rasés.

Marcel eut droit à une scène de sa petite sœur. Denise n'était pas heureuse du départ prochain de son frère et elle le lui fit savoir.

— Tu vas t'installer à Rouen, et pourquoi pas à Caen? Tu nous laisses tomber. Depuis que t'es fiancé, il y en a plus que pour ta Sissou.

En fait, elle était un peu jalouse de sa future belle-sœur. Il était certain que depuis les fiançailles, les cadeaux de Marcel étaient davantage destinés à Marcelle plutôt qu'à sa petite sœur. Il était bien obligé d'en convenir. Mais cela lui semblait normal. Un jour, elle aussi aurait un amoureux et serait gâtée. C'est ce qu'il tenta de lui faire comprendre, mais en vain. Denise restait frustrée.

* * * * *

En septembre, les jeunes gens arrivèrent à Périers. Marcelle découvrit que son fiancé pouvait être carrément un autre homme. C'était une nouvelle facette de ce garçon et elle envia son aisance. Tout d'abord, elle eut bien du mal à suivre la conversation qu'il eut avec sa tante. Ce patois très local était un langage bien loin du français très académique qu'elle parlait. Pourtant, son petit chou semblait à l'aise dans ce milieu. Il lui apparaissait très différent de celui qu'elle connaissait, il se fondait dans cette société et semblait en faire partie alors qu'elle se sentait tellement étrangère. En plus, il connaissait tous les gestes et les habitudes de la place, attisant le feu dans l'âtre, buvant le cidre à la tasse… Il était chez lui.

Deux jours avant le mariage de Christiane, ils firent la connaissance de son fiancé, Henri Moulin et de sa mère Maria, veuve qui tenait une épicerie à Périers. La mère et le fils avaient beaucoup de points communs : grands et minces, pour ne pas dire secs, le verbe haut et coloré, aux personnalités très présentes. Tous les deux aimaient la fête et le bon vin! Ces trois jours de mariage allaient être assez marquants pour être mentionnés dans l'album souvenir des deux Marcel*le*.

Chaque jour, les festivités commençaient dès le réveil... vers dix ou onze heures... et se terminaient le lendemain, aux petites heures du matin. En dehors de la cérémonie elle-même, on peut dire que plusieurs des invités ne virent pas grand-chose de ces trois journées. Les jeunes, et ils étaient nombreux, s'étaient regroupés et c'est en bande qu'ils allèrent de la maison d'une tante à celle d'un cousin, puis d'un voisin... Et chaque fois, le vin, le cidre et le calvados coulèrent à flots. Nos deux tourtereaux connurent leur première et dernière cuite mémorable! En fait, ils ne dessoûlèrent pas de tout leur séjour! Pour Marcelle, en particulier, ce fut une expérience, curieusement, inoubliable et agréable. Pourtant, elle avait horreur des beuveries et toute personne qui « se déplaçait » était immédiatement cataloguée. Il est incroyable de constater à quel point l'amour peut faire accepter l'inacceptable!

$$* \quad * \quad * \quad * \quad *$$

Mais toute bonne chose ayant une fin, les deux fiancés rentrèrent à Rouen. Il restait beaucoup de choses à préparer en vue de leur mariage, à commencer par le logement. Ils eurent beau chercher fébrilement, ils ne trouvèrent pas grand-chose, en tout cas, rien de libre pour novembre. Ils réservèrent trois appartements dont les baux se terminaient à l'automne 1942. Ce serait mieux que rien et en attendant, ils logeraient chez Hélène et René.

Hélène avait réservé l'église Saint-Clément, leur paroisse, qui avait l'avantage d'être dans le même quartier que le Jardin des Plantes. Les photos devraient être très réussies avec un pareil décor. Hélène imaginait la famille bien répartie sur les marches, devant les serres tropicales récemment inaugurées, et sa fille, tellement belle, juste là, en plein centre! De toute façon, elle avait réservé le meilleur photographe de Rouen! De son côté, René avait redoublé d'efforts pour constituer un trousseau à son bébé. Il multipliait les échanges, n'hésitant pas à prendre certains risques pour rapporter tout ce qui était nécessaire à l'installation d'un jeune couple : draps, couvertures, batterie de cuisine, etc.

Hélène avait constaté que la garde-robe de Marcel était très maigre. Il avait de jolies choses, mais très peu. Même pour le mariage, il n'avait certainement pas les moyens de se payer un costume à la hauteur de la tenue de sa future femme. Il ne recevait jamais de cadeaux de sa famille, même pas à l'occasion de son anniversaire et elle avait vite compris qu'il en était ainsi depuis de nombreuses années.

— Ne t'inquiète pas, mon gars. Choisis ce qui te plaît et nous paierons. J'ai des tickets que je n'utiliserai pas et René peut sûrement aussi trouver des choses de son côté.

— Je ne veux pas vous mettre à la gêne, mais c'est vrai que mon salaire de Luc ne m'a pas permis de mettre beaucoup d'argent de côté et mes parents n'ont pas vraiment les moyens de m'aider.

— Tu fais maintenant partie de notre famille et je ne veux pas que tu manques de quoi que ce soit. Tu es comme notre fils, maintenant. Choisis ta tenue pour la cérémonie et profites-en pour te payer quelques chemises et sous-vêtements supplémentaires.

Marcel remercia chaleureusement sa future belle-mère. Décidément, il se sentait accueilli dans cette famille. Il avait eu très peur d'être rejeté, suite à la rupture de ses fiançailles. Mais il n'en était rien. Il avait plus de communication avec sa belle-mère qu'il n'en avait jamais eue avec sa propre mère. Quant à son beau-père, il le trouvait très colérique et dominant, mais en même temps, il savait qu'il pouvait compter sur lui.

Marcel trouva finalement sa tenue pour le grand jour : un pantalon rayé gris et noir avec un veston anthracite, la cravate gris pâle et les gants assortis sur une chemise blanche au col à pointes hautes, dernier cri de la mode. Sa belle-mère trouva qu'il avait beaucoup de goût et lui demanda même conseil pour sa propre toilette.

Marcelle choisit son bouquet de mariée, assez volumineux, tout en fleurs naturelles, avec une cascade de fleurettes plus légères qui descendraient tout le long de sa robe. Monsieur Lenfant, son professeur de piano, serait à l'orgue bien sûr et accompagnerait une de ses collègues, violoniste.

Tout semblait sous contrôle et il ne restait qu'à prier le ciel pour que les Allemands se tiennent tranquilles d'ici le mois de novembre et que le soleil brille au-dessus de Rouen au jour J.

Chapitre 3

En attendant la date du mariage, Marcel était donc installé chez ses futurs beaux-parents, à Rouen. Un après-midi, Sissou venait de revenir de l'école, et lui était assis sur une chaise, les pieds trempant dans une bassine. Il avait des orteils en « marteaux » qui lui causaient régulièrement des problèmes. Pour passer le temps, il feuilletait le journal, plus particulièrement la rubrique des offres d'emplois.

— Sissou, viens voir cette annonce! Ça a l'air intéressant !

Marcelle jeta un coup d'œil par-dessus son épaule :

— Et bien! tu l'as trouvée la place! Pas n'importe où, cette offre!

— Comment ça?

— Salon André, c'est le plus grand salon de Rouen!

— C'est peut-être un peu trop chic pour moi… Il ne faut pas oublier que j'arrive de Luc-sur-mer… Ce n'était pas la grande classe!

— Tu verras bien. Allez, prépare-toi, on peut y aller dès maintenant. Je t'accompagne!

— D'accord, après tout, on va sûrement me faire faire un essai. Tu me serviras de modèle[22].

Le salon André était situé sur le quai de la Bourse, rive droite, le quartier le plus huppé de la ville. Marcelle avait mis son nouveau tailleur choisi par son fiancé ainsi que le chapeau qu'il lui avait offert. Elle devait reconnaître qu'il lui faisait oser des tenues qui la mettaient grandement à son avantage. Ils marchaient d'un même pas alerte et formaient réellement un beau couple. Plusieurs badauds se retournè-rent sur leur passage.

Quand ils arrivèrent sur le quai, Marcel aperçut le Salon… C'était grandiose! Il était bien loin du petit commerce de Luc-sur-mer. Il hésita même à entrer et Sissou dut l'entraîner. Monsieur Schoenmaker, le patron, l'accueillit :

— Alors, jeune homme, vous cherchez une place?

— Bien oui. Nous devons nous marier dans un peu plus d'un mois et c'est la raison pour laquelle j'ai quitté mon dernier emploi. Voici mes lettres de recommandation.

---

[22] Mannequin.

— Êtes-vous libre pour faire un essai demain en fin de journée?

— Oui, très bien, Monsieur. Ma fiancée peut me servir de modèle.

— Alors, je vous attendrai.

Le lendemain, ils se présentèrent tous les deux. Il devait exécuter un shampooing, une mise en plis à l'épingle[23], suivie d'un coup de peigne. Il fut assez satisfait de sa performance. Il faut dire que Marcelle savait mettre en valeur son travail. Monsieur André Schoenmaker avait-il été impressionné par cet essai, par le début de carrière de Marcel ou plutôt par l'allure de ce jeune couple très prometteur? Peu importe. Il reste qu'il engagea Marcel sur le champ.

— Tu te rends compte, Sissou, je vais être l'assistant personnel de ce grand coiffeur.

— Probablement parce qu'il s'est rendu compte que tu en étais capable!

— Pas sûr... il va peut-être déchanter quand il va me voir véritablement au travail.

— Tu feras pour le mieux et il va sûrement te guider!

— Ça, c'est sûr. Je vais avoir beaucoup à apprendre.

— La vie est belle, nous venons de régler un gros problème et en plus, le salaire n'est pas mal. Avec ma paye d'institutrice, on va démarrer confortablement!

Marcel fit son entrée au salon André le quatre octobre. Il comprit rapidement qu'il avait un fossé énorme de connaissances à combler. Son travail était celui d'une petite maison en comparaison de celui exécuté par les autres employés. Il ne se sentait absolument pas à la hauteur du standing du salon. Il observait son patron qui de son côté, ne demandait pas mieux que de lui enseigner. Le premier ouvrier lui apprit également beaucoup de trucs du métier.

Et depuis, j'ai toujours été bien coiffée! Ton père n'accepte pas que ta mère soit négligée, c'est normal, avec le Salon, mais il est tout aussi exigeant pour moi, encore à l'heure actuelle.

* * * * *

Durant l'été, Marcelle avait reçu sa première affectation comme institutrice. On lui octroyait une classe de garçons, finissants du

---

[23] À l'époque, chaque boucle était maintenue à l'aide de simples épingles à cheveux en forme de U. Une fois la tête entièrement bouclée, les cheveux étaient séchés sous un séchoir, puis coiffés. Si les boucles avaient été correctement montées, il suffisait de quelques coups de peigne pour voir apparaître de magnifiques crans.

primaire, dans un quartier particulièrement défavorisé. Les jeunes avaient entre treize et dix-sept ans, elle n'en avait que vingt. Plusieurs doublaient et triplaient leur niveau et la délinquance était très présente.

Elle releva courageusement le défi. Pour sa première année d'enseignement, elle se promit d'obtenir un taux de succès très élevé au certificat d'études primaires. Elle s'attela à la tâche avec détermination.

Elle avait peaufiné son programme durant l'été et arriva en classe très bien préparée, sachant parfaitement bien quels objectifs elle devait atteindre de mois en mois.

Elle prit rapidement conscience qu'il fallait qu'elle en impose à sa tribu dès le départ. Sa grandeur lui donna un coup de main. Elle portait des blouses de travail par-dessus ses vêtements, convaincue que ses toilettes pourraient être une source de distraction et ne se maquillait pas pour les mêmes raisons. Elle souhaitait qu'ils ne voient en elle qu'une enseignante et non pas une jeune fille dont ils auraient pu chahuter l'autorité. Toute sa personne, de son habillement à son port de tête, respirait la rigueur!

Dès le premier jour, elle accueillit ses élèves à l'entrée de sa classe et leur indiqua clairement ce qu'elle attendait d'eux. Elle savait qu'elle devait les soumettre. La voix était sèche et directe. Elle exigea qu'ils enlèvent leur béret et inclinent la tête en passant devant elle, un par un. Quelques-uns résistèrent et dès le deuxième jour, ils goûtèrent à sa médecine. Un coup de règle dans le béret faisait voler ce dernier à plusieurs mètres. L'élève n'avait d'autre choix que de s'incliner pour le ramasser.

Elle maintint cette discipline jusqu'aux vacances de Noël, sans jamais relâcher la pression, tout en donnant un enseignement de qualité. Les notes furent à la hauteur de ses efforts et elle obtint des félicitations de sa directrice. Si la tendance se maintenait, elle pouvait presque espérer un très bon pourcentage de réussites à l'examen final. Après seulement trois mois, c'était déjà un succès.

* * * * *

Le treize novembre, ce fut le mariage civil, à la Mairie de Rouen. René « faisait un train » et ne serait pas présent. Quant à Hélène, elle ne jugeait pas nécessaire d'y assister puisque le mariage religieux avait lieu seulement deux jours plus tard, soit le quinze.

— Maman, tu ne vas pas nous laisser tout seuls. Enfin, ça n'a pas de sens!

— Il y a encore une foule de détails à finaliser avant votre mariage, le vrai, et je serai beaucoup plus utile ici qu'à la mairie.

— Belle-maman, si vous ne venez pas, on n'y va pas, plaisanta Marcel.

Hélène commençait à être sous le charme de son futur gendre. Il était très gentil avec sa fille et juste pour ça, il méritait toute sa reconnaissance.

— Bon, bon, j'ai compris! Allez, je vais m'habiller un peu plus chic!

Ils partirent tous les trois pour la Mairie. Une employée les accueillit :

— C'est bien pour le mariage de Mademoiselle Marcelle Duhamel avec Monsieur Marcel Jouvet... Avez-vous le consentement paternel?

— Comment ça, le consentement paternel?

— Vous n'avez pas vingt-et-un ans, Mademoiselle...

— La belle affaire, je vais les avoir dans exactement quatre petits jours.

— Je suis désolée, la loi est la loi!

— Et le consentement maternel, ça peut aller? Mon père ne peut être rejoint, il conduit des trains et est à l'extérieur pour plusieurs jours.

— On peut l'accepter dans ces conditions.

— Et bien, Maman, une chance que tu es venue!

Le mariage fut finalement signé et ce fut exactement à ce moment que Mademoiselle Marcelle Duhamel changea de nom :

— Je suis maintenant Madame Marcel Jouvet. J'adore ce nom. Il est beaucoup plus original que Duhamel. En plus, il est célèbre! Je porte le même nom que l'acteur... Louis Jouvet! Mon petit Chou, embrasse donc la nouvelle Madame Jouvet!

Le soir, Hélène prépara un repas un peu plus élaboré pour souligner ce premier pas vers l'autonomie de sa petite fille. Bien sûr, les deux nouveaux mariés n'eurent pas le droit de partager le même lit. Le mariage civil ne comptait pas vraiment et il leur fallait attendre d'être passés à l'église.

Le quinze novembre arriva enfin. Le ciel était noir depuis la veille. On ne pouvait même pas parler de crachin normand, cette petite pluie fine qui peut tomber, inlassablement, pendant des semaines. C'était plutôt des trombes d'eau qui s'abattaient sur la ville. Pour certaines familles, il dégringolait des « hallebardes », pour d'autres des

« cordes ». Le résultat était le même, c'était un véritable déluge. Hélène tentait de réconforter sa fille :

— Console-toi, ma chérie, « mariage pluvieux, mariage heureux »!

— Tu peux ajouter « photos foutues ».

* * * * *

On avait emprunté des parapluies à plusieurs voisins, et toutes les personnes du cortège, y compris la mariée, montèrent les marches de l'église au pas de course. Par contre, sitôt les portes franchies, le décor était grandiose. Un tapis rouge semblait indiquer le chemin jusqu'aux deux fauteuils des futurs mariés, tout enrubannés. Dès l'entrée de Marcelle, l'orgue attaqua une pièce de Bach. Elle regarda son fiancé qui l'attendait près du chœur, posa sa main gantée sur le bras de son père et c'est d'un pas très solennel qu'ils remontèrent l'allée centrale. Ils étaient si beaux, si grands, le dos droit, le même port de tête, le même regard bleu dirigé vers l'autel. Comme ils se ressemblaient. Marcelle rejoignit son petit Chou et le trouva particulièrement élégant. La musique emplissait l'église, Monsieur Lenfant et la violoniste y mirent tout leur cœur. L'Ave Maria de Gounod, en particulier, tira les larmes de la moitié de l'assistance. C'est à ce moment que les mariés échangèrent les anneaux, deux alliances très sobres, en or jaune. C'est seulement après le baiser traditionnel qu'ils se détendirent un peu et c'est en souriant qu'ils regagnèrent la sortie. Les commentaires de la famille et des amis furent éloquents :

— Je n'ai jamais assisté à un mariage aussi beau. Que de fleurs!

— Et la musique, cet Ave Maria… Je l'avais déjà entendu chanter, mais au violon…! Ça vous prenait aux tripes!

— Quel beau couple, ils sont tellement élégants tous les deux!

— Moi, c'est Marcelle… Quel port de reine! On aurait juré qu'elle avait marché avec une traîne toute sa vie…

À la sortie de l'église, force leur fut de constater que la rage du ciel ne s'était pas calmée et l'eau cascadait des toitures jusque sur les marches du parvis. Le jardin des plantes était « noyé ». Aucune photo possible à l'extérieur. Le photographe emmena les jeunes mariés à son studio, c'était le mieux qu'il pouvait faire.

Par contre, la réception fut très réussie. Les deux familles étaient présentes, au grand complet. Les jeunes mariés avaient également invité leurs amis les plus intimes. Hélène trouva dommage que les siens soient si loin et se contenta de leur envoyer quelques clichés.

Les frais furent assumés en totalité par René. Quelques semaines auparavant, Il avait rencontré Auguste qui lui avait expliqué que ses revenus ne lui permettaient pas de faire une réception aussi élaborée. Il avait dû emprunter au moment de sa mobilisation à Colombelles et n'avait pas fini de rembourser. Hélène bougonna :

— Ils ne lui ont jamais rien donné, même pas un caleçon… alors tu penses… un mariage!

René ne voulait pas entrer dans ces considérations. Il estimait beaucoup Auguste et en même temps il tenait à ce que sa fille unique ait une fête exceptionnelle.

— Il a ses raisons. Ce n'est pas grave. Les enfants sont heureux, c'est l'essentiel.

* * * * *

Les jeunes mariés devaient faire leur voyage de noces à Paris, mais ne partiraient qu'aux vacances scolaires de Noël, soit près d'un mois plus tard. Ils passèrent donc leur première nuit, et les suivantes, dans la chambre de jeune fille de Marcelle qu'ils avaient réaménagée. C'était le point qui agaçait le plus René. Il se répétait que sa fille était mariée, que c'était normal, que c'était les règles de la vie… Il avait du mal à imaginer son bébé dans les bras d'un homme. En plus, elle vivrait ses premiers ébats amoureux juste à côté de lui, dans la chambre de l'autre côté du mur… C'était beaucoup lui demander. Il ne dormit pas de toute la nuit. Il imaginait le pire. Il se revoyait, jeune marié lui-même et superposait les images… C'était insupportable!

Pourtant, la réalité était bien autre. Marcel était parfaitement conscient que sa jeune femme était toute innocence et tenait à ce que ces premières heures deviennent un souvenir inoubliable de tendresse et de douceur. Il la prit dans ses bras, la caressa longtemps, mais ne la déflora pas. Il se disait qu'ils auraient beaucoup d'autres nuits pour se découvrir et que rien ne pressait. Et puis, c'est vrai que la présence du beau-père à quelques mètres n'avait rien de bien inspirant. La journée avait été longue et éprouvante en émotions diverses. Ils s'endormirent dans les bras l'un de l'autre d'un bon sommeil réparateur.

Le lendemain matin, René qui n'avait pas fermé l'œil se leva à l'aube et arpentait son jardin d'un pas nerveux, voire exaspéré. La tension montait au fur et à mesure que les heures passaient… sept heures, huit heures… À neuf heures, il n'y tint plus. Il monta à l'étage et cogna à la porte des nouveaux mariés.

— Hé, les jeunes, vous n'avez pas l'intention de passer la journée au lit?

Marcel n'en revenait pas. L'heure était loin d'être indécente! Il n'était quand même pas midi et c'était leur première nuit! L'avenir s'annonçait mal!

Ils se levèrent et René fut rassuré de voir la mine réjouie et reposée de sa petite fille.

— Papa, tu aurais pu nous laisser tranquilles, on dormait comme deux bébés! Mais bon, hier soir, j'étais morte! On a tellement dansé! J'ai très bien récupéré!

René n'arrivait pas bien à décoder ce que sa fille lui racontait... Dormir... une nuit de noces... Enfin, elle semblait très heureuse, c'était l'essentiel.

Chapitre 4

Tous les Français n'étaient pas d'accord avec la signature de l'armistice de 1940 entre les Allemands et Pétain et la résistance commença à s'implanter dès le début de la guerre. Au début, mal organisée, elle agissait surtout en actes ponctuels, puis les réseaux se structurèrent et cherchèrent, par tous les moyens, à déstabiliser l'armée allemande, entre autres, en perturbant ou empêchant leurs déplacements. Les trains français, très souvent réquisitionnés par l'ennemi pour faire du transport d'armes ou de troupes, étaient devenus d'excellentes cibles pour les résistants. Ils plaçaient des bombes sur les voies ferrées et faisaient sauter ces convois.

Pour les ouvriers du rail, le risque était donc omniprésent. Pourtant, René restait serein, sûr de lui. Il ne résistait pas ouvertement et comme bien des Français, il ne fit pas partie de réseaux, mais il faisait sa petite part, à sa façon.

Une journée, il devait accompagner un train en direction de Paris. Il savait que ce train transportait des troupes allemandes et surtout un des chefs nazis, Herman Göring. Ce dernier était sous haute protection bien sûr. Dans ces cas précis, le rôle de René était la surveillance de l'équipe roulante. Pour les Allemands, c'était lui le supérieur et si quelque chose allait de travers, il devenait forcément le coupable.

Il connaissait bien le mécanicien, mais pas le jeune chauffeur. Peu avant le départ, un soldat allemand, arme à la main, grimpa à bord de la locomotive et aboya :

— Faites marcher le train!

René se tourna vers le mécanicien, l'air goguenard :

— T'as entendu Monsieur? Vas-y Leboeuf!

— Oui chef!

René surveilla d'un œil distrait le travail du chauffeur qui avait bien chargé son feu. Le train démarra lentement et prit rapidement une bonne vitesse. À intervalles assez réguliers, le chauffeur lançait des pelletées de charbon au fond du foyer. Tout se déroula normalement jusqu'aux Andelys. Puis, René sentit que la locomotive perdait un peu de sa puissance et semblait ralentir. C'était imperceptible, mais il connaissait bien le ronron habituel de la machine…Il jeta un regard interrogateur au chauffeur. Ce dernier le fixa dans les yeux avec un peu trop d'insistance. René comprit et ne broncha pas. Il tourna la tête vers le mécanicien qui, à son tour, lui lança un regard qui en disait long. Quant au soldat, il avait le nez au vent et laissait défiler le paysage sans se préoccuper des trois hommes.

Le train atteignit l'entrée du tunnel de Rolleboise en petite vitesse. Un kilomètre plus loin, la pression chuta. Le train émergea lentement à la lumière, encore sur sa lancée, mais l'énergie n'y était plus.

L'Allemand réagit immédiatement. Il pointa son revolver sur René :

— Que se passe-t-il? *Fous* faites marcher ce train!

— Oui, oui, tout de suite… mais le feu est tombé… Ça va être long!

— Non, pas long, *schnell, fous* faites *fite*, allez!

— Vous énervez pas! C'est la guerre et le charbon n'est pas bon! Il brûle mal!

L'Allemand s'emballa et le revolver se fit plus menaçant :

— J'ai dit « Marchez »!

René se tourna vers le chauffeur :

— T'as compris le jeune, charge! Le Monsieur est pas content qu'on soit arrêté.

— Oui chef, je charge, je charge… faut toujours bien le temps de le relancer, ce sacré feu!

René essaya de calmer l'homme en montrant de la bonne volonté :

— Excusez-nous Monsieur, c'est un jeune, y sait pas encore faire! J'vais lui donner un coup de main.

— C'est ça! *Fous* aidez!

René empoigna la pelle et enfourna quelques grosses pelletées de charbon… enfin… essentiellement du poussier, cette poussière qui a tendance à étouffer le feu plutôt qu'à l'attiser. Le train finit par repartir, et l'Allemand baissa son arme. Mais le retard fut appréciable. Les gars, bien contents de leur coup, fêtèrent l'événement par une bonne rasade à la buvette de la gare St-Lazare, à Paris.

C'était la première fois que René avait dû opérer sous la menace d'une arme, mais ce ne fut pas la dernière. En tant que chef mécanicien, il était responsable de la bonne marche des trains et fut, à plusieurs reprises, pris en otage par l'ennemi.

Et moi, je dormais tranquille!... Tu te rends compte que j'aurais pu me retrouver veuve du jour au lendemain. Avec ces saloperies d'Allemands, on pouvait jamais savoir!

* * * * *

Le début de l'année 1942 se passa sans encombre dans l'ouest de la France. En Normandie, la vie était relativement calme malgré l'occupation allemande et les tickets de rationnement, malgré la milice française souvent plus dure que l'ennemi lui-même. Par contre, les Allemands continuaient d'avancer dans l'Est et en Afrique. Presque toute l'Europe était occupée.

Dès les premières offensives allemandes, De Gaulle avait montré sa volonté de poursuivre le combat face à l'ennemi et se montra farouchement opposé à la « capitulation » de Pétain. C'est de l'Angleterre qu'il avait fait son premier discours le dix-sept juin 1940, sur les ondes de la BBC pour inciter les Français à ne pas baisser les bras et à résister à l'envahisseur. Très régulièrement, des communiqués étaient diffusés sur ces ondes et ceux qui avaient des postes de radio pouvaient en prendre connaissance. On y entendait également des messages codés à l'intention des résistants.

Les postes de radio furent bientôt réquisitionnés, les ennemis ne souhaitant pas que les Français reçoivent de nouvelles. René, comme tant d'autres, résista à sa façon :

— Qu'est-ce que tu fabriques, Papa?

— Je redonne un petit air de jeunesse à ce vieux machin. Ils veulent qu'on porte les postes de TSF à la mairie, ils vont en avoir un! Ils n'y verront que du feu.

— On va garder le nouveau?

— Bien oui, c't'affaire! On va le cacher dans le buffet et comme ça, je pourrai écouter les informations. Mais attention, les jeunes, surtout pas de volume trop fort. On ne sait jamais... les voisins, c'est parfois pire que les Schleus[24] eux-mêmes!

Alors, tu sais, quand on entendait « Vé vé vé vé.... Vé vé vé vé », comment on se collait tous l'oreille sur le poste!!

* * * * *

---

[24] Autre surnom péjoratif pour Allemands.

Pour augmenter ses revenus, Auguste avait grossi son élevage de lapins. Il en eut jusqu'à trente-sept. Il fallait bien les nourrir. Chaque jour, il partait sur les routes de campagne, en quête de fourrage frais. Il parcourait plusieurs kilomètres, tirant sa remorque, allant jusqu'à Vimont, à quelque vingt kilomètres de Caen.

Un bon matin, il apprit par un voisin que sa maisonnette de Ouistreham avait été démolie par les Allemands. La raison? Ces petites constructions en bordure de plage les empêchaient de voir la mer…

—Ces fumiers de Boches! Ils ont tous les droits et ne respectent rien! J'espère qu'un jour on va pouvoir les foutre dehors à grands coups de pied dans le cul!

* * * * *

Marcel se plaisait de plus en plus au Salon André. Il faisait sa place doucement et commençait à acquérir une clientèle. Il lui arriva même de coiffer des femmes d'officiers allemands. Parmi les clientes figuraient également des patronnes de maisons closes, encore à la mode dans les années 40. Elles étaient très bien nanties et leurs mains couvertes de bijoux de grande valeur pouvaient en témoigner. Elles avaient le pourboire très généreux, surtout en tickets de ravitaillement. De fait, pendant cette période de grande restriction, les tickets représentaient une monnaie non négligeable.

Quant à Sissou, la crainte de ses élèves n'avait d'égal que l'admiration de ses supérieurs. Elle s'entendait très bien avec sa directrice et ses premières notes d'inspection furent excellentes.

* * * * *

Depuis le premier trimestre 1942, les activités alliées étaient devenues beaucoup plus intenses dans l'ouest de la France. Du deux au quatre mars, l'usine Renault de Boulogne-Billancourt, près de Paris, était tombée sous les bombardements. Il y avait eu de nombreuses victimes parmi les ouvriers français, mais en même temps, cette entreprise arrêta ainsi de travailler pour l'ennemi.

Ce fut le début d'attaques systématiques alliées sur les côtes de l'Ouest et sur toutes les villes industrialisées, donc sur tout ce qui pouvait être utile aux Allemands.

À Rouen, les alertes commencèrent à se multiplier et les Français tentaient de se protéger comme ils le pouvaient, essayant d'être inventifs. Il y avait une usine de cartonnage juste en face de la maison des Duhamel. René, avec l'aide de plusieurs voisins, construisit un abri en prévision des bombardements possibles. Les hommes avaient tout d'abord creusé dans le sol une immense tranchée qui pouvait abriter environ quinze à dix-huit personnes. L'usine leur avait fourni des balles de carton ondulé qu'ils avaient empilées par-dessus, sur une hauteur de quatre mètres, tout en laissant libres deux accès. Des bancs complétaient l'aménagement.

Le dix-sept août, un vrombissement se fit entendre et un escadron de douze B17, avions-forteresses américains, apparut dans le ciel de la rive gauche de Rouen, au-dessus de Sotteville-lès-Rouen. La cible? La gare de triage. La technique américaine s'avéra très efficace pour protéger… les pilotes. En volant très haut, ils échappèrent au tir de défense allemande, mais ratèrent leurs cibles dans quarante pour cent des cas, sans éviter, bien sûr, les malheureux civils. Ce fut un carnage. « *Les Rouennais ont semblé être, l'espace d'une journée, des lapins dans un champ de tir* », en dira Tim Larribau dans un article.

Ce jour-là, Marcel était au travail, rive-droite, Sissou à l'école, René aux Chemins de fer, à l'extérieur. Seule Hélène resta au cœur des hostilités, puisque la rue Marquis se trouvait près de la limite de Sotteville. Des vitres volèrent en éclat sous la force des déflagrations. Elle eut peur et courut se réfugier dans l'abri. Des femmes et des enfants pleuraient en se serrant les uns contre les autres, recroquevillés sur eux-mêmes. Un jeune homme s'accrocha à elle en criant. Elle détesta cette promiscuité et décida alors qu'elle préférait finalement rester chez elle et qu'on verrait bien. Si elle devait mourir, et bien, ce serait son destin.

Ils entendirent les avions repartir. En sortant de l'abri après un temps qui lui avait semblé épouvantablement long, Hélène avisa un malheureux chiot terrorisé, tremblant et très sale.

— Est-ce que quelqu'un sait à qui est ce chien?

— Il traîne depuis quelques jours dans l'usine et semble abandonné, répondit une ouvrière, je lui ai donné un peu de pain hier.

Hélène ramassa le pauvre animal. Il se colla contre elle et la remercia d'un grand coup de langue. Elle fut séduite tout en ayant quelques craintes. Que dirait Marcel? Bizarrement, elle n'avait pas peur des réactions de son mari, ni de sa fille, mais plutôt de son gendre. Il n'avait pas des petits goûts et ce chien n'avait rien d'un chien de race. Avec beaucoup d'imagination, on pouvait lui trouver un vague air de fox-terrier. De plus, il était couvert de cambouis et avait vraiment triste mine.

Elle prépara un bain tiède et lava le petit chien qui n'avait pas plus de deux ou trois mois. Il s'avéra nettement plus beau qu'au premier abord. Il était blanc, quatre larges taches brunes agrémentant son dos et une jolie tête très fine, aux yeux vifs et intelligents. Sa queue revenait en une courbe gracieuse sur son dos.

— Comment on pourrait t'appeler? Youki, ça te va?

Le chien regarda Hélène intensément en penchant sa tête de côté d'un air intéressé.

— D'accord, alors ce sera Youki! Et je vais te mettre un beau ruban rouge au cou. C'est qu'il est dur à gagner, Marcel. Il va falloir que tu le séduises!

Hélène avait raison. Quand son gendre arriva, la réaction fut instantanée :

— C'est à qui, ce bâtard?

— À nous! Il est très gentil et je l'ai appelé Youki. Le pauvre était abandonné dans l'usine, en face.

— J'espère au moins qu'il est intelligent… parce qu'en fait de beauté…

Marcel prit un morceau de sucre, le fit sentir à Youki, et lui fit faire le beau. Le chien comprit le message et s'exécuta immédiatement. Marcel fut conquis. Par après, il apprit une foule de tours à son nouvel ami. Youki s'avéra exceptionnellement intelligent et aurait pu facilement devenir chien de cirque. Il devint tout naturellement un nouveau membre de la famille.

*   *   *   *   *

Les deux Marcel*le* étaient plus amoureux que jamais. Mais la promiscuité avec les parents de Sissou n'était pas idéale. Pour leur plus grand malheur, les trois appartements sur lesquels ils misaient pour établir leur couple avaient été bombardés lors du raid sur Sotteville. Il n'en restait rien. Pour Hélène et René, les choses allaient de soi :

— Restez ici, vous avez un toit sur la tête et avec la guerre, c'est mieux de se serrer les coudes.

Les jeunes acceptèrent la proposition, faute de mieux. Ils avaient discuté de la possibilité d'avoir des enfants, mais Marcelle avait été claire.

— Je veux bien en avoir si tu y tiens…

— Bien sûr que j'y tiens!

— Mon Chou, tu en veux certainement plus que moi. Personnellement, je pourrais faire ma vie sans enfant, mais ce qui est certain, c'est que je n'en veux pas pendant la guerre. J'ai les nerfs à fleur de peau en permanence, je panique à chaque alerte et chaque déflagration me fait sursauter. J'aurais peur de mettre au monde un enfant hypernerveux. Je vois aussi ces mères serrant de tout petits bébés contre elle, tremblantes à l'idée qu'il leur arrive quelque chose. Je ne me sens pas le droit de mettre des enfants au monde dans ces conditions. J'aurais l'impression d'être irresponsable.

— Je te trouve un peu drastique, mais je te comprends et je respecterai ça. La guerre ne durera pas éternellement…

Les moyens de contraception n'étaient pas de la plus grande efficacité à cette époque et le choix assez restreint : il y avait les préservatifs et la pratique du coït interrompu. Le couple opta pour ce dernier moyen et la méthode sembla efficace jusqu'au jour où Marcel, plus emballé ou plus amoureux qu'à l'accoutumée, se laissa emporter… et s'oublia. Sissou sauta du lit, soudainement hystérique. Elle se lava frénétiquement, comme elle le pouvait, très en colère :

— Chou, je te faisais confiance… Mon Dieu, pourvu que je ne sois pas enceinte! Je t'en voudrais tant!

— Je suis désolé, excuse-moi! Mais, après tout, ce n'est quand même pas une catastrophe! Je ne pensais pas que tu le prendrais aussi mal.

— Oui, très mal! Et ne recommence jamais! On a pris une entente et on va s'y tenir!

Marcelle se détendit quand, quelques jours plus tard, ses menstruations arrivèrent comme prévu. Tout rentrait donc dans l'ordre. Elle avait eu une vraie frousse et espérait bien ne jamais revivre ça.

* * * * *

Il ne faut pas oublier que Rouen était sous occupation allemande. La population côtoyait les envahisseurs au quotidien. Un régiment s'était installé un peu plus loin rue Marquis dans un ancien entrepôt. Tous les matins, les Duhamel voyaient passer les soldats en rangs serrés, le pas cadencé, toujours impeccablement vêtus, les bottes cirées. Au début, les habitants furent intimidés, mais les semaines et les mois passant, l'habitude fut prise. Tout simplement, on leur laissait la place, on évitait d'être sur leur chemin.

Un certain jeudi, Hélène rapporta une histoire d'horreur entendue à l'épicerie : des résistants avaient fait sauter une réserve de munitions allemandes et une rafle s'en était suivie. Le fils d'un de leurs

258

voisins avait été emmené pour une destination inconnue. Une semaine plus tard, nul ne savait où il se trouvait. En fait, on ne le revit jamais…

Une autre fois, Marcelle devait traverser un carrefour. Un Allemand y faisait la circulation, installé en plein milieu. Le trafic étant dense, elle fit la première moitié de l'intersection et s'arrêta juste à côté du soldat. Il arrêta les voitures d'un côté et se retourna en écartant les bras pour indiquer le passage des véhicules dans l'autre sens. Le geste fut brusque et rapide et la main du soldat arriva violemment sur le visage de la jeune femme. La gifle avait-elle été volontaire? Il reste qu'il n'éprouva aucunement le besoin de s'excuser… et Marcelle ravala sa frustration, évitant de relever le manque d'éducation évident. Tous avaient peur d'eux et toléraient des comportements jugés parfaitement inacceptables en d'autres temps.

Un certain dimanche matin, Hélène alla frapper à la porte de sa voisine, Madame Gacoin. Elle voulait lui proposer un surplus de pommes de terre de son jardin. Bien lui en prit! En entrant dans la cuisine, elle vit la table mise et une petite bouteille devant chaque place. Aucune bonne odeur de soupe ou de pot-au-feu sur la cuisinière! Elle comprit qu'ils n'auraient pour tout repas que ces petits contenants de vitamines. Hélène inscrivit Les Gacoin sur la liste de leurs connaissances à aider.

De fait, les Duhamel-Jouvet ne manquèrent jamais de rien. D'un côté, les parents assuraient le ravitaillement en nourriture, René, par le biais de ses copains, les fermiers, et de son potager, Hélène en s'occupant des poules et des lapins. De l'autre, Marcel contribuait à l'achat des vêtements par un apport presque quotidien de nouveaux tickets donnés en pourboires. Conscients qu'ils étaient privilégiés, ils aidaient plusieurs de leurs amis et parents.

* * * * *

Les Allemands commençaient à redouter un débarquement allié à partir de l'Angleterre et envahissaient les côtes normandes. Les familles françaises installées dans les villes tout le long de la Manche souhaitaient mettre leurs enfants à l'abri et un système de camps fut mis sur pied par l'Éducation nationale. Les enfants arrivaient dans ces camps où ils étaient triés et envoyés soit dans de grandes propriétés ou des châteaux à l'intérieur du pays, zone moins exposée aux hostilités de l'ennemi. C'est ainsi que Marcelle fut affectée au camp Tous-Vents[25], à

---

[25] Après avoir effectué de nombreuses recherches sur internet et auprès de Rouennais, j'ai dû m'avouer vaincue. Je n'ai trouvé aucune inscription à ce nom et je livre ici la seule information

Rouen. Chaque mercredi, une cinquantaine d'enfants arrivaient des régions côtières et leur départ s'échelonnait tout le reste de la semaine. Un groupe d'une dizaine d'enfants restait cependant à demeure.

La nuit, Marcelle devait rester sur place, seule, et un petit lit aux ressorts très fatigués fut dressé pour elle dans l'infirmerie. C'était une pièce dénudée, aux murs blanchis à la chaux. Une lampe pendait au bout de son fil en plein milieu du plafond et restait allumée en permanence.

Mais Marcelle ne connaissait rien aux enfants et ne se sentait pas la fibre maternelle très développée. De plus, elle avait le sommeil lourd et ce n'est certes pas le pleur d'un petit qui l'aurait fait émerger des bras de Morphée. Par ailleurs, en cas d'alerte, le seul sifflement des sirènes la rendait hystérique. Comment aurait-elle pu rassurer une cinquantaine de gamins?

Elle supplia son directeur qui finit par comprendre que le bon sens devait l'emporter sur les règlements et toléra la présence de son mari. Marcel vint donc la rejoindre chaque soir. C'est lui, tout compte fait, qui s'occupa des petits. Les plus jeunes pouvaient n'avoir que deux ou trois ans, tandis que les aînés en avaient rarement plus de quatorze. Les uns s'ennuyaient de leur famille, pleuraient et avaient besoin d'être consolés, d'autres déclenchaient de gigantesques chahuts et devaient être disciplinés. Certains faisaient encore pipi au lit et devaient être levés en pleine nuit.

Les deux amoureux arrivaient à dormir, tant bien que mal, sur le petit lit de camp mis à leur disposition. Marcel trouva même que sa jeune femme était beaucoup plus détendue et leurs relations amoureuses plus spontanées que dans la chambre de la rue Marquis, alors qu'ils dormaient à quelques pas de René. Ils en oubliaient les murs froids, la petite loupiote toujours allumée au plafond et les ressorts grinçants. Cette minable infirmerie devint leur petit nid d'amour.

---

donnée par ma mère.

Chapitre 5

Les Allemands créèrent le Service du Travail Obligatoire (STO), au début de l'année 1943. Ils recrutaient de jeunes Français pour réaliser de grandes constructions, soit en Allemagne, soit en France. Cette façon de procéder présentait, pour l'ennemi, deux avantages : les Français recrutés allaient être sous leurs ordres et feraient avancer leurs travaux. De plus, embrigadés dans le STO, ils ne pourraient prendre les armes aux côtés des combattants ou des résistants. Marcel fut convoqué et recensé au centre d'accueil du STO, rue Poisson, le vingt-quatre février 1943. Il dit au revoir à Monsieur Schoenmaker qui se montra bien désolé de perdre son ouvrier. Ils se souhaitèrent mutuellement une fin de guerre aussi rapide que possible.

Dans un premier temps, les Allemands l'affectèrent sur Rouen où il devait faire de la surveillance des voies ferrées, en compagnie d'une vingtaine d'autres jeunes. Les Français ainsi recrutés étaient dans une vilaine position : ils travaillaient au service des ennemis tout en souhaitant leur nuire. Par contre, s'ils laissaient des résistants faire sauter les voies, les sanctions se retournaient automatiquement contre eux et pouvaient être terribles ou même fatales. Marcel s'acquitta de sa tâche en priant le ciel de ne pas avoir à intervenir contre ses compatriotes. Il sympathisa avec trois des gars, Michel Lecoq, Gérard Angot et Robert Houville et les quatre copains devinrent inséparables.

Après trois semaines, ils furent convoqués à nouveau rue Poisson et apprirent qu'ils devaient partir pour Brest, tout au bout de la Bretagne. Ils participeraient aux grands travaux du mur de l'Atlantique commandés par Hitler et qui consistaient à construire une succession de douze mille blockhaus[26] tout le long des côtes de la Manche.

*   *   *   *   *

---

[26] Un blockhaus est une construction en béton armé pouvant abriter des hommes et leurs armes. Certains murs de ces constructions avaient plusieurs mètres d'épaisseur. Ils sont d'une telle solidité et leur destruction nécessiterait une telle charge d'explosifs qu'il en subsiste encore plusieurs sur les plages normandes.

Le six mai, on leur fournit un Ausweis[27], et les quatre compères prirent le train pour Brest. Dans le cas de Marcel, il apprit plus tard qu'il avait eu beaucoup de chance. Il ne sut jamais par quel biais son nom avait été transféré de la liste pour l'Allemagne à celle pour Brest. Des bruits coururent voulant que son patron, André Schoenmaker serait intervenu d'une quelconque façon. Tous les gars des classes 41 et 42 partaient automatiquement pour l'Allemagne, tandis que ceux de la classe 40 dépendaient un peu des gratte-papier qui classaient leur dossier.

Partir pour le STO n'était pas une partie de plaisir, mais tous se consolaient du fait qu'ils restaient en France. Le voyage aurait pu être triste. Ce ne fut pas le cas. Dès le départ, l'humour fut au rendez-vous. Gérard Angot arriva à la gare en complet-cravate, croulant sous les valises. Les autres se moquèrent de lui :

— Tu vas à la noce, le Gérard?

— Ben quoi, qu'est-ce que j'ai de travers?

— Pour ta gouverne, on va dans un camp de travail, pas au bal.

— Qué cé qu'cha peut-y vous faire? Tu t'moques d'ma goule, l'bavacheux? Pi tei aussi, l'grand fallu?[28] C'est mieux qu'être fagoté.

Gérard s'avéra un bouffon extraordinaire qui n'avait pas son pareil pour imiter le patois normand. La réplique lui fut donnée par Jean Lamailière qui arrivait du Havre et regagnait Brest lui aussi. Il faisait partie du STO depuis déjà plusieurs mois et avait eu une permission pour rejoindre sa femme qui venait d'accoucher. Ce ne furent que bonnes blagues et fous rires jusqu'à destination. Dès leur descente du train, à Brest, ils perçurent une très forte odeur de soufre qui les prit à la gorge et leur irrita les yeux. On les fit monter dans des cars, jusqu'au camp où des soldats avec arme au poing les attendaient. On les orienta tout d'abord vers des vestiaires :

— Déshabillez-vous et mettez vos vêtements sur ces cintres.

Tous les gars s'exécutèrent sans rouspéter. Les mitraillettes pointées sur eux étaient très convaincantes. Ils quittèrent le vestiaire pour passer dans une grande salle de douches d'environ dix mètres sur cinq. Un tuyau serpentait sur le plafond. « *On t'arrosait, tu te lavais, on te rinçait... comme les voitures!* », commentera Marcel plus tard. À la sortie, on leur remit leurs vêtements qui avaient dû être désinfectés et passés à l'autoclave. Tous les costumes et chandails en lainage avaient rapetissé de plus de la moitié, les boucles de ceinture étaient brûlantes et le cuir

---

[27] Laissez-passer.

[28] Patois normand : Qu'est-ce que ça peut vous faire? Tu te moques de moi, le grand bavard? Et toi aussi le grand benêt. C'est mieux que d'être mal habillé.

complètement ratatiné. Pourquoi cette désinfection? Probablement plus une humiliation qu'autre chose puisqu'on les somma de revêtir les bleus de travail distribués, comprenant pantalons et vestes de gros coton. Des galoches à semelles de bois complétaient leur uniforme. La seule consolation pour Marcel : ils étaient tous à la même enseigne et la mode n'avait pas vraiment franchi les fils de fer barbelés qui les entouraient.

La première nuit, ils dormirent sur des clayettes, dans des salles de douches surchauffées. Ils réussirent à rester regroupés et le lendemain, Michel Lecoq, Gérard Angot, Robert Houville, Jean Lamailière et Marcel se retrouvèrent dans le même baraquement. Ils s'y installèrent comme ils le purent, les seules pièces de mobilier étant des bat-flancs garnis de paille, en guise de lit.

Ils firent connaissance également avec les toilettes du camp, un fossé étroit de plusieurs mètres de long. De chaque côté, longeant ce fossé, un rondin de bois sur lequel les gars pouvaient s'asseoir et un autre rondin en guise de dossier! Autrement dit, les hommes étaient assis en rangs d'oignons, dos-à-dos ou plutôt, fesses à fesses! Marcel se dit qu'il ne pourrait jamais s'exécuter dans ces conditions… Mais les besoins élémentaires étant ce qu'ils sont, après quelque vingt-quatre heures, la gêne diminua pour disparaître après plusieurs jours.

* * * * *

En fait, le STO dépendait de l'organisation allemande Todt, responsable de la réalisation d'un grand nombre de projets de construction, dans les domaines civil et militaire, tant en Allemagne que dans les pays d'Europe occupés par les nazis. Cette organisation avait réquisitionné des entreprises françaises, en l'occurrence Campement Bernard, employeur de nos lascars, Marcel et compagnie.

Le matin, des cars ramassaient les ouvriers aux environs de six heures quinze pour commencer le travail à sept heures et les reprenaient le soir à dix-neuf heures. Le midi, ils mangeaient à la cantine, une cuisine infecte accompagnée du *pain-caca*[29]. Ils furent assignés au terrassement. Évidemment, le rôle des ouvriers français n'était pas de faire de la performance pour les Allemands. Ils mirent tout leur art et toute leur énergie à ralentir les travaux de toutes les façons possibles. On vissait un boulon consciencieusement et aussi lentement que possible, pendant que la sentinelle allemande surveillait

---

[29] C'est un pain allemand donné aux prisonniers. En fait il faut lire pain k.k. (kaiserlich und königlich).

et dès qu'elle avait le dos tourné, on dévissait à toute allure. Le même boulon pouvait être vissé et dévissé plusieurs fois. Il ne fallait pas se faire prendre, la menace d'être déporté en Allemagne restant très sérieuse!

Jean avait obtenu le boulot idéal : pas de pioche ni de pelle! Il conduisait un tracteur à travers les galeries des mines creusées dans le sous-sol de Brest. Son travail consistait à accrocher des petites bennes bien remplies derrière son tracteur et à les conduire à un endroit désigné. Il raccrochait alors des bennes vides et revenait à son point de départ. La beauté de son travail résidait dans le fait qu'il n'avait même pas besoin de descendre du tracteur pour accrocher ses bennes. Le suiveur qui l'accompagnait était chargé du travail.

Quant aux autres, dont Marcel, ils devaient pelleter des cailloux pour remblayer un vallon. Il s'agissait de remplir des wagonnets. Une fois ceux-ci bien chargés, il fallait les pousser sur des rails pour les décharger plus loin. Les voies dominaient un ravin. Quand les gars étaient fatigués et en avaient marre, un petit bout de bois glissé sous une roue suffisait à faire dérailler le wagonnet. Le reste de la journée était alors consacré à sa remontée.

Ah c'est pas pour dire! Il y avait du rendement!!!

* * * * *

Les gars étaient tous des fils d'ouvriers, le milieu était donc assez homogène. Par contre, ils avaient des caractères bien différents. Jean Lamailière, boucher de son métier, était le plus âgé du groupe et aussi le plus raisonnable. Étant marié et déjà papa, il était respecté. Pourtant, il était de ceux qui mettaient le plus d'ambiance dans la chambrée.

Il avisa un arabe qui faisait du ménage dans le baraquement voisin, à l'aide d'un vieux balai. C'était un objet unique dans tout le camp! Il réussit à le lui dérober et le cacha dans la paille de son lit.

L'arabe entra dans leur cabane en hurlant :

— Ji t'ai vu, c'est toi qui a pris mon balai!

Jean se mit à imiter le gars en gesticulant avec ses mains :

— Comment? moi, mon z'ami, ji prendrais li balai de mon frère? Ji ti l'i dit, ji l'i pas vu!

Évidemment, tous les gars étaient écroulés de rire et le malheureux arabe dut repartir bredouille. Ce n'était pas très gentil, mais

264

ils avaient gagné un balai et dans les circonstances, tout ce qui était rare devenait précieux.

* * * * *

La vie au camp s'organisa. Après quelques semaines, les gars furent relogés dans de grands immeubles qui avaient été évacués, dans Brest. Ils avaient leur chambre au quatrième et dernier étage, sous les combles. Dès que le soleil se montrait, l'air y était irrespirable. Pour toute aération, une fenêtre mansardée d'un côté et un vasistas de l'autre qui donnait directement sur le toit. Toute l'installation était plus que rudimentaire, mais ils étaient jeunes et s'accommodaient assez bien de ce minimum.

Ils gagnèrent en confort par rapport au baraquement. Il y avait une vraie toilette... au rez-de-chaussée. Tous convinrent que c'était un peu loin, surtout la nuit, pour un simple pipi... Une boîte de conserve fit l'affaire. Il suffisait de la vider sur le toit! La gouttière se chargerait bien du nettoyage, à condition qu'il pleuve abondamment, ce qui ne fut malheureusement pas le cas en ce printemps 43...

Le soir, les gars se retrouvaient dans leur chambrée et passaient le temps comme ils le pouvaient. Tout était sujet à rigolades et divertissements après les longues heures de travail.

Il y eut Charlotte, une ravissante petite souris grise qui devint leur copine. Dès qu'il faisait sombre, Charlotte apparaissait et les gars la suivaient avec une lampe de poche. Ils la nourrissaient et elle sembla apprécier leur compagnie, revenant soir après soir.

Toute la semaine, ils prenaient leurs repas au camp. Par contre, le dimanche, jour de repos, ils s'offraient le luxe d'une bonne bouffe. Ils étaient considérés comme des travailleurs de force et avaient donc la chance d'avoir plus de tickets. Jean, le boucher, fut chargé de rapporter la viande. La popote se faisait à tour de rôle, même en l'absence d'une cuisine digne de ce nom. Ils réussirent à faire mijoter un ragoût de bœuf... sur une lampe à pétrole! Gérard fut désigné volontaire pour les desserts qu'il se procurait chez Touz, un bon pâtissier de Brest.

À un moment donné, Marcel réussit à avoir des tickets pour deux bouteilles de rhum. Il les enferma dans sa cantine[30]. Les autres protestèrent :

— Marcel, t'es pas chic, paye nous un coup!

Marcel détestait le désordre et tenait enfin le bon bout du bâton :

— Commencez par ranger, surtout toi, le Gérard, c'est le foutoir tout autour de ton lit. C'est bien beau d'avoir trois valises, mais

---

[30] Malle en métal généralement utilisée par les militaires.

encore faudrait-il que tu mettes tes affaires dedans... Pas par terre...T'auras une rasade quand ce sera propre!

Environ deux mois plus tard, Marcel et Jean quittèrent le groupe. Ils avaient trouvé une petite maison à louer, par l'entremise de Lucienne, une nièce de la tante Madeleine qui habitait Brest. Ce n'était pas assez grand pour accueillir tout le groupe, mais par contre, ils gagnaient une cuisine bien installée. Ils purent donc se faire à manger convenablement tous les soirs et invitaient les copains. Ils mettaient leurs tickets en commun et en plus, Lucienne leur procurait des crustacés, des fraises de Plougastel, etc. Bref, ils ne manquaient de rien.

* * * * *

Début mai, Jean quittait le STO. Plus âgé que les autres de cinq ans, il avait fait son temps. Marcel obtint une permission et ils allaient faire route commune pour une bonne part du voyage. Ils allèrent donc ensemble acheter leurs billets de chemins de fer :

— Messieurs, laissez-moi vous faire une suggestion, leur dit l'employé préposé au guichet, il y a beaucoup de gars qui ont obtenu des congés et les places de seconde vont être très rares... Il se pourrait bien que vous soyez obligés de voyager dans le soufflet[31]. À votre place, je prendrais des « premières ».

— Ouais... mais ça va être cher, commenta Jean.

— Bof, tant pis. Au moins, on sera assis, précisa Marcel.

Le préposé renchérit :

— Je vais dire comme Monsieur, un supplément, ça vaut la peine pour ne pas faire tout le trajet debout... et dans un soufflet en plus! Ce n'est pas le confort!

La décision se prit finalement et ils achetèrent des billets de première classe. Les quais étaient noirs de monde et le train bondé! Finalement, ils eurent le plaisir de faire le trajet en première classe certes... mais malgré tout, faute de place, dans le soufflet!!! Jean fulmina tout le long du voyage et aurait aimé pouvoir dire sa façon de penser à ce foutu employé de si bon conseil!

Marcel passa trois petits jours à Rouen et repartit pour Brest.

* * * * *

---

[31] Couloir flexible de communication entre deux wagons de voyageurs.

266

Pendant ce temps, Marcelle s'occupait toujours du camp Tous-Vents. À la fin du mois de mai 43, elle reçut la visite d'un groupe de jeunes gens recrutés par le STO et qui étaient en congé sur Rouen :

— Ça sent le roussi à Brest, Madame Jouvet! Il y a des rafles régulièrement. Les Boches prennent des gars du STO qui sont sur place depuis quelques mois et les envoient en Allemagne. Ils les remplacent par de nouvelles recrues. Il faudrait que Marcel revienne.

— Est-ce qu'il est au courant?

— Non, nous, on a appris ça ici. En fait les Allemands deviennent très nerveux à cause de De Gaulle. La libération de la France commence à s'organiser. À Brest, les gars ne savent rien!

— Merci beaucoup de l'information, je vais voir ce qu'on peut faire.

Quand Marcelle rentra chez ses parents à la fin de la semaine, elle leur en parla. Elle apprit que sa tante Madeleine partait pour Brest avec ses deux enfants, quelques jours plus tard. Elle demanda immédiatement une permission spéciale à son directeur qui en parla à son tour à l'inspecteur d'Académie et obtint de prendre ses congés d'été avec une quinzaine de jours d'avance.

$$* \quad * \quad * \quad * \quad *$$

Les deux femmes prirent le train à Paris en compagnie des deux fils de Madeleine. Le voyage se déroula sans problème jusqu'à ce qu'ils arrivent dans la région côtière, zone bien gardée par les Allemands. Dans leur compartiment, elles entendirent plusieurs personnes parler de laissez-passer. Elles se regardèrent. De quel laissez-passer s'agissait-il? Personne ne leur avait dit quoi que ce soit. Le train entra en gare de Brest quand elles observèrent que les voyageurs se répartissaient en quatre lignes plus ou moins égales sur le quai séparé de la rue par une simple plate-bande. Tout au bout, des miliciens contrôlaient les fameux laissez-passer. Les voyageurs étaient nombreux et tous voulant sortir rapidement, c'était un peu la pagaille. Les rangs n'étaient pas vraiment bien définis... Marcelle attrapa la main d'un des garçons et sa tante, la main de l'autre... Elles s'étaient comprises sans grande explication. Elles se faufilèrent à travers les voyageurs, passant d'une rangée à l'autre et se retrouvèrent finalement sur le trottoir. Elles avaient réussi à passer sans se faire remarquer. La peur au ventre, elles s'éloignèrent tranquillement, entraînant les jeunes.

Une rue plus loin, elles entendirent courir derrière elles et terrorisées, n'osaient se retourner.

— Ouf, Lucienne, tu nous as fichu la trouille! On pensait que c'était un milicien!

— Bien non, ce n'est que moi. Je vous attendais à la gare et je vous ai vues partir. Je n'ai rien compris!

— On n'avait pas de laissez-passer! J'ai appris que Marcel était en danger, qu'il risquait d'être envoyé en Allemagne et je suis venue.

— Ah bien, vous l'avez échappé belle! S'ils vous avaient prises, je ne sais pas ce qui serait arrivé, mais sûrement rien de bon! Pour Marcel, tu as raison, ils font des rafles toutes les nuits! Explique-lui et repartez très vite, aujourd'hui même si tu n'es pas trop fatiguée par ce voyage. Il y a un train ce soir, à vingt-deux heures.

Madeleine partit avec sa cousine et Marcelle rejoignit son mari qui fut bien surpris de la voir arriver :

— Je suis très content de te voir, mais en même temps, je me demande bien comment tu as fait pour arriver jusqu'ici.

— J'ai eu chaud! Mais il y a urgence et il fallait que je passe!

— Quelle urgence? Qu'est-ce qui se passe?

Marcelle lui communiqua les informations qu'on lui avait données et conclut :

— Il faut partir! Tu risques d'être déporté en Allemagne!

— Merci, ma Sissou. Le temps de ramasser mes affaires et on y va!

*   *   *   *   *

Ils réussirent à monter à bord du train sans être interpelés. Il faisait nuit, et à cause du couvre-feu, aucune lumière n'éclairait ni les quais, ni l'intérieur des trains, ce qui les aida à passer inaperçus. Les gares commencèrent à défiler et à chaque arrêt, le même scénario se reproduisait : les haut-parleurs se mettaient à beugler « Achtung! Achtung ». Suivaient des informations incompréhensibles, en allemand. Parfois, ils pouvaient reconnaître le bruit des bottes qui martelaient le couloir de leur wagon. Instinctivement, ils se serraient l'un contre l'autre, ne faisant qu'un dans le coin de la banquette. Ils recommençaient à respirer lorsqu'ils sentaient le train se remettre en marche. Sissou se détendit seulement lorsqu'elle reconnut la gare du Mans. Ils avaient franchi la zone dangereuse.

Arrivés à Rouen, c'est d'un pas alerte qu'ils rentrèrent à la maison. Hélène fut ravie de les accueillir et d'apprendre que, tout compte fait, le voyage s'était déroulé sans encombre.

Marcel n'osait pas sortir. Il était terrorisé à l'idée d'être pris, ne serait-ce qu'au moment d'un contrôle d'identité. Il aurait pu être considéré un peu comme un déserteur puisque assigné au STO et risquait gros. Cette situation dura près d'un mois quand René lui proposa une solution :

— Marcel, tu ne peux pas rester enfermé comme ça. De toutes les façons, c'est la pire chose à faire. S'ils te cherchent, c'est clair qu'ils vont finir par venir jusqu'ici. Le mieux que tu puisses faire, c'est de te mettre carrément dans leurs mains.

Marcelle sursauta :

— Voyons, Papa, tu ne veux pas dire qu'il faut qu'il aille se rapporter!

— Mais non! Le problème, c'est qu'actuellement, il n'a aucun papier à montrer en cas de contrôle. Moi, je peux le faire rentrer aux Chemins de fer. Il aura des papiers en règle, comme employé de la SNCF et la SNCF, en ce moment, c'est sous surveillance allemande. Ils n'iront pas contrôler des ouvriers qui travaillent pour eux.

Tous convinrent que c'était une bonne idée et c'est ainsi que Marcel fit son entrée aux Chemins de fer le dix-neuf juillet 1943, comme manœuvre auxiliaire faisant fonction de chauffeur. Il avait son certificat d'embauche signé de la main du sous-ingénieur du Dépôt de Sotteville-lès-Rouen.

* * * * *

Il commença à travailler dès le lendemain matin, un mardi, après être passé à l'économat du dépôt pour se procurer les vêtements appropriés. C'était un bleu de chauffe[32] en gros coton très raide. Ils n'étaient pas chics, mais tout au moins, ils étaient à sa taille, contrairement à ceux de Brest, et étaient propres. Il avait ajouté une casquette et de bonnes bottines de travail.

Il arriva au dépôt et se présenta au poste désigné.

— Bonjour, je suis engagé comme chauf...

— Vous êtes le nouveau envoyé par Duhamel... coupa le préposé, faut passer à la feuille!

— ?

— Le gars là-bas, avec un cahier dans les mains!

— Merci.

Marcel se dirigea vers le type en question :

— Le nouveau? T'es sur la 140 au quai 6...

— Pardon?

---

[32] Vêtement de travail.

Marcel n'était pas certain d'avoir compris. Le gars aux allures d'un ours mal léché avait marmonné en regardant son papier. Il releva les yeux :

— Hé le jeune, j'répéterai pas dix fois! Ouvre tes oreilles! La 140 au quai 10...

Marcel n'osa pas faire répéter. La première fois, il avait cru entendre 6, et la seconde, peut-être 10... C'était quoi, c'était où? Mystère! Et la 140, c'était qui au juste? Il se retrouva sur un quai sans avoir la moindre idée de l'endroit où il devait aller, ni de ce qu'il devait y faire. Il y avait au moins une douzaine de trains en formation. Il resta immobile, déconcerté, les bras ballants. Il voyait des ouvriers s'affairer et courir le long des voies.

— Alors, t'es pas encore parti? T'es pas très démerdard! Magne-toi l'cul!!

C'était le type de l'accueil qui le houspillait :

— Traverse les voies, c'est de l'autre côté. Demande Boulet, tu s'ras avec lui.

Le pauvre Marcel se sentait de plus en plus désemparé. Il traversa les voies et s'enquit :

— Je cherche Monsieur Boulet...

L'homme se mit à rire, moqueur :

— MONSIEUR Boulet? Ah ben, y va être content de s'faire appeler « Monsieur »! Y est par là, juste derrière!

Après bien des recherches, Marcel finit par trouver la locomotive sur laquelle il devait travailler. Il monta à bord :

— Vous êtes Monsieur Boulet?

— Boulet, oui, c'est moi! T'es le p'tit nouveau?

— Oui, Monsieur

— Oublie le « Monsieur »! Je suis Boulet, point! Lui, c'est Magnan, le chauffeur. Et toi, t'es Jouvet? Pour aujourd'hui, tu nous regardes et t'apprends.

— D'accord!

Marcel passa plusieurs heures à bord de la locomotive et ne fit pas grand-chose. Le travail lui sembla assez simple. Il suffisait de pelleter le charbon et de l'envoyer dans le foyer. Après tout, à Brest, il chargeait des cailloux!

Le lendemain, il monta à bord de la locomotive et se retrouva seul chauffeur avec le mécanicien. Il attendait patiemment les ordres :

— Alors, qu'est-ce que tu fous? Tu comptes charger le feu l'année prochaine? Elle est où ta pelle?

— Je ne savais pas qu'il fallait une pelle...

270

— Tu te fous de ma gueule? Tu chargeras tout de même pas avec tes mains! T'as pus qu'à r'descendre et en prendre une au dépôt! Pis, prends une barre à mine avec ça, pour le charbon!

Marcel se sentait complètement perdu. Il sentait que sa carrière aux Chemins de fer allait être très pénible. Mais bon, il allait s'y faire. Il fallait bien! Il trouva la pelle et la barre à mine et remonta à bord de la loco. Il se mit immédiatement à l'ouvrage. Boulet l'observait du coin de l'œil et l'arrêta.

— Pas comme ça! T'as rien compris! Avec ta manière, demain on sera toujours en gare!

— Tu dois envoyer ta pelletée de charbon loin, au fond du foyer. Regarde! Tu l'envoies comme ça, en y mettant de l'ardeur! En plus, faut que tu sois plus rapide, allez, vas-y!

Marcel reprit sa pelle et se remit à l'œuvre. Une, puis deux, puis trois pelletées... Ce sacré foyer devait faire entre cinq et six mètres de long et après une demi-heure, il avait déjà le souffle court et les épaules qui chauffaient. Il avait l'impression de remplir un trou sans fond. Finalement, le feu se mit à ronfler. La pression de la bouilloire monta, à la satisfaction du mécanicien. Marcel s'accorda un petit temps de repos... oh très bref... Boulet donna deux petits coups de régulateur et la pression retomba. En un instant son beau feu d'enfer prit l'allure d'une petite flambée de scout. Le mécanicien aboya :

— Alors, le jeune, attends-tu que le feu soit complètement tombé? Charge! Grouille-toi! Tu comprends rien, ma parole! Tu vois, Jouvet, le feu fait chauffer l'eau qui fait de la vapeur et la pression de la vapeur pousse les pistons! Avec ce que tu fous, ça poussera pas fort!!

La corvée de charbon venait de recommencer! Marcel rentra le soir, fourbu. Décidément, le terrassement de Brest était de la petite bière à côté de ce boulot-là! Il avait les épaules et le dos en feu, les yeux rouges, irrités par le poussier. Il était crasseux de la tête aux pieds et son beau bleu de chauffe noir de suie. Le grand problème, c'était que le lendemain ressemblerait à aujourd'hui et ainsi de suite... Combien de temps tiendrait-il à ce rythme?

Après le travail, il prenait le chemin du Camp Tous-Vents où il retrouvait sa Sissou... et tous les enfants. Les nuits n'étaient pas vraiment toujours reposantes.

Quelques jours plus tard, on lui apprit qu'il devait vider le cendrier et la boîte à fumée... sous la machine! La première fois, un gars se glissa avec lui pour lui expliquer le travail, mais le lendemain, il dut le faire tout seul! Il s'approcha de la locomotive, si impressionnante, si puissante, noire et fumante. Il se mit à transpirer et son cœur à accélérer. Il se dit qu'il ne serait jamais capable de se couler entre les énormes roues, dans la crasse et le bruit assourdissant. Finalement, il prit sur lui et rampa jusqu'au cendrier. Il commença le travail quand il sentit une odeur de brûlé... de tissu brûlé... Il sortit à la hâte... une étincelle échappée avait enflammé le dos de son vêtement.

Un soir, il descendit de la machine alors qu'il faisait déjà nuit. Aucune lumière n'était permise à cause de la guerre, du couvre-feu et des risques d'être repérés par des avions ennemis. On lui confia un signal, sorte de lanterne qui permettait d'être tout juste perceptible sans toutefois éclairer quoi que ce soit. Il traversait les voies pour rentrer au dépôt suivi de près par Boulet. Soudain, ce dernier hurla :

— Attention Jouvet!... Y a un trou juste devant toi!

Marcel réalisa qu'il avait failli dégringoler dans une des fosses qui servent à accéder au-dessous des locomotives. Sans Boulet, il se serait probablement gravement blessé.

Il résista un bon mois, coûte que coûte. Il ne se plaignait pas, mais détestait tout de ce boulot, la saleté, le côté physique de l'emploi où toute idée de créativité était impossible, l'esprit même des cheminots qui s'apostrophaient et s'engueulaient plus qu'ils ne se parlaient.

Un matin du mois d'août, il venait d'arriver au Dépôt quand l'alerte se déclencha. Ce n'était pas la première! La gare avait été la cible de nombreux bombardements depuis le début de la guerre, mais pour Marcel, c'était nouveau. La sirène se mit à retentir et tous les hommes se précipitèrent dans l'abri qui avait été aménagé sous la gare de triage. Il s'engouffra à son tour dans le souterrain, quand soudain les premières bombes touchèrent leur objectif. Une heure durant, les explosions retentirent et tous pouvaient ressentir les puissantes déflagrations. « On avait l'impression d'être secoué comme dans un *shaker* », commentera-t-il beaucoup plus tard. Quelques-uns se mirent à prier à haute voix, l'un d'eux essayait de donner le change en racontant des blagues auxquelles d'autres riaient trop fort. Ils avaient peur et pour la première fois, Marcel les sentit plus humains. Quand le calme revint finalement, les gars avaient l'air hagard et vacillaient sur leurs jambes. Ils remontèrent et constatèrent l'ampleur des dégâts. Des trains étaient couchés, une locomotive était grimpée sur une autre dans une étreinte presque bestiale. C'était la guerre comme le jeune homme ne l'avait jamais encore vue.

Peu de temps après ce bombardement, Marcel fut appelé à nouveau pour un contrôle allemand du Service du travail obligatoire. Il s'agissait d'une convocation régulière comme pour la plupart des jeunes hommes de son âge. Il savait qu'il n'avait plus rien à craindre de son départ précipité de Brest : ses papiers étaient en ordre. Il était devenu un employé officiel de la SNCF. Mais le risque de partir éventuellement pour l'Allemagne restait présent. La peur de la déportation refit surface. On l'avisa qu'il pouvait se faire faire un certificat médical de complaisance et éviter ainsi le pire. On lui conseilla un « bon » médecin, très compréhensif. Il lui diagnostiqua une maladie des poumons avec insuffisance respiratoire doublée d'une scoliose sévère. Il fut déclaré inapte au travail physique, donc inapte au STO et inapte au travail de chauffeur à la SNCF. Il reçut un papier officiel du Commissariat général au Service du Travail Obligatoire.

René intervint à nouveau et usa de son influence à la SNCF pour le faire muter et assigner à la « feuille », le bureau qui prenait note des ordres de l'arrondissement concernant la formation des différents trains. Un ouvrier de l'arrondissement lui téléphonait chaque matin et lui dictait par exemple le numéro de locomotive qui devait être jumelée avec tel numéro de train, ou encore on lui indiquait que telle machine allait au levage ou au nettoyage, etc. Dès la première journée, ce fut le chaos! Marcel ne suivait pas et mélangeait tout. Il faut dire qu'il ne bénéficia d'aucune indulgence, ni d'aucune collaboration lui permettant d'améliorer son rendement :

— Alors vous dites que la machine TER1722[33] va au levage…

— Mais non, ça, c'est le numéro du train!

— Ah bon … j'avais compris…

— Écoute bien, le p'tit nouveau, j'vais pas tout de donner en trois exemplaires! Fais-toi l'oreille, merde!

— Bon, attendez un peu, vous allez trop vite… alors la TER17 va…

— Y a pas LA TER quelque chose, j'te répète que ça, c'est un numéro de train! La 14034… va au levage…

Marcel ne suivait pas, mais par contre, il comprit rapidement qu'il ne pouvait compter sur aucune aide de la part de ces gars-là. Il fallait suivre, s'adapter, parler sur le même ton qu'eux et il en était incapable. Pour les cheminots, il ne faisait pas partie de la « famille », ils ne le reconnaissaient pas comme un des leurs. Il n'avait définitivement pas le profil de l'emploi et les hommes le sentaient. Un autre que lui se serait affirmé et aurait fait sa marque dès le début, se faisant respecter par son attitude même. Marcel n'était pas de leur monde et ne comprenait pas leur langage, pas plus qu'eux ne comprenaient le sien.

---

[33] Malgré mes recherches, je n'ai pu retrouver les véritables numéros de trains ou de locomotives. Par contre, l'ambiance décrite par mon père a été fidèlement reproduite.

Pour René qui s'était si vite et si bien adapté à l'esprit même de cette grande société qu'était la SNCF, il fut difficile, dans un premier temps, de se rendre à l'évidence que Marcel ne s'y adapterait jamais. Bien sûr, il avait compris assez rapidement que son gendre était fait d'une autre trempe que la sienne, mais il avait appris à le respecter. N'avait-il pas été embauché dans le plus grand salon de coiffure de Rouen? En quelques mois, il avait même acquis une petite clientèle et René savait que son patron était enchanté de son travail. Il savait aussi que Marcel avait de l'ambition et voulait aller plus loin dans son métier. Ça, René le comprenait et l'appréciait. Ça lui ressemblait.

* * * * *

Bien sûr, durant tout ce temps, le jeune homme était resté en contact avec son patron, Monsieur André. Ce dernier avait bien hâte de retrouver son employé tout en comprenant que rien ne fonctionnait normalement et que chacun essayait de sauver sa peau comme il le pouvait. Le vingt septembre, Marcel fut convoqué à nouveau au centre d'accueil du STO pour affectation au Reichbahn, Compagnie allemande de Chemins de fer. Il reprit rendez-vous avec le Docteur Nouel qui lui émit un nouveau « certificat ». Son cas était grave : importante insuffisance respiratoire, avec râles, doublée d'un indice de Piquet non satisfaisant et scoliose sévère... Sa demande d'exemption fut acceptée et il fut définitivement déclaré inapte pour le travail aux Chemins de fer. Comble de surprise, le vingt-deux septembre 1943, jour de son anniversaire, il recevait sa notification de mutation déclarant qu'il était affecté sur place... comme coiffeur, au Salon d'André Schoenmaker. Monsieur André avait-il influencé la décision grâce à quelques clientes, femmes d'officiers allemands? Était-ce plutôt grâce à Roland Lecreux, une de ses connaissances et ami des Schoenmaker? Était-ce le simple hasard? La réponse importa peu.

Marcel sauta de joie et ce fut un de ses plus beaux cadeaux d'anniversaire. Son contrat à la SNCF avait duré à peine deux mois et dans cette période, sa plus grande distance parcourue avait été Rouen-Grand-Couronne, soit moins de vingt kilomètres.

Chapitre 6

Marcel retrouva la vie du salon de coiffure avec soulagement. Définitivement, il y était à sa place et ne regretta en rien la SNCF. Tous les soirs, il rejoignait Sissou au Camp Tous-Vents. La guerre était loin d'être terminée. Des bombardements sporadiques avaient lieu. Il tomba environ soixante tonnes de bombes sur Rouen durant l'année 43. Marcel recevait de temps en temps des nouvelles de Caen et de la famille Jouvet, quand le courrier voulait bien passer. À part la destruction de leur petite maison de Ouistreham, c'était à peu près vivable, malgré les restrictions. Auguste faisait jusqu'à mille mètres carrés de jardin potager, ce qui assurait leur principal ravitaillement en nourriture.

* * * * *

Début 44, les bombardements s'accélèrent sur Rouen. Les Allemands commençaient à flairer un revirement de situation. Devenant nerveux, ils multipliaient les représailles. Le quatorze avril, Marcel reprit le chemin du cabinet du Docteur Nouel et obtint un nouveau certificat médical. Son état de santé s'était très légèrement amélioré depuis qu'il ne faisait plus de travaux physiques tout en restant inquiétant : son indice de Piquet était meilleur, puisqu'il avait repris un peu de poids, mais sa scoliose était toujours très présente ainsi que son insuffisance respiratoire très sévère. Il avait encore des râles très inquiétants à l'inspiration, le laissant parfaitement inapte à toute forme de travail de force.

Tu sais, on peut bénir ces médecins qui n'ont pas hésité à se mouiller et à prendre de sérieux risques pour sauver nos jeunes. On ne les remerciera jamais assez !

Dans la nuit du dix-huit au dix-neuf avril, Marcelle fut réveillée par des vrombissements de moteurs, puis des bruits de craquements, comme un énorme feu d'artifice… Elle se leva précipitamment et regarda à travers les persiennes. Le ciel de Rouen était embrasé, des fusées éclairantes descendaient en flèche, suivies de peu par les explosions qui se rapprochaient dangereusement. Elle se mit à hurler :

— Ça brûle, ça brûle, vite, vite! Allez Marcel! Maman! Debout, il faut aller à l'abri.

Elle attrapa son sac toujours prêt, contenant tous les papiers importants de la famille, et ils traversèrent la rue en courant. Des bombes furent larguées au-dessus des quartiers avoisinants et ils pouvaient sentir le sol vibrer sous leurs pieds. Des maisons brûlaient plus loin et des étincelles montaient dans le ciel, poussées par le vent. Des odeurs de fumée les prenaient à la gorge. Dans l'abri, ils étaient près d'une vingtaine en pantoufles et robe de chambre, collés les uns contre les autres, sursautant à chaque déflagration, priant à haute voix.

Dans cette seule journée, six mille bombes furent larguées sur Rouen et les environs. Les morts et les blessés se comptèrent en milliers alors que plus de vingt mille sinistrés se retrouvèrent sans toit sur la tête. Les objectifs des alliés étaient clairs : couper à tout prix l'herbe sous les pieds des Allemands en détruisant tout ce qui était susceptible de leur servir, anéantir tous les moyens de transport bien sûr, et plus particulièrement, les grandes gares de triage, les usines, les grandes voies de circulation, etc. Il fallait isoler les troupes allemandes en les empêchant de rejoindre l'est et les empêcher de se ravitailler. Les ponts déjà visés au début de la guerre furent à nouveau une cible majeure. Ce que les Allemands étaient arrivés à reconstruire fut systématiquement pilonné.

* * * * *

Le vingt-six mai, Marcel était re-convoqué rue Poisson, au Centre d'accueil du STO. Toute la famille fut en alerte. Les nouvelles de ce côté étaient très mauvaises et il y avait eu plusieurs départs pour l'Allemagne parmi leurs connaissances. L'ami de Monsieur Schoenmaker ne pouvait plus agir, soupçonné lui-même par l'ennemi. Marcelle refusa d'aller avec son mari, persuadée que cette fois-ci, c'était la déportation. Elle savait qu'elle ne pourrait accepter de le voir partir. Hélène se porta volontaire pour accompagner son gendre.

Ils savaient tous les deux qu'il allait devoir passer devant le « balafré », un Allemand blessé de guerre et surnommé ainsi à cause d'une grande cicatrice qui lui barrait le visage. Il passait pour intransigeant. Les chances pour Marcel de s'en sortir, cette fois encore, semblaient très minces.

276

Je te garantis qu'on n'en menait pas large tous les deux, assis côte à côte sur ces petites chaises inconfortables. Juste à repenser à cet instant, j'ai des crampes dans le ventre!

Il attendait depuis le matin et il était le dernier de la file. Il voyait les jeunes hommes entrer un par un et ressortir par une porte de côté, celle qui conduisait vers les cars en direction de l'Allemagne. L'autre porte ne fut traversée que par de très rares chanceux qui, sourire aux lèvres, se dépêchaient de disparaître. Eux ne partaient pas. À midi et demi, son tour arriva enfin et c'est en tremblant qu'il entra dans le bureau. Le balafré siégeait effectivement derrière le bureau et portait bien son surnom. Une longue cicatrice barrait sa joue de haut en bas et retroussait la commissure de ses lèvres, provoquant un rictus tout aussi disgracieux qu'inquiétant. L'homme prit un dossier, sortit une feuille, y écrivit quelques mots, puis marqua le document d'un vigoureux coup de tampon. Il tendit ensuite le papier à Marcel en lui désignant la porte... celle de la liberté! Il était affecté à nouveau sur place, chez son patron.

Marcelle était dans la cuisine quand elle vit sa mère et son mari revenir à la maison, bras dessus, bras dessous, la mine réjouie. Elle remarqua l'heure : treize heures trente, heure bénie entre toutes! Elle n'en croyait pas ses yeux. Il ne partait pas. Elle se précipita dans ses bras, oubliant les bombardements et toutes les misères de la guerre. Son petit Chou était bien revenu, en chair et en os!

Du trente mai au cinq juin, ce fut une pluie incessante de bombes qui s'abattirent sur la ville et plus particulièrement sur les bords de Seine, détruisant tout sur plus de cinq cents mètres de chaque côté des berges.

Marcelle avait quitté le camp Tous-Vents et était maintenant affectée au travail de bureau, dans les annexes de la Préfecture. L'enseignement n'était plus possible. On évitait de garder des enfants en classe, tout groupe étant difficile à gérer durant les alertes. De plus, il y avait de plus en plus de sinistrés qu'il fallait aider, relocaliser quand c'était possible et l'embauche de personnel tripla.

Chaque fois qu'une alerte retentissait, elle prenait son vélo et pédalait jusqu'à un abri plus loin. Ce mardi-là, elle n'en eut pas le temps. Les bombes commencèrent à dégringoler en même temps que retentissaient les premiers coups de sirène. Elle se réfugia sous un escalier, recroquevillée, terrorisée, sursautant à chaque explosion. Elle apprit par après que l'abri où elle avait l'habitude d'aller venait d'être éventré par un obus. Personne n'avait survécu.

Le salon André, situé en bordure de Seine, n'échappa pas au ravage et tomba à son tour. M. Schoenmaker trouva à se relocaliser tant bien que mal dans un local de la rue Jeanne d'Arc. Le travail reprit vaille que vaille.

Les habitants étaient affolés et fuyaient sur les hauteurs tout autour de Rouen. Les sirènes retentissaient sans arrêt, faisant paniquer la population. À chaque fois, Marcelle, convaincue que la prochaine bombe était pour elle, devenait hystérique et courait se réfugier dans l'abri. Les gens s'y entassaient et entre deux déflagrations, ce n'était qu'une prière.

Des histoires d'horreur circulaient : un immeuble bombardé était tombé, condamnant l'accès de son sous-sol où s'étaient cachés les résidents. Un mari avait pu dialoguer avec sa femme à travers un soupirail, lui sur le trottoir et elle prisonnière des décombres. Les canalisations d'eau avaient explosé et elle mourut, noyée, sans que le pauvre homme ait pu faire quoi que ce soit pour la tirer de cet enfer.

Toute la ville était à feu et à sang, et pourtant, Marcel et Hélène restaient sereins et fatalistes. Ils avaient décidé que seul le destin déciderait de leur sort et que les bombes n'étaient pas forcément pour eux. Quand les premières alertes avaient retenti, au début de la guerre, ils avaient fait comme les autres et couru dans les abris. Mais ils avaient rapidement changé d'attitude et d'un commun accord, lorsque les sirènes hurlaient de se protéger, généralement de nuit, ils s'installaient tous les deux à la fenêtre et comptaient les avions et les fusées éclairantes… au grand désespoir de Sissou. Ils étaient résignés et tout compte fait, ils ne s'en portaient pas plus mal. Marcel avait même remarqué, lorsqu'il couchait au Camp Tous-Vents, que les enfants paniqués et hors de contrôle avec sa femme, devenaient beaucoup plus calmes lorsqu'il était présent, la peur semblant disparaître des petits visages.

Le trente mai, un ami de Marcel essaya de le convaincre de descendre, avec sa femme, dans les caves de la Douane, essayant de lui démontrer qu'elles étaient construites à toute épreuve, plus sécuritaires… Marcel refusa. Sentait-il les choses? La cave en question fut ensevelie et la plupart des personnes qui s'y étaient réfugiées furent tuées ou noyées.

Marcel et Hélène pouvaient être traités d'inconscients ou d'insouciants. Peut-être n'étaient-ils que fatalistes, suivant leur instinct. De fait, l'avenir leur donna raison.

* * * * *

Au début de juin 44, toute la ville de Rouen n'était que décombres, particulièrement le Centre. De nombreuses églises et monuments avaient été touchés, en totalité ou en partie : la cathédrale, le Palais de justice, le Palais des consuls, l'église St-Godard et l'abbatiale Saint-Ouen, et bien d'autres, sans compter les très nombreuses résidences détruites qui jetaient à la rue des milliers de civils.

Pourtant les nouvelles écoutées sur les postes de radio clandestins étaient encourageantes. On parlait de débarquement, on osait même prononcer le mot libération. Beaucoup de Français avaient renié le gouvernement de Vichy et Pétain pour se rallier aux idées de De Gaulle. Au milieu de tout cet enfer, les habitants s'accrochaient de plus en plus aux idées de cet homme et aux messages d'espoir qu'il lançait. Il n'était plus question de plier aux exigences de l'ennemi, mais bien de les anéantir et de récupérer la mère Patrie.

Dans la nuit du six juin, les deux Marcel*le* furent réveillés par les avions, des dizaines d'avions, mais en même temps, des bruits de cavalcades très inusités… Des soldats couraient et ils pouvaient reconnaître le bruit des bottes. Pourtant, ce n'était pas l'habitude d'entendre les Allemands défiler à pareille heure. Et ce qu'ils entendaient n'avait rien du pas cadencé habituel. Sissou entrouvrit les persiennes… Ils furent stupéfaits devant le spectacle : les Boches couraient à moitié habillés, celui-ci tenant son pantalon, celui-là boutonnant sa veste, un troisième attachant son ceinturon. L'un d'eux avait même laissé tomber son casque et ne se retournait même pas pour le ramasser. C'était la débâcle! Hélène et René, eux aussi intrigués, vinrent les rejoindre à la fenêtre.

— Ils sont paniqués. Il se passe quelque chose! Ma parole, ils ont le feu au cul!

— En tout cas, ils n'ont pas leur air fanfaron habituel!

Toute la famille attendit le matin pour en savoir davantage. C'était le débarquement attendu depuis si longtemps. Enfin! Les alliés canadiens, américains et anglais arrivaient massivement par air et par mer. Les Allemands pris par surprise essayaient de rejoindre les côtes pour donner main-forte à leurs troupes, mais tous les accès étaient détruits systématiquement. Les batailles furent violentes sur les plages et il y eut de nombreux morts dans tous les camps.

Les alliés réussirent à franchir les zones côtières et pénétrèrent le territoire français, libérant les villages un à un.

* * * * *

Le même jour, le six juin 1944, en début d'après-midi, ce fut le début d'un carnage sur Caen. Des pluies de bombes tombèrent sur la ville, tuant et blessant de nombreux civils, en jetant d'autres sur le pavé. Auguste prit la décision de partir :

— Germaine, Marie, préparez quelques valises, on part demain matin. Les alliés veulent sortir ces saloperies de Boches de la ville, ça va canarder dur!

À ce moment, Maurice Mesnier, leur voisin, cogna à la porte :

— Salut la compagnie! On a décidé de fermer la maison et de s'en aller! On a entendu des explosions toute la nuit sur le Centre.

— On fait la même chose! Je suis en train de préparer quelques provisions. On lève l'ancre demain matin!

— Pas pire faire le chemin ensemble, non?

— D'accord, demain matin sept heures.

Dans l'après-midi, Auguste creusa une tranchée au fond de son jardin et y ensevelit une malle pleine de leurs objets les plus précieux. Il cacha également des matelas et un peu de mobilier dans le petit bâtiment qui leur servait de buanderie, près du poulailler, sous des couvertures. Germaine boucla les valises qu'ils placèrent dans la remorque à bras d'Auguste, et le sept juin au matin, les deux familles prirent la route, à pied, en direction de Feuguerolles sur Orne, à neuf kilomètres. Malheureusement, quelques jours plus tard, la zone de combat avait atteint Maltot et il leur fallut aller plus loin. Ils savaient que l'Orne et ses ponts étaient visés et qu'il était préférable de s'en éloigner. Ils allèrent jusqu'à St-Sylvain au sud-est et trouvèrent à s'y loger pendant quatre jours, puis repartirent vers la Mayenne où ils purent séjourner quelque temps.

Les nouvelles de Caen étaient désastreuses. Les Allemands qui y avaient établi leur base essayaient de la protéger à tout prix. Les alliés par contre, étaient bien décidés à les en déloger et mirent tout en œuvre pour arriver à leurs fins. Les faubourgs nord de la ville furent survolés par des bombardiers Lancaster et Halifax qui larguèrent deux mille cinq cents tonnes de bombes, le sept juillet 1944. Mais les Allemands étaient tenaces et gardaient leurs positions. Les alliés, en l'occurrence l'état major britannique, bien décidés à gagner ce bastion stratégique, déclenchèrent alors l'opération Goodwood. Entre le dix-huit et le vingt juillet, ce sont sept mille tonnes de bombes qui furent larguées et deux cent cinquante mille obus tirés. La ville fut finalement libérée le vingt-et-un juillet. Mais Caen ne ressemblerait plus jamais à la ville d'antan. Elle était détruite à quatre-vingt-dix pour cent et n'était plus que ruines et cendres encore fumantes.

* * * * *

De kilomètre en kilomètre et de ferme en ferme, les Jouvet et les Mesnier arrivèrent finalement dans la petite commune de Placé, le vingt-trois juillet. Chaque fois, les hommes proposaient leurs services aux habitants qui, en retour, leur assuraient le gîte et le couvert. C'est ainsi que le premier août, ils firent la connaissance de Monsieur Lelièvre, un fermier assez âgé à qui Auguste proposa de faire les foins. En échange, le brave homme, reconnaissant, les logea dans une grande pièce de huit mètres par huit. Ils bénéficiaient même d'un coin-cuisine. La petite troupe put s'installer un peu et profiter d'un répit.

Il leur fallut attendre le six août pour recevoir enfin des nouvelles plus encourageantes. Germaine était allée au marché et rentra surexcitée :

— Auguste, Maurice! Les Américains sont au village! C'est la libération!

Ils s'embrassèrent, n'osant espérer que leur long calvaire soit sur le point de se terminer. Ils apprirent que Caen était enfin libre, mais impossible d'y retourner avant que les combats ne cessent totalement. Les alliés libéraient les villages un par un, fouillant chaque maison, chaque ferme pour débusquer les ennemis qui s'y cachaient encore. C'est seulement le vingt-huit août qu'Auguste prit la décision de rentrer chez lui. Il prit la route avec Maurice Mesnier et sa belle-sœur Marie. En chemin, ils s'arrêtèrent à Pontecoulant, où habitait le père de Maurice, mais le vieil homme avait disparu et sa maison n'était que ruines. Maurice ramassa quelques souvenirs des décombres et réussit à rejoindre une de ses cousines qui les logea. Dès le lendemain, ils se remirent en route. En passant à Verson, ils constatèrent que la tante de Germaine n'avait pas regagné son domicile et était encore en exode quelque part, dans la région de Bayeux.

En arrivant rue de la Seine, Auguste poussa un soupir de soulagement. Leur quartier, situé un peu à l'extérieur du Centre de la ville, n'avait pas trop souffert. Il pouvait apercevoir, un peu plus loin, le bord du toit sur le devant de leur maison. Mais au fur et à mesure qu'il s'en approchait, la réalité s'imposa. Seul le pignon avait tenu... La maison n'était que gravats et poutres entremêlées. Il ne restait absolument rien! Les larmes lui montèrent aux yeux. Il ramassa machinalement une casserole perdue au milieu des débris. Il resta longtemps sur les lieux, désemparé, anéanti, soulevant une planche ou un coin de toiture, incrédule malgré l'évidence.

Il alla faire la déclaration de sinistre dans un bureau de fortune installé dans un baraquement. Il y rencontra un brave homme, camionneur de son métier, qui accepta de partir dans la Mayenne pour aller chercher les autres membres des deux familles.

Tout le monde était de retour rue de la Seine dans la nuit du premier au deux septembre. Germaine constata les dégâts subis par sa maison. Une fois de plus, les deux époux se serrèrent l'un contre l'autre, chacun appuyant sa douleur sur l'épaule de l'autre. En y regardant mieux, ils réalisèrent que leur demeure avait été la seule bombardée de la rue…

Ils furent hébergés pendant quelques jours chez leurs voisins dont la maison était intacte. Auguste récupéra les objets cachés dans la buanderie avant le départ et put trouver un logement très précaire près de l'hôpital.

Chapitre 7

Fin août 44, de durs combats firent rage dans la forêt de La Londe au sud-ouest de Rouen et le trente, les alliés entrèrent enfin dans la capitale normande. C'était l'euphorie pour les habitants.

Tous les voisins étaient dans la rue et se félicitaient mutuellement de cette fin de guerre tant attendue. Madame Gacoin, la voisine des Duhamel, aborda Hélène :

— J'ai entendu dire par mon mari que les Canadiens ont planté le drapeau français!

— Mais oui, avec des jumelles, on peut le voir très bien de notre grenier. Il est sur le château d'eau de la Côte-Sainte-Catherine! Il y a aussi un petit drapeau canadien!

— Oh Madame Duhamel, laissez-moi aller le regarder! De ma maison, c'est impossible à voir!

— Allez venez! Il faut grimper deux étages, mais ça vaut l'effort!

Toute la rue Marquis défila chez les Duhamel. C'était la seule propriété de la rue d'où le fameux drapeau était visible et tous voulaient le voir de leurs yeux! Au-dessus de lui flottait l'Union Jack, drapeau du Royaume-Uni.

C'était la fête partout. André Schoenmaker donna congé à ses employés et Marcel décida de partir pour Caen. Il savait que les bombardements y avaient été sauvages et il n'avait aucune nouvelle de ses parents.

* * * * *

Sissou se montra enthousiaste et les deux jeunes se préparèrent. Il y avait presque cent vingt kilomètres à parcourir, ce n'était pas rien. La jeune femme avait toujours son vélo et il était en bonne condition. Par contre, Marcel n'en avait plus. Après avoir compris dans quel but le jeune homme voulait prendre la route, un voisin lui en prêta un tout en lui précisant qu'un des pneus était mort... C'est Monsieur Gacoin qui le dépanna. Il avait gardé un vieux boyau dans sa remise et il ferait sûrement l'affaire.

Le jeune couple partit donc dans les premiers jours de septembre. Ils ne savaient pas vraiment combien de temps prendrait le trajet. Ils étaient jeunes et très habitués par ce moyen de transport, faute de mieux! Les vélos étaient rudimentaires, à une seule vitesse et l'un d'eux faisait un drôle de petit couinement à chaque tour de roue. Pourtant, les heures passaient et les villages défilaient.

Ils peinaient bravement dans la côte de Beuzeville, à près de soixante-dix kilomètres de leur point de départ quand, au loin, ils entendirent les bombardements sur Le Havre, leur rappelant que la guerre n'était pas terminée. Une Jeep les doubla avec, à son bord, des soldats américains. Ils s'arrêtèrent et sympathisèrent :

— Vous *courageous*! Petite madame avec bonnes jambes!

Sissou sortit ses quelques bribes d'anglais apprises laborieusement à l'école, Marcel complétant avec force gestes. Ils finirent par expliquer aux soldats qu'ils se rendaient à Caen. L'un d'eux, moitié parlant, moitié gesticulant, proposa :

— Nous! Bonne idée for you! Vous, hôtel, Beuzeville. Dormir. Nous, *to-morrow morning*[34], partir avec *trucks*... camions... Emmener vous dans camions... *with bikes*... avec vélos jusqu'à Caen!

— OK! Compris! C'est formidable, *thank you very much*!

Arrivés à Beuzeville, les deux jeunes mirent leurs bicyclettes dans le camion américain désigné.

— Encore merci et à demain! *See you to-morrow*[35]!, lança Sissou, avec un accent implacablement français.

C'était inespéré. Les Américains allaient à Caen. Les Marcelle se trouvèrent un hôtel sur la place du village et de leur fenêtre, pouvaient voir les camions américains garés un peu plus loin. Il y avait un petit café-restaurant où ils décidèrent de prendre un bon repas.

— Bonjour Messieurs-dames... Vous désirez?

— Pouvez-vous nous servir quelque chose? Nous arrivons de Rouen en vélo et nous sommes affamés.

— Un bon lapin à la moutarde, engraissé maison, ça vous dit?

— Ce sera parfait.

— Vous couchez à l'hôtel à côté?

— Oui, on a pris une chambre.

---

[34] Demain matin.

[35] À demain!

— Si vous voulez, vous pourrez cacher vos bicyclettes dans notre garage.

— Bien non, merci quand même. Les Américains nous ont offert de les mettre dans un de leurs camions. Ils partent pour Caen demain matin et ils nous emmènent.

— Oh là là, vous n'êtes pas peureux! Faites attention, on est encore en guerre et ils peuvent recevoir l'ordre de partir en pleine nuit...

Les Marcelle se dirent qu'ils avaient été bien naïfs et inconscients. Ils terminèrent leur repas rapidement et se dirigèrent vers le groupe d'Américains. Ils retrouvèrent les jeunes soldats qui leur avaient fait la proposition pour le voyage.

— *Hie! What happens?*[36]

— Si vous partez cette nuit, nous, plus de vélos!

— *No, no!* Vous pas *afraid!* Pas peur!

Le soldat commença à compter sur ses doigts :

— Demain, trois, quatre, cinq, six, sept, huit heures! OK? Exact huit heures, chercher vous!

Le ton convaincant du soldat les rassura. Ils regagnèrent leur hôtel. Chou vérifia une dernière fois, avant de se coucher. Les camions américains étaient bien alignés un peu plus loin.

Ils se réveillèrent au chant d'un coq, il était près de six heures. Marcel se leva et regarda machinalement à la fenêtre... Plus de camions! Plus trace des Américains! Ils étaient bel et bien partis!

Il réveilla Sissou et force leur fut de constater qu'ils étaient seuls à Beuzeville, sans aucun moyen de locomotion à leur disposition.

— Mais Chou, il n'est pas huit heures. Les gars ont bien dit huit heures pile.

— Tu as raison, mais, merde, ils sont partis. Où veux-tu qu'ils soient?

— Allons déjeuner. On ne peut rien faire d'autre. On verra bien!

Ils retournèrent au petit café et prirent un bon déjeuner campagnard. À huit heures très précises, ils eurent la surprise d'entendre le bruit des moteurs. Leurs Américains, tout sourires, étaient bel et bien au rendez-vous. Marcelle eut droit à une place en avant, bien calée entre deux soldats. Quant à Chou, il fit le voyage dans la boîte en arrière, avec pour toute compagnie les deux vélos.

* * * * *

---

[36] Qu'est-ce qu'il se passe?

Les camions s'arrêtèrent à l'entrée de Caen et les deux Marcel*le* remontèrent sur leurs bicyclettes pour se rendre rue de la Seine. Sissou aperçut le pignon de la maison de ses beaux-parents et fut rassurée.

— Chou, regarde, on voit la maison de tes parents. Elle est debout.

Mais Marcel pédalait plus vite et la devança :

— Oh Mon Dieu, quelle catastrophe! C'est juste un morceau de façade qui a tenu le coup. Elle est par terre.

Ils entrèrent dans la cour et aperçurent Auguste qui sortait de la buanderie en arrière.

— Papa, quelle horreur!

— Et oui, mon gars, nous avons presque tout perdu. Mais nous allons tout de même trinquer à la libération et à votre venue! Viens voir!

Auguste emmena Marcel au fond du jardin. Il y avait sa vieille cantine qu'il avait enfouie avant l'exode et qu'il venait de déterrer. Il en sortit des petits verres de couleur qui servaient autrefois de lampions décoratifs à la Fête du Quatorze Juillet et une bouteille de vin qui avait survécu aux bombardements. Ils trinquèrent avec Sissou.

— Vois-tu, mon fils, il faut bien se relever les manches et s'organiser. Je suis en train d'aménager le poulailler. J'ai donné nos dernières poules, je vais nettoyer tout ça et construire trois pièces de plus. J'ai trouvé des blocs de ciment et comme je ne suis pas mauvais en maçonnerie... Nous allons nous installer ici avec Denise en attendant la reconstruction de la maison.

— Mais quand allez-vous avoir à nouveau une maison décente?

— Oh la! C'est pas pour demain! J'en suis encore à remplir toute la paperasse de déclarations de sinistres. Et les Boches ne sont pas encore définitivement écrasés! En plus, nous ne sommes pas les seuls, malheureusement!

— En rentrant à Rouen, je vais en parler au père de Sissou. Peut-être peut-il faire quelque chose?

— Ne dérange pas tout le monde pour nous. Mais, bon, c'est sûr que je ne refuserai pas un coup de main.

* * * * *

Quelques jours plus tard, René Duhamel et son frère Marcel arrivaient à Caen, avec des outils et ce qu'ils avaient pu charger sur les bicyclettes. Ils mirent tous les deux la main à la pâte et le chantier progressa. René proposa à Auguste de venir avec eux à Rouen :

— Je pourrais t'accommoder avec pas mal de petites choses et je suis sûre qu'Hélène a aussi de quoi dépanner Germaine.

Ils repartirent tous les trois pour Rouen, toujours en vélo. Auguste passa quatre jours sur place et repartit pour Caen, chargé comme un mulet, sa petite remorque débordante d'objets utiles à ses travaux.

Chapitre 8

La vie reprenait son cours très lentement. À la fin de 44, la Normandie était complètement libérée. La fameuse « poche de Falaise », où les Allemands avaient essayé désespérément de résister aux alliés, avait fini par céder. L'entêtement de Hitler à ne pas vouloir se replier avait grandement aidé à mater l'ennemi dans cette petite zone normande, leur dernier bastion en sol français.

À l'automne, Marcelle reçut une nouvelle affectation comme institutrice. C'est dans l'allégresse qu'elle retrouva son métier. Marcel poursuivait son travail au Salon André, toujours installé rue Jeanne-d'Arc en attendant sa reconstruction sur le quai de la Bourse.

La population pleurait ses disparus et ses morts. Plusieurs commençaient à espérer le retour de maris ou de fils prisonniers, d'autant plus que l'Allemagne connaissait à son tour de violents bombardements. Tous se mirent alors à prier pour tous ces Français maintenus soit dans des camps en territoire ennemi, soit au combat de l'autre côté de la frontière. La libération d'une bonne partie de la France ne réglait pas tout, loin de là. La reconstruction et le retour à la normale s'effectueraient sur de nombreuses années.

Dans les derniers mois, Marcel avait réussi à retrouver tous les copains connus à Brest, lors de son passage dans le STO. Tout de suite après la libération de Rouen, René et Hélène organisèrent une fête regroupant deux de ces familles. Il y avait bien sûr Jean Lamaillière qui avait recommencé à travailler comme boucher au Havre, sa femme Madeleine et la mère de cette dernière, Mémé Romain. Ils avaient un petit garçon, Jean-Pierre, déjà très grand pour ses deux ans et attendaient un bébé pour le mois de mai suivant. Michel Lecoq, célibataire endurci, était lui aussi de la fête. Il leur présenta sa sœur Denise ainsi que ses parents, déjà baptisés Papi et Mamie Lecoq. Ces derniers possédaient une charcuterie, place Saint-Sever, sur la rive gauche de Rouen. Tous sympathisèrent, jeunes et moins jeunes, et on jura de se revoir aussi souvent que possible.

Lors de cette rencontre, Michel lança l'idée que Marcel pourrait avoir un salon de coiffure bien à lui.

— Je n'ai pas encore assez de métier. En plus, je n'en ai pas le premier sou!

— Ça, mon gars, quand il n'y aura plus que les problèmes d'argent…

René et Papi Lecoq avaient parlé presque d'une même voix…

René ajouta :

— On discutera de ça un peu plus tard, on va laisser cette guerre finir par finir!

* * * * *

C'est le huit mai 1945, à vingt-trois heures que la Seconde Guerre mondiale prit officiellement fin. Les nazis capitulaient enfin. La nouvelle se propagea rapidement par la radio et on termina cette nuit mémorable en fêtant fort dans les familles. Chez les deux Marcel*le*, on souligna cette date de façon bien spéciale :

— Cette fois, Sissou, il n'y a plus rien pour nous empêcher de faire un enfant!

— Mon petit Chou, je suis parfaitement d'accord! Quelle belle manière de souligner cet armistice!

Après avoir festoyé une partie de la nuit, ils allèrent se coucher aux petites heures du matin du neuf mai 1945 et décidèrent de concrétiser le beau projet immédiatement. Quelques jours plus tard, les Lamailière leur apprirent qu'en ce même jour, soit le neuf mai, une petite fille naissait au Havre et qu'elle s'appellerait Marie-Françoise.

* * * * *

Marcelle sut qu'elle était enceinte quelque six semaines plus tard. Chou était aux anges. Il allait enfin être Papa et il trouvait que c'était un rôle qu'il saurait parfaitement bien remplir. N'avait-il pas acquis une certaine expérience avec le petit Daniel, fils de ses patrons de Caen, puis avec Pierrot, le fils du voisin de ses parents? En tout cas, il savait qu'il ne pourrait faire toute sa vie sans enfant.

Quant à Sissou, elle s'était fait une raison. Son homme y tenait tant! Elle ne pouvait pas lui refuser ça, mais ne se sentait pas particulièrement la fibre maternelle. Elle avait surtout une peur bleue de tous les problèmes qu'un enfant pouvait rencontrer dans sa vie. Depuis qu'elle se savait enceinte, elle relisait son cahier de biologie et d'hygiène et finissait par le connaître par cœur. C'était si fragile, un bébé! Heureusement, elle vivait avec ses parents et sa mère ne serait pas loin.

— Chou, j'ai une idée de prénom pour un garçon.

— Ah oui?

— Figure-toi qu'il y a un petit bonhomme de maternelle qui vient me voir presque tous les jours dans ma classe. Il est absolument adorable avec ses yeux rieurs et son zézaiement très mignon. Quand je lui demande ce qu'il veut, il me répond : « Ze viens vous dire Bonzour Madame Zouvet! » Il s'appelle Jean-Félix et sur ses blouses, c'est brodé Jean-Fé.

— J'aime beaucoup ça! Jean-Félix! Vendu ma Sissou. Ce sera Jean-Fé!

L'idée qu'ils pourraient avoir une fille ne les effleurait même pas et il ne fut aucunement question de prénoms féminins. Ce premier bébé ne pouvait être qu'un garçon pour l'un comme pour l'autre.

* * * * *

Depuis quelques semaines, Hélène ne se sentait pas très bien. Elle avait une lourdeur dans le bas du ventre qui la dérangeait grandement et elle prenait du poids rapidement. Sissou s'alarma :

— Maman, ce n'est pas normal, tu devrais aller voir le médecin.

— Ah! Tu me barbes avec tes médecins. Avec toi, il faudrait toujours courir à l'hôpital!

— Fais comme tu voudras, mais c'est inquiétant!

Hélène finit par se décider et alla à la clinique sans rendez-vous de son quartier. Le médecin l'examina attentivement et déclara :

— Vous êtes probablement enceinte, Madame, et votre grossesse est assez avancée!

— Voyons, Docteur, c'est impossible! Après toutes ces années! Ma fille a vingt-quatre ans! Et je pense même être ménopausée.

— Vous voulez dire que vous n'avez plus de menstruation?

— Disons que c'est irrégulier, mais il y a déjà quelques mois que je ne vois plus rien.

— Ça expliquerait ce que je soupçonne. Vous allez passer le test de la lapine et on va être fixé.

Hélène rentra chez elle choquée, enragée, anxieuse et se demandant bien comment elle allait annoncer une pareille chose à son mari. En arrivant, elle trouva sa fille qui revenait de l'école :

— J'en ai une bonne à te raconter! Il paraît que je suis peut-être enceinte! J'y crois et j'y crois pas! Mais le médecin a l'air sûr de son coup.

— Hein? C'est une blague! Maman, c'est impossible!

— Bien, impossible… Disons que je ne me suis jamais posé la question. J'ai toujours fait confiance à ton père et je n'ai jamais été inquiétée. J'ai cinquante-et-un ans! Ça n'a aucun sens, cette histoire. Justement, je n'ai pas hâte de lui annoncer la nouvelle, à ton père! On va avoir droit à une de ces scènes!!

— Ne t'en fais pas avec ça. Il faudra bien qu'il digère.

Marcel rentra de son travail dans la soirée et Sissou le mit au courant. D'abord très sceptique, il éclata de rire :

— Maman[37], c'est sûr, cette grossesse? C'est complètement ridicule!

— Bien oui c'est ridicule, mais que veux-tu que j'y fasse? Tu peux bien rire, la réalité est ce qu'elle est!

Le fou rire de Marcel finissait par être contagieux et Hélène éclata à son tour. Ils furent bientôt écroulés tous les trois et entre deux hoquets, Marcel expliqua :

— Quand on promènera votre petit, les gens nous demanderont : C'est votre fils? Et je répondrai: Non, c'est mon beau-frère!

Marcel était plié en deux et les deux femmes au ventre bien rebondi en firent pipi dans leurs culottes.

* * * * *

La semaine suivante, le résultat du test de grossesse fut connu. Il était négatif. La pharmacienne expliqua :

— Quand c'est positif, c'est sûr à cent pour cent. Mais négatif, ça ne veut pas dire grand-chose. Peut-être le test a-t-il été fait un peu trop tôt! Si vos menstruations ne viennent pas, il faudra le reprendre.

Mais Hélène ne croyait pas à cette histoire de grossesse, ou ne voulait pas y croire. Grosse comme elle était, elle aurait dû sentir le bébé bouger. Or, elle ne sentait rien du tout, si ce n'était ce poids qui l'empêchait de marcher à l'aise et qui l'envoyait au petit coin toutes les heures, ce qu'elle détestait. Elle décida de changer de médecin et sur les conseils d'une voisine, elle alla consulter le Docteur Foucard. Bourru et

---

[37] Depuis son mariage, Marcel avait pris l'habitude d'appeler ses beaux-parents Maman et Papa.

mal embouché, il passait pour un très bon omnipraticien, malgré son approche d'ours mal léché. Il examina à nouveau Hélène et conclut :

— Je ne sais pas qui est le connard qui vous a posé un pareil diagnostic, mais vous n'êtes pas plus enceinte que moi. C'est un kyste, Madame, mais énorme! Il va falloir opérer. Je vous recommande le Docteur Jouanneau. Je l'ai déjà vu à l'œuvre et c'est un as du bistouri!

* * * * *

Quelques semaines plus tard, Hélène entrait à la Clinique de la Compassion où elle fut opérée comme prévu. Son nouveau médecin traitant, le Docteur Foucard assista à l'opération. Il fallut inciser la cavité abdominale du pubis jusqu'au dessus du nombril. Elle devint LE cas de la Clinique, le kyste ne pesant pas moins de neuf kilogrammes. Les médecins avaient essayé de pomper le liquide, mais il s'était avéré trop épais et l'intervention prévue au début assez simple, devint rapidement majeure. La Sœur Marie-Sylvain prit soin d'Hélène pendant le mois que dura son hospitalisation. Ce fut un succès. Elle se remit sur pied relativement facilement et espérait bien être fraîche et dispose pour l'arrivée de son premier petit-enfant prévue pour février prochain. Elle écrivit à sa sœur Marie et lui raconta sa mésaventure :

...Je ne peux pas dire que j'ai trouvé l'opération très difficile. J'étais endormie, alors forcément, je n'ai rien senti, et quand je me suis réveillée, c'était fini! Le chirurgien voulait me faire seulement une petite incision, mais la pompe s'est bouchée. Du coup, ils m'ont ouvert tout le ventre, du haut en bas! Toute une boutonnière! Après, je me suis laissée faire et la sœur Marie-Sylvain a été extraordinaire. Je pense quand même que j'ai eu beaucoup de chance que ça réussisse. Le docteur Foucard m'a dit que j'aurais pu mourir sur la table d'opération. Il m'appelle « la miraculée ». Mais j'aime quand même mieux un kyste qu'un bébé. À mon âge, tu parles!

Guiguite, sa nièce, annonça sa venue pour les vacances de Noël. Elle arriverait mi-décembre avec Geneviève, sa fille de trois ans. Son mari, aviateur pour l'armée, avait été tué pendant la guerre, quand son avion avait été descendu par les Allemands. Guiguite vivait mal ce deuil et un séjour auprès de sa tante ne pourrait que lui faire du bien. Elle avait bien essayé de se réfugier chez sa mère, mais Marie agissait toujours en maîtresse des lieux et ce contrôle permanent était devenu insupportable à la jeune femme. Elle n'était plus la petite fille à qui on pouvait tout dicter. Elle était devenue une adulte et souhaitait vivre sa vie à sa guise. Hélène fut heureuse de bavarder avec elle, retrouvant les accents du sud et les expressions de son pays.

La grossesse de Marcelle se déroulait bien, même si elle trouvait qu'elle avait pris beaucoup trop de poids. Ses bras avaient doublé et elle trouvait qu'elle avait l'air d'une matrone. Elle commençait à avoir hâte d'être délivrée. Elle avait choisi un obstétricien qui viendrait l'accoucher à la maison, le Docteur Dijon. C'était un spécialiste qui avait belle réputation et elle se sentait en confiance.

* * * * *

Le soir de Noël, les Jouvet et les Duhamel réveillonnèrent avec leurs nouveaux amis, les Lecoq. Les conversations étaient toujours très animées autour de la table, particulièrement en dégustant une fine cuisine arrosée des meilleurs vins. Papi Lecoq était indiscutablement un connaisseur en ce domaine et savait choisir les bons crus. Leur fils, Michel, passionné de cuisine, devenait un excellent chef. C'est lui qui était chargé des plats préparés et des terrines à la charcuterie de ses parents. Marcel suivait d'ailleurs ses enseignements et se découvrait des talents cachés en art culinaire.

Au milieu du repas, Papi Lecoq lança :

— Alors, Marcel, quand vas-tu te décider à ouvrir ton propre salon? Tu ne vas pas rester ouvrier toute ta vie?

— Je commence à y penser sérieusement. Le seul problème, c'est l'argent!

— As-tu commencé à regarder les annonces de fonds de commerce?

— J'en avais repéré un, mais les bombardements l'ont jeté par terre. Sinon, j'en ai peut-être un autre en vue, bien placé, pas trop loin de l'hôtel de ville.

— Regarde ça et viens me voir. Tu as besoin d'argent et moi j'en ai à placer. On pourra sûrement trouver un arrangement.

— Attendez une minute, le père Lecoq, s'il emprunte, il va falloir payer des intérêts! coupa René.

— Bien, c'est entendu. Mais je lui ferai à pas cher! Du trois et demi pour cent, c'est raisonnable, n'est-ce pas, Monsieur Duhamel?

— C'est raisonnable, oui, s'il ne prend pas dix ans à rembourser. Sinon, au bout du compte, ça va chiffrer.

— Mais enfin, je ne peux quand même pas prêter de l'argent sans intérêt... Du coup, c'est moi qui y perdrais!

— Bien sûr, je comprends. Je redis ce que j'ai dit plus tôt… Qu'il emprunte, c'est bien! À trois et demi pour cent c'est raisonnable, à la condition qu'il rembourse très vite.

La conversation menaçait de s'envenimer. René n'était pas pour les emprunts. Pour lui, le prêteur vivait forcément aux dépens de l'emprunteur. Dans son idée, il n'y avait qu'un seul gagnant. Marcel ne voyait pas l'affaire du même œil. Il voyait surtout l'occasion d'acheter son salon et de se lancer en affaires plus vite. Marcelle trancha :

— Laisse tomber, Papa. Je t'en reparlerai. La proposition de Papi me semble très raisonnable et peut nous aider grandement.

* * * * *

Le lendemain, Marcel discutait avec sa Sissou. Ils avaient repéré plusieurs fonds de commerce à visiter et étaient très excités par la proposition de Papi Lecoq quand René appela sa fille :

— Marcelle, il faut que je te parle.

— Oui Papa.

— Non, en privé, s'il te plaît. Je ne veux pas que Marcel se formalise, mais je préfèrerais être seul avec toi.

— D'accord.

Elle ferma la porte et alla s'asseoir à côté de son père. Il avait l'air grave des grands jours :

— Voilà, ton mari a l'air bien décidé. Il va emprunter aux Lecoq et ça me fatigue. On a beau dire que trois et demi pour cent, c'est rien, fais le calcul et tu vas voir qu'à la fin de l'année, ça fait quelque chose. Tu vas avoir un petit bébé et la vie va changer. Tu ne pourras pas travailler pendant une période et l'argent ne rentrera pas fort pour vous. Moi, j'ai un bon salaire et pour nous deux, c'est trop.

— Mais Papa, nous sommes très capables d'y arriver. Moi aussi, j'ai fait les calculs.

— Oui, je sais, mais en remboursant sur trente ans. J'ai parlé à ta mère et voici la proposition : en ce moment, impossible pour vous de trouver un logement décent. Il n'y a rien de propre à louer, tu le sais. Donc, vous restez ici, dans notre maison et ta mère est d'accord pour s'occuper de ton bébé, ce qui va te soulager et te permettre de continuer à travailler. Je sais que ton mari te remet sa paye et te laisse gérer vos affaires. De mon côté, je te fais confiance. Je te remettrai mon chèque de paye chaque mois et tu feras un budget global.

— Mais Papa, ça n'a aucun bon sens. C'est ton argent!

— Écoute-moi au lieu de discuter. J'ai réfléchi à tout ça. Tu mets tout dans un pot commun et tu gères. Tu nous donneras juste le nécessaire, à ta mère et à moi. Pour l'instant, vous en avez plus besoin que nous et je ne veux pas que vous trainiez des dettes pendant des dizaines d'années.

— Non, Papa, je ne suis pas d'accord. C'est …

— Je ne te demande pas si tu es d'accord, je te dis que c'est comme ça que ça va marcher. En faisant comme je dis, tu pourras rembourser le père Lecoq plus rapidement.

— Merci Papa. Mais je ne veux pas que vous vous priviez. Je te remercie pour ta confiance et je m'arrangerai pour que vous ne manquiez de rien.

— Je sais que tu feras pour le mieux.

Lorsque René reçut sa paye du mois suivant, il fit comme il avait dit. Marcelle avait établi un budget pour l'ensemble de la famille et se chargea de payer le loyer, l'électricité, etc.

Sur ce point, on était d'accord tous les deux. J'ai admiré ton grand-père d'avoir fait cette proposition à sa fille. Je pense pas que beaucoup d'hommes feraient un pareil geste! C'est toute une preuve de confiance!

* * * * *

Le huit février 1946, Sissou se leva du mauvais pied. Elle se sentait lourde, en avait assez de cette grossesse qui n'en finissait pas. Tout était prêt pour son petit garçon : le moïse avec ses draps brodés, les brassières de percale, celles en piqué léger et celles en laine, tricotées par sa tante Madeleine, avec les chaussons assortis, les langes de coton pour le jour et de laine pour la nuit, les bavoirs et bien sûr les couches. Elle n'avait pas oublié la bande Velpeau et la gaze pour recouvrir la cicatrice du nombril. Une ravissante broche de bavoir en or complèterait la tenue de son nourrisson. Elle avait également préparé des masques que tous devraient porter pour pouvoir approcher son bébé. Son livre d'hygiène était clair, les microbes sautaient beaucoup plus sur les tout petits que sur les adultes… Elle allait allaiter, car cela aussi était recommandé dans son cahier. Il y était écrit noir sur blanc que la mère devait rester attachée à son bébé par le « cordon lacté », ce dernier remplaçant le défunt cordon ombilical[38]. L'enfant recevait alors les anticorps de la mère et il était mieux protégé contre les épidémies.

---

[38] Toutes les recommandations sur les soins au nourrisson proviennent du cahier d'hygiène de 7e année de secondaire de ma mère.

Elle allait tout faire pour que son bébé n'attrape aucune de ces horribles maladies, n'était-ce pas son rôle fondamental de mère? De toutes les façons, une assistante sociale allait venir la voir et elle allait se conformer à toutes ses recommandations, scrupuleusement.

Le lendemain matin, elle fut brutalement réveillée par une forte crampe. Elle était en train de perdre le bouchon muqueux et ses eaux commencèrent à couler. Le travail de la naissance était commencé. Marcel demanda à leur voisin, chauffeur de taxi, d'aller prévenir son patron qu'il n'entrerait pas au travail. Il ne voulait pas manquer l'arrivée de son petit gars. René alla avertir le médecin que le travail de sa fille était commencé. Il ne restait qu'à attendre. En fin d'après-midi, les contractions étaient devenues franchement très désagréables quand le Docteur Dijon arriva.

Hélène avait préparé l'eau chaude, les serviettes et piqués demandés. Le médecin encourageait Sissou, mais se plaignait que son travail n'était pas suffisamment efficace :

— Vous poussez de la tête, Madame Jouvet. C'est du ventre que vous devez faire l'effort.

Mais finalement, à vingt heures précises, le bébé glissa de son corps directement dans les mains du praticien. Ce dernier tournait le dos à Marcel qui entrevit une petite portion du cordon entre les jambes du bébé.

— Oh Docteur, c'est un garçon!

Le médecin se retourna lentement, lui présentant l'enfant :

— Vous croyez vraiment? Eh bien, non Monsieur, c'est une fille! Une belle grosse fille!

Marcel ne put s'empêcher de faire une grimace. Il avait tellement attendu un fils. Mais, bon! Elle avait l'air en bonne santé et son cri était puissant.

Le médecin coupa le cordon et remit le bébé dans les bras de Guiguite qui avait assisté sa cousine depuis le matin. Elle était très fière de mettre les premiers vêtements à la petite et s'acquitta de cette tâche avec beaucoup de délicatesse et d'amour. Elle remit le bébé à Sissou, épuisée, mais heureuse, quoiqu'un peu déçue, elle aussi, du sexe de son enfant. Elle savait que son petit Chou tenait tant à un garçon et elle l'avait tellement imaginé, son petit Jean-Fé.

Le médecin s'éclipsa, reconduit poliment par Hélène.

— Au revoir Docteur, et merci pour tout. Nous avons un beau bébé en santé grâce à vous.

— Il n'y a pas de quoi, ma brave dame. C'est surtout votre fille qui a bien travaillé. Je repasserai demain matin pour voir si tout va bien, tant pour la petite que pour sa maman.

Hélène remonta précipitamment auprès de sa fille :

— Comment te sens-tu ma chérie?

— Fatiguée, mais très bien. Je trouve que notre petite fille est bien jolie. Quel poids fait-elle? Il l'a dit le médecin?

— Oui, il te l'a dit, mais tu ne t'en souviens pas... quatre kilos cent cinquante.

— Ah bien, je comprends pourquoi ça a été aussi difficile à passer. Mais on peut dire qu'elle est ponctuelle notre fille. Nous l'avons conçue le neuf mai 45 et nous sommes le neuf février... Au fait, il faudrait bien lui donner un nom à cette petite. Chou, as-tu une idée?

— Non, pas du tout.

— Dominique, suggéra Guiguite.

— Ah non, on ne sait même pas si c'est un garçon ou une fille, réagit Marcel.

— Claude... j'aimerais bien, pensa Sissou à haute voix.

Son mari sursauta :

— Ça fait, Madame Claude, on va la prendre pour une patronne de bordel!

Hélène se mit de la partie :

— Il y a plein de prénoms charmants comme Violette, Juliette, Paulette...

— Mauviette, l'interrompit son gendre en prenant un ton goguenard.

— Chou, j'ai une autre idée. Tu te souviens de la fille de ma prof d'anglais, la petite Marie-Claude, on la trouvait très mignonne.

— Oui, effectivement, elle était charmante cette gamine. Je suis d'accord, ce sera Marie-Claude.

Le lendemain matin, Marcel allait à la Mairie faire la déclaration de naissance de sa fille : le samedi neuf février 1946, à vingt heures, naissait un enfant de sexe féminin portant le nom de Jouvet et les prénoms de Marie-Claude, Renée (comme son grand-père et son oncle décédé) et Vincente (en souvenir de son arrière-grand-mère italienne).

Quatrième partie

Marie-Claude

Chapitre 1

Dès le lendemain de la naissance, René, qui faisait un train sur Paris, rapporta un énorme ourson rose, arborant fièrement un très gros ruban fuchsia autour de son cou. L'animal mesurait environ un mètre de haut et René trouva que ces proportions étaient tout à fait à la hauteur de sa fierté et de son amour pour cette première petite fille. On installa Nounours sur une chaise, au pied du berceau, où il fit très longtemps office de gardien. Beaucoup plus tard, quand la petite commença à jouer à l'école, il devint évidemment le plus grand de sa classe, celui qui redouble indéfiniment… bref le cancre. Pauvre Nounours!

* * * * *

Marcel, bien conscient qu'il était en train de fonder une famille, était plus décidé que jamais à prendre son envol. Il souhaitait ouvrir son entreprise et devenir son propre chef. L'occasion se présenta enfin, peu de temps après la naissance de Marie-Claude. Les deux Marcel*le* visitèrent un fonds de commerce mis en vente rue Percière. C'était très petit, un peu désuet, mais pour démarrer, c'était parfait, bien situé, pas trop loin du centre-ville de Rouen. Ils signèrent une proposition d'achat légèrement inférieure au prix demandé. Si tout fonctionnait, ils pourraient commencer à travailler dès le mois suivant :

Marcel informa alors son patron.

— Quel dommage, Marcel! Pourquoi ne pas m'avoir parlé plus tôt? Vous savez que notre fille a une santé fragile… Ma femme et moi avons décidé de nous installer pour plusieurs mois en bordure de mer. L'air marin devrait être salutaire à Chantal. Je pensais justement vous faire tenir mon salon durant notre séjour.

Marcel essayait de penser vite. La transaction d'achat n'était pas signée définitivement et l'idée d'être responsable du salon André où œuvraient plus de dix personnes était beaucoup plus séduisante que d'acquérir ce petit fonds de commerce de troisième catégorie.

— Monsieur André, rien n'est encore fait. J'ai fait une proposition au propriétaire, mais s'il n'est pas d'accord, il est possible que la transaction tombe. Je l'annulerais bien, car ce que vous m'offrez me plaît, mais je n'ai pas les moyens de payer un dédit.

— Il n'y a pas de problème Marcel. J'apprécie grandement votre souplesse et votre ouverture d'esprit. Je vais attendre de voir comment va tourner votre offre d'achat.

Chaque jour, André reparlait de cette acquisition potentielle :

— Puis, Marcel, vous en êtes où?

— J'attends toujours la décision du propriétaire. Il lui reste deux jours.

Le temps passa et la transaction tomba, mais Monsieur André ne partait pas et ne reparlait plus de ce déménagement sur la côte normande. Marcel prit conscience qu'il s'était fait avoir et que Monsieur Schoenmaker n'avait jamais eu l'idée de lui confier son salon.

Trois semaines plus tard, un dimanche matin, Marcel lut une annonce dans le journal. Un fonds de commerce situé cent quarante-huit rue Beauvoisine était à vendre. C'était un peu plus éloigné du centre que le commerce retenu précédemment, mais c'était plus grand et très abordable.

— Allez hop! Sissou, cet après-midi, on va visiter ce truc. Je n'attends plus après André. Je n'aime pas qu'on se foute de moi.

C'était loin d'être luxueux, mais c'était tout ce qu'ils pouvaient s'offrir. Le local n'était pas très grand, mais il présentait un bon potentiel d'agrandissement pour plus tard. Et puis, il fallait bien commencer quelque part! L'affaire fut rapidement conclue. Papi Lecoq prêta la somme nécessaire. René et Marcel s'attaquèrent aux travaux de base indispensables. Le salon fut bientôt prêt à ouvrir ses portes. Marcel avait avisé à nouveau son patron qui fit triste mine, mais ne protesta pas. Le premier Salon Marcel Jouvet venait d'être créé.

*   *   *   *   *

Sissou s'adaptait tant bien que mal à son nouveau rôle de maman. Dans un premier temps, elle allaita sa fille.

— Aux trois heures, avait précisé l'assistante sociale en lui remettant le livret de la parfaite maman.

C'est ce qu'elle faisait rigoureusement, à la minute près. Ce qui devait être un acte naturel et facilitant, devint pour elle un casse-tête abominable. Si la petite, encore rassasiée, dormait du sommeil du juste, le manuel et l'horloge étaient formels, elle devait boire, coûte que coûte! Si par contre son bébé réclamait, ne serait-ce qu'un quart d'heure avant le temps, tant pis pour elle, elle devait attendre! Le rituel de la tétée commençait alors : tout d'abord, il fallait changer la fillette et la mettre au sec puis la peser, ce qui s'avérait compliqué, car un bébé affamé pleure et bouge beaucoup, rendant la lecture du poids bien approximative. Elle la mettait ensuite au sein, quinze minutes sur le sein droit, quinze minutes sur le gauche, en alternant, tel que prescrit, puis la repesait pour vérifier la quantité de lait ingérée. Elle préparait alors un biberon complémentaire si la quantité de lait bue n'était pas celle inscrite sur le livret. Finalement, elle rechangeait le bébé qui, à coup sûr, s'était souillé durant la tétée. Après trois semaines de ce cirque, la jeune mère était au bord de l'épuisement, le bébé énervé et affamé et toute la maisonnée aux abois.

J'avais beau essayer de faire détendre ta mère, il n'y avait rien à faire. Pour moi, l'allaitement, c'était beaucoup plus simple et pourtant sur un seul sein. Je la faisais téter et quand je sentais qu'elle ne tirait plus, j'arrêtais. C'est tout!

En général, aux alentours de dix-sept heures, Marie-Claude commençait une litanie de pleurs, qui pouvait se poursuivre jusqu'en soirée.

Un certain soir, l'enfant avait très exactement trois semaines, Marcel venait de revenir de son travail quand il constata, une fois de plus, que sa fille passait de bras en bras sans pour autant arrêter ses hurlements. Il se fâcha :

— Elle a bu, elle est propre, maintenant elle va dormir. Tu la mets dans son lit.

— Mais on a essayé, elle pleure sans arrêt.

— Essaye encore, on ne va pas la promener comme ça toute la nuit.

Sissou déposa sa petite dans son moïse. Mais les larmes redoublèrent! Marcel partit du fond de la pièce, marchant d'un pas très ferme, attrapa l'enfant par ses langes, lui fit faire un demi-tour rapide dans son lit et éclata :

— Vas-tu nous foutre la paix!

L'enfant fut saisie, on le serait à moins, et les pleurs cessèrent instantanément. Elle s'endormit peu après. Encouragée et admirative devant le résultat, Sissou essaya, les soirs suivants, d'imiter tant le geste que la voix de son mari, mais sans aucun succès. La petite ne s'y trompait pas et avait déjà repéré qui était le maître à bord.

* * * * *

303

Marcel était très heureux d'être Papa, mais il réalisa rapidement qu'il n'avait pas beaucoup de temps à consacrer à son enfant. Non seulement était-il un nouveau propriétaire avec tout le travail que cela représente, mais il continuait son éducation la nuit, par la lecture. Ayant besoin de peu de sommeil, il en profitait et avalait les volumes les uns après les autres. Il sympathisa avec un libraire voisin de son magasin et se fit conseiller dans l'achat de nouveaux volumes. Tout l'intéressait, de l'ouvrage politique au dernier Goncourt. Choisissant parmi les femmes qu'il coiffait, celles susceptibles de le faire progresser, il discutait avec elles de ses dernières lectures. La réciproque devint vraie. Au cours de sa carrière, il accueillit de nombreuses nouvelles clientes attirées par ces conversations plus riches. Une belle réputation s'installa lentement. Pour plusieurs, on ne venait pas au Salon Jouvet seulement pour se faire coiffer. C'était aussi un lieu de rencontres et d'échanges digne d'intérêt. Plus Marcel s'instruisait, plus il prenait conscience du chemin encore à parcourir. Sissou le corrigeait souvent au niveau du langage et de l'écriture, mais il ne se formalisait pas, au contraire, sauf parfois, quand elle montait le ton :

— Ho! Ça va, tu n'es pas devant une classe de trente-cinq élèves!

*   *   *   *   *

L'achat de son commerce ajouta à la tâche. Il restait à monter cette entreprise et au départ, on ne peut pas dire qu'il était vraiment fier de son salon. Ce n'était pas très chic et même… pas chic du tout. Il était un peu inquiet de la réaction de sa clientèle qui était habituée au luxe du Salon André.

Au rez-de-chaussée, juste en face de la porte d'entrée, la caisse derrière laquelle deux armoires vitrées exposaient quelques rares parfums connus, comme « Carnet de Bal » de Révillon, et d'autres plus à la mode comme « Ma Griffe » de Carven ou « Antilope » de Weil. Dans les trois tiroirs à côté de la caisse étaient rangés quelques articles pour la vente : des poudriers en métal argenté ou recouverts de nacre avec leur houppette en duvet de cygne, les tubes de rouge à lèvres et les brosses à cheveux en poils de sanglier. L'inventaire restait très maigre.

Les deux Marcel*le* avaient reçu des vases en cadeaux de mariage et plusieurs se retrouvèrent au Salon. Au moins, il y aurait des fleurs fraîches dès l'entrée. À gauche, un escalier montait vers le salon de coiffure lui-même qui comprenait quatre places de coiffage aux fauteuils achetés d'occasion et un appareil à permanentes chaudes.

Deux lavabos et deux séchoirs au moteur bruyant complétaient l'installation. Dans un coin, une salamandre au charbon assurait le chauffage de l'étage. L'installation était sommaire et Marcel avait hâte de faire quelques travaux de rénovation. Mais l'argent manquait et il lui fallait bien attendre. Il se contenterait d'un peu de peinture, histoire d'approprier les lieux.

* * * * *

Tout était sujet à inquiétude pour la jeune maman quand il s'agissait de sa petite fille. Elle exigeait que sa propre mère porte un masque pour la changer et elle-même s'interrogeait sans arrêt. Pourquoi Marie-Claude pleurait-elle autant? Avait-elle suffisamment de lait? Et était-il suffisamment nourrissant? Elle décida de le faire analyser. Comme dans quatre-vingt-dix pour cent des cas, il s'avéra beaucoup trop clair, sans valeur nutritive réelle. De fait, l'analyse du lait était faite à partir des premières gouttes tirées. Or la nature étant souvent bien faite, les premiers centilitres bus sont destinés à désaltérer l'enfant, les éléments plus nutritifs n'étant disponibles qu'après plusieurs minutes de tétée.

N'en pouvant plus d'entendre sa petite pleurer et persuadée qu'elle n'était pas assez nourrie, Marcelle décida de la sevrer alors qu'elle n'était âgée que de trois mois. En plus, la jeune mère avait ainsi un plein contrôle sur les quantités ingérées, ce qui rassurait sa nature inquiète. Il était certain qu'avec sa façon de procéder, cela allait également lui alléger grandement la tâche.

Mais peine perdue, Marie-Claude rejeta presque tous les laits maternisés, peu nombreux en ces temps d'après-guerre, et sa mère commençait à paniquer, lorsqu'elle se fit conseiller par le Docteur Pierson, pédiatre renommé. Elle se sentit enfin plus en confiance. Un spécialiste ne pourrait que régler le problème, c'était bien évident! Faire appel aux éminents de ce monde était très réconfortant pour Marcelle et elle s'abritait souvent derrière leur jugement, qu'il s'agisse de médecins, avocats ou notaires. Pourtant dans ce cas-ci, rien ne changea et Marie-Claude continua de hurler, à heures fixes, luttant contre d'épouvantables coliques, ses petites jambes recroquevillées contre son ventre. Même son pouce qu'elle suçait avec délice depuis sa naissance ne suffisait pas à la consoler. Elle avait un peu plus de quatre mois quand finalement, une amie du couple suggéra le lait Nestlé concentré sucré à diluer dans de l'eau bouillie. Ce nouveau breuvage fit miracle.

Marie-Claude avait déjà bel et bien le bec sucré. Elle fut enfin comblée et rassasiée.

*   *   *   *   *

Marcelle n'avait pas repris l'enseignement depuis la naissance de sa fille et au début de l'été, elle décida qu'il en était terminé de l'Éducation nationale. Sa fille allait beaucoup mieux et semblait en parfaite sécurité dans les bras de sa grand-mère à qui elle décochait à tous coups de fabuleux sourires. Par contre, il était clair que son mari avait besoin de son aide. Elle connaissait sa valeur en tant que coiffeur, mais sentait bien qu'il n'avait ni les mêmes intérêts, ni les mêmes talents quand il s'agissait de paperasse et de comptabilité. En juin, c'est donc ensemble qu'ils ouvrirent les portes du nouveau Salon. La clientèle fut rapidement plus importante qu'ils ne l'avaient imaginé au départ. De fait, de nombreux commerces du centre-ville avaient été détruits pendant la guerre et du coup, la population fréquentait davantage ceux situés plus haut, très exactement dans leur secteur.

Sissou adopta une routine. Elle s'occupait de son bébé le matin et allait donner un coup de main à son mari en après-midi jusqu'à la fermeture, à dix-neuf heures. Elle s'installa tout naturellement à la caisse d'où elle accueillait les clientes, et prenait les rendez-vous. Il lui sembla qu'elle avait fait ces tâches toute sa vie.

Pour Marcel, la présence de sa femme représentait deux atouts majeurs. D'une part, il avait pleinement confiance dans sa façon de gérer et il pouvait donc se consacrer entièrement à son métier. D'autre part, elle était un merveilleux faire-valoir. Cette superbe jeune femme souriante et sûre d'elle à l'entrée de son salon ne pouvait qu'être rassurante pour ses clientes.

Marcel choisissait désormais tous les vêtements de sa femme qui, il faut l'avouer, n'était pas facile à habiller à cause de sa grande taille et de sa forte carrure. Elle demandait des coupes impeccables. Sissou dut reconnaître que son « look » avait changé en mieux depuis que Marcel y voyait. Il respectait habituellement ses goûts et ses vêtements étaient toujours très classiques et de bon goût, mais avec cette petite touche originale que seul lui savait trouver. Un tailleur très sobre pouvait être agrémenté par un foulard de couleur vive, un bijou, une ceinture un peu spéciale. Elle lui faisait confiance et s'abandonnait, certaine qu'en cette matière, il était le plus fort. Chou avait aussi pris l'habitude de la coiffer chaque matin. Après tout, sa femme était sa marque de commerce et elle devait toujours être à la hauteur.

Tout en s'occupant de ses clientes, il l'entendait d'en haut : « Bonjour Madame, un rendez-vous avec Monsieur Jouvet pour samedi? Ça va être difficile, laissez-moi voir... dix heures, c'est possible? ... Parfait, mais surtout soyez bien à l'heure, car samedi, il est surchargé. Je vous laisse une carte du salon avec le numéro de téléphone R1 08-30. Si vous avez un empêchement, vous seriez gentille d'appeler... », car bien sûr, ils avaient fait installer le téléphone! Il adorait l'entendre répondre : « Allo, Salon Marcel Jouvet, je vous écoute... oui, c'est bien ça, Jouvet, comme l'artiste défunt... ». Sissou adorait porter le nom de son mari et arborait très fièrement son nouveau patronyme.

* * * * *

Tout naturellement, Hélène avait donc pris le relais dans l'éducation de Marie-Claude. Elle retrouvait son rôle de maman et aimait ça. Elle passait des heures à la bercer. Elle s'installait sur une chaise de la cuisine, bien au chaud au coin de la grosse cuisinière de fonte. Il faut dire que c'était la seule source de chauffage de la maison, les autres pièces restant bien trop fraîches pour un si jeune bébé. Souvent, Madame Gacoin, sa voisine de porte, lui disait :

— Madame Duhamel, vous avez encore bercé votre petite ce matin, je vous entends chanter.

— Bien oui, je lui chante des chansons pour l'endormir. Elle a tellement de coliques, c'est la seule chose qui la calme un peu. Et puis, vous savez, je n'ai qu'elle, j'ai le temps!

* * * * *

René travaillait toujours et la SNCF était toute sa vie. Cette grande société restait sa première préoccupation, même s'il savait très bien que la retraite n'était plus très loin. Les roulants devaient arrêter leurs activités professionnelles plus tôt que les autres en raison des risques. Quand il n'était pas de service, il bricolait beaucoup autour de la maison. Le garage lui servait d'atelier et son établi y était installé.

À la demande de Marcel qui n'appréciait pas le jardin entièrement consacré au potager, il avait rétréci ce dernier et prévoyait le délimiter par une petite clôture. La partie plus près de la maison serait en gazon avec des fleurs, ne laissant que la partie arrière pour les légumes. René n'y voyait qu'un grand gaspillage de ressources, mais bon, il voulait bien faire plaisir à son gendre. En plus, il avait l'intention d'y construire un portique pour sa petite fille avec des balançoires. L'investissement allait valoir la peine puisque Marcel s'était montré formel, il ne voulait pas d'enfant unique. D'autres petits étaient donc à venir.

Un certain dimanche matin, Hélène était en train de changer sa petite-fille sur la table de cuisine, Marcel aidait son beau-père alors que ce dernier sciait du bois pour sa clôture… Hélène leva machinalement les yeux vers la fenêtre quand elle sentit sa poitrine se serrer. Du sang! Beaucoup de sang! Il lui semblait qu'il y en avait partout, sur la chemise de René, sur le gravier à ses pieds où une véritable flaque s'étalait. En même temps, elle vit la scie par terre et son mari entortillant sa main dans un linge qui rougissait à vue d'œil. René était blessé! Elle attrapa le bébé et sortit en courant. Au même moment, Marcel se précipita vers elle :

— Ce n'est rien, Maman! N'ayez pas peur. Papa s'est fait une petite égratignure.

— Une petite égratignure? Le linge est détrempé de sang!

— Je m'en occupe. Je vais aller voir si le taxi de notre voisin est disponible pour l'emmener à l'hôpital. Ils vont lui faire quelques points de suture.

Marcel entraîna René et Hélène essaya de se rassurer.

* * * * *

Au centre hospitalier, une infirmière accueillit les deux hommes et fit installer René dans une petite pièce. Un peu plus tard, elle revint voir Marcel resté dans la salle d'attente :

— Votre beau-père est avec le médecin. Ça va être long, il faut qu'il soit endormi. Revenez au début de l'après-midi.

— Endormi? Mais alors, c'est grave!

— Je n'en sais pas beaucoup plus long. Le médecin vous expliquera tout ça.

Marcel sortit et déambula dans le quartier. Il revint à l'hôpital aux alentours de quatorze heures. Il trouva René dans le couloir, la main recouverte d'un volumineux pansement, le bras en écharpe.

— Alors, Papa, ça va?

— Très bien, mon gars! On m'a coupé le petit doigt, l'auriculaire qu'ils appellent ça. Le médecin m'a dit que si je tenais à le garder, il serait tout raide et me gênerait. Alors je l'ai fait enlever. J'te dis que je ne me suis pas manqué avec cette saloperie de scie. Bon, maintenant, on rentre à la maison?

— Ils vous ont donné l'autorisation?

— Quelle autorisation? Je suis debout, on s'en va!

— Mais il faut voir le médecin et lui demander si vous pouvez partir!

— Lui, je l'ai assez vu! On s'en va, je t'dis.

René avait les sourcils foncés et l'œil des mauvais jours.

— Bon, bon, vous fâchez pas, je vais appeler un taxi.

— Non, certainement pas. On va pas repayer encore une fois. Il roule pas pour rien le père Gacoin! L'aller, c'est suffisant. On va prendre le tramway.

— Ce n'est pas raisonnable, vous êtes tout blanc. Et vous venez d'être opéré.

— Comment ça, tout blanc, tu veux dire que je vais tomber dans les pommes? Comme une femmelette?

— Mais non, je dis seulement que c'est pas rien ce que vous venez de vivre!

— Allez, t'occupe pas, je suis en pleine forme!

Ils montèrent dans le tramway, mais Marcel était inquiet. Il voyait bien que son beau-père n'allait pas bien du tout. Il était livide, s'accrochait à la barre près de lui et à plusieurs reprises, Marcel le vit chanceler, la sueur lui roulant sur le front, mais il ne bronchait pas. Il tint le coup jusqu'à destination. Marcel fut bien obligé de reconnaître qu'il était drôlement solide, le bonhomme! René en avait vu d'autres et pour un empire, il n'aurait pas flanché.

Deux semaines plus tard, il fit vérifier sa cicatrice par le docteur Foucard, son médecin de famille. Ce dernier en profita pour remplacer son énorme pansement par un enveloppement de gaze plus légère. Dès son retour à la maison, Marcel le surprit en train de cogner sur des barriques à coup de maillet, utilisant sa main opérée :

— Papa, qu'est-ce que vous faites?

— Je veux vérifier si cette saleté de main peut encore tenir un marteau.

* * * * *

Marie-Claude devint un bébé rieur qui adorait passer de bras en bras, jamais intimidée par les étrangers, à tel point que Sissou, facilement inquiète, commença à angoisser :

— Surtout, Maman, tu fais attention, n'importe qui pourrait la voler dans sa poussette et elle ne t'avertirait pas! Elle est bien avec n'importe qui!

Hélène s'offusqua :

— Toi aussi, tu étais belle et est-ce que quelqu'un aurait eu la chance de partir avec toi? Allez, travaille tranquille, personne ne touchera à ta petite!

Il était tout à fait vrai que Marcelle pouvait être rassurée. Hélène était une véritable tigresse quand il s'agissait de sa petite-fille. Qu'un étranger fasse seulement mine de la regarder avec un peu d'insistance et elle marmonnait :

— Mais qu'est-ce qu'il veut, ce type? Sa photo peut-être?

Hélène ne vivait que pour sa fille et cette petite. Elles étaient l'essentiel de son monde. Même son gendre et son mari, bien que très présents, avaient déjà un peu moins d'importance à ses yeux. En tout cas, ils venaient derrière.

L'enfant comprit très vite qu'elle pouvait mener le bal à sa manière avec cette grand-mère si attachée à sa petite personne. Après les biberons, Hélène la déposait délicatement dans son petit lit, mais c'était à croire qu'il y avait des épines dans le matelas. À peine la grand-mère avait-elle le temps de descendre l'escalier et de poser le pied sur la dernière marche, persuadée que l'enfant était endormie... que Marie-Claude commençait à hurler.

— Ah flûte! Je croyais qu'elle dormait! J'en ai marre, ça fait trois fois qu'elle me fait remonter.

— Elle a peut-être une épingle qui s'est ouverte, suggérait René, qui ne supportait pas d'entendre sa petite-fille pleurer.

— Qu'est-ce que tu racontes et qu'est-ce que tu connais aux bébés?

— Elle pleure bien pour quelque chose.

— Tu parles, c'est du pur caprice. Tu vas voir, si je la prends dans les bras, c'est curieux, les épingles se referment instantanément.

— Va quand même vérifier, je serai plus rassuré.

Et Hélène, malgré ses quatre-vingts kilos et son souffle court, remontait à l'étage, enlevait les langes, vérifiait les épingles qui tenaient la couche. Elle n'en trouva jamais aucune détachée.

— Je te l'avais bien dit. Elle n'a rien du tout et regarde le beau sourire depuis qu'elle est dans mes bras!

— Elle a du caractère et elle sait ce qu'elle veut, concluait René.

— C'est bien beau, mais qui va faire le souper maintenant?

— Allez, passe-la moi, je vais la bercer pendant que tu es à la cuisine.

— On est en train de la pourrir cette petite. Tu vas voir que son père n'aimera pas ça qu'on la berce tout le temps. Il n'aime pas les enfants capricieux!

— Pour l'instant, il n'est pas ici!, marmonnait René.

Il était curieux de constater à quel point le grand-père ramollissait avec les années. Lui qui avait été si sévère avec Marcelle avait de ces indulgences quand il s'agissait de sa petite-fille!

* * * * *

Marie-Claude fut baptisée à l'âge de six mois. Sa seule tante, Denise, devint tout naturellement sa marraine. Pour parrain, faute d'oncle, Hélène suggéra Coco, son neveu qui habitait à Constantine, en Algérie. Ce dernier accepta avec empressement son nouveau titre, d'autant plus qu'il n'avait pas d'enfant, mais précisa qu'il lui serait impossible d'être présent à la cérémonie. Il lui fallait un remplaçant qui assisterait la nouvelle marraine et signerait les registres en son nom. Michel Lecoq, copain de Chou du temps du STO pendant la guerre, accepta le rôle. Cela eut pour résultat que la petite se retrouva avec une marraine et deux parrains, Michel jouant les remplaçants… permanents. Il apportait très souvent de petits présents au bébé et, célibataire endurci, appréciait grandement la présence de la petite fille.

* * * * *

Avec l'arrivée de Marie-Claude et l'achat du salon de coiffure, le rôle des quatre adultes se dessina assez rapidement. Chacun prit sa place. Les deux Marcel*le* ne cherchaient plus d'appartement et avaient renoncé temporairement à déménager. Ils en parlaient à l'occasion, surtout Chou, qui trouvait la présence de son beau-père souvent bien pesante. Les coups de gueule étaient fréquents entre les deux hommes, mais toujours pour des raisons insignifiantes. Un simple robinet rafistolé pouvait déclencher une scène. Marcel n'appréciait pas le bricolage de son beau-père qui ne voyait que le côté pratique et économique des choses quand lui-même avait pour principale préoccupation la durabilité et surtout l'esthétisme. Pourtant, ces affrontements n'allaient jamais bien loin et ressemblaient beaucoup plus à des tentatives d'intimidation. Ils étaient les deux coqs de la même basse-cour! En fin de compte, le plus jeune reconnaissait la dominance du plus vieux et pliait, bien malgré lui. Marcel n'osait pas affronter directement René. Il se voyait encore comme un jeune freluquet et était conscient qu'il n'avait pas fait réellement ses preuves aux yeux de l'ancien.

Pour Sissou, il n'était plus question de quitter ses parents. Elle avait besoin d'eux pour sa petite fille et ne l'aurait jamais confiée à des étrangers. L'arrangement lui convenait donc parfaitement, même si parfois elle se sentait bien coincée entre les deux hommes de sa vie. La complicité développée avec sa mère depuis l'enfance se trouva renforcée et les deux femmes jouaient souvent les arbitres.

— Chou, calme-toi, susurrait Sissou à son mari. Sois patient, Papa n'est pas méchant, il est seulement soupe au lait!

— J'aimerais bien qu'il passe ses colères ailleurs, rouspétait Marcel, j'en ai marre de son sale caractère! Et j'en ai marre aussi qu'il fasse tout à sa tête! Après tout, nous habitons également ici et j'aimerais pouvoir mettre mon grain de sel!

Quant à Hélène, elle houspillait son homme :

— C'est plus fort que toi, faut toujours que tu la ramènes! Vas-tu finir par te taire! Je t'avertis, ne t'arrange pas pour que Marcel en ait assez et décide de déménager. Tu ne me sépareras pas de ma fille. Tu partiras tout seul! T'as compris?

René bougonnait et sortait invariablement en claquant la porte. Il allait marcher pendant de longues heures, aboutissant très souvent au domicile de son jeune frère Marcel, le bézot, comme il l'appelait toujours, malgré les années.

Curieusement, tous avaient tenu pour acquis que Marcelle s'occuperait des finances de toute la famille et personne ne contestait sa façon de procéder, personne ne lui demandait de comptes, tous lui faisaient une confiance aveugle. René lui remettait ses payes auxquelles elle joignait la paye de son mari après avoir réglé les comptes du commerce. Il faut dire que jamais elle n'aurait profité de la situation à son avantage. Consciencieuse comme elle l'avait toujours été, elle ne visait que le bien-être de tout un chacun.

* * * * *

Au cours de l'année 1946, Marcel avait appris que sa petite sœur était à son tour enceinte. Elle était tombée amoureuse de Roger, un des fils Mesnier, voisins de ses parents et s'était mariée le vingt-deux septembre 1945. Marcel avait reconnu là un signe du destin :

— C'est sûr que tu seras heureuse avec une date pareille, lui avait-il dit, le jour de mon anniversaire!!

C'était une belle histoire d'amour et Denise avait souhaité concrétiser cette union en devenant maman très rapidement. Pour elle, contrairement à Sissou, la maternité allait de soi et ne lui apparaissait pas, à première vue, comme quelque chose de très compliqué. Le bébé était attendu pour le début de 1947. Germaine et Auguste attendaient l'heureux événement avec une grande impatience. Ils se doutaient bien qu'ils allaient davantage profiter de ce petit enfant puisqu'il allait vivre tout près d'eux.

De fait, Daniel arriva le dix mars 1947, un peu plus d'un an après la naissance de sa cousine. Ils étaient les deux premiers de la nouvelle génération et les quatre familles étaient bien fières de cette nouvelle descendance.

Marcel fut très heureux pour sa sœur tout en l'enviant d'avoir eu un garçon dès sa première grossesse. Il souhaitait très fort que le deuxième essai lui donne un fils!

* * * * *

Le dimanche après-midi, Chou et Sissou profitaient de leur bébé et partaient très souvent pour une longue promenade. Le Jardin des Plantes s'avéra un très beau but de balade. Ils déambulaient, bras dessus, bras dessous en poussant le landau de la petite. Quand cette dernière commença à marcher, ils lui firent découvrir le bassin à poissons rouges et celui aux canards. Marie-Claude adorait les animaux de tout acabit et raffolait de ces sorties. À la maison, elle passait des heures à jouer avec Youki, le petit chien sauvé des décombres pendant la guerre. Ce dernier, visiblement, avait très bien accepté la présence de la fillette et leur complicité devint évidente. Elle se couchait souvent, la tête sur le ventre du chien qui restait stoïque et semblait même apprécier son nouveau rôle protecteur. Les premiers mots de Marie-Claude furent pour lui :

— Kiki, *iens*!! appelait-elle, le ton déjà bien autoritaire pour une si petite fille.

Et le chien obéissait…

* * * * *

Dès le début de 1948, les deux Marcel*le* constatèrent avec soulagement que leurs affaires marchaient très bien, presque trop bien. Ils avaient fait un chiffre d'affaires très intéressant pour les fêtes de Noël, la dette envers Papi Lecoq se remboursait à très belle allure et l'apport du salaire de René permettait même de penser à des rénovations. Marcel fit des plans.

D'abord, on agrandirait dans la partie grenier attenante au salon. Il suffirait de prévoir un escalier de trois marches pour y accéder. On y mettrait trois lavabos qui remplaceraient les deux actuels, visiblement désuets. Le reste de l'espace-grenier serait consacré pour une part, au laboratoire qui serait assez grand pour qu'on puisse y prendre le repas du midi à l'aise et d'autre part à l'entreposage des surplus de l'inventaire. L'espace ainsi récupéré dans la partie salon permettrait d'ajouter deux séchoirs. Les transformations se termineraient avec le plâtrage du plafond qui en avait bien besoin, de la peinture dans les nouveaux espaces et le remplacement de la salamandre au charbon par un chauffage beaucoup plus discret et plus sécuritaire. Le Salon aurait bien meilleure allure et Marcel fut très fier de faire peindre son nom sur la vitrine, en façade du magasin. Les travaux seraient exécutés durant les mois d'été alors que plusieurs clientes partaient en vacances. De nouveaux peignoirs blancs firent leur apparition et un lot de serviettes fut commandé. Elles seraient blanches avec une bordure brodée en rouge tout au long mentionnant « Salon Marcel Jouvet ». Décidément la classe commençait à y être!

Il fallait également engager du personnel, Marcel ne suffisant pas à la tâche. Peu à peu, au fil des mois, entrèrent trois employées. Elles étaient fort différentes, tant du point de vue de l'allure physique que du caractère. Il y avait la très sage, très calme et un peu ronde Paulette, la pétillante Monique au sang souvent bouillant et la très belle et très sportive Gisèle à la stature quelque peu suédoise. L'équipe forma bientôt une véritable petite famille autour des deux Marcel*le* et ils prirent l'habitude de se réunir de temps en temps. Si une semaine avait été particulièrement remplie, Marcel n'hésitait pas à ouvrir une bonne bouteille et à trinquer avec ses employées.

Sissou adorait travailler avec son mari. Elle passait de moins en moins de matins avec sa fille, la sachant en pleine sécurité dans les bras d'Hélène. Elle sentait très bien que Chou ne s'en tirerait pas seul et qu'elle se devait d'être à ses côtés. Avec l'embauche du personnel, elle avait dû suivre une formation pour pouvoir se familiariser avec les différentes lois. Elle trouva une comptable, Madame Hubert, dont les bureaux donnaient sur la cour, derrière le Salon. C'était inespéré et Marcelle la rencontra souvent pour apprendre tous les rudiments de la gestion. Elle voulait ses livres parfaits et n'aurait pas supporté d'être prise en défaut.

Ils introduisirent de nouveaux articles à vendre comme des barrettes de fantaisie, des voilettes et filets très à la mode, un peu de maquillage. Marcel prit l'habitude de « faire » sa vitrine en façade du magasin et ses talents de décorateur commencèrent à poindre.

* * * * *

Les deux Marcel*le* avaient toujours leur chambre à côté de celle des grands-parents et ils y avaient installé le berceau de Marie-Claude. Chou n'était pas plus heureux de cette situation qu'au début de son mariage. Il cherchait une solution, comprenant bien que leur déménagement ne serait pas pour demain. Il savait que la petite avait besoin de ses grands-parents. Lui non plus n'était pas très chaud de la faire élever par des étrangers quoique… il aurait pu davantage exiger une certaine façon de faire. Il y a des choses qu'il aurait pu se permettre de dire à une nounou qu'il était bien difficile de dire à une belle-mère bénévole. Mais, bon, il acceptait la situation, d'autant plus que financièrement, il y voyait de gros avantages. D'autre part, il avait besoin de sa femme au travail. Avec l'expansion du Salon, il n'était pas question qu'elle reste à la maison pour s'occuper de sa fille. Leur situation n'était pas exceptionnelle. Bien des commerçants de l'époque vivaient la même chose. Ils ouvraient le Salon de coiffure à huit heures trente pour le fermer à dix-neuf heures. Sans voiture, ils devaient prendre le tramway de sept heures. Ils n'avaient pas le temps de revenir sur l'heure du midi. Il fallait manger sur place et ils avaient organisé ce grand laboratoire justement pour pouvoir y faire un peu de cuisine. Le soir, ils étaient difficilement de retour avant vingt heures. Les journées étaient très longues et sans l'aide des grands-parents, il aurait fallu engager une personne à plein temps pour s'occuper du bébé. Ils n'en avaient carrément pas les moyens et la présence d'Hélène et de René auprès de la petite assurait un lien affectif qu'il savait indispensable.

Le grenier de la maison était inoccupé et une bonne journée, il y entraîna sa femme :

— J'ai pensé à un début de solution pour que nous ayons un peu d'intimité. Tu vois, dans ce coin, on pourrait fermer par une cloison et en faire une grande mansarde, notre chambre. Il y a une belle lucarne qui donnerait un peu de caractère à la pièce. Ici, à côté, il y aurait même la place pour faire un cabinet de toilette qui serait éclairé par ce vasistas.

— Et la petite?

— On lui laisserait notre chambre actuelle. C'est une belle pièce et si nous avons un autre petit, ce serait tout à fait assez grand pour deux. Ça deviendra la chambre des enfants.

— Il faut en parler aux parents, car d'ici, on ne l'entendrait pas, la nuit. C'est donc eux qui s'en occuperaient.

— Elle n'est plus un nourrisson et elle se réveille rarement. De toutes les façons, ton père a l'oreille fine et l'entend toujours. Tu le sais, un rien le réveille. Et toi, tu pourrais faire de bonnes nuits pour être d'attaque le lendemain.

La décision se prit avec René. Il se montra même emballé par le projet.

— Il est normal que vous ayez un peu d'intimité. L'idée est bonne. Je peux m'occuper des travaux avec un copain. Et puis, ne vous en faites pas pour Marie-Claude, elle n'est plus toute petite et on n'est pas loin!

Marcel était ravi. Enfin, il aurait l'impression de vivre un peu seul avec sa femme. L'accès à la nouvelle chambre ne serait pas du dernier chic puisqu'il faudrait traverser la partie restée en grenier pour y accéder, mais il se promettait bien que derrière la porte, ce serait leur petit paradis.

* * * * *

Marie-Claude grandissait et à l'été 47, elle atteint ses dix-huit mois. Elle se développait très bien et faisait l'admiration de toute la famille. Elle babillait et plusieurs mots étaient déjà très franchement articulés. Chaque matin, Hélène l'installait sur le petit pot dans la cuisine et pour aider l'enfant à patienter, elle lui donnait son livre préféré, toujours le même, l'histoire d'un certain garçon nommé Polo.

— Mémé, Bolo, y a babé… babé tête!

La grand-mère corrigeait :

— Polo est TOMBÉ? Sur la tête? Pauvre Polo!

Si le développement du langage se passait bien, par contre, la nourriture restait un problème majeur. Cette petite n'avait aucun appétit et chaque repas représentait tout un défi. Sissou s'inquiétait et exigeait que l'enfant prenne des repas équilibrés avec protéines, légumes et produits laitiers, toujours en suivant son fichu cahier de biologie et les recommandations du manuel de la parfaite maman. Marcel parlait de caprices et haussait le ton chaque fois qu'il était présent, ce qui ne changeait absolument rien à l'appétit déficient de l'enfant. René qui avait depuis toujours le bec sucré suggérait qu'on la laisse manger des desserts, même si le reste n'y était pas. Mais c'est finalement Hélène qui devait se battre au quotidien avec sa petite-fille. Elle avait repéré que la petite détestait mâcher et elle lui présentait la plupart des plats sous forme de purées ou de bouillies, ce qui passait beaucoup mieux. Tout en lui racontant pour la nième fois la belle histoire de Blanche-Neige ou de Cendrillon, elle réussissait à lui faire avaler quelques cuillerées :

— Et d'un coup de baguette magique, la gentille fée transforma les affreux rats en superbes chevaux noirs!

— Non, y sont blancs, les *sevaux!* corrigeait Marie-Claude.

— Ah oui, c'est vrai, tu as raison…

Il faut dire qu'Hélène réinventait les contes au fur et à mesure et ne se souvenait pas toujours de la version antérieure. L'enfant ne s'y trompait pas. Et le repas se poursuivait, lentement et péniblement :

— Allez, Marie-Claude, ouvre ta bouche si tu ne veux pas rester un stoquefiche[39]!

Des quatre adultes, qui avait la solution? On n'en saura jamais rien! Mais l'enfant continuait de grandir et de se développer. Même si elle était un peu maigrelette, elle ne s'en portait pas mal pour autant.

*   *   *   *   *   *

On parla vacances et Hélène suggéra d'emmener la petite au bord de la mer, ce qui ne pourrait que stimuler son appétit. Elle avait entendu parler d'une location possible à Trouville. Tous se montrèrent ravis et Marcelle organisa les contacts avec les propriétaires, la famille Thépot. Il s'agissait d'un appartement dans une grande maison de la rue de la Cavée, à une quinzaine de minutes de la plage. Il fut convenu qu'Hélène y passerait le mois de juillet avec l'enfant. René pourrait les rejoindre dans ses périodes de repos et les deux Marcel*le* qui ne pouvaient se permettre de fermer le magasin, se contenteraient de deux courtes fins de semaine. Ils arriveraient par le dernier train du samedi soir et repartiraient le lundi matin, puisque le salon était ouvert le lundi après-midi.

Chose dite, chose faite. Le premier juillet, René et Hélène prenaient le train pour Trouville avec Marie-Claude bien sûr et beaucoup de bagages… Il y avait presque une demi-heure de marche jusqu'à la maison et sans René et sa force légendaire, la chose aurait été

---

[39] Nom utilisé dans le bassin méditerranéen, venant du néerlandais *stockfisch*, poisson séché, donc très plat. Ce terme désigne une personne très maigre.

impossible. En arrivant dans le bas de la Côte de la Cavée, ils aperçurent la maison, juste en face d'eux, faisant le coin de la rue Clémenceau. Elle était très imposante, avec ses deux garages surmontés d'une terrasse et ses quatre étages. Elle apparaissait assez mal entretenue. Les peintures des fenêtres semblaient dater d'une autre époque et plusieurs lattes manquaient aux volets. L'ensemble n'était pas très inspirant. Et quelle déception lorsqu'Hélène arriva dans l'appartement. Il était grand, certes et la maison bien située, mais quelle crasse! Elle commença par faire un grand ménage des pièces qui lui étaient allouées. Même la vaisselle était sale et dût être relavée. Elle s'attaqua à la tâche et après quelques heures, l'endroit fut à peu près vivable.

Quand les deux Marcel*le* arrivèrent le samedi suivant, ils convinrent que ce n'était pas l'appartement idéal à louer avec un jeune enfant. Même après l'avoir nettoyé, l'hygiène y était tout juste acceptable. Sissou avait une peur bleue qu'il y ait des puces, punaises ou toute autre bestiole susceptible de piquer sa fille. Elle inspecta les moindres recoins et particulièrement la literie, mais malgré un résultat négatif, resta dubitative.

Par contre, la plage était magnifique et Hélène y emmena la petite chaque jour. L'enfant adora les lieux et il était toujours trop tôt quand il s'agissait de quitter le sable et les coquillages. Hélène en profita pour faire quelques connaissances avec des habitués de la place, en particulier avec Madame Rabeau, propriétaire d'une petite maison où elle accueillait des locataires chaque année. Hélène lui avait décrit avec force détails et mimiques dégoutées l'appartement dans lequel ils avaient échoué.

— Pauvre Madame Duhamel, dommage qu'on ne se soit pas rencontrées avant. Si vous voulez, je vous fais visiter l'appartement que je loue. Vous pourriez le retenir pour l'année prochaine!

— Avec plaisir, Madame! C'est sûr que ce sera sûrement mieux que le gourbi où on habite!

René, qui avait retrouvé le plaisir que lui procurait le contact avec l'eau, fit découvrir les joies de la baignade à sa petite-fille. Cette dernière se montra enthousiaste et hurlait systématiquement, quand le moment de sortir de l'eau arrivait! Par contre, pour Hélène, hors de question de mouiller plus haut que la cheville et encore… pas trop souvent! Quant à Sissou, elle renoua courageusement, mais sans enthousiasme, avec les bains de mer, s'appliquant à bien faire les mouvements de brasse que son père lui avait appris autrefois : « Tu allonges, tu écartes et tu replies…, un, deux et trois ». Marcel se montra un peu plus hardi, nageant tout juste convenablement. Il apprécia la plage, mais découvrit très rapidement que Deauville n'était pas loin, avec ses boutiques de luxe et ses vitrines si attrayantes. Il y entraîna Sissou qui préféra d'emblée ces balades en couple aux batifolages dans le sable. Ces promenades dans les rues de Deauville devinrent un des rares moments de profonde intimité entre eux.

Tous s'entendirent pour dire que Trouville avait été un très bon choix de vacances, mais qu'on ne retournerait pas dans l'appartement de la rue de la Cavée. Celui des Rabeau était beaucoup plus acceptable et Hélène avait même déjà versé des arrhes pour l'année suivante, voulant être certaine qu'on lui réserverait les lieux.

* * * * *

La famille, de retour à Rouen, reprit son train-train habituel. Le mois d'août fut très beau et Marie-Claude passa de longues heures dans le jardin avec son grand-père.

Un certain dimanche, Marcel jouait dans la cour avec l'enfant quand cette dernière, dans un geste rapide et sec, enleva son chapeau de soleil et le jeta par terre. Marcel fut décontenancé devant l'attitude de la petite qui savait qu'elle devait garder ce chapeau sur la tête :

— Marie-Claude, ramasse ton chapeau!

L'enfant ne bougea pas.

— Marie-Claude, ramasse ton chapeau... tout de suite!

La petite regarda son père accroupi devant elle, droit dans les yeux, sans bouger. Marcel prit la main de l'enfant et l'obligea à se baisser, puis prenant un ton grave et tranché :

— Ramasse ton chapeau immédiatement!

Marie-Claude dégagea sa main, prit son élan et asséna une gifle magistrale sur la joue paternelle. Marcel sentit instantanément une chaleur lui monter au visage et la colère l'envahir. Il eut le temps de penser : « Je ne dois pas la toucher, car je pourrais être violent. » Il se contenta d'empoigner les bretelles du maillot de bain de l'enfant, la souleva de terre et grimpa les escaliers à la course. Il la déposa dans son lit et sortit de la chambre en claquant la porte. Il était tout à fait hors de lui et il sentait très nettement la rage qui s'était emparée de son esprit. Il en tremblait. Il ne comprenait tout simplement pas. Sa fille, sa propre fille, avait osé lever la main sur lui. Mais que ferait-elle plus tard? Elle n'avait pas deux ans! Hélène le trouva dans cet état et s'enquit de ce qui s'était passé. Le souffle court, Marcel lui raconta la scène.

— Mais ce n'est pas grave, c'est encore un bébé, tempéra-t-elle.

— Enfin, Maman, vous ne réalisez pas? J'en ai du mal à respirer.

— Tu l'as punie, c'est très bien. Elle a sûrement compris que son geste n'était pas bien. Mais ne dramatise pas!

Marcel se calma et remit les choses en perspective, mais ne digéra pas. Non, il ne supporterait jamais qu'un de ses enfants lève la main sur lui. Il était le père et à ce titre devait être respecté. Il essayait d'imaginer ce qui serait arrivé s'il avait eu un tel geste envers son propre père...

* * * * *

Même si le Salon occupait beaucoup Marcel, il prit énormément de plaisir à aménager leur nouvelle chambre. Le luxe n'était pas encore au rendez-vous, mais cette pièce représentait toute une amélioration. Ils y étaient enfin seuls et le couple connut un nouveau départ. Chou réalisa que sa femme était beaucoup plus détendue et du coup, leurs relations amoureuses furent nettement plus agréables. Une fois la porte du grenier refermée, c'était l'enchantement de se retrouver à deux. Ils pouvaient bavarder librement, sans avoir à baisser le ton, se promener à l'aise sans se cacher derrière une robe de chambre.

Le mobilier était le même que celui qui meublait leur ancienne chambre, en bois rougeâtre, avec une grosse armoire à glace bien pratique à défaut d'être belle. Dès la première année, sa porte centrale s'était mise à grincer de façon sinistre et Marcel se promettait bien d'améliorer tout ça dès que l'argent serait un peu moins rare. Marcelle équipa le cabinet de toilette avec la coiffeuse qu'elle avait eue de sa grand-mère. Tous les soirs, ils montaient le broc d'eau chaude destiné à leur toilette et le seau hygiénique qui recueillerait les eaux souillées.

* * * * *

En février 48, Marie-Claude eut ses deux ans. On avait passé les fêtes de fin d'année avec les Lamailière et on peut dire qu'une tradition venait de s'installer. Jean et Marcel étaient restés d'excellents amis depuis la période du STO pendant la guerre. Sissou appréciait beaucoup son épouse, Madeleine et les deux femmes aimaient bavarder d'autant plus qu'elles vivaient sensiblement les mêmes choses. Jean opérait sa boucherie, mais c'est Madeleine qui en assurait la gestion et l'accueil de la clientèle.

Les Lamailière possédaient une voiture, ce qui facilitait les rapprochements des deux familles. Ils habitaient près du Havre, à la Mare Auclair, à quelques rues de distance de leur commerce. Ce dernier occupait énormément de leur temps et c'est la mère de Madeleine, la Mémé Romain qui s'occupait de leurs deux enfants, Jean-Pierre et Marie-Françoise. Le mode de vie et les valeurs des deux familles étaient donc très semblables. Tous se retrouvaient régulièrement avec le même plaisir. Tant les parents que les grands-parents appréciaient les joies de la table et les discussions devenaient vite très animées autour d'un repas bien arrosé. Les sujets se renouvelaient peu. Après avoir évoqué pour la nième fois quelques épisodes de la guerre (avec ces saloperies de Boches!), descendu le gouvernement (toujours aussi voleur!), critiqué les politiques (tous des menteurs!), s'être plaint des prix toujours montants, on en arrivait fatalement aux difficultés avec le personnel (qui n'était vraiment plus aussi travailleur qu'avant-guerre). Les enfants aussi profitaient de ces rencontres et partageaient les mêmes jeux, se découvrant et s'appréciant toujours davantage. Il fut entendu qu'on se retrouverait à Trouville l'été suivant et qu'on y passerait quelques jours ensemble.

Chapitre 2

Sissou et Chou commencèrent à envisager la possibilité d'avoir un deuxième enfant. Trois ans de différence entre les deux leur semblaient un écart parfait. Bien sûr, il leur arrivait d'en parler à leur fille :

— Marie-Claude, tu aimerais avoir un petit frère?

— Non, je veux des petites sœurs.

— Mais ma chérie, on a déjà une petite fille! Ce serait bien d'avoir maintenant un petit garçon.

— Non, moi, je veux juste des petites sœurs et j'en veux deux!

La petite ne démordait pas et sa réflexion amusait grandement sa grand-mère :

— Oh c'est qu'elle a de la suite dans les idées, cette gamine! Quand elle veut quelque chose, il n'y a pas grand-chose pour la faire changer d'avis. De toutes les façons, elle prendra bien ce qui arrivera!

Marcel espérait bien que cette fois-ci, il aurait enfin le fils qu'il attendait depuis si longtemps.

Début juin 48, Marcelle sut qu'elle était enceinte. Elle n'était pas beaucoup plus emballée par cette nouvelle grossesse que par la précédente. Elle était tout simplement heureuse de faire plaisir à son homme. Lui était formel, il ne voulait pas d'un enfant unique et son petit gars était probablement en marche.

Le travail ne ralentit pas pour autant. Le carnet de rendez-vous du Salon était très souvent bien rempli et personne ne s'en plaignait. Marcelle continua donc sa routine durant les premiers mois.

René serait à la retraite l'année suivante et appréhendait un peu ce changement. La SNCF était sa deuxième famille depuis longtemps, mais il savait qu'il n'avait pas le choix. Du jour au lendemain, il allait devoir changer radicalement de vie. Il avait surtout très peur de s'ennuyer. Hélène, elle aussi, appréhendait cette date fatidique. Durant toutes ces dernières années, elle était arrivée à supporter le mariage et tout ce qui venait avec, essentiellement parce que son mari n'était pas tout le temps présent. Il partait souvent pour plusieurs jours et pour elle, c'était le répit. Le temps ne lui faisait pas aimer davantage les relations conjugales, pas plus que l'âge ne ralentissait l'appétit de René… Elle se doutait bien que ce ne serait pas facile. En plus, la présence de René à plein temps ne pourrait que multiplier les sujets de discorde avec Marcel et Hélène n'avait vraiment pas hâte à ce jour-là. Elle avait surtout très peur qu'un jour Marcel en ait assez et décide de s'acheter une maison pour y installer sa petite famille. L'arrivée prochaine d'un nouveau bébé lui fit espérer que sa fille ait besoin d'elle. Avec deux enfants, il lui serait difficile d'envisager de s'éloigner. Elle se dit que cette naissance était finalement un bel espoir.

*　*　*　*　*

L'été arriva et avec lui, Trouville! Cette fois, on s'installa dans le logement des Rabeau. Ce n'était pas luxueux, mais à deux rues de la plage et surtout, c'était propre. Chaque fin de semaine, les deux Marcel*le* rejoignaient les grands-parents et jouissaient des bienfaits de la mer.

Parfois, ils entraînaient Hélène au spectacle ou au cinéma. Elle ne se faisait pas prier et adorait ces sorties. René préférait rester à la maison avec sa petite-fille.

Un certain week-end, Marcel repéra une affiche, au Casino de Trouville annonçant Annie Cordy et Georges Guétary. Ils chantaient des extraits de « La vie de Bohême », une opérette à la mode. René adorait ce genre de spectacle et son gendre l'encouragea :

— Venez avec nous Papa. Je vais parler à notre propriétaire et je suis certain qu'elle va nous trouver quelqu'un pour garder Marie-Claude. Vous aussi, vous avez le droit de vous amuser!

L'idée était tentante et René céda. Marcel réserva les billets pour la semaine suivante. Ils iraient tous les quatre. Madame Rabeau les rassura, elle connaissait une jeune femme prénommée Jacqueline qui se ferait un plaisir de garder la petite pour une modique somme.

Le jour venu, les deux couples partirent bras dessus, bras dessous après avoir fait moult recommandations à la jeune gardienne. Ils revinrent sur les coups de minuit, emballés par leur belle soirée. Tout s'était bien passé et Jacqueline les rassura, la petite ne s'était pas réveillée.

Le Quatorze Juillet, ils renouvelèrent l'expérience et se rendirent au bal populaire du quartier. Hélène était aux anges. Il y avait bien longtemps qu'elle n'avait pas dansé et même si René n'était pas le meilleur des cavaliers, au moins put-elle faire quelques pas de valse, d'autant que son gendre lui proposa ses bras à l'occasion. Mais René n'était pas tranquille. Très souvent, il avait le flair et là, son instinct lui disait que quelque chose ne tournait pas rond. Prétextant la fatigue, il décida de rentrer un peu plus tôt que prévu... Jacqueline avait déserté les lieux et Marie-Claude dormait dans son petit lit, seule dans la maison. Après avoir vérifié que sa petite-fille allait bien, il s'installa dans un fauteuil et attendit.

Jacqueline se pointa une demi-heure plus tard. Elle ouvrit la lumière de l'entrée et découvrit René qui avait littéralement fusé de son siège et se tenait droit comme un i devant elle :

— D'où sors-tu, espèce de traînée?

— Je suis navrée, Monsieur, je suis sortie seulement quelques minutes pour dire au revoir à mon fiancé, bredouilla-t-elle.

Elle n'eut guère le temps d'en dire plus long.

— Fous-moi le camp, salope! Tu n'es qu'une sale putain! Et arrange-toi pour ne jamais te trouver sur mon chemin! Tu as la grande chance de ne pas être un homme! Je t'aurais foutu ma main sur la gueule avec plaisir!

Jacqueline s'éclipsa sans demander son reste. Plus jamais le grand-père ne laisserait sa petite fille avec des étrangers. Au diable les spectacles et les sauteries, il veillerait lui-même!

* * * * *

Un peu plus tard dans l'été, René eut connaissance que la maison des Thépot, la grande maison de la rue de la Cavée, celle où ils étaient venus l'année précédente allaient être vendue aux enchères. Il en informa sa fille :

— Marcelle, je veux aller à cette vente, c'est peut-être notre chance d'acquérir une villa à pas cher!

— Ah non, Papa! Tu parles d'une villa! Change de mot! C'est dégoûtant, tu te rappelles? C'est plein de puces et de vermine en tout genre!

— Et alors, on fera du grand ménage. Je te dis que je veux au moins la visiter et j'aimerais que tu viennes avec moi.

Marcelle savait très bien que lorsque son père avait une idée dans la tête, il était tout à fait inutile d'argumenter.

— Bon, je vais prendre rendez-vous, mais je te garantis que si la visite n'est pas satisfaisante, il va falloir que tu laisses tomber.

— On verra bien. Commence par contacter l'agent-vendeur et on en reparlera.

Sissou fit comme convenu et le dimanche suivant, rendez-vous fut pris devant la propriété.

La maison était vraiment très imposante, prenant tout le coin de la Cavée et de la rue Georges Clémenceau. Elle comportait, en façade, deux garages surmontés par une grande terrasse en béton qui longeait les pièces de vie. Les chambres étaient au troisième et on devinait un grenier derrière les lucarnes du dernier niveau. La porte principale de la propriété, sur la gauche, dévoilait une petite entrée et un escalier menant aux pièces d'habitation. Dès qu'ils eurent franchi le seuil, une odeur nauséabonde monta aux narines de Marcelle.

— Dieu que ça sent mauvais!

— C'est à cause de la fosse septique qui n'a pas été vidangée depuis très longtemps, commenta l'agent.

— Ça commence bien, marmonna Sissou, et elle est où cette fosse?

—Sous cette dalle, précisa l'agent en pointant une trappe dans le carrelage de l'entrée.

Ils gravirent l'escalier et s'apprêtaient à entrer dans le salon...

— Attention, Madame! Il y a un grand trou juste devant vous, hurla l'agent.

Sissou recula en criant. Un pas de plus et elle passait carrément à travers le plancher. Un trou béant barrait le chemin et un piano datant d'un autre siècle y laissait pendre une de ses roues. Il en aurait fallu de peu pour qu'il bascule dans le vide. Ils poursuivirent la visite, mais partout, ce n'était que gravats et saleté. Ils arrivèrent à la terrasse visible de la rue. Impossible d'y accéder! Une montagne d'immondices de toute nature l'encombrait : chaises à deux ou trois pattes, meubles branlants et délabrés, vaisselle cassée et poubelles débordantes.

— Papa, j'en ai assez vu, je m'en vais.

— Attends, je veux tout voir.

— Ce que tu peux être têtu!

Sissou serrait sa jupe autour d'elle et était parfaitement dégoutée. C'était un taudis pire encore que tout ce qu'elle avait pu imaginer. La maison, déjà très sale l'année précédente, s'était encore beaucoup dégradée. Les anciens occupants avaient laissé sur place tout ce qu'ils ne comptaient pas emporter, y compris les détritus.

Ils accédèrent à l'étage des chambres. Ce n'était que crasse et désolation. Des volets étaient à moitié arrachés et pendaient lamentablement devant les fenêtres. Ils s'apprêtaient à gagner le dernier étage, sous les combles quand Marcelle intervint :

— Ça suffit, Papa, tu vois bien que tout ça n'a aucun sens et que c'est inutile de monter plus haut.

— Ah mais! Tu m'ennuies, à la fin! Je veux voir si la toiture a coulé.

Sissou se tâtait... Ou bien elle le suivait, ou bien elle l'attendait ici, mais la perspective de rester seule dans ces pièces écœurantes lui était insupportable. Elle prit le parti de suivre son père.

Arrivée sur le palier supérieur, elle sentit quelque chose lui frôler la jambe. Elle hurla, soudain hystérique :

— Un rat! C'est un rat! Papa, on redescend tout de suite! Et il est hors de question que tu achètes ce merdier!

René plia et suivit sa fille qui déboulait littéralement les trois étages. Ce seulement une fois arrivée sur le trottoir que Marcelle réussit à se calmer un peu.

— C'est un truc pour me faire perdre mon bébé et me faire faire une fausse-couche! C'est dégueulasse! Tu as compris, tu n'achètes pas cette horreur. Et de toutes les façons, je n'y mettrai jamais les pieds.

— Ça va, ça va, j'ai compris, arrête de crier comme ça. Calme-toi, c'est terminé!

Deux jours plus tard, René rentra triomphalement :

— C'est fait! Nous sommes propriétaires du quatorze rue de la Cavée! J'ai décroché cette maison pour une bouchée de pain. C'est une aubaine!

* * * * *

Marcelle prit le parti de ne plus parler de Trouville et de cette acquisition qu'elle trouvait parfaitement inacceptable. Le travail du Salon l'occupait à plein temps et sa grossesse n'était pas très reposante. Elle trouvait qu'elle prenait rapidement du volume et à trois mois de grossesse, elle avait dû ressortir les robes de maternité. Dans ses rares moments de repos, elle s'amusait à tricoter pour sa petite fille et se lança même dans quelques morceaux de layette pour son futur bébé. Une bonne journée, elle eut la mauvaise idée d'apporter son tricot au Salon de coiffure et bien installée derrière la caisse, elle sortit laine et aiguilles.

— Ah non! explosa son mari, tu t'es vue? Pour la classe, tu repasseras!!

— Mais voyons, Chou, quand veux-tu que je tricote?

— Certainement pas au Salon. Je sais qu'ici, ce n'est pas très chic, mais au moins, on peut préserver l'image. Tu n'es pas une mémère, tu es ma femme! Et on ne vend pas des conserves, on vend la mode! fulminait-il.

Sissou se dit qu'il n'avait pas complètement tort. Ils essayaient de donner une couleur un peu plus « classe » au Salon, même si ce n'était qu'un petit commerce de quartier et elle adorait se faire dire qu'elle était une femme distinguée. Elle rangea l'objet du délit et ne ressortit jamais aucun travail de couture ou tricot ni au Salon de coiffure, ni même ailleurs. Marcel n'aimait pas que sa femme prenne le « look » de la parfaite petite maîtresse de maison. Il supportait très mal sa femme déguisée en femme de ménage. Même dans les rares moments passés à la maison, Sissou devait être « à la hauteur ». Qu'elle s'arme d'un balai ou d'un plumeau pouvait être supportable, il le fallait bien. Mais cela pouvait très bien se faire dans un joli déshabillé, tout en étant bien coiffée et maquillée.

*   *   *   *   *

Marie-Claude avait été ravie d'apprendre que ses parents attendaient un nouveau petit bébé, même si personne ne lui avait expliqué comment on pouvait savoir ça, qui le leur apporterait et quand. Ce n'était absolument pas la mode d'informer les enfants sur ce genre de sujets. Les nouveau-nés arrivaient… et c'est tout. Pourtant, la petite posait des questions, beaucoup de questions, mais qui restaient toutes sans réponse. Elle s'exprimait de mieux en mieux et babillait sans arrêt. Elle faisait la conversation essentiellement avec sa grand-mère. Parfois, la pauvre Hélène en avait assez.

— Quel moulin à paroles! feignait de se plaindre Hélène, admirative devant les progrès de l'enfant. Elle l'a, la tchatche!!

— T'es toujours en train de te plaindre. Si elle ne parlait pas, tu serais la première inquiète, râlait René.

— On voit bien que c'est pas toi qui parles avec elle! Elle n'a qu'un mot à la bouche! Pourquoi? Dis Mémé, pourquoi ci? Et Mémé, pourquoi ça? Allez, va lui faire faire un tour au Jardin des Plantes. Ça va lui faire du bien et moi, je me repose les oreilles.

René raffolait de ces moments. Il installait l'enfant dans la poussette et en avant! Youki n'était jamais loin et gambadait joyeusement autour d'eux. Papé prenait soin d'apporter des restants de pain pour les canards et la laisse de Kiki pour ne pas qu'il se fasse ramasser par le gardien du Jardin.

Le lien était très fort entre Marie-Claude et son grand-père. Elle le suivait partout et observait tout ce qu'il faisait, du bricolage au jardinage. Il lui avait même octroyé un petit coin de terrain pour qu'elle y sème ses propres légumes. Au début de l'été, elle avait sorti fièrement quelques radis et une très belle carotte.

D'autres fois, il asseyait la petite dans un siège en osier sur son vélo et l'emmenait chez son frère préféré, Marcel qui avait toujours quelques morceaux de chocolat pour l'enfant.

Il lui arrivait de l'emmener au marché. Elle apportait son propre panier dans lequel le Papé prenait soin de déposer quelques marchandises et c'est en serrant très fort un de ses gros doigts qu'elle reprenait le chemin de la maison, très fière de son rôle.

Qu'il se casse quoi que ce soit dans la maison ou qu'un outil se détraque, la petite n'avait qu'une phrase :

— C'est pas grave, Papé va *l'éparer*.

— On dit réparer!, précisait Mamé. Et puis Papé, c'est pas le Bon Dieu, il ne peut pas tout recoller!

— Oui, Papé peut tout *l'éparer*.

Elle le craignait un petit peu, surtout s'il haussait le ton et la grondait, mais elle avait surtout une profonde admiration pour lui.

* * * * *

La grand-mère avait beau dire, elle répondait systématiquement à toutes les questions de sa petite fille, aussi saugrenues qu'elles puissent être.

— C'est quoi l'orage, Mémé?

— Tu m'embêtes, avec tes questions! Qu'est-ce que j'en sais moi?

— C'est quoi le gros bruit?

— C'est quand les nuages sont très fâchés! Ils en deviennent tout noirs. Et après, ils se frappent entre eux et c'est si fort que ça donne une grosse lumière, c'est l'éclair. Et bien sûr, ça fait beaucoup de bruit parce qu'ils sont très gros! On appelle ça le tonnerre.

L'explication avait suffi à l'enfant. Les disputes, elle connaissait bien ça et savait que les gens parlent alors très fort. L'explication était logique.

— Mais pourquoi les nuages sont fâchés?

— Bon, je savais bien que t'arriverais encore avec une question. Je ne sais pas, peut-être tout simplement parce qu'ils se sont levés du pied gauche.

Ce n'était pas la première fois que Marie-Claude entendait parler de ce malencontreux pied gauche matinal et pendant des mois, elle avait fait très attention de bien poser son pied droit en premier sur la carpette de sa chambre.

* * * * *

Assez régulièrement, Marcel grondait sa belle-mère :

— Alors Maman, quand est-ce que vous venez vous faire coiffer? Votre couleur est affreuse et vous avez bien besoin d'une bonne coupe.

— Bon, bon, tu me barbes!! Il faut toujours être impeccable avec toi. Sissou, je peux venir cet après-midi?

— Bien sûr, après la sieste de Marie-Claude.

— Oh tu sais, pour ce qu'elle dort! Les trois quarts du temps, elle joue dans son lit.

— Comme tu voudras.

La grand-mère et sa petite fille prenaient le tramway jusqu'à la place de l'Hôtel de Ville. Marie-Claude aimait regarder l'employé qui poinçonnait les tickets. Il avait une drôle de petite machine sur le ventre, attachée par une ceinture. Il glissait les tickets dedans et tournait une manivelle, puis il rendait les tickets aux clients. Elle était fascinée et d'ailleurs, Mamé lui gardait toujours quelques tickets périmés pour qu'elle puisse « jouer au tram ». Elle devenait le poinçonneur. Sa machine? Une boîte de nouilles vide fixée à sa taille par une ficelle et sur le dessus de laquelle Mamé avait pris soin de tailler une petite fente. Les usagers? Ses poupées et nounours assis sur des chaises, en rang d'oignon.

Après être descendues du tramway, elles remontaient la rue Thiers à pied puis remontaient la rue Beauvoisine. Tandis qu'Hélène se faisait faire une beauté, Marie-Claude se familiarisait avec la vie du Salon. Dès qu'elle sut dire quelques mots, Sissou l'encouragea à accueillir les clientes :

— Bonjour Madame!

— Bonjour, fillette, comment t'appelles-tu?

— Marie-Claude et j'ai deux ans, précisait l'enfant en montrant deux doigts.

Elle adorait l'atmosphère du Salon et aimait par-dessus tout s'asseoir sur la grande chaise derrière la caisse. Elle découvrait tous les joyaux qu'elle recelait : le tampon encreur, les trombones, les pièces de monnaie dont elle faisait des petits tas. Sa maman lui donnait parfois des démonstrateurs, en particulier un superbe tube de rouge à lèvres en bois peint qui ressemblait, à s'y méprendre, à un vrai.

Elle était la chouchoute des membres du personnel qui s'occupaient d'elle à tour de rôle. Sa préférée était Gisèle. Elle était tellement belle et douce. Elle lui chantait de très jolies chansons ou lui racontait des histoires.

Parfois, sa maman était un peu moins prise par son travail et elles partaient toutes les deux pour la pâtisserie. Marie-Claude pouvait alors choisir entre une madeleine, un friand ou un palmier, et si elle n'avait pas trop de maux de ventre, elle avait même droit à un pain au chocolat.

Son Papa lui coupait régulièrement les cheveux qu'elle avait très fins. Pour ses deux ans et demi, il décida de lui faire une permanente. « Ça lui donnera un peu de volume », avait-il déclaré. On était encore au temps des permanentes chaudes et l'appareil était impressionnant. On commença par lui rouler ses cheveux sur des bigoudis. L'opération n'était pas agréable et elle n'apprécia pas l'expérience. Mais il n'était certainement pas question de protester ou de pleurer. Papa n'aurait jamais accepté ce genre de caprice. Il lui sembla que ça prenait beaucoup de temps pour finir par rouler toutes les petites mèches. C'est alors qu'elle comprit à quoi servait le gros appareil à permanente. Chaque bigoudi devait être emprisonné par une des grosses pinces préalablement chauffées. Gisèle avait beau mettre de la ouate pour être certaine de ne pas la brûler, elle sentait la chaleur tout près de son cuir chevelu. Plus les pinces s'ajoutaient, plus sa tête devenait pesante. Elle se retrouva sous une grosse couronne de ferraille très lourde et très chaude.

— J'ai presque fini, rassurait Gisèle, encore une petite et... c'est terminé! On attend un tout petit peu, et je t'enlève tout ça! Tu vas voir comme tu vas être belle!

— Je veux que ce soit fini!, geignait l'enfant qui n'osait plus bouger.

— Ça y est! Regarde, je commence!

Il faut avouer que le résultat avait valu le supplice! Marie-Claude qui avait les cheveux « comme des baguettes » aux dires de sa grand-mère, avait maintenant une jolie tête toute bouclée. C'était si joli que Papa et Maman décidèrent de la faire photographier au Studio Madeleine, la photographe en vogue de la Ville de Rouen.

* * * * *

330

Durant ses congés d'été, René travailla au nettoyage de la grande maison de Trouville. Il sortit des quantités industrielles d'ordures diverses, lessiva, ponça, javellisa, désinfecta, dératisa et assainit chaque recoin de la propriété. À la fin du mois d'août, quand vint le temps de regagner Rouen, rien n'était réparé, mais au moins tout était propre. Pourtant Marcelle tint bon et refusait toujours catégoriquement de retourner à l'intérieur du taudis.

Ah bien, ton grand-père qui avait peur de s'ennuyer à la retraite!! Il se l'était trouvée l'occupation. Il en aurait pour des mois!

Chapitre 3

Début octobre, Marcelle attaquait son sixième mois de grossesse et avait l'impression d'être à terme. La rue Beauvoisine qu'elle montait auparavant d'un pas alerte lui apparaissait maintenant comme un véritable chemin de croix. Elle prit rendez-vous avec son obstétricien, le docteur Dijon et se rendit à son cabinet, accompagnée d'Hélène.

Le médecin l'examina soigneusement, palpant et repalpant son ventre :

— Je dois vous dire, chère Madame Jouvet, que je suis un peu inquiet. Je sens des membres partout!

Marcelle et Hélène figèrent toutes les deux, les yeux inquiets et interrogateurs.

— Vous voulez dire quoi exactement, Docteur?

— Je veux dire qu'il y en a au moins deux!

Marcelle sursauta et malgré son gros ventre, se redressa instantanément sur la table d'examen :

— Comment ça, au moins deux? Cela veut dire quoi au juste?

— Malheureusement, je ne peux pas vous en dire plus. On ne le saura qu'au moment où vous pourrez passer une radiographie, au huitième mois de votre grossesse. Il serait dangereux pour les enfants de passer aux rayons X avant.

Marcelle resta sans voix. Elle restait assise, figée, incrédule, hébétée.

— Vous pouvez vous rhabiller, Madame Jouvet, et à partir de maintenant, je vous vois tous les quinze jours.

Le médecin sortit et Sissou enfila machinalement sa robe. Elle n'arrivait pas à parler, mais elle commença à pleurer en silence. C'est Hélène qui brisa le silence.

— Allez, ne t'en fais pas, ma fille. Tu es dans de bonnes mains. Ça ne sert à rien de t'en faire maintenant.

— Mais tu te rends compte, Maman. Il a dit « AU MOINS deux ».

— Attendons cette radiographie et on avisera. Tu n'es pas toute seule. Allez, sèche tes larmes!

J'essayais de la réconforter, mais au fond, j'avais un peu la trouille moi-même. Je me demandais ce qu'il voulait vraiment dire. Ce n'était pas rassurant!

* * * * * *

Le rendez-vous pour cette fameuse radiographie fut fixé en décembre. Le temps semblait très long à Marcelle et elle aurait voulu que les semaines passent très vite. Elle avait bien hâte de savoir. Et puis, il allait falloir prévoir l'arrivée de cette petite tribu, acheter tout le matériel nécessaire et pour combien?

— Au moins, on sera fixé pour Noël. On saura si on doit se réjouir ou verser toutes les larmes de notre corps.

Marcel était beaucoup plus philosophe :

— Et pourquoi pleurerais-tu, Sissou? Tu vois, au fond, tout s'arrange. Je souhaitais plusieurs enfants et toi, tu n'en voulais certainement pas plus que deux. Le sort voit les choses autrement. Je suis très content de ce qui nous arrive. Et peu importe si tu en attends deux, trois ou plus, il y aura sûrement un petit garçon dans le lot.

— Ah bien, Chou, on ne peut pas dire, tu es drôlement rassurant! Mais tu as raison, va savoir combien il y en a dans ce ventre! Il a bien dit « au moins deux » et il sentait « des membres partout »!

* * * * *

Le jour tant attendu arriva enfin. Marcelle se présenta à la clinique de radiologie, toujours escortée de la fidèle Hélène. La prise des clichés lui parut très longue et elle fit promettre au radiologue de lui révéler le résultat immédiatement. Elle ne voulait pas attendre le développement des radios.

Il la fit entrer dans son bureau et la fit asseoir :

— Alors, c'est le grand dévoilement? Vous êtes prête? Et bien Madame, il n'y a pas un seul petit bébé.

— Oui, Docteur, ça, je sais déjà... Mais encore?

— Ah bon! Alors, j'ai le plaisir de vous annoncer que vous attendez des jumeaux.

Marcelle se leva d'un bond, éclata en sanglots et courut jusqu'à Hélène qu'elle serra dans ses bras.

— Dieu soit loué, Maman! Il n'y en a QUE deux!

Finalement, son obstétricien avait bien joué. D'une révélation qui pouvait passer pour difficile à digérer, il en avait fait une nouvelle très positive et c'est d'une démarche presque sautillante, malgré son poids, que Marcelle quitta la clinique.

Au fond, c'était logique! J'étais une jumelle moi-même, même si ma sœur était décédée à la naissance, mon arrière-grand-mère avait eu des jumelles et mon frère aussi. Ça doit être un peu héréditaire, cette histoire-là! Alors, gare à mes petits-enfants et les suivants, ils ont toutes leurs chances!

* * * * *

Les futurs parents et grands-parents commencèrent à s'organiser. On acheta deux petits lits, des couches en bonne quantité, des brassières, des bavoirs et une bonne douzaine de biberons, car c'était décidé, Marcelle n'allaiterait pas ses bébés. Elle ne voulait pas revivre le même cauchemar qu'avec son aînée.

On sacrifia le salon au rez-de-chaussée qui fut transformé en pouponnière. Cet arrangement serait beaucoup plus pratique pour Hélène qui n'aurait pas à monter chaque fois qu'un des bébés pleurerait. Car ça aussi fut décidé! Marcelle resterait à la maison le temps de se remettre de son accouchement, mais reprendrait le travail au Salon de coiffure aussi vite que possible. Hélène et René prendraient la relève. Par contre, ils engagèrent une femme de ménage, Madame Fournier, pour donner un coup de main aux grands-parents, ne serait-ce que pour le lavage et le repassage occasionnés par tout ce petit monde. La machine à laver n'avait pas encore fait son apparition chez les Jouvet-Duhamel et toute la lessive se faisait à la main.

Comme c'était devenu maintenant la tradition, les Lamailière vinrent passer Noël à Rouen avec leurs deux enfants. C'est alors que Madeleine proposa à Sissou de venir chercher Marie-Claude quelque temps avant la naissance des bébés et de la garder jusqu'aux relevailles de la nouvelle maman, histoire de laisser les parents et grands-parents s'habituer au rythme des nouveau-nés. Il en coûtait à Hélène de se séparer de sa petite fille, mais la raison l'emporta. Il est vrai que tout ça allait être bien éprouvant et deux d'un coup, c'était quelque chose.

* * * * *

Le début du mois de janvier fut particulièrement éprouvant pour Sissou. Elle n'en pouvait carrément plus. Elle se sentait énorme et monter la rue Beauvoisine devint pénible.

Il y a même des commerçants du coin qui nous ont avoué, par après, qu'ils se demandaient comment ta mère arrivait à se rendre jusqu'au Salon de coiffure. Ils étaient certains qu'une bonne journée, elle se trouverait mal en cours de route.

Marcelle avait souhaité accoucher à la maison comme pour Marie-Claude, mais le Docteur Dijon avait été formel :

— Pas question, madame Jouvet. Une grossesse gémellaire n'est pas rien et je préfère de loin vous accoucher à la maternité. On ne sait jamais.

Marcelle avait été déçue, mais tout ce que disait le Docteur était parole d'évangile et elle ne contesta pas.

* * * * *

En ce début d'année, un petit incident allait avoir de grandes répercussions bien des années plus tard. Les deux Marcel*le* étaient à la maison et Chou lisait un livre à sa petite fille. Sissou écoutait d'une oreille distraite.

— Après avoir habillé son petit garçon, Papa le fit manger et... lisait Chou

— Moi aussi, je veux t'habiller et te faire manger, coupa Marie-Claude.

— Mais, non ce n'est pas possible, dis Papa. Tu ne peux pas m'habiller!

— Pourquoi?

— Parce que je suis un Papa, je suis grand et que toi, tu es petite.

— Ah bien, quand je *sera* grande et que tu seras petit, je le *fera*.

Cette anecdote fut racontée des dizaines de fois au cours des années et devint un des mots d'enfant célèbres au sein de la famille. Qui aurait pu imaginer, à l'époque, que Chou souffrirait un jour de la maladie d'Alzheimer et que sa fille effectivement, le laverait, l'habillerait et le ferait manger comme un tout petit enfant?

* * * * *

Marie-Claude continuait de faire la joie de toute la famille et des amis. Les liens étaient toujours très forts avec les Lecoq, surtout depuis que Papi avait prêté de l'argent aux deux Marcel*le*. On se réunissait régulièrement dans la salle à manger, derrière la charcuterie. Les alcools y étaient abondants et les repas savoureux. La tablée était impressionnante : Papi, Mamie, sa mère très âgée, Michel, le parrain de Marie-Claude toujours célibataire, sa sœur et son futur mari, Pierre Walle et bien sûr René, Hélène et les deux Marcel*le*. Marie-Claude était toujours la petite reine de la fête. Toujours très à l'aise partout où elle allait, héritage probable de son père, elle n'était que sourire et joie de vivre. Invariablement, à la fin du repas, Papi la grimpait sur la table et mettait de la musique tout en tapant dans ses mains. L'enfant se mettait à danser en chantonnant à la grande satisfaction des convives. Tout le répertoire appris par sa grand-mère y passait.

Malgré tout, cela faisait peur à ses parents qui craignaient que la petite en vienne à développer un goût pour le spectacle. Ils ne souhaitaient absolument pas qu'elle envisage un jour une carrière artistique et commencèrent à ralentir ce genre d'exhibition.

* * * * *

Jean et Madeleine vinrent chercher Marie-Claude dès la deuxième semaine de janvier et il était entendu qu'elle resterait aussi longtemps que Marcelle ne serait pas sur pied.

L'enfant était enchantée. Elle aimait beaucoup les Lamailière et passer plusieurs semaines avec eux ne pouvait que la réjouir. Madeleine, Jean et même la Mémé Romain avaient très peur qu'elle ne s'ennuie et la dorlotaient à qui mieux mieux. Ils l'entouraient tant que Marie-Françoise, habituellement petite princesse de la famille, commença à accuser le coup et à vouloir que cette nouvelle venue retourne chez elle aussi vite que possible.

Marie-Claude, quant à elle, se sentait en pleine confiance et apprivoisa très vite les lieux. On entrait directement dans la cuisine et sur la gauche, il y avait un grand coffre à jouets qui renfermait de précieux trésors, des tas de choses qu'elle n'avait pas chez elle et qui étaient passionnantes. Une jolie ferme entre autres, la ravit au plus haut point. Elle aimait former des petits enclos où elle plaçait les chevaux, les vaches et les cochons. D'autres fois, c'était les blocs de bois qui avaient sa préférence et Jean-Pierre n'avait pas son pareil pour ériger de fabuleuses constructions qui l'impressionnaient beaucoup.

Son lit avait été placé dans la pièce suivante et chaque soir, Madeleine lui faisait faire sa prière :

— Mon petit Jésus, protégez mon papa, ma maman, ma mamé et mon papé.

— Et moi, alors? questionnait Madeleine.

— Mon petit Jésus, protégez mon papa, ma maman, ma mamé et mon papé… et Madeleine.

— Et bien, je n'ai pas droit d'être dans tes prières? bougonnait Jean.

La petite fille reprenait du début, et ajoutait Jean. La prière était devenue un véritable jeu auquel Marie-Claude se pliait avec bonne humeur et qui amusait toute la famille.

Le matin, c'était la toilette. Madeleine l'asseyait sur la table de la cuisine et la savonnait doucement. La savonnette, marque Bébé Cadum, sentait merveilleusement bon, bien meilleur que les éternelles savonnettes MonSavon utilisées par sa mère. Sissou qui jugeait que ces savons non parfumés étaient très bien pour la santé, en avait acheté toute une caisse et il semblait à Marie-Claude qu'elle ne pourrait jamais les épuiser.

Et puis, il y avait Wolf, le gros chien de la famille, un beauceron bas-rouge à la puissante constitution. Jean l'emmenait dans les marais lorsqu'il allait choisir ses bêtes à abattre pour la boucherie. Il y avait même eu une fois où le chien, voulant rassembler un groupe de bœufs, avait harcelé l'un d'eux plus têtu que les autres et finalement, lui avait coupé la queue d'un seul coup de dents. Pourtant, les enfants jouaient avec Wolf qui devenait alors un gros toutou. Il n'en reste pas moins que ce chien pouvait être très impressionnant pour une si petite fille. Il était plus haut que Marie-Claude et beaucoup, beaucoup plus gros qu'elle. Pourtant, elle n'en avait pas peur. C'est d'un ton ferme que ce petit bout de chou de trois ans ordonnait :

— Wolf, à la niche!

Et le chien, l'air penaud, la tête et la queue basses, prenait le chemin de son chenil, à la surprise de Jean, principal maître de l'animal.

Une fois par semaine, c'était le bain. Mémé Romain faisait chauffer l'eau dans la buanderie et passait les enfants un par un dans le baquet de zinc. Elle n'avait pas la main aussi tendre que Madeleine et les enfants protestaient avec véhémence :

— Aie, tu me mets du savon dans les yeux!

— Ça suffit, si tu arrêtais de bouger, ça n'arriverait pas… Et ne pleurniche pas pour si peu!

Les trois enfants ressortaient propres comme des sous neufs, les yeux rouges certes, mais les joues bien lustrées! Et puis, malgré tout, ils adoraient la Mémé Romain qui savait leur plaquer de bons gros bisous et les serrait contre elle avec amour.

— Ah! Au moins, vous sentez bon le savon! Allez, au lit, oust!

* * * * *

Le vingt-quatre janvier, un coup de téléphone leur apprit que les bébés Jouvet étaient nés, deux petites filles. L'une, Myriam, était en très bonne forme et avait un poids normal de trois kilos cent cinquante tandis que l'autre, prénommée Christine et pesant deux kilos huit cents grammes, montrait quelques signes de prématurité.

— Je savais que c'était deux petites sœurs. C'est ce que je voulais, précisa Marie-Claude, ravie de la nouvelle.

— Tu vas rester encore avec nous quelque temps, précisa Madeleine, car ta maman est très fatiguée avec deux petits bébés à s'occuper.

On ne dit pas à Marie-Claude que sa mère avait eu des complications et qu'une hémorragie avait failli l'emporter dans les heures qui avaient suivi la naissance des deux petites. De toutes les façons, l'enfant n'était pas pressée de repartir. Elle ne s'ennuyait pas du tout et jouissait de ces vacances forcées.

Par contre, Marie-Françoise était de plus en plus frustrée de la présence de cette petite fille qui faisait la pluie et le beau temps auprès de ses parents. Quand la date du départ de Marie-Claude fut connue, elle commença le décompte et chaque matin, précisait :

— Encore trois petits zours, et tu t'en vas!

Marie-Claude se mettait à pleurer pour le plus grand plaisir de Marie-Françoise qui avait bien hâte d'être à nouveau la chouchoute de sa famille. Elle en avait franchement assez de cette intruse.

* * * * *

Le jour du départ arriva finalement. Jean et Madeleine ramenèrent la fillette à Rouen où elle découvrit ses deux sœurs. Elles étaient beaucoup plus petites que dans son imagination, mais elle tenait à leur souhaiter la bienvenue à sa façon et à leur donner un premier baiser. Elle se pencha sur le premier berceau et la tête emportant le derrière, elle échoua sur le ventre de Myriam. Elle était heureuse et avait bien hâte que ces deux tout petits bébés grandissent et puissent jouer avec elle.

Épilogue

Voilà, vous étiez toutes les trois dans nos vies. Ça a changé bien des choses, c'est sûr. Les deux familles Jouvet et Duhamel venaient de franchir une grande étape. Vous représentiez la nouvelle génération. Bon, ton père aurait préféré un garçon, c'est sûr, mais il s'est vite fait à l'idée. Vous étiez très belles toutes les trois et il était très fier de ses filles. C'est vrai que sans garçon, le nom des Jouvet allait disparaître. Je pense que c'est ce qui le chicotait le plus.

À l'arrivée de tes sœurs, nous avons eu très peur pour Christine. Quand je l'ai vue la première fois avec cette couche de ouate entortillée autour de sa tête et une grosse épingle en plein milieu du front, elle m'a semblé si petite, si fragile. Ton grand-père n'arrêtait pas de me dire qu'on ne la réchapperait pas. Et pourtant, tu vois la jolie femme qu'elle est devenue!

Avec tes parents, nous nous entendions bien. Il y avait souvent des coups de gueule entre ton père et ton grand-père. Chacun revendiquait sa place de chef de famille. Les histoires commençaient toujours pour des peccadilles et malheureusement, parfois, ça s'envenimait. Jusqu'en 49, ça n'a pas été si mal, car ton grand-père travaillait toujours et était la plupart du temps en déplacement. C'est après que ça s'est gâté. Pourtant, ils s'appréciaient et se respectaient.

Il faut que je précise une chose : jamais, jamais il n'y a eu d'histoires d'argent entre nous. Ta mère gérait tout le bien familial et aucun de nous quatre ne s'est senti floué ou lésé. La confiance régnait en maître. Le projet d'achat du Salon de coiffure a été une bonne décision pour tes parents et surtout pour ton père. Il commençait sa carrière et avait de l'ambition.

Maintenant, j'ai assez bavardé. Je te raconterai la suite un autre jour! C'est qu'il s'en est passé bien d'autres... Que veux-tu? C'est la vie de toute une famille!

Au fait, pendant qu'on y est, je vais te donner les trois recettes promises : les ravioli, les escalopes à la crème et le couscous.

Recette des ravioli

— C'est une des recettes de mon pays, celui d'où viennent mes parents, l'Italie! D'abord, quand on fait les ravioli, c'est pour toute la famille. Tu sors pas tout le bazar pour deux ou trois. C'est mieux de les préparer la veille. La pâte peut reposer un peu et c'est mieux. Alors, il te faut compter, pour une douzaine de personnes, à peu près six cents grammes de farine, six œufs bien frais, trois cuillères à café d'huile. Bien sûr, tu prends l'huile d'olive, pas n'importe quoi et trois cuillères à café de lait. Tu as noté?

— Oui, mais tu vas vite, laisse moi le temps d'écrire... de lait. Après?

— Tu mélanges tout ça et tu pétris un peu. Tu divises ta pâte en deux, une partie va faire le dessous de tes ravioli et l'autre va faire le dessus. Tu aplatis une des deux boules au rouleau à pâtisserie, aussi finement que possible, et tu la déposes sur la table que tu as pensé d'enfariner avant, sinon, ça va coller!

— Comme une tarte?

— Oui, comme une tarte, mais beaucoup plus mince et carrée. Si tu la fais ronde, t'auras du mal à découper en carrés. Les bords seront ronds et...

— Ça va, j'ai compris.

— Alors si t'as compris, arrête de m'interrompre tout le temps, je perds le fil. Alors, je reprends... Tu aplatis pour faire une grande pâte carrée, ou rectangulaire, comme tu veux. Tu mets tes petits tas de farce à intervalles très réguliers, au centre de chacun de tes ravioli. Tu recouvres le tout avec ton autre pâte et tu passes ta roulette à découper.

— La petite roulette dentelée.

— Oui, ça va faire un beau petit dessin au bord de tes ravioles et tu t'assures que ça a suffi à bien les coller.
Pour les cuire, tu fais chauffer de l'eau. Quand elle bout, tu jettes les ravioli dedans pendant... oh... pas longtemps. Le mieux, c'est que t'en goûtes un. Tu vas savoir s'il est prêt. Et voilà!

— Mais c'est pas comme ça que tu nous les sers!

— C'est vrai. Moi je mets les ravioli cuits dans un plat qui va au four, je prépare une sauce tomate bien épaisse. Souvent, elle est prête d'avance. Je la verse sur les ravioli et je mélange bien, mais délicatement pour ne pas les abîmer. Je recouvre de fromage râpé et je fais gratiner. Tu vois, c'est simple!

— Quel fromage?

— Ce que tu veux, parmesan, emmenthal, gruyère. Et tu n'as plus qu'à te régaler.

— Au fait la farce, tu mets quoi? Tu ne m'as pas dit.

— Ce sera ta partie. Sois un peu inventive. Ça peut être n'importe quoi, de la viande, de la chair à saucisse, du fromage, des légumes ou même un mélange de tout ça.

Recette des escalopes à la crème

— J'ai appris cette recette de ma belle-mère, en arrivant en France, mon pays d'adoption. Évidemment, tu achètes des escalopes de veau, une par personne. Fais attention, des fois, ils te refilent de la génisse ou du « presque bœuf ». C'est pas pareil, c'est coriace. Vérifie que c'est bien du veau. C'est meilleur. Tu as besoin de calvados, de pommes, de champignons, de la crème, du sel et du poivre.

— C'est tout?

— Oui, et bien sûr du beurre. En Algérie, c'était l'huile d'olive, mais ici, tu sais, dans presque toutes les recettes normandes, il y a de la crème et du beurre. Bon, tu fais chauffer une noisette de beurre dans une poêle, ou une noix si vous êtes plusieurs…

— On y va à peu près?

— Bien oui, en cuisine, tu mesures pas tout. Je continue, tu fais chauffer le beurre pour qu'il prenne une belle teinte dorée. Surtout, tu ne le fais pas noircir, c'est ça qui n'est pas bon pour la santé. Tu saisis les escalopes, pas trop longtemps, trois minutes à peu près de chaque côté. Tu ajoutes le calvados et tu flambes. N'en mets pas trop, il s'agit pas de faire brûler la cuisine, mais assez tout de même pour donner du goût.

— Tu peux pas être plus précise… pas trop… juste assez!

— J'en sais rien, moi. À peu près! Tu ajoutes les champignons dans la poêle et tu laisses mijoter à feu doux.

— Combien de temps?

— Pas longtemps… Ah! Tu m'embêtes avec tes précisions. Goûte et tu vas savoir! Bon, disons entre cinq et dix minutes. Tu mets tes escalopes sur le plat de service avec les champignons et tu mets la crème dans la poêle pour qu'elle prenne le goût, sans la faire bouillir surtout, avec sel et poivre. Tu la verses sur les escalopes. Tu n'as plus qu'à manger.

— Et les pommes dans tout ça? Tu ne m'as pas reparlé des pommes!

— Ah zut, j'ai oublié! Tu les fais à part, avant les escalopes. Tu les épluches, tu enlèves le cœur avec un outil spécial et tu les coupes en deux pour avoir le trou au milieu de tes deux moitiés. Tu vois?

— Pas bien…

— Ça ressemble à deux beignets, deux rondelles, deux…

— Ça va, j'ai compris.

— Ça recommence. Si t'as compris, pourquoi tu m'arrêtes?

— Dans une autre poêle que tes escalopes, tu mets tes demi-pommes avec très peu de beurre à feu très doux, juste pour qu'elles cuisent un peu et qu'elles aient un petit air caramélisé et tu les sers avec tes escalopes. C'est un succès garanti!

Recette du couscous

— Tu sais, le couscous, c'est le plat de mon pays, celui où je suis née, l'Algérie. Je commence. Ça te prend le grain, le couscous. Alors ici, t'achètes sûrement le grain minute, tu fais pas le grain?

— Non.

— Bon, ma sœur Marie, elle, faisait le grain, mais elle m'avait mis sur le papier... enfin, la recette: « Inutile de t'expliquer le grain, tu sauras jamais le faire »... Alors, comme ça, c'est mieux d'acheter le grain minute.

— Ah bien, elle te faisait confiance, comme cuisinière, c'est pas pour dire! Bon, résumons, je prends du grain minute.

— Tu achètes du mouton, pas des côtes de mouton, pas les côtelettes, tu achètes la poitrine de mouton. Pas de l'agneau qui n'a pas de goût, mais bien du mouton. Tu sais, en Afrique du Nord, souvent, le couscous c'était le plat du pauvre et c'était la plupart du temps le vieux mouton qu'on mangeait, celui qui ne pouvait plus suivre les autres.

— Bon, reviens donc à tes moutons!

Hélène se mit à rire :

—Si tu me fais rigoler, je saurai plus où j'en suis. Alors, tu mets de l'huile dans le fond de ta marmite, la marmite à couscous. Tu fais revenir ta viande. Quand c'est bien doré, tu mets un oignon, une gousse d'ail. Quand l'oignon est revenu, tu mets ton liquide.

— Quel liquide, de l'eau?

— Oui, un peu d'eau, avec du sel, du poivre, du laurier, du thym. Ou, si tu en as, tu peux mettre du bouillon de poulet, c'est meilleur. Quand le bouillon bout, tu mets tous les légumes et tu mets ton couscoussier par-dessus.

— Les légumes, c'est quoi?

— Alors, carottes, navets, céleri, artichauts, mais les cœurs seulement, pas les feuilles, chou et en dernier, courgettes. J'ai oublié de te dire au début, tu fais tremper les pois chiches la veille et tu les cuis à part.

— Maintenant, il y en a en boîte.

— C'est bien, c'est moins compliqué. Si t'as envie d'essayer avec du grain nature, celui qui n'est pas précuit, le vrai! Avant de le mettre dans le couscoussier, tu humectes ta semoule avec un peu d'eau salée. Avec les deux mains, tu le roules.

— Combien de temps?

— Assez longtemps pour qu'il gonfle. Tu le roules dans un grand plat. Puis tu le mets dans le couscoussier fermé hermétiquement. Quand la vapeur passe à travers, tu le remets sur le plat et tu roules. Faire ça trois fois. Ça doit cuire environ deux à trois heures, jusqu'à ce que le grain soit tendre. Tu y ajoutes un peu de beurre au moment de servir pour qu'il s'égrène.

— Et si je prends du grain précuit?

— C'est la même chose, mais ça va beaucoup plus vite et t'as pas besoin de rouler autant. Une fois, ça suffit.

— C'est tout?

— Tu le sers en mettant dans un grand plat la semoule d'abord, puis les légumes et sur le dessus, la viande. Tu prépares deux saucières : une avec juste du bouillon de cuisson et une autre où tu auras ajouté de l'harissa. Sois prudente, il en faut très peu sinon tes invités vont tous rester la bouche ouverte.

— Merci, Mémé!!

— Ne mange pas trop souvent du couscous, sinon tu vas devenir aussi ronde que moi, avec un gros ventre!

* * * * *

Table des matières

www.ingramcontent.com/pod-product-compliance
Lightning Source LLC
Chambersburg PA
CBHW060940030726
47503CB00003B/674